ro
ro
ro

Kristina Moninger

HERZ SUCHT ZUHAUSE

Roman

Rowohlt Taschenbuch Verlag

Originalausgabe
Veröffentlicht im Rowohlt Taschenbuch Verlag,
Hamburg, September 2022
Copyright © 2022 by Rowohlt Verlag GmbH, Hamburg
Covergestaltung FAVORITBUERO, München
Coverabbildung Shutterstock
Satz aus der Questa
bei Pinkuin Satz und Datentechnik, Berlin
Druck und Bindung CPI books GmbH, Leck, Germany
ISBN 978-3-499-00566-4

Für Julia

Und mir ist nicht egal,
Wie gut du mich kennst.
Und mir ist nicht egal,
Wie du mich nennst.

Auszug aus dem Song «Pocahontas»
von AnnenMayKantereit

PROLOG

Charlys Notizbuch

Ich wäre gerne die Frau aus dem Buch, das ich neulich gelesen habe. Die, die an den richtigen Stellen laut und an den richtigen Stellen leise ist. Die, in die sich ein Mann auf den ersten Blick verliebt und auch auf den zweiten nicht aufhört damit.

Ich wäre auch gern die Frau, die in meinem Lieblingsbuchladen mit ihrer wunderschönen Handschrift Empfehlungen auf Karteikarten schreibt und immer den richtigen Ton findet.

Ich wäre gerne Sibylle Berg, einfach, weil sie Sibylle Berg ist.

Ich wäre gerne die Umweltaktivistin mit dem vollen, dicken Haar, das man sich einmal um den Kopf flechten kann wie einen Hefezopf.

Ich wäre gern Alice Schwarzer, weil sie immer sagen kann, was sie denkt, und man das, anders als bei anderen Frauen, sogar von ihr erwartet.

Ich wäre gerne eine stolze Löwin. Keine Antilope oder gar eine Maus.

Ich wäre gerne eine dieser superschlanken, bildschönen Schauspielerinnen, die lächelnd erklären, dass sie ganz verrückt nach Essen sind und es einfach nur Zufall ist, dass sie so schlank sind.

Ich wäre gerne Shonda Rhimes, Schöpferin unendlich vieler toller Geschichten, die auf Leinwand gebannt wurden.

Ich wäre gerne Bastian Schweinsteiger in weiblich. Oder zumindest Marta.

Ich wäre gerne Ruth Bader Ginsburg gewesen, Richterin am Supreme Court und Vorkämpferin für Gleichberechtigung.

Ich wäre gerne eine FFF, eine Fun Fearless Female-Cosmofrau. Sie hat Spaß im Leben, ist furchtlos, selbstbewusst und geht aufs Ganze, vergisst aber dabei nie ihre Weiblichkeit.

Ich wäre gerne meine Freundin Mia. Weil sie Pippi ist und ich Annika. Weil sie sich traut, Fäden durchzuschneiden, wo ich noch einen Extraknoten mache.

Nun bin ich aber Charlotte, genannt Charly. That's it. Ich wäre ja gerne ich. Nur leider habe ich keine Ahnung, wie das geht, ohne damit ständig latent unzufrieden zu sein. Ich wüsste gerne, wer ich bin. Aber ich finde, das ist viel schwerer herauszufinden, als davon zu träumen, wer man stattdessen sein könnte.

Ich weiß zwar, dass man sein Leben selbst in der Hand hat – und es muss ja auch nicht gleich ein Umzug nach Hollywood sein –, aber da gibt es dieses Komfortzonenproblem. Ich meine, wer steigt schon freiwillig von einem Boxspringbett auf eine Jömna-Matratze von Ikea um? Wer gibt sein sicheres bayerisches Dorfleben auf, um in den indopazifischen Tropen für den Erhalt

des Regenwaldes zu kämpfen? Und wer schlüpft aus seiner Hülle, um nachzusehen, ob es anderswo noch eine gibt, die vielleicht besser passt? Niemand.
Oder?

KAPITEL 1

Das ist nicht dein Ernst, Charly!» Mia rührt ihre Latte so schnell durch, dass in Kürze nichts mehr von dem schönen Schaum übrig sein wird. Ich dagegen löffele vorsichtig meinen Milchcafé und gönne mir einen Extralöffel Zucker.

Durch die breiten Fenster des Cafés kann man raus auf den Markt von Altobernstadt sehen, der Regen tropft in dicken Bindfäden auf die unbesetzten Metalltische und angelehnten Stühle. Ich schaudere und ziehe die Schultern unter meinem Hoodie zusammen. Wäre das hier eine meiner geliebten Serien, dann würde ich keinen Hoodie tragen, sondern wäre in eleganten High Heels unbeeindruckt über das nasse Kopfsteinpflaster gehuscht und würde trotzdem mit perfekter Frisur vor Mia sitzen.

Selten hat sich meine kleine Heimatstadt so trüb und grau angefühlt wie in den ersten, verregneten Tagen dieses Aprils. Es ist, als müsste der Himmel all seine Reserven loswerden, um für den Sommer gewappnet zu sein. Einen, der so lang und heiß und trocken ausfallen könnte wie der vorige.

Mia sieht mich fragend an und erinnert mich daran, dass ich ihr noch eine Antwort schuldig bin. Doch bevor ich auch nur nicken kann, beugt sie sich vor und donnert ihre spitzen Ellbogen auf die Tischplatte, dass der Salzstreuer wackelt. «Und warum? Erklär es mir, ich hab es immer noch nicht verstanden. Ist es das Helfersyndrom?» Ihre Stimme klingt nicht anklagend, eher besorgt. Sie streckt den Arm aus und streichelt meine Hand.

Wir führen diese Diskussion ständig. Eigentlich alle drei Monate, wenn wir uns hier treffen, weil Mia in ihrem Heimatort «ein paar Bankgeschichten zu erledigen hat» – was übersetzt bedeutet, dass ihre Eltern sie finanziell unterstützen und sie ihnen dafür einen Besuch abstattet. Heute allerdings ist sie noch fahriger als sonst.

Seufzend sehe ich in ihr bildschönes Gesicht, leicht gebräunt, dezent geschminkt, die dunklen Haare fallen links und rechts ihres Ponys in hübschen Wellen über ihre Schultern. Von Weitem könnte man uns für Schwestern halten. Haarfarbe, Größe, Figur und sogar unsere Nasen haben erstaunliche Ähnlichkeit. Aus der Nähe wird schnell klar: Was bei Mia zur Perfektion gereicht hat, ist bei mir unteres Mittelmaß geblieben. Eine Hauskatze macht eben noch keine Löwin (da kann sie sich noch so herausputzen). Das dunkelgrüne Kleid steht ihr super. An mir wirkt Grün immer, als wäre ich aus Versehen in einem Prospekt für Tarnkleidung gelandet. Elegant ist anders.

«Ich habe kein Helfersyndrom», erkläre ich, «das nennt man Familie, Mia. Meine Mutter braucht mich, Katja und die anderen brauchen mich. Ich kann nicht einfach wegziehen, wenn zu Hause die Bude brennt. Außerdem habe ich meine Arbeit bei *Edelbert & Ardenbaum*!»

Mia zieht die dicker werdende Falte zwischen ihren Augen zusammen. Sie denkt jetzt sicher an ihre letzten Jobs. An die aufregende Zeit in Frankfurt oder die bei *Vienna Voices* in Wien. Die Zwischenstation als Reiseleiterin auf einem Kreuzfahrtschiff. Oder an das Jahr in Paris, als sie sich eine der sehr begehrten Festanstellungen bei *der* französischen Synchronfirma gesichert hatte. Gedankenverloren zwirbelt sie ihre Haare um den Finger und sieht aus, als wäre ihr gerade eine Idee gekommen, über die es dringend nachzudenken gilt. Mia ist wie eine dieser Zaubertafeln, die wir als Kinder so geliebt haben. Sie malt und schreibt ihr Leben immer wieder neu und hat kein Problem damit, einfach über die Tafel zu wischen. Ich dagegen bin mehr der Typ in Stein gemeißelte Wahrheit.

Hinter uns räumt die Kellnerin geräuschvoll einen der verlassenen Tische ab, während ich zu einer Erklärung ansetze. «Ich muss keine Miete zahlen, ich kann Veronika und Georg helfen, und Jo ist ja auch noch da.»

«Verschon mich mit Jo!» Mia stöhnt und wechselt lieber das Thema. «Wie geht es Katja? Ich hab sie so lange nicht gesehen. Wenn man überlegt, wie dick wir mal miteinander waren ...»

Ich erinnere mich daran, wie Katja, Mia und ich früher am Bachlauf unter der Trauerweide Staudämme gebaut haben und uns vorstellten, an Lianen durch den Dschungel zu schwingen. Wie Mia damals schon konkrete Pläne schmiedete, nach der Schule in den echten Amazonas zu fliegen. Pläne, in denen ich ein fester Bestandteil war. Pläne, die Mia in die Tat umgesetzt und ich auf die lange Bank geschoben habe, bis sie heruntergepurzelt sind und festgetrampelt wurden.

«Katja? Geht so, sie verkraftet die Trennung von Tobias nicht besonders. Seit ein paar Wochen wohnt sie wieder bei uns. Und damit hat das liebevolle Chaos Einzug gehalten.»

Mia versucht, verständnisvoll zu gucken, aber ich weiß schon, dass sie es nicht wirklich versteht. Wie auch. Mia ist Einzelkind und nicht wie ich in einer Pflegefamilie groß geworden. Und deshalb musste sie nie daran zweifeln, wer sie ist. Vielleicht wachsen Flügel überproportional groß, wenn man starke Wurzeln hat und genau weiß, wo man herkommt. Vielleicht fürchtet man sich dann auch nicht so sehr, die Flügel weit auszustrecken und Wurzeln Wurzeln sein zu lassen.

Obwohl wir uns sehr nah sind und unsere gesamte Kindheit zusammen verbracht haben, steckt Mia eben nicht in meiner Haut, in einem Körper aus Genen, von deren Herkunft ich keine Ahnung habe. Ich weiß nur, dass meine Mutter mich nicht wollte und mich im Alter von dreizehn Monaten in einem Kinderheim abgegeben hat.

Ich bin froh, als Mia meine Gedanken unterbricht und fragt: «Aber zwischen dir und Jo läuft es gut? Ich meine, selbst nach dieser grauenvollen Aktion?»

«Geht schon», erwidere ich ausweichend. «Er hat es doch nicht böse gemeint.» Und *so* grauenvoll war es gar nicht, füge ich in Gedanken hinzu. Bestimmt gibt es auch Leute, die fänden es sogar witzig, wenn der eigene Freund ein Computerspiel programmiert, in dem man selbst die Antagonistin in Zombieform ist. Ein Spiel, das noch dazu so erfolgreich ist, dass es jeder kennt. Meine Lippen fühlen sich plötzlich furchtbar trocken an, ich lecke darüber, obwohl ich weiß, wie kontraproduktiv das ist. Ich habe doch anfangs selbst über die Idee gelacht. Ohne zu wissen, dass es ihm ernst damit war, mich zur Vorlage für die ultimative böse Zombiebraut zu machen. Jo hat mich seine Gamer-Muse genannt. Das war zu einem Zeitpunkt, als er mich noch liebevoll auf die Nasenspitze geküsst hat. Als ich es cool fand, wie locker wir miteinander sind, und stolz darauf war, wie wichtig ihm meine Meinung zu allen Dingen in seinem Leben ist. Und als ich es spannend fand, in diese Welt der Computernerds und Gamefreaks einzutauchen.

Inzwischen finde ich es schon ziemlich lange kindisch. Und eher dumm.

«Jetzt programmiert er ein *Reality Suburbian Adventure*», erkläre ich. «Schauplatz ist Altobernstadt.»

Ich bemühe mich, völlig ernst zu bleiben. Aber als ich in Mias Gesicht blicke, das gerade zusehends an Spannung verliert, muss ich doch lachen. Auch wenn es sich etwas bitter anfühlt. Sie fällt einfach nie auf mich rein.

Etwas leiser sage ich: «Vielleicht zieht er demnächst zu mir.»

Das ist vermutlich die größte Lüge, die ich Mia je aufgetischt habe, aber ich kann diesen Blick kaum aushalten. Mia ist eine Klammer, die sich ausschließlich um sich selbst schließt. Und das ist absolut positiv gemeint. Mia braucht niemanden, der sie liebt, sie liebt sich selbst genug. Ich dagegen brauche Bestätigung, weil ich von Jahr zu Jahr weniger Ahnung habe, wer ich eigentlich bin.

Mia lässt ungeniert ihren Kopf auf die Tischplatte sinken. Direkt neben ihre schaumlose Latte. Es gibt einen dumpfen Knall, sodass uns die Frau am Nebentisch einen vorwurfsvollen Blick zuwirft, und ich verkrieche mich automatisch noch ein wenig tiefer in meinen Hoodie.

Mia wiederholt meine Worte ungläubig: «Altobernstadt und ... *Suburbian*?»

«Das heißt Vorort», erkläre ich unnötigerweise.

«Finde den Fehler, Charly! Finde den Fehler!», keucht sie und schaut unter ihrem dunklen Pony wieder zu mir hoch. «Dieses Kaff ist nicht einmal ein Vorort. Es ist die komplette Einöde. Die Pampa, der Arsch der Welt, die Walachei, der Hinterhof von Hintertupfingen, der Kaffeesatz von Bayern ... Wie sagt man dazu noch mal auf Englisch?»

«Zum Kaffeesatz?», hake ich nach.

«Du weißt genau, was ich meine. Wie ist der Ausdruck für einen unwirtlichen, unterbevölkerten, ereignisarmen und sterbenslangweiligen Ort?»

«Po-dunk», sage ich.

Mias braune Augen unter den dichten, dunklen Wimpern funkeln. «Genau, du bist direkt nach dem Studium nach fucking Podunk zurückgekehrt und lebst immer noch da!»

«Du vergisst dabei, dass du selbst aus *fucking Podunk* stammst.»

Ich schiebe das komische Bauchgefühl auf den starken Kaffee. Nicht, weil Mia meinen Lebensentwurf nicht mag, sondern weil ich weiß, wie recht sie damit hat. Ich benutze meinen On-and-off-Freund, meine Familie, meine Geschwister, die Arbeit im Restaurant als Entschuldigung, um mich selbst vor der Welt da draußen zu schützen. Es ist pure Angst.

Ich beuge mich zu ihr vor und stoße mir dabei die Oberschenkel an der zu niedrigen Platte an.

«Bei dir hört sich das immer so an, als würde ich nie hier rauskommen», sage ich leise.

Während Mia wieder ihre Latte quirlt, verraten mir ihre Augen, dass sie genau das befürchtet. Sie selbst hat den Mut, ihre Wohnorte so häufig zu wechseln wie andere ihre Unterhosen. Ich dagegen hänge im Einmaleins meiner Geschwister fest. Freiwillig, aber trotzdem immer ein wenig unzufrieden damit. Zugleich unfähig, etwas zu ändern.

Ich tätschele die perfekt gebräunte Haut an ihrem Unterarm und sage: «Der Kaffeesatz findet sich am Boden, Mia, und wenn du mit deiner Latte so weitermachst, dann bist du da bald angekommen. Sieh es als Metapher. Du kannst jederzeit zu mir rausfahren und dich von der Großstadt erholen.»

Sie beugt sich über den Tisch und starrt mir in die Augen. «Ich muss mich nicht von der Stadt erholen, ich gehöre da hin. Asphalt und der Duft der großen weiten Welt, da blühe ich erst richtig auf», dröhnt sie theatralisch. Dann zwinkert sie mir zu und zieht mich an sich. Einen Moment lang wirkt es, als wolle sie mir etwas ins Ohr flüstern, aber sie bleibt stumm.

«Ja, ist gut, mein wunderschönes Betonpflänzchen», kichere ich und drücke meine Nase in ihre Haare. Erdbeershampoo. Die teure Flasche aus dem Naturkosmetikladen, die ich ihr zum letzten Geburtstag geschenkt habe. «Aber vielleicht muss sich die Welt da draußen ja auch einmal von dir erholen», füge ich hinzu.

Sie reckt das Kinn und drückt mich an den Schultern sanft ein Stück zurück. Prüfend sieht sie mich an. «Könnte sein, dass ich ...» Ihre Augen glänzen verdächtig.

«Was?», hake ich nach.

«Wer weiß, vielleicht mache ich bald etwas völlig anderes», sagt sie geheimnisvoll.

«Was denn? Eine Weltreise auf einem Einhandsegler?», scherze ich. «Oder hast du am Ende tatsächlich vor, sesshaft zu werden, baust ein Haus im Neubaugebiet und heiratest einen Altobernstädter?»

Mia schaut an mir vorbei und neigt den Kopf von links nach rechts. Dann schmunzelt sie. «Wer weiß ... Die Frage ist doch viel mehr: Was ist mit dir? Willst DU nicht mal einen Einhandsegler fahren oder aus der Sesshaftigkeit etwas Aufregendes machen? Du könntest einen heißen Surferboy in Australien aufreißen, auf einer Kaffeeplantage in Kolumbien anheuern oder ...»

Jetzt geht das schon wieder los! Unwillig und etwas trotzig unterbreche ich sie: «Ich mag den Kaffee hier. Und ich habe Jo!»

Lächelnd deutet sie auf meine Tasse mit dem Milchkaffee und verkündet: «Ich könnte wetten, die halten Coldbrew für eine Biermarke. Und Jo, na, dazu sage ich besser nichts mehr. Ist schon okay, du magst es eben hier.» In ihrem letzten Satz liegt eine Mischung aus Resignation und ... ja, Mitleid.

Eine Weile ist es still zwischen uns, und ich kämpfe mit dem Gefühl, mich verteidigen zu müssen. Da ist dieser kleine Hauch Wut darüber, dass sie mir gar nicht zutraut, mehr aus meinem Leben zu machen. Und nicht nur Mia, niemand. Ich bin nun mal Charly aus Altobernstadt, das war's.

KAPITEL 2

Sebastian

Waren das alle?» Adam stellt den letzten Karton aus dem Lieferwagen ab, stützt die Hände in gespielter Erschöpfung auf seinen Oberschenkeln ab und erklärt: «Mensch, Basti, das ersetzt mir glatt das Work-out von heute Abend.» Er grinst breit und deutet auf seinen nicht sehr ausgeprägten Bizeps.

Ich schaue auf die klägliche Ansammlung von einem Dutzend Kartons und einem Koffer. Nichts davon war wirklich schwer. Und bis auf den, den ich gerade wie einen Karton roher Eier auf dem Arm balanciere, ist mir auch keiner wichtig. Ein paar Klamotten, ein paar Bücher, Kleinkram, Erinnerungen an frühere Sets, viel mehr hatte ich während meiner Abwesenheit auch gar nicht eingelagert.

«Im Ernst», fährt Adam fort, «dein ganzes Leben steckt in diesen Kartons?» Schnell fügt er hinzu: «Ich beneide dich.»

«Du beneidest mich nicht, mein Freund!», brumme ich. «Du hast eine Frau und zwei zuckersüße Kinder, lebst in einem Haus mit Möbeln statt aus Kartons und arbeitest in einem normalen Job. Menschen wie du beneiden Menschen wie mich nicht, sie bemitleiden sie.»

Er rollt mit den Augen. «Gib her, ich nehm dir deinen Karton ab, du brichst unter deinen ganzen Altlasten ja gleich zusammen», stichelt Adam weiter. Vielleicht tut er das auch aus Verlegenheit darüber, dass ich ins Schwarze getroffen habe. Er will mir den Karton aus der Hand nehmen, aber ich zucke zurück.

«Nicht anfassen!», fauche ich. Da drinnen sind Flos Heiligtümer. Die jetzt auch meine Heiligtümer sind. Wie seine *Lucky Luke*-Comics, um die wir uns als Kinder immer geprügelt haben, oder die verbeulten und ungültigen Nummernschilder seines ersten Autos, die Originalkarten für das Stones-Konzert in New York, ein Foto von uns beiden bei unserer Alpenüberquerung vor acht Jahren, sein Lieblingshoodie und natürlich der Warmwasser-Atemregler mit dem gesprungenen Display.

«Sag mal, warum dreht ihr jetzt eigentlich in München und nicht mehr in Portugal?», will Adam wissen. Er weiß genau, wann er bei mir das Thema wechseln muss.

«Die Außenszenen sind im Kasten – der Rest ist im Studio günstiger», sage ich knapp und lächele ihn schief an. Zum Glück nimmt Adam mir auch so kurze, heftige Ausbrüche wie eben nicht krumm.

«Und daher jetzt also Starnberg.» Er schaut sich interessiert in der Wohnung um und meint anerkennend: «Schick hier. Deine Schwester scheint ganz gut zu verdienen mit ihrem Coachingkram.»

Ich zucke mit den Achseln, weil ich keine Lust habe, meinem besten Freund zu erklären, dass es egal ist, womit Julia ihr Geld verdient oder nicht verdient. Die Villa in Starnberg mit eigenem Seezugang hat ihr Mann gekauft. Es ist nett, dass sie mich hier übernachten lässt. Das Wort «wohnen» fällt sogar beim Denken irgendwie schwer.

«Mann, ich muss los. Den Kleinen von der Kita holen.» Adam schaut auf seine Uhr und verzieht das Gesicht. «Aber ich könnte heute Abend mit Wolfi auf ein Bierchen vorbeikommen, und du erzählst von Lissabon, den heißen Portugiesinnen. Oder wir gehen in München was trinken.»

«Ich bin verabredet», sage ich ausweichend.

«Aaaah!», macht Adam, und ich wette, er freut sich schon auf den Moment, Anni, seiner Frau, zu erzählen, dass der arme Sebastian jetzt endlich wieder eine Frau am Start hat.

«Sie ist blond, blutjung und kommt heute Abend zum Serienmarathon bei mir vorbei», seufze ich, wohl wissend, dass Adam mich sofort durchschauen wird.

Adams Gesichtszüge sacken ab. «Jenna?», fragt er. «Deine Nichte?»

Ich nicke.

«Wie schlimm?», will er dann wissen, und er muss die Frage gar nicht weiter ausführen. Ich weiß auch so, wie sie weitergehen würde: *Wie schlimm ist es, wieder hier zu sein? Zum ersten Mal seit ...* An dieser Stelle würde Adam stocken, und die richtigen Worte würden ihm fehlen, weshalb er letztlich nur noch eine Handbewegung machen würde, die alles umschließt, was in den letzten sechs Jahren passiert ist.

Was er meint, ist: Wie schlimm ist es, mit den Erinnerungen konfrontiert zu werden? Wie schlimm, nicht mehr ruhelos umherzuziehen, von Job zu Job, sondern tatsächlich längere Zeit in München drehen zu müssen?

Ich zucke die Achseln und schaue an ihm vorbei. Bis Adam seinen untrainierten, aber mitfühlenden Bizeps hebt und mir die Hand auf die Schulter legt. «So schlimm?»

KAPITEL 3

H ast du nicht manchmal Lust, das alles hier hinter dir zu lassen?», fragt Katja nachdenklich. Sie stemmt die langen, dünnen Arme in die Seiten. «Also von wegen aus deiner Haut rauskommen und so?»

«Geht nicht, die ist angewachsen», kontere ich und strecke mich in Richtung Decke. Ein Bein auf der vorletzten Stufe der Leiter, eines auf der letzten. Zum wiederholten Male nehme ich mir vor, die Lichterketten einfach hängen zu lassen. Den Saal im Seitenflügel des Restaurants zu dekorieren, ist immer eine halsbrecherische Angelegenheit.

Katjas nackte Füße patschen ungeduldig auf den kalten Bodenfliesen. Sie stöhnt: «Och Mann, Charly. Du müsstest doch verstehen, dass ich das rein metaphorisch meine.»

Lächelnd schüttele ich den Kopf, drehe mich zu ihr um und fange ihren Blick auf. Sie hat den Kopf leicht in den Nacken gelegt, und die Sonnenstrahlen schreiben ein schattiges Muster auf ihr Gesicht. Flirrende Staubpartikel schweben wie lautlose Fliegen durch die Luft. Die Blumenarrangements, die wir auf einem der Tische in der Ecke des Gastraums versammelt haben, verbreiten einen schweren, süßen Duft. Mein Blick schweift über den großen Saal mit den imposanten Deckenbalken, den schnörkellosen Wänden aus unverputztem Fachwerk und den bodentiefen Fenstern, die die Sicht auf den Weiher freigeben, in dem wir von März bis weit in den Oktober hinein schwimmen gehen. Ich puste mir ein paar Strähnen aus der Stirn und mache mich wieder daran, die Lichterkette zu entdröseln.

Eine Weile ist meine Schwester still und sieht mir zu, wie ich mich mit der Lichterkette abmühe, dann stampft sie mit dem Fuß auf, sodass es ein schmatzendes Geräusch gibt, und legt eine Hand an die Leiter. «Ich kann das doch für dich übernehmen!», erklärt sie.

«Kannst du nicht», sage ich knapp und versuche, die Lichterkette durch die Deckenöse zu schieben.

Katja schmollt und fährt sich mit der rechten Hand durch den blonden Pagenkopf. Ihre hohen Wangenknochen drücken sich förmlich durch die helle Haut, die in wenigen Wochen von Sommersprossen übersät sein wird. Als wir Kinder waren, haben wir sie gezählt, und ich habe behauptet, es wären Wunschpunkte. Wie beim Sams. Katja ist zwar sechs Jahre älter als ich, aber genau genommen trennen uns nur wenige Monate, die sie länger bei unseren Eltern lebt als ich. Wir sind vollkommen unterschiedlich und doch durch unsere Vergangenheit vereint. Ein bisschen wie Minus und Plus. Antonyme, deren Gegensätzlichkeit uns gleicher macht, als unsere Charaktere es vermuten lassen.

«Sei mir nicht böse, Katja, aber hast du nicht irgendetwas anderes zu tun, als mich von der Arbeit abzuhalten?»

Wie erwartet bleibt meine Schwester unbeeindruckt von meinem Versuch, sie wegzuschicken. «Ich könnte Servietten falten.»

24

«Das gibt bei dir nur faltige Knoten», erwidere ich und schwäche die Feststellung mit einem kleinen Augenzwinkern etwas ab.

Als Katja laut seufzt, biete ich an: «Wie wär's mit Bestecktaschen? Die konntest du doch immer gut.»

Das ist zwar reichlich übertrieben, selbst die einfachsten Faltmuster geraten bei Katja zu abstrakt geformten Unikaten. Aber das kurze Leuchten in ihren Augen ist die kleine Notlüge allemal wert.

«Na also», sagt sie froh und lässt sich auf einen der Tische fallen. Mit einer Hand zieht sie den Karton mit den Stoffservietten zu sich und greift hinein. «Wenn ich es nicht besser wissen würde, könnte man fast meinen, du bist mit unserer Mutter verwandt. Die gibt auch immer nach.»

Worte wie diese verfehlen ihre Wirkung nie. Katja macht solche Bemerkungen ständig. Ganz nonchalant, völlig unbeeindruckt, als würde sie sagen: Hey, wir hatten gestern Pizza zum Abendessen.

Bei mir verursacht es ein seltsames Herzklopfen, daran erinnert zu werden, dass Katja und ich zwar gemeinsam aufgewachsen sind, aber kein einziges Gen teilen. Als könnten Worte mir die Existenz rauben.

«Jetzt, da ich wieder hier bin», beginnt sie erneut, «könntest du doch ein bisschen kürzertreten im Restaurant. Immer denkst du nur an andere, nie an dich. Jetzt bin ich an der Reihe, das Zepter zu übernehmen», verkündet Katja und klingt dabei, als wäre sie Vorstandsvorsitzende eines Dax-Konzerns und keine Mittdreißigerin, die es bisher in keinem Job länger als sechs Monate ausgehalten hat. Als würden zwei halbwegs vernünftig gefaltete Servietten sie dafür qualifizieren, eine Wirtschaft zu leiten. Aber Katja ist noch nicht fertig. «Du hast doch bei *Edelbert & Ardenbaum* genug mit deinen Verträgen und deinen Hieroglyphen zu tun.» Sie macht eine gewichtige Pause, und ich verkneife es mir, sie daran zu erinnern, dass ich als Englisch- und Italienischübersetzerin arbeite, nicht als Ägyptologin.

«Schau mal, das ist doch eine Eins-a-Variante einer Bestecktasche!» Katja hält eine Serviette hoch und lächelt mich an, bevor sie eine neue aus der Verpackung zieht. «Was macht eigentlich Mia? Wie war euer Treffen gestern?»

«Alles beim Alten. Mia eben – überall auf der Welt zu Hause, nur nicht in Altobernstadt.»

«Du bewunderst sie immer noch für alles, was sie tut, oder?», erwidert Katja und legt die Stirn in akkuratere Falten als jede Serviette.

«Stimmt doch gar nicht!»

Dabei stimmt es sehr wohl, wenn ich ehrlich bin. Mia ist eben wie eine Schlange, die sich regelmäßig häutet und neu erfindet. Eine Powerbank und ich nur die Back-up-Software, um es mit Jos Worten zu sagen.

«Was würden wir nur alle ohne dich machen?», sagt Katja. «Gut, dass du hier so verwurzelt bist wie eine alte Eiche.»

Vielleicht ist es dieser Satz, der das Fremdheitsgefühl verstärkt, das ich seit einiger Zeit habe. Vielleicht aber auch der Zeitungsausschnitt, den meine Mutter mir vor ein paar Wochen stumm überreicht hat und der seitdem in meinem alten, zerfledderten Notizbuch liegt wie eine Anklageschrift. Dieses lederne Buch, dessen karierte Seiten nur mit einem roten Gummi zusammengehalten werden und das seit Jahren mein ständiger Begleiter ist und all meine zusammenhängenden und zusammenhanglosen Gedanken enthält. Vielleicht ist es Mias schlecht verhohlenes Mitleid. Oder Katjas treffende Kommentare. Oder eine Mischung aus allem. Ich kann vielleicht eine Lichterkette entdröseln, aber um das Geheimnis meiner Herkunft zu entwirren, ist es jetzt zu spät. Ich habe zu lange gewartet, zu lange gedacht, es müsse alles so bleiben, wie es ist. Ohne Antworten auf Fragen.

Einen Moment lang stolpert mein Herz und fragt sich, was und wer ich geworden wäre, wenn ich nicht vor über dreißig Jahren in diese Familie gekommen wäre. Und gleichzeitig, noch während es den richtigen Takt wiederfindet, keimt da etwas in ihm. Etwas, das sagt: Wann genau hast du eigentlich beschlossen, eine Eiche zu sein, Charly?

KAPITEL 4

Mein Büro bei *Edelbert & Ardenbaum*, das diese Bezeichnung so wenig verdient wie ein Bahnhofsklo das Attribut «Wellnessoase», liegt am Ende eines langen Ganges, in dem Bereich, der noch nicht renoviert wurde. Genau genommen ist es eine Kammer ohne Tageslicht, dafür mit greller Neonröhre und einem verblassten Sonnenuntergangsposter aus den Achtzigerjahren. Aus einer Zeit, in der es angesagt war, sich ganze Wände mit diversen Dämmerungsszenarien zu tapezieren, und in der sich Work-Life-Balance noch mehr nach Margarine als nach einem ernst zu nehmenden Lebensstil angehört hat. Hier bei *Edelbert & Ardenbaum* heißt das Work-Work, ganz ohne Scham.

Auf meinem linken Bildschirm zähle ich einunddreißig neue E-Mails in Outlook, fünfzehn mit Eilt-Vermerk. Darunter eine Mahnung der Personalabteilung, meinen Alturlaub endlich zu nehmen: «Vierundzwanzig Tage aus dem Vorjahr und dreißig neue, Frau Reinhardt, Sie müssen dringend Urlaub abbauen.» Außerdem eine Einladung zum Betriebsgrillen und einmal Werbung für ein Sextoy mit Hasenzähnen und dem klangvollen Namen *Superlatte*: «Nutzen sie auch in Büro, 100 percent Garanti für nicht laute Lautstärke. Rückgabe okay wenn Unzufriedenheit wegen Diskretionen.»

Unwillkürlich muss ich an Jo denken. Aus dem romantischen Abend, den ich mir bei seinem letzten Besuch vor drei Wochen erhofft hatte, wurde nichts, außer hektischem Sex ohne Vorspiel. Ich schlucke und versuche, nicht im Nachgang noch enttäuscht zu sein. So ist das eben manchmal. Dabei ist Jo meistens sehr zärtlich. Nicht wie Micha, sein Vorgänger, der von der weiblichen Anatomie so wenig Ahnung hatte wie Katja vom Serviettenfalten. Und Jo ist auch keiner, der ständig eine andere vögeln muss wie Dominik, der Typ vor Micha. Wahrscheinlich ist es ganz normal, dass im Laufe einer Beziehung die romantischen Sätze Platz machen für die praktischen. Da kann aus «Schatz, du siehst fantastisch aus» schon mal ein «Hast du meinen zweiten Socken gesehen?» werden.

Jo ist eigentlich einer von den Guten. Und auch er darf mal einen schlechten Tag haben. Vielleicht braucht er einfach noch Zeit, um mich als seine Freundin anzusehen.

Zwei Jahre, Charly!? Es sind zwei Jahre, in denen er sich bereits dreimal von dir getrennt hat, ohne den Beziehungsstatus überhaupt verifiziert zu haben … flüstert mir eine Stimme zu, die ich gekonnt ignoriere. Es wird besser werden, wenn … Ja, wann eigentlich?

Schnell lösche ich die Sextoy-Mail, lese die anderen, seriösen Nachrichten und stürze mich dann in die Arbeit. Eine halbe Stunde später steckt meine Kollegin Sandra ihren Kopf durch die Tür und hält mir einen dampfenden Becher Kaffee hin.

«Zweimal Zucker, einmal Schaum», ruft sie gut gelaunt.

«Sag mal, hast du auch diese komische Werbung mit dem Sexspielzeug bekommen?»

«Ja, zwei waren im Angebot – ich hab schon bestellt und du?», antworte ich und ernte einen verwirrten Blick.

Am liebsten würde ich mir auf die Zunge beißen. Allerdings kommt der Bremsbeschleuniger zu spät. Wie so oft.

«War ein Scherz», erkläre ich schnell.

Sandra grinst schief, stellt die Tasse auf meinem Tisch ab und wendet sich schon wieder zum Gehen.

«Danke!», rufe ich ihr hinterher.

Seufzend lehne ich mich zurück und nehme einen Schluck Kaffee. Die Übersetzung der neuen Produktbeschreibungen für Dosieranlagen ins Italienische hat es in sich. Kollege Schmitt hat sie mir mit den Worten geschickt: «Ich bin in Urlaub, aber du bist ja da – könntest du das übernehmen?» Außerdem muss noch die Mitarbeiterzeitung für die Angestellten in UK und USA ins Englische übertragen werden – damit die auch mitkriegen, was bei uns nicht los ist, denke ich. Denn *Edelbert & Ardenbaum* ist als Arbeitgeber ungefähr so aufregend wie der Klappentext eines Wörterbuchs.

Natürlich habe ich mir nach der Uni vorgestellt, schöne Literatur zu übersetzen. Wer nicht? Nun sind es eben trockene Verträge geworden statt spritziger Dialoge. Man kann nicht alles haben. Auch wenn Mia das Gegenteil behaupten würde.

Mia und ich haben gemeinsam in Frankfurt Sprachen studiert. Mia, weil sie in die Welt hinauswollte. Ich, weil ich Worte finden wollte – für mich, für andere, für das Leben, für all die Dinge, die ich bis heute nicht begriffen habe.

Vielleicht aber auch, weil ich mir mit Wörtern eine Welt schaffen wollte, in der ich mich verkriechen kann.

Als mein Telefon klingelt, schrecke ich hoch und klicke schnell das Bedienmanual der Dosieranlage auf. Als könnte man durch den Hörer sehen, dass ich trüben Gedanken nachhänge, statt zu arbeiten. Aber seit die Geschäftsleitung letztes Jahr veranlasst hat, diese monströsen Rauchmelder zu installieren, fühle ich mich immer irgendwie beobachtet.

«Charly?», tönt es durch den Hörer.

Einen Moment lang brauche ich, bis ich die Stimme erkenne, so verzerrt klingt sie durch den Apparat.

«Mia?», frage ich. «Bist du das?»

«Ha! Du glaubst nicht, wo ich gerade bin!»

Sie klingt dumpf und weit entfernt, es kratzt und knarzt im Hörer. Vermutlich hat sie mal wieder auf Lautsprecher gestellt und macht nebenbei tausend andere Sachen.

«Keine Ahnung, vielleicht ...»

«Ich bin in Französisch-Polynesien! Mit Sören, diesem Aussteigertyp, von dem ich dir neulich im Café erzählt habe», sagt sie.

Ich erinnere mich an keinen Sören. Aber das muss nichts bedeuten. Im Namenswirrwarr von Mias ständig wechselnden Bekanntschaften kann auch mal jemand untergehen.

«In welchem Arrondissement von Paris liegt Französisch-Polynesien denn?», witzele ich.

Mia lacht schallend. «Geografie war noch nie deins, Charly», erwidert sie. Und ein wenig klingt es, als wolle sie sagen: Wer sich die Welt nur in Filmen ansieht, kann ja auch keine Ahnung von ihr haben. «Ich wiederhole mich ja ungern, aber du wärst auch mal reif für einen Tapeten-wechsel.»

Gedankenverloren schaue ich auf den papiernen Son-nenuntergang und verspüre plötzlich den unbändigen Drang, das Ding von der Wand zu reißen. Als würden sich dahinter die Top Five der hippsten Arbeitgeber verbergen und nicht die blanke Wand von *Edelbert & Ardenbaum*.

«Das ist Raufaser, die geht ganz schlecht ab», sage ich.

«Was? Ich kann ...» In der Leitung ist es plötzlich still. Dann kracht es wieder kurz. «Was hast du gesagt? Ich ...» Mia wird von einem weiterem Rauschen unterbrochen.

«Nicht so wichtig. Erzähl mir, wie es dich in den Pazifik verschlagen hat!», erwidere ich.

Normalerweise tut Mia das sehr bereitwillig. Sie hat dieses Talent, jeden ihrer Sätze wie einen Abenteuerroman klingen zu lassen, während ich mit meinem ereignisarmen Leben noch nicht einmal die Klatschspalte auf der letzten Seite unten links fülle. Ich könnte höchstens von Katja er-zählen, die ihr Interesse an der Gastronomie inzwischen mit einem Crashkurs zum Thema «vegetarisch-basische Ernährung» an der Volkshochschule untermauert. Oder von Pepe, einem meiner Geschwister, der zwei riesige Milchzähne verschluckt hat und mich beim Fußballspielen in Grund und Boden dribbelt.

«Ah, lange Geschichte ...», erklärt Mia. «... Empfang zu schlecht ... erzähl ich dir, wenn ich zurück bin ...» Jetzt ver-kommt Mias Stimme zu einem verzerrten Laut. Als ich sie wieder höre, sagt sie: «... Flugzeug in Richtung Deutsch-land, aber nun sitzen wir hier fest ... wegen ... Sturm ... hef-tigster seit Jahren ... *hurricane season* ...»

Ich lausche zwar aufmerksam, aber die schlechte Verbindung verschluckt Mias Worte und Sätze und nimmt dem Ganzen etwas den Zusammenhang.

«Und da kommst du ins Spiel!», ruft sie schließlich durch den Hörer. Die Verbindung ist wieder klar. «Sag mal, kannst du dir ein paar Tage freinehmen?»

Ich sehe mich schon aus dem Flieger steigen, während Mia mir in einem Basträckchen auf dem Rollfeld eine Blumenkette zur Begrüßung umlegt. Den Hurrikan ignoriert mein Tagtraum geflissentlich.

«Also die Personalleitung sitzt mir zwar schon im Nacken», plappere ich eifrig drauflos, «weil ich vierundzwanzig Tage aus dem letzten Jahr und noch die dreißig Tage ...»

«Gut», unterbricht sie mich, und ich sehe Basträckchen und Blumenkette schon wieder schwinden. «Es ist auch keine große Sache. Du müsstest nur ein paar Tage lang *ich* sein.»

Dann kichert sie.

«Das ist doch genau das, was du immer wolltest, oder?»

KAPITEL 5

Sebastian

Vor mir steht eine nervös giggelnde Horde von acht Frauen in Outdoorklamotten und beäugt misstrauisch die frisch geputzten Quads auf dem Schotterparkplatz vor dem stillgelegten Steinbruch. Ich hätte gerne darauf verzichtet, den Indiana Jones zu spielen. Aber Job ist eben Job, und dazu gehört leider auch, nicht nur selbst Adrenalin zu inhalieren, sondern es auch bestmöglich an den Mann – oder heute an die Frau – zu bringen.

Ich lächele gequält und mustere die Mischung aus Münchner Oberschichttöchtern und Möchtegernschickeria. Berit sticht angenehm hervor, mit ihrer zerrissenen Jeans und dem alten Männerpullover. Einen Moment lang schlucke ich, weil ich glaube, genau dieses alte Wollteil von Florian zu kennen. Gut möglich, dass es seines ist. Berit ist zu pragmatisch, um solche Dinge zu entsorgen. Ihre Freundinnen sehen dagegen so aus, als hätten sie ein Exklusivsponsoring von Fjällräven gewonnen. Ich rolle innerlich mit den Augen und freue mich schon auf den Moment, in dem ihnen die Matschbrocken um die Ohren fliegen.

Was Berit mit diesen aufgebrezelten Tussis will, ist mir ein Rätsel, dafür kann ich mir meine eigene Ex erstaunlich gut unter ihnen vorstellen.

Ich lächele Berit an, und es wird sogar ein ehrliches Lächeln draus. Ich mag sie – um ein Haar wäre sie meine Schwägerin geworden. Und es passt zu ihr, dass sie ihren Junggesellinnenabschied selbst organisiert. Ich schätze, sie tut das, um nicht mit einem Bauchladen voller Tangas und Schnapsfläschchen durch die Münchner Innenstadt geschickt zu werden.

«Können wir loslegen?», frage ich in die Runde.

Berit nickt eifrig, während die anderen noch etwas verhalten wirken.

«Aber du erklärst uns das schon ganz genau, oder? Mit diesen Dingern …»

Die Brünette deutet auf die Quads, und ich überlege, ob ich Berit nicht doch von Paintball, Wanderreiten, einem Segeltörn mit Brunchen oder einer Alpakawanderung hätte überzeugen sollen. Allerdings waren die «Abenteuer» unter der Kategorie «Frauen aus unserem Katalog» Berit alle nicht actionreich genug. «Das ist mein Mädchen», würde Flo sagen. Einen Moment lang ist es, als stünde er neben mir und würde Berit durch die hellbraunen Löckchen wuscheln. Dann fällt mir wieder ein, dass sie hier ist, weil sie einen anderen heiraten wird. Und die Blockade in meinem Innern lässt nicht zu, dass ich mir vorstellen kann, was Flo *davon* halten würde.

Ich schalte auf Professionalität und erkläre die Bedienung der Quads, gebe Sicherheitshinweise und zeige den Mädels nach einer kurzen Einführrunde auf dem Vorplatz im Schneckentempo die Highlights der Strecke: das Schlammbecken, die Sanddünen, die steile Rampe runter in den Baggersee.

Zwei der Frauen sehen jetzt schon aus, als würden sie gerne sofort absteigen. Aber Berit kann es nicht abwarten, und die anderen fügen sich mehr oder weniger begeistert in ihr Schicksal.

«Und merkt euch», sage ich und zwinkere. «Am Limit lenkt der Zufall.»

Berit streckt den Daumen nach oben und ruft: «Ich fahr dir nach.»

Ich stülpe den Helm über und drücke auf den Daumenhebel fürs Gas – und so habe ich in den folgenden eineinhalb Stunden wirklich Spaß mit meiner Beinahe-Schwägerin. Wie immer, wenn Geschwindigkeit und Adrenalin das Denken abschalten und ich einfach nur *sein* kann. Dafür werde ich Flo immer dankbar sein: Am Limit lenkt der Zufall und nicht mehr mein Kopf. Am Limit bin ich frei.

·· • ··

Die Mädchen sind unter ihrer Gesichtsbemalung deutlich erblasst, Berit dagegen strahlt mit roten Wangen. Die Freundinnen haben sich um die beiden Stehtische vor dem Bauwagen versammelt, und Berit bugsiert mich immer wieder geschickt in Richtung der Brünetten mit dem netten Lächeln. Madeleine heißt sie. Hübsch, nett. Aber ich bin nicht interessiert.

«Du könntest mit Madeleine zu unserer Hochzeit kommen», flüstert Berit. So leicht gibt sie nicht auf. «Du hast für zwei zugesagt und nachdem du und Sabia ...» Sie bricht ab. «Madeleine hat auch noch keine Begleitung.»

«Ich hab schon ein Date», lüge ich. Madeleine wäre bestenfalls ein One-Night-Stand. Und davon habe ich genug. Ich will nicht mehr neben einer Frau aufwachen, für die ich nichts empfinde. Mein eigentliches Problem aber ist: Ich will gar nichts empfinden.

«Willst du Jenna immer noch als Brautjungfer?», frage ich, um vom Thema abzulenken.

«Klar, ich liebe deine Nichte. Sie ist zuckersüß!», erklärt Berit.

Zuckersüß? Ich bin mir nicht sicher, ob wir von der gleichen Nichte sprechen. Allerdings kann Jenna als Brautjungfer in einem schicken Kleidchen vermutlich weniger Schaden anrichten denn als Blumenmädchen, Fürbittensprecherin oder Ringträgerin. (Von Stinkbomben in den Streublumen über Lösegeldforderungen für die Freilassung des Priesters aus dem Beichtstuhl bis zu einem Furzkissen unter den Eheringen traue ich ihr alles zu.)

«Sie wird anständig sein bei meiner Hochzeit.» Berit nickt mir zuversichtlich zu. «Immerhin habe *ich* Jenna an ihrem Geburtstag kein Schreiben von Hogwarts zukommen und sie eiskalt gegen einen Betonpfosten an der Haltestelle Großhadern laufen lassen. Ich schätze, mein Lieber, deine Nichte hat in dir ihren besten Lehrmeister gefunden.»

«Sie läuft gerade zu neuer Form auf. Hat einen Blog gefunden, auf dem ähnlich verrückte Kids ihre neuesten *pranks* teilen», brumme ich.

Berit will etwas entgegnen, aber ihre Freundinnen verlangen nach ihr.

«Komm, Berit», ruft Madeleine, «jetzt trinken wir erst mal ein Sektchen!»

Verzweifelter Blick von Berit. «Ich hätte lieber Bier.»

Tja, das hast du dir selbst eingebrockt.

«Du auch einen?», bietet mir eines der Fjällräven-Models an.

«Nein, danke. Ich fahr die Quads jetzt in die Reifenwaschanlage.» Ich wende mich wieder zu Berit und klopfe ihr aufmunternd die Schulter.

«Dann füge ich mich wohl in mein Schicksal.» Sie zieht eine Grimasse und fährt dann mit gedämpfter Stimme fort: «Überleg dir das mit Madeleine doch noch mal. Sie ist wirklich lieb. Wusstest du, dass sie als Kinderpsychologin arbeitet und einen Hund hat?» Sie nickt eifrig, als könne sie mir ihre Freundin dadurch noch schmackhafter machen.

Aber was soll das? Wenn mich diese Madeleine psychisch nicht zurechtbiegen kann, bleibt der Vierbeiner?

«Schön, das freut mich für die Kinder und den Hund», seufze ich.

Ich muss dringend hier weg, sonst schafft Berit es noch und dreht mir eine von diesen Influencerinnen für Outdoorklamotten an. Gut, dass das erst einmal der letzte Auftrag für die Eventagentur war. Ab morgen wird wieder gedreht. Dann kann Lehmann hier den Abenteuerzirkus übernehmen.

KAPITEL 6

Ein Teil von mir hat immer gedacht, man hätte die Berge da reinretuschiert in die Idylle auf all den Postern, Postkarten und Reiseführern über das Münchner Umland, aber sie sind wirklich so nah und so imposant. Der Anblick ist fast zu schön, um wahr zu sein.

Dass ich in Starnberg bin, habe ich Mia zu verdanken. Ich soll ihren Umzug überwachen und ein paar Dinge für sie erledigen, und deshalb darf ich jetzt die nächsten beiden Wochen in einer der schönsten Regionen Deutschlands verbringen.

Jo kann meine Aufregung gar nicht verstehen. Als ich ihm verkündet habe, für zwei Wochen wegziehen zu wollen, meinte er nur: «Man zieht nirgendwohin, wenn man nur für zwei Wochen weg ist.» In einem Anfall von Übermut habe ich daraufhin verkündet, vielleicht gar nicht wiederzukommen, und seine Antwort darauf lautete in gehässigem Tonfall: «Du und nicht wiederkommen?» Und wenn ich ehrlich bin, bin ich auch deswegen jetzt hier. Weil es doch wirklich nicht sein kann, dass mir niemand zutraut, ein anderes Leben zu führen. Wenigstens zwei Wochen lang werde ich es aushalten.

Ich starre auf die spiegelnden Flächen des Wohnkom-

plexes, in dem Mias neues Apartment liegt. «Heilige Scheiße!», murmele ich. Das elegante Haus ist vierstöckig und
fast ein wenig protzig, auch weil auf dem letzten Geschoss
ein weißer Kubus mit einer umlaufenden Dachterrasse
sitzt. Ich fühle mich, als wäre ich in einem Reisejournal
ausgestiegen. Neubauvillen mit viel Glas und Beton, dazu
geschniegelte Grünflächen und schicke Autos so weit das
Auge reicht. Akkurat getrimmte Pflanzen in riesigen Töp-
fen zieren die Außenbereiche wie Artefakte einer Kunst-
austellung – von Wäscheleinen, Bolzplatz oder einem
netten kleinen Kugelgrill keine Spur. Wer hier wohnt, lässt
seine Merinowollpullis und Seidenblüschen bestimmt
in einer Reinigung säubern. Und das Grillen übernimmt
vermutlich der hippe Caterer aus Schwabing. In meinem
Jeanskleid mit den Schweißrändern, dem Billigkoffer von
Aldi unterm Arm und meinen ausgelatschten beigen Bir-
kenstocks fühle ich mich im wahrsten Sinne des Wortes
fehl am Platz. Als hätte man mich im falschen Outfit direkt
in einer Neuauflage von *Melrose Place* ausgespuckt.

*«Freitag, der zwanzigste April, fünfzehn Uhr vierunddrei-
ßig»*, murmele ich leise vor mich hin. *«Charlotte Reinhardt
steht vor einer scheinbar unlösbaren Aufgabe: Sie soll zwei
Wochen lang in einem der schicken Wohnhäuser der Possenhofener Straße so tun, als ob sie genau hierher gehört. In die
erste Reihe, mit Seeblick.»*

Ich brauche einen Moment, bis ich mich so weit gefasst
habe, mich von der Aussicht loszureißen. Dann gebe ich
mir einen Ruck und laufe mit langen, eiligen Schritten zu
dem Wohnhaus mit der Nummer fünfzehn. Dritter Stock,
Apartment 2 a. Vor der edlen Mahagoniwohnungstür muss

ich lächeln, denn dort steht ein Strauß Frühlingsblumen, umwickelt mit hellgrünem Papier und dem Aufkleber einer Münchner Floristin. In dem beigelegten Umschlag liegt ein Zettel: «1000 Dank – und viel Spaß!»

Ich gebe den Code für die Tür ein, den Mia mir per WhatsApp geschickt hat. «Weitere Anweisungen findest du in diesem Link, damit kannst du dich in mein Postfach einwählen», lautete die weitere Nachricht.

Das Wort *Anweisung* hat zugegebenermaßen einen etwas unangenehmen Beigeschmack. Unwillkürlich muss ich daran denken, wie ich an der Uni mehr als einmal auf Mias Drängen hin Prüfungen für sie besucht und geschrieben habe – was dank unserer oberflächlichen Ähnlichkeit nie aufgefallen ist. Aber das hier ist ja auch etwas völlig anderes. Schließlich wohne ich die nächsten Wochen kostenlos in einer Luxusanlage mit Seeblick, Kunstrasen und allem möglichen technischen Schnickschnack. Das klingt doch viel mehr nach Fünf-Sterne-Urlaub als nach Arbeit.

Unwillkürlich halte ich die Luft an, als ich die Tür nach innen drücke – und blase sie lautstark wieder aus. Das gestöhnte «Wow» lässt sich auch nicht mehr aufhalten. Durch einen breiten, weiß gestrichenen Flur mit hellem Parkett und eleganten, in die Wand eingelassenen Einbauschränken schaue ich auf einen offenen Ess- und Wohnbereich.

Kurz muss ich an meine kleine Dachgeschosswohnung in Altobernstadt denken, in der es nicht einmal Platz für ein großes Bücherregal gibt, sodass ich in jedem Zimmer mehrere weiß lackierte Obstkisten stehen habe, die randvoll mit Romanen gefüllt sind. Klappentext reiht sich an

Klappentext, und ausnahmslos jeder klingt besser, als die paar Zeilen, mit denen ich mein Leben umschreiben könnte:

Charlotte wohnt in dem Dorf Altobernstadt, sie hat einen Freund, der nicht richtig ihr Freund ist, und einen Job, der nicht ihr Traumjob ist, und eine Familie, die auch nicht ihre richtige Familie ist.

Vielleicht rührt sie daher, meine Obsession, alles in Klappentexte zu packen – ich feile noch an dem für mein eigenes Leben.

Ich schüttele mich und versuche, mich auf das Hier und Jetzt zu konzentrieren. Die Blumen stelle ich im Flur ab. Auch meinen Koffer lasse ich erst einmal stehen – ein wirklicher Schandfleck in dem ansonsten makellosen Eingangsbereich – und gehe langsam weiter. Die Küche ist in einem hellen Grau gehalten und bereits vollkommen ausgestattet. Es blitzt und blinkt, als wäre sie direkt dem Katalog eines Luxusmöbelherstellers entsprungen. Ess- und Kochbereich vereint eine breite Kochinsel mit Steinplatte. Ich streiche über das teure Material und schaue mich weiter um. Links neben der Insel steht ein langer Esstisch aus massivem Stahl mit antiken Holzbohlen und einer dicken Glasplatte. Die sechs weißen, dreibeinigen Designerstühle sehen fast verloren aus an dem großzügigen Möbel. Dahinter liegt der Balkon, der vielmehr eine Art Loggia ist und auf dem unter durchsichtigen Plastikschützern dunkle Polyrattanmöbel stehen. Ich strecke den Kopf, um schon von hier drinnen über die Baumwipfel des angrenzenden Parks auf den See sehen zu können. Carrie Bradshaws 5th-Avenue-Apartment ist ein Scheiß gegen das hier. Dann drehe ich mich um, zu den beiden grauen Sofas mit blauen Kissen, ein Dreisitzer und ein Zweisitzer, beide dekorativ auf einem dunklen Teppich platziert, auf dem außerdem ein kleiner Glastisch mit drei verschiedenen Höhen und einer Schale mit Äpfeln aus bemaltem Glas steht. In der schmalen Ablage unter dem Tisch liegt eine Broschüre mit dem Titel «Willkommen in Lakeside Living».

Erschlagen lasse ich mich auf die Couch sinken, die genauso bequem wie schick ist.

«Charlotte kann ihr Glück kaum fassen, sie wird zwei Wochen lang in einem Möbelhaus wohnen. Ob es ihr gelingt, die Wohnung unversehrt wieder zu verlassen?», murmele ich vor mich hin.

Allerdings fühlt es sich – anders als im Klappentext meiner aktuellen Situation – gar nicht nach Glück an. So ist das manchmal mit Büchern: Der Umschlag verspricht etwas, was gar nicht drinsteckt. In mir herrscht keine Euphorie, dieser Ort löst Panik in mir aus. Ich bin ein einziges Häuflein Einsamkeit. Was soll ich hier so ganz alleine? Klar, Jo war auch in Altobernstadt nicht häufig da. Aber meine Eltern waren es, meine Geschwister. Ich gehöre doch in diesen Kokon aus Gaststätte, Familie und Büro, vielleicht auch aus Angst, ich könnte das alles verlieren, wenn ich mich erst einmal aus der Verpuppung löse. Zum Glück haben alle meinem spontanen Urlaub zugestimmt.

«Es ist ja auch nur für zwei Wochen, Charlotte, nur zwei kleine Wochen», rede ich mir zu. Dann springe ich entschlossen auf und gehe aus dem Wohn- in das angrenzende Schlafzimmer. Auch hier Chic pur. Das Bett ist zu meinem Erstaunen bereits bezogen, eine blaue Tagesdecke mit goldenen Rändern liegt darüber. Eine Schiebetür führt in ein Ankleidezimmer, das so groß ist wie Wohnzimmer und Küche meiner Dachgeschosswohnung zusammen. Ich überlege, ein Foto zu machen und es Katja zu schicken, aber vielleicht ist es in der aktuellen Situation nicht das Beste, mit Fotos von einem trauten Eigenheim zu kommen. Immerhin hat sie mit Tobias noch keine Regelung für das gemeinsame Haus gefunden.

Stattdessen hole ich meinen Koffer und meine Handtasche und packe alles aus. Ich will das alte Notizbuch mit dem roten Gummi in den Nachttisch räumen, dort, wo es auch in meiner Wohnung liegt, aber es fühlt sich nicht richtig an. Also stecke ich es zurück in meine Handtasche und hänge dann die wenigen Klamotten, die ich mitgebracht habe, in einen der Schränke. Meine Sachen füllen noch nicht einmal ein Prozent des Volumens. Es sieht aus wie bei Ikea in der Pax-Abteilung, wo ein einziges weißes Hemd dafür sorgt, dass man denkt, der Schrank wäre unendlich groß. Nur dass das hier ganz sicher nicht Ikea-Ware ist und es Mia mühelos gelingen wird, die Tiefen dieser Schränke zu füllen, da bin ich mir sicher.

Kurz darauf sinke ich mit meinem Laptop auf dem Schoß auf die Couch. Ich klappe das alte Ding auf und tippe den WLAN-Code ein, den ich in der Willkommensbroschüre gesehen habe. Keine zwei Sekunden später bin ich mit dem Internet verbunden und ziehe beim Gedanken an Jo eine traurig-sehnsuchtsvolle Grimasse. «*Das* ist Internet, Charly», würde er sagen.

Mias Link führt mich auf geradem Weg in ihr E-Mail-Postfach. Einen Moment lang stocke ich beim Blick auf den Bildschirm. Damit habe ich nicht gerechnet. Vielmehr mit einer netten Mail mit ein paar praktischen Hinweisen, einem Datum für den Möbelwagen und vielleicht ein, zwei Kommentaren, was in der Wohnung noch gemacht werden muss, bis Mia zurückkommt. Stattdessen hat sie mir eine Liste angefertigt, die für ihre Verhältnisse verdammt strukturiert ist. Und lang.

1. **Umzug**
   Im Posteingang findest du eine Aufforderung der Umzugsfirma, mit der du den Termin für diese Woche bestätigen müsstest. Wärst du so lieb, das bis Samstag, 9 Uhr morgens, zu erledigen? Und leite das dann bitte kurz an meinen Vater weiter und schreib ihm, dass ich, also du, gut angekommen bin in fucking Starnberg.

2. **Hausverwalterversammlung**
   Die Versammlung findet am 28. April um 19 Uhr im Gemeinschaftsraum in Nr. 13 statt. Du musst nicht teilnehmen. Weil ich dich aber kenne und du auf so einen Scheiß stehst, bitte, bitte, bitte: Lass dich (also mich) auf keinen Fall zum Beirat oder so wählen!

3. **Job**
   Bei «TonAb München» müsstest du meine restlichen Bewerbungsunterlagen abgeben. Digital reicht denen nicht. Ganz schön spießig, wenn du mich fragst. Die Zeugnisse findest du in meinen Umzugskartons. In irgendeinem Ordner, ich glaube, es war der blaue. Die kennen nur meinen Namen, mach dir also keine

Gedanken. Es ist aber wichtig, dass du persönlich hingehst. Je früher, desto besser.

4. **Auto**
   Mein neuer SL wurde Anfang des Monats vom Autohaus angeliefert. Den Schlüssel findest du in einem Umschlag auf dem Küchentresen. Viel Spaß mit dem Wägelchen – gib mal ordentlich Gas, Charly! Das Teil hat über 200 PS unter der Haube.

5. **Klamotten**
   In meinen Kartons findest du ein paar neue Outfits, die ich mir für die Arbeit habe schicken lassen. Zieh an, was immer du möchtest. Und wenn dir was besonders gut gefällt, dann behalte es einfach.

6. **Reservierungen**
   Mein Vater will unbedingt am 2. Mai um 18 Uhr mit mir essen gehen. Reservierst du uns da bitte einen Tisch im *Atelier*?

7. Ach ja, und in der 15 wohnt ein ziemlich heißer Typ, den ich bei Tinder ausgecheckt habe! Ich leihe ihn dir!

Viel Spaß, Charly, du bist die Beste!

Den letzten Punkt der Liste meint sie hoffentlich nicht ernst. Ich habe ja Jo ... (der sich genau genommen mich ausleiht, wenn es ihm passt).

«Also, an die Arbeit, Charlotte!», ermahne ich mich und

verbringe die nächste halbe Stunde damit, für Mia die Sekretärin zu spielen. Was mich seltsam glücklich macht.

Irgendwann stehe ich auf und öffne die breiten Türen zur Loggia. Mit der erstaunlich warmen Aprilluft wabert ein unterschwellig frischer Wind herein. Wie zur Bestätigung, dass es eben doch erst Frühling ist. Die grünen Baumkronen versprechen nicht zu viel, bereits jetzt sind sie in satte Farbe getaucht und tarnen sich als Vorgarten für das große Blau dahinter: Der Starnberger See streckt und reckt sich. Sein Wasser wirkt fast schon greifbar. Es glitzert tiefblau und sorgt dafür, dass mein Grinsen noch breiter wird. In der Ferne sehe ich die weißen Spitzen der Segelboote und dahinter die noch schneebedeckten Bergspitzen.

Ich ziehe mein Handy hervor und knipse und knipse, stelle verschiedene Filter ein, benutze andere Perspektiven, aber das Ergebnis ist trotzdem nicht befriedigend. Er lässt sich einfach nicht einfangen, dieser magische Ausblick, der einhergeht mit einem neuen, warmen Gefühl. Ein Gefühl, das sich in meinem Innern breitmacht und gehört werden will. Es füllt meine Brust, flutet meine Venen und macht mich ganz kribbelig. Wie nach zu viel Espresso ist dieser Ausblick ein Unruhestifter, der mich gleichzeitig seltsam glücklich macht. Dabei habe ich mit Starnberg so wenig gemein wie Mia mit Altobernstadt. Wir sind einfach beide an Orten geboren, an die wir nicht gehören. Und vielleicht sind wir auch in Familien geboren, in die wir nicht gehören. Die unangepasste Mia passt nicht zu ihrem Vater, dem Schickeria-Emporkömmling, und ich passe zwar irgendwie zu meiner Pflegefamilie, aber gehöre ich auch zu ihr?

Schnell verscheuche ich die Gedanken und gebe nur der Stimme Raum, die «Urlaub» wispert. Zwei Wochen, sage ich mir. Zwei Wochen, dann bin ich wieder weg. Und was soll in zwei Wochen schon groß geschehen?

KAPITEL 7

Sebastian

Lehman fixiert mich mit Blicken wie Reißnägeln.

«Ich mache es nicht, okay!» Ich sehe ihm fest in seine blauen Augen. Das können wir beide. Wenn es sein muss, gibt keiner von uns beiden nach. Dann wird das Bier vor uns auf dem wackeligen Biergartentisch eben schal und warm, und dann sitzen wir hier so lange, bis die Kampfschreie vom *Wickie*-Set längst verklungen sind und Lothar und sein Hausmeisterteam uns vom Gelände schmeißen. Mir doch egal. Ich mache es ganz einfach nicht.

Hinter uns klappert die Bedienung mit den Gläsern. Lehmann scharrt mit den Füßen im Kies.

«Was ist denn da dabei?», will er zum fünften Mal wissen.

Lockerlassen ist nicht so sein Ding. Trotzdem habe ich keine Lust, ihm schon wieder zu erklären, warum ich zwar ungesichert auf Gletscher klettere, mit Motorrädern über Holzstapel fliege, ich mich an einem Seil einen Hubschrauber herunterbaumeln lasse und von mir aus auch als Artist in ein Latexkostüm schlüpfe, das mir die Hoden auf Größe von Kolibri-Eiern zusammenquetscht – ich aber auf keinen Fall für eine Filmszene tauchen gehe.

Lehmann schüttelt den Kopf. «Ich verstehe dich echt nicht.»

«Kein Problem, das geht mir auch manchmal so», antworte ich pampig.

Lehmann ist schon so lange mein Geschäftspartner, wie er mein Freund ist. So lange, dass ich fast vergessen habe, dass er auch einen Vornamen hat. Andreas. Aber ich habe seit Jahren niemanden gehört, der ihn so genannt hätte.

Während ich nach dem Sportstudium für die Krankenkasse Reha-Kurse für Unfallopfer gegeben habe, war Lehmann schon gefragter Stuntman und gerade dabei, sich in internationalen Produktionen einen Namen zu machen. Als er dann bei mir auf der Behandlungsliege lag und sich von einem schweren Sturz vom Pferd berappelte, hat er mich davon überzeugt, seinen Beruf zu meinem Hobby und wenig später ebenfalls zum Beruf zu machen. Neben der Vermittlung seiner Stuntleute führt er die Eventagentur, für die er mich immer wieder einspannt. Aber Prinzipien bleiben Prinzipien. Und Tauchgänge mache ich nicht. Punkt. Dann doch lieber Babysitter für Möchtegernmodels auf Quads.

«Nimm Haro, oder lass es Melli machen», schlage ich vor. «Oder Andrej, der hat sich doch bei dieser ARD-Produktion so gut angestellt.»

Er winkt entnervt ab. «Ich will dich dafür! Das ist *deine* Chance! Hast du gehört, wer Regie führt?»

«Und wenn es Fassbinder persönlich wäre, ich mache es nicht, Lehmann!»

«Fassbinder ist tot», stellt er fest, als wüsste ich das nicht selbst.

«Du kleiner Korinthenkacker, du hast die Pointe nicht verstanden. Ich mache es nicht. Und wenn du eine ganze

Brigade an Hollywoodschönheiten nackt an meiner Seite schwimmen lässt.»

Lehmann lacht. «Das mit den Nackten ist eine gute Idee», sagt er und legt den linken Zeigefinger an die Schläfe. «Ich rede mal mit dem Drehbuchteam.» Er grinst schief und kratzt sich unter der Wollmütze, die so sehr zu ihm gehört, dass ich vermute, er versucht, ein Markenzeichen daraus zu machen.

Er beugt sich vor. «Und wenn ich dir das Doppelte zahle?»

«O Mann! Wenn sie mich mit vierzig Prozent an dem Scheißfilm beteiligen würden, nicht einmal dann», erwidere ich.

Jetzt gibt er auf. Lehmann kann zwar mit seinen zahlreichen Folgeschäden, die er bei dem Reitunfall damals erlitten hat, nicht mehr selbst als Stuntman tätig sein, aber vom Geschäft versteht er mehr als alle anderen. Und er weiß, wann es Zeit ist, Verhandlungen zu beenden. Bei aller Sturheit.

«Warst du bei Sabia auch so ungnädig?», zischt er.

Ich zucke kurz zusammen, greife nach dem Weizenglas und leere es in einem Zug, ohne Lehmann aus den Augen zu lassen. Ich lese darin, dass er selbst weiß, dass er zu weit gegangen ist.

«Sabia war eine verwöhnte Starnberger Schnepfe, die sich als Tantrayoga-Unterlage für Möchtegernschauspieler buchen lässt», sage ich grantig und nicht ganz wahrheitsgemäß. «So was wie die passiert mir nicht mehr.»

Ich winke der Bedienung, die Betty heißt, sich aber Letty nennen lässt, weil sie auf ihre angebliche Ähnlichkeit mit der berühmten Figur aus *The Fast and the Furios* verweisen will.

Letty/Betty bringt mir noch ein Bier, und ich wische gedankenverloren über den Schriftzug der *Bavaria Filmstudios* auf dem Glas. Vom Dreh von *Wickie reloaded – die Serie* ist nichts mehr zu hören. Jetzt wird sich gleich der Biergarten mit Stuntleuten, unter- oder gar *unbezahlten* Assistenten und Kameraleuten füllen. Ich muss weg. Also trinke ich schneller und ertrage Lehmanns Gejammer stumm. Er wird schon jemanden finden, der seinen ollen Tauch-Stunt macht. Ab und an gebe ich einen Kommentar ab, brumme oder nicke an der passenden Stelle. Trotzdem schweifen meine Gedanken immer wieder ab. Zu meiner Schwester, die vermutlich schon mein Abendessen in die Mikrowelle gestellt hat, zu Jenna, der ich versprochen habe, morgen nach einer Statistenrolle für sie zu fragen, zu Berit, die mir drei Nachrichten geschrieben hat, um sich für die Quadtour zu bedanken, und dann – obwohl ich dagegen ankämpfe – auch zu Florian, der weder eine Bude einrichten, noch Quadfahren, noch Mikrowellenessen vertilgen, geschweige denn die kleinste Statistenrolle spielen kann. Und am Ende landen meine Gedanken wie immer in dem Pflegezimmer, in dem ich so viele Jahre gesessen habe.

«Hast du nicht was anderes für mich?», frage ich aus einem Impuls heraus. «Viel Action, viel Adrenalin ...»

Lehmann hebt den Kopf und will mir mit diesem Hundeblick wohl sagen, dass er Hoffnung geschöpft hat.

«Also, ohne dass ich Aquaman doubeln muss?», füge ich schnell hinzu.

KAPITEL 8

Wie ein Alien stapfe ich durch den Feinkostladen, der sich als normaler Supermarkt tarnt. Charlotte – als E.T. von Starnberg. Das Gefühl, mir leicht extraterrestrisch vorzukommen, ist nicht neu. Zugegeben. Das ging mir schon häufiger so. Ähnlich wie früher an der Uni falle ich auf, als wäre ich gerade erst auf der Erde gelandet. Ein grüner Kopf wäre auch nicht viel schlimmer als meine geliebten indigofarbenen Espadrilles neben all den klackernden, schicken High Heels. Meine locker geflochtenen Zöpfe mit dem beigen Haarband, das den zu langen Pony nach hinten bändigt, im Vergleich zu diesen ganzen Föhnwellen-, Extensions- und Hochsteckfrisuren. Mein ungeschminktes, ungecremtes Gesicht mit dem unkaschierten Pickel an der Nase, der mit etwas Fantasie auch als schlecht gestochenes Piercing durchgehen könnte, im Vergleich zu all den perfekt einbalsamierten, gefinelinerten, parfümierten Starnberger Beautys, die sich Karöttchen und Biomangos in den Flechtkorb legen, während ich nicht an der Tiefkühlpizza vorbeikomme. Fast Food extrem – die Gourmetausgabe kostet hier satte 7,99 Euro (glutenfrei, ohne Geschmacksverstärker, bio und Fairtrade) und ist noch nicht einmal meine Lieblingssorte. Keine Dr.-Oetker-Salamipizza, wie

Mia und ich sie uns während des Studiums reingedrückt haben, wenn uns die Aldi-Lasagne zu den Ohren raushing. Weil Mia meist bereits Mitte des Monats ihr großzügiges, elterliches Budget vollständig in Klamotten investiert hatte.

Das ist hier so gar nicht mein Kiez. Selbst der Geruch ist anders als in Altobernstadt. Hier haucht es feinen Lavendelduft durch die Diffuser, statt penetrant nach ausgelaufenem Waschmittel oder Essigreiniger zu riechen.

Ich schiebe meinen Wagen reichlich eingeschüchtert am Weinsortiment vorbei. Bio. Ist klar. Dann geht es an Regalen mit wohlklingenden Lebensmitteln namens Vaya Bean Salt Snacks, Hanfsamenpesto, Bio Dattel Fruchtkonfekt und lecker Cashewspinat vorbei, ein Highway aus veganem Allerlei. Ich schüttele den Kopf, ganz unwillkürlich, gefangen zwischen Faszination und dem Wunsch, laut aufzulachen. E.T. möchte gerne nach Hause telefonieren und das Ganze seiner Mama erzählen. Was die wohl zu pinkem Glam Wedding Reis und ungesüßten Erbsendrinks sagen würde? Ich grinse gedankenversunken – als es plötzlich metallisch kracht und mir mein eigener Wagen gegen den Ellbogen knallt. Ein stechender Schmerz schießt durch meine Nervenbahnen.

«Hey», motzt eine brummige, dunkle Stimme.

«Entschuldigung», antworte ich und wage kaum, den Kopf zu heben. Jetzt hat E.T. auch noch einen Unfall gebaut!

Schließlich blinzele ich doch und betrachte den Kerl, mit dem ich zusammengestoßen bin. Aber statt eines Anzugsträgers mit gezückter Einkaufsapp auf dem iPhone steht mir ein anderes Alien gegenüber: staubige Jeans, staubiges Käppi, staubige Brille.

«Hey, Pocahontas, mach mal langsam», sagt das männliche Alien.

Es gibt Momente im Leben, die sind nicht nur auf den ersten Blick extraterrestrisch. Die bleiben es. Ein Leben lang. Das hier ist so einer. Auch wenn ich nicht weiß, woher ich das weiß.

Pocahontas? Ich ziehe einmal scharf die Luft ein und damit auch eine ganze Brise Wut. Woher soll ich denn auch wissen, dass es hier offenbar einen Dresscode fürs Einkaufen gibt? Wobei meine Kombi aus einer weiten, auberginefarbenen Culotte, meinen Espadrilles und den Zöpfen natürlich tatsächlich eine ganz eigene, indigene Sprache sprechen. Ich hab mehr als nur das falsche Label an der Hose. Da hat er einen Punkt, der Kerl mit der staubigen Jeans.

«Hast du dir wehgetan?» Seine Stimme klingt jetzt mitfühlender.

«Ein Indianer kennt keinen Schmerz», antworte ich gequält und reibe mir möglichst unauffällig meinen Ellbogen.

«Dann ist ja gut», sagt er grinsend und tippt sich an sein blaues Käppi mit dem weißen Kanada-Ahorn.

Ich schaue in ein verdammt männliches Gesicht mit leichten Bartstoppeln und blitzweißen Zähnen, die so einen seltsamen Kontrast zu seinem ebenfalls staubigen Gesicht abgeben, dass ich unwillkürlich mitgrinsen muss. Hinter der Brille fallen mir seine großen, leuchtenden Augen auf.

«Die Maiskolben gibt es übrigens da drüben», sagt er und deutet auf das Gemüseregal, während er seinen Wagen an mir vorbeirangiert.

Im selben Augenblick drehe ich mich um mich selbst,

und vielleicht ist es Zufall, ganz bestimmt sogar, dass sich unsere Schultern dabei berühren. Wobei es wegen des Größenunterschieds zwischen uns bei ihm eher der Oberarm und bei mir die Schulter ist.

Ich räuspere mich und suche nach einer passenden Entgegnung. Aber diese unerwartete Berührung hat meinen Wortwitz gelähmt, und so kriege ich kein Wort raus. Wie das oft so ist bei mir mit fremden Männern. Meistens wirke ich beim anderen Geschlecht wie ein unterbelichtetes Mäuschen, und all die schlagfertigen Antworten, die ich parat hätte, bleiben mir im Hals stecken und ballen sich zu einem Buchstabenknoten, an dem nur noch Gestottertes vorbeikommt.

Mein Blick fällt auf ein Tattoo unter seinem graublauen T-Shirt, ein verblasster Strauß am rechten Bizeps. Die Enden eines Tribals, vermute ich. Ziemlich retro, aber immerhin kein chinesisches Schriftzeichen.

Er hebt die Hand. «Also dann, Pocahontas, viel Spaß noch auf dem Kriegspfad.»

Ein bescheuerter innerer Reflex will ihm sagen, dass ich früher schon immer gerne Flechtzöpfe getragen habe, dass meine Familie, allesamt große Fans alter Westernfilme, mich deshalb liebevoll *unsere kleine Squaw* gerufen hat und ich mir dadurch noch mehr wie das Pflegekind vorkam, das ich auch war. Eine Dazugestoßene in einem Clan. Außerirdisch eben. Zum Glück hat mein Verstand diesen Reflex im Griff. Stattdessen füge ich noch hinzu: «Werde ich haben, Indianerehrenwort!»

Sein lautes, warmes Lachen klingt mir eine ganze Weile lang nach. Dann schiebt er seinen vollgeladenen Wagen weiter, und ich stehe da und finde es lächerlich, wie diese kurze, belanglose Begegnung meinen Herzschlag beschleunigt. Mein Herz ist von Jos Dauerkälte anscheinend so auf Eiszeit getrimmt, dass selbst ein paar beiläufige Worte eines Mannes (eines *sehr* männlichen, ergänzt mein Kopf) es zum Schmelzen bringen.

Leise murmele ich vor mich hin: «*Pocahontas haben ihre Mokassins nach Starnberg getragen. Fremd in einem Land, das voller ungekannter Möglichkeiten steckt, begegnet sie bei der Maisernte einem Gleichgesinnten. Wird er ihr beistehen, oder ist er nicht mehr als ein Blender im Tarnoutfit?*»

Meine Klappentexte waren auch schon besser. Ich seufze und schüttele über mich selbst den Kopf.

Unschlüssig stehe ich ein paar Sekunden da, dann gebe ich mir einen Ruck und schlurfe an Quinoa, Flohsamenschalen und Leinsamenöl vorbei Richtung Gemüseregal. Dort nehme ich mir aus Trotz einen Maiskolben und lege ihn zur Pizza in den Wagen. An der Kasse sehe ich mich noch einmal möglichst unauffällig um. Aber mein Co-Alien ist verschwunden. Die Verkäuferin schiebt mit langen, sorgsam manikürten Fingernägeln meine Einkäufe über den Scanner, und fast zeitgleich piepst mein Handy.

Es ist Jo, der schreibt: «Telefonieren später?»

Ich tippe «Gerne. 18 Uhr?» und schicke auch noch ein Emoji mit Herzchen zurück.

Als ich wenig später durch die gläsernen Schiebetüren nach draußen laufe, sehe ich ihn wieder. Den Kerl mit dem Staubgesicht und den Leuchteaugen. Er steht bei den großen Gitterkörben mit den leeren Kartons und sucht nach der passenden Größe, um seine Einkäufe zu transportieren.

Statt weiterzugehen, schiebe ich meinen Wagen langsam auf die gegenüberliegende Seite zu einem Windfang. Hier ist ein Schwarzes Brett angebracht mit Anzeigen zum Verkauf von Kinderwagen, gebrauchten Fahrrädern und zu den Treffen der Starnberger Laufgruppe. Alibimäßig ziehe ich an einem der Abreißzettel mit Handynummer und starre dann auf das große Werbeplakat mit dem Starnberger See.

Hinter mir raschelt es noch immer. Ich schaffe es nicht weiterzugehen.

Die *Initiative Urlaub in Deutschland* wirbt für unentdeckte Plätze am Starnberger See – Perlen der Natur, abseits des Massentourismus. Die, wenn es mehrere solcher Plakate gibt, wohl nicht länger unentdeckt bleiben werden. Schön sieht der Seezugang mit Blick auf ein malerisches Dörfchen trotzdem aus.

Ich studiere einen Moment lang interessiert die Karte der Umgebung, und als ich mich schließlich umdrehe, ist er weg, der Mann, der mich Pocahontas genannt hat. Kopfschüttelnd packe ich meine Einkäufe in die Stofftasche, die ich für biologische 3,50 Euro miterworben habe, bringe den Einkaufswagen zurück (nicht ohne noch einmal zu schauen, ob ich ihn vielleicht auf dem Parkplatz ausmachen kann) und trete den Heimweg an.

Als ich schon eine lange Reihe millimetergenau getrimmter Gartenhecken und die dazugehörigen brummenden Rasenmähroboter hinter mir gelassen habe und in die Possenhofener Straße eingebogen bin, piepst mein Handy wieder. Es ist die Info, dass sich die Verkehrslage in Richtung Altobernstadt geändert hat. Als ob ich gefragt hätte! Als ob es mir sagen wollte: Fahr einfach nach Hause, Charlotte.

Jo dagegen antwortet nicht, auch nicht auf meine Herzchen. Die Häkchen dahinter werden noch nicht einmal blau.

·· ● ··

«Wir sollten es als eine Art Auszeit sehen. Eine längere», sagt Jo bei unserem Telefonat am Abend. Er sagt es ganz nebenbei, als Antwort auf meine Frage: «Kommst du mich mal besuchen, in Starnberg?»

Natürlich habe ich doch wieder gefragt. Ich kann ja nicht anders. Ich habe so große Angst vor Ablehnung, dass ich in der Hoffnung, ein einziges Mal nicht enttäuscht zu werden, die wesentliche höhere Wahrscheinlichkeit, dass genau das passiert, in Kauf nehme.

Und jetzt stehe ich in Mias Hochglanzküche vor dem Hochglanzofen mit der Gourmettiefkühlpizza aus der Gourmetgefrierkombination darin. Erstarrt in der Bewegung. Erstarrt in diesem Wort, das so kalt ist wie der Edelstahlkühlschrank in meinem Rücken: *Auszeit*.

Mit diesen paar Buchstaben spuckt Jo förmlich Eiswürfel aus. Eiswürfel, die ich brav schlucke. Aber für einen erschreckenden Moment sehe ich völlig klar, sehe, wie ich immer still zu allem genickt habe, wenn ich doch laut den Kopf schütteln wollte. Und ich bin kurz davor, absichtlich ans heiße Blech zu fassen und mich zu verbrennen. Weil das nicht so wehtun würde wie Jos Worte.

«Charly?», fragt Jo, und die Gereiztheit in seiner Stimme ist so greifbar, dass ich unwillkürlich den Hörer ein paar Zentimeter neben mein Ohr halte.

Was würde Mia tun? Vermutlich einfach auflegen und keine Sekunde, keinen Gedanken mehr an Jo verschwenden. Auf Mia wartet aber auch die Welt und eine Menge Männer, denen sie mit einem Blick aus ihren haselnussbraunen Augen den Verstand raubt. Wenn ich jemandem den Verstand raube, dann hat das weniger mit meinen Augen zu tun, als mit meinem lauten, rücksichtslosen Schnarchen oder meinen unüberlegten, flapsigen Sprüchen.

«Hast du mich verstanden?», raunt Jo ins Telefon.

«Ja», antworte ich monoton. Wenn Jo sich von mir trennt, muss ich all das wieder machen, was man so macht auf der Suche nach einem Partner. Ich muss da raus und mein Inneres nach außen stülpen. Aber nicht zu weit. Oh Gott, nein, nie zu weit.

«Jo, lass uns da doch noch mal drüber reden. Ich will keine Auszeit. Ich will dich.» Meine Worte klingen ekelhaft flehend. Es widert mich an, aber ich kann nicht aufhören. «Du und ich, wir gehören doch zusammen.»

Noch während ich es sage, weiß ich gar nicht, ob das stimmt. Ich weiß nur, dass ich nicht will, dass das aufhört. *Was denn eigentlich?*, höre ich mich selbst leise flüstern.

«Es ist echt besser so, Charly. Ich meine, wir führen schon so lange eine Fernbeziehung.»

Dass er unseren «Status» tatsächlich in dem Moment zum ersten Mal Beziehung nennt, als er eine Auszeit fordert, bringt mich fast zum Lachen. So ein unfreiwilliges Lachen, das einen manchmal völlig unangebracht bei traurigen Szenen ereilt, bei Beerdigungen oder bei weinenden Menschen. Genau genommen ist dieses Lachen eine Art Heulen im Tarnumhang.

Jo hört es gar nicht, oder aber er will nicht. Er fährt fort: «Ich in Stuttgart, du in diesem Kaff. Wir stecken fest im Niemandsland. Das ist doch auf Dauer nichts. Wir müssen uns endlich neu ausrichten. Ich meine, es kommt doch nicht von ungefähr, dass es mit dem Zusammenziehen nie geklappt hat.»

Ich glaube, ich höre nicht richtig. *Es hat nicht geklappt? Er* wollte doch nicht. Mein Herz sackt in ein Luftloch aus Angst, Eifersucht und Verzweiflung. Aber auch ein wenig Wut. Wut, an der ich mich festhalten könnte, weil sie weitaus gesünder wäre als der Rest antrainierter Gefühle.

«Du hast eine andere», stelle ich fest, das Fragezeichen kann ich mir sparen.

Er seufzt laut. «Darum geht es doch jetzt nicht. Ich will mich ja auch gar nicht endgültig trennen.»

Nein, er will nur ausprobieren, ob es mit der anderen besser klappt als mit mir, denke ich, während ich scheinbar teilnahmslos auf den langsam schmelzenden Käse schaue. Ich werde nie wieder eine Pizza essen können, ohne an Jo zu denken. Sehr wahrscheinlich werde ich auch nie wieder eine Pizza mit Jo essen.

Einen kurzen Moment lang tut es mir um die Pizza mehr leid als um Jo.

«Charly, jetzt sag doch auch mal was!», stöhnt er. So als führte er ein sehr anstrengendes Bewerbungsgespräch. Oder vielmehr ein Kündigungsgespräch, korrigiere ich mich. Und plötzlich ist mir danach, irgendeine von diesen verdammten glänzenden Oberflächen zu zerschlagen und mich gleichzeitig in die warmen Kissen auf Mias Sofa zu kuscheln und diesen Ort nie mehr zu verlassen.

«Was soll ich denn sagen, Jo? Du willst eine Auszeit. Punkt.» Meine Stimme zittert.

«Du doch auch», erwidert er im Brustton der Überzeugung.

Ach, davon wusste ich nichts. Und noch bevor er es laut ausspricht, weiß ich, was als Nächstes kommt. Hundert Euro auf: *Glaub mir, es ist besser so.*

«Charly, es ist wirklich besser so. Für uns beide. Glaub mir.»

Tja, so schnell verdient man hundert Euro.

Einen Augenblick lang stelle ich mir vor, Mia würde auf der anderen Seite der Kücheninsel stehen, die Hände in die Seiten gestemmt, und den Kopf schütteln. «Charly, Charly, so geht das nicht.» Und sie hätte recht.

Ich hole tief Luft, atme ein wenig Überheblichkeit aus – wenn man die nicht in dieser Wohnung einsaugen kann, wo dann? – und sage todesmutig: «Weißt du was, Jo? Ich hab jetzt echt keine Zeit mehr, mir diesen Mist anzuhören.»

Mit letzter Kraft lege ich auf.

Danach breche ich in Tränen aus und bemitleide mich selbst nach Herzenskräften. Um die schönen Momente mit Jo, um den Kuss auf dem Fernsehturm, den Nachmittag im Kunstmuseum, bei dem wir uns hinter einer Wandinstallation versteckt haben, weil er die Finger nicht von mir lassen konnte, um seine Blicke, wenn er morgens vor mir wach war.

Ich glaube schon, dass Jo mich sehr gern gehabt hat. Aber er hat sich selbst einfach lieber. Inzwischen hat er vermutlich sogar seine Zombies lieber als mich. Und wenn ich ehrlich bin, war klar, dass dieser Moment eines Tages kommen würde. Eigentlich wusste ich es schon immer und hab trotzdem nichts getan. Ich bin nicht nach Stuttgart gezogen, ich habe keine festen «Besuchswochenenden» verlangt und Jo auch kein Ultimatum gestellt.

Irgendwann holt mich der beißende Geruch nach verbrannter Pizza aus meinen Gedanken. Völlig verkohlt hole ich sie aus dem Ofen, lasse sie auf der Küchenablage stehen und trotte zurück ins Wohnzimmer. Jetzt ist sowieso alles egal. Auch dass mein Handy ein paarmal piepst, ist mir egal. So lange, bis mir einfällt, dass es Jo sein könnte, der mir sagen will, dass das alles eine ziemlich dumme Idee war.

Also starre ich hoffnungsvoll auf die Anzeige – nur um festzustellen, dass ich eine Nachricht von Katja habe, die mir eine Kopie ihrer Scheidungspapiere und einen Kotzsmiley dazu mailt. Jetzt sitzen wir beide wohl in einem ähnlichen Boot.

Auch meine Mutter hat geschrieben, um sich zu erkundigen, ob ich angekommen bin.

Und ich habe den wichtigen Hinweis erhalten, dass sich meine mobile Datenoption verlängert, wenn ich über ausreichend Guthaben verfüge.

Könnte man das mit Beziehungen nicht auch so machen?

«Charlotte verfügt über genug Liebesguthaben, um ihre Beziehung zu Jo zu verlängern, ja vielleicht sogar in einen festen Vertrag umzuwandeln. Allerdings nimmt Jo eine Auszeit – und was bringt einem ein gefülltes Konto, wenn es keine Option auf vollen Empfang gibt?»

Erschöpft werfe ich mich auf die Couch und heule noch eine Runde oder zwei. Ich überlege gerade mit Blick auf Mias übergroßen Flatscreen, mich mit den *Gilmore Girls* zu trösten – vor allem die erste Staffel hilft fast immer – da piepst mein Handy wieder. Hoffnung an, Blick runter, Hoffnung wieder aus.

Ich habe soeben die wichtige Info erhalten, dass sich meine Bildschirmzeit in den letzten vierundzwanzig Stunden um 50 Prozent erhöht hat. Was kommt als Nächstes? Vielleicht ein Link zur Handysuchtberatung? Oder gleich der dringende Appell, mich bei Tinder, Bumble und Co. anzumelden? Ich bin ja jetzt wieder auf dem Markt.

Trotzig wähle ich die Nummer, von der Mia mich angerufen hat. Ich brauche ihren Rat. Schon früher waren wir unsere gegenseitigen Problemlöser. Ich habe ihr im Studium geholfen und ihr beim Rebellieren gegen ihre schwierigen Eltern die Hand gehalten. Und Mia hat als Kind jeden verprügelt, der mich nur krumm angeschaut oder mich meiner Herkunft wegen lächerlich gemacht hat. Und später war sie der Motor, wenn mir die Puste ausging. Sie hat mich auf Partys geschleppt, mich mit Leuten bekannt gemacht oder mit mir nächtelang Serien geschaut, wenn ich mich lieber verkriechen wollte.

Ich brauche sie jetzt. Doch der Anruf geht nicht mal durch. Kurzerhand stopfe ich das Handy in die Sofaritze, packe noch ein Kissen darauf und lege mich dann selbst auf das Kissen. Keine besonders gute Maßnahme, aber vielleicht hilft es ja, um nicht alle zwei Sekunden auf das Display zu schauen und zu hoffen, dass Jo es sich anders überlegt hat.

Ich schließe die Augen und murmele: «Charlotte kann nicht aus ihrer Haut. Nicht einmal, wenn sie vorgibt, in einer anderen zu stecken.»

KAPITEL 9

Und ihr kommt morgen sicher ohne mich klar?», frage ich meine Mutter am Telefon, während ich den Mann an der Tür entschuldigend anlächle. «Ich meine, ich könnte nach Hause kommen ...»

Ich reibe mir die Augen. Rot gerändert sind sie und dick geschwollen. Vom Nicht-Schlafen in dem bequemsten Bett, in dem ich je gelegen habe.

«Alles klar, Mama. ... Ja. ... Bis dann.» Das Handy baumelt jetzt an der Umhängeschnur.

Der Mann an der Tür zwirbelt sich die Enden seines Schnurrbarts nach oben und lächelt freundlich zurück.

«Sie san also die Mia», tönt er, mein etwas derangierter Zustand scheint ihn nicht zu stören.

Ich nicke, weil mir das weniger als eine Lüge vorkommt, als laut «Ja» zu sagen. Dann unterschreibe ich mit großer Konzentration, damit aus dem Morot nicht ein versehentliches Reinhardt wird, ziehe zehn Euro Trinkgeld aus meiner Hosentasche und versichere dem Möbelpacker, dass ich das mit den Kartons ab hier alleine schaffe.

Mias Habseligkeiten stecken in zig Kisten und machen mir schmerzhaft bewusst, dass Jos Sachen in meiner Wohnung nach zwei Jahren «Beziehung» vermutlich in einen einzigen Schuhkarton passen würden. Kinderschuhe, Größe siebenundzwanzig. Maximal.

Dankbar für die Ablenkung ziehe und schiebe ich Karton für Karton in die Wohnung und mache mich an die Arbeit. Zuerst suche ich nach der Mappe, die ich am Montag zu Ton-Ab München bringen soll, dann packe ich Mias Ordner aus und stelle sie in das Regal im Flur. Als ich gerade dabei bin, ihre teuren Blusen, Markenjeans und die Sneakersammlung im Ankleidezimmer zu verstauen, höre ich, wie etwas piepst und dröhnt. Zuerst glaube ich, dass es mein Handy ist. Aber das Brummen setzt sich auch noch fort, als ich auf mein mitteilungsleeres Display starre. Also mache ich mich in der Wohnung auf die Suche nach der Ursache und stelle schließlich fest, dass das Geräusch aus dem Karton mit dem Label «Elektronik» im Wohnzimmer kommt. Irritiert öffne ich den Karton, greife hinein und halte kurz darauf Mias Handy in den Händen. Es hat aufgehört zu klingeln, aber die Nachrichtenanzeige berichtet von satten dreiunddreißig verpassten Anrufen. Etwas verdutzt darüber, dass sie das Teil nicht in Französisch-Polynesien dabei hat, drehe und wende ich es in meinen Händen. Es könnte ihr Zweithandy sein, ist aber ein nagelneues Modell, auf dessen Bildschirmschoner ein Selfie von Mia mit Kussmund in einem sehr französisch aussehenden Café zu sehen ist. Seltsam.

Instinktiv drücke ich auf den Homebutton und bemerke erstaunt, dass sich das Display ohne Code, Fingerabdruck oder Augenscanner aktivieren lässt. Das sieht Mia gar nicht ähnlich.

Ich stelle das Handy auf lautlos und schlurfe zurück in das Ankleidezimmer, als es erneut an der Tür klingelt.

Schnell streiche ich mir die Haare aus der Stirn und gehe zur Tür. Davor steht ein Mann in einem eng anliegenden Muskelshirt und grinst mich an. Er sieht gut aus, braun gebrannt, helles, an den Seiten kurz rasiertes Haar, weiße Turnschuhe und Jeans, die eine Spur zu kurz sind und zwei Spuren zu eng. Aber wer weiß, vielleicht ist das der richtige Dresscode für Starnberg. Andererseits ist da auch dieses Muskelshirt ... Ich grinse, weil es so albern aussieht.

Als Antwort bekomme ich ein strahlend weißes Lächeln und ein: «Hi, Mia!»

«Äh ... Hi ...», erwidere ich. «... Mann im Muskelshirt.»

Er streicht sich durch die Haare, lehnt sich betont lässig gegen den Türrahmen und lässt doch tatsächlich seinen Bizeps zucken, als wären wir hier in einem verdammten Werbespot für Proteindrinks.

Ich überlege kurz, ihm die Tür vor der Nase zuzuschlagen, aber er wirkt auf eine so lächerliche Art harmlos, dass ich es sein lasse.

«Du siehst noch besser aus als auf den Fotos», sagt er. «Kommst du heute Abend rüber zu mir, was trinken? Ein Aperol-Spritz vielleicht? So als kleiner Einstand.»

Äh ... Vielleicht doch nicht Werbespot, sondern ein Trailer für eine RTL-Serie – *München bei Tag und Nacht* oder so.

Möglicherweise habe ich meine Unterlippe leicht angewidert verzogen, denn der Typ schwenkt sofort um. «Bier?», schlägt er vor.

«Du siehst mir mehr wie der Typ Eiweißshake aus», sage ich und bereue es sofort.

«Eiweißshake im Jacuzzi! Bei mir also. Sagen wir um

acht?!» Er wackelt jetzt tatsächlich mit den Augenbrauen. «Dann lernen wir uns endlich mal live kennen, MiaMuc.»

Und da dämmert es mir: Das ist Mias Tinder-Fang aus der fünfzehn.

«Tja, und ich klingele dann bei ...?», hake ich vorsichtig nach. Nicht, weil ich wirklich vorhabe, dort aufzutauchen, sondern weil ich unbedingt wissen muss, wem ich in den nächsten zwei Wochen am besten aus dem Weg gehe.

Ach, Mia, denke ich. Dein Geschmack war auch schon besser.

«Na, Lukastogo89, weißt du doch!» Er zwinkert mich an und will sich umdrehen.

«Du hast deinen Tinder-Namen an der Haustür stehen?», frage ich. Vielleicht hat er doch Humor? Oder ich halte mich zu sehr mit Oberflächlichkeiten auf.

Er geht nicht darauf ein. «Du hättest ruhig mal Bescheid sagen können, dass du jetzt hier bist.»

«Voll vergessen, sorry», sage ich und klinge jetzt selbst, als wäre ich einer Scripted Reality Soap entsprungen.

Mia, Mia, was hast du mir da nur eingebrockt.

·· ● ··

Der Sonntag stellt mich vor Probleme. Mias Sachen sind ausgepackt, die Kostüme in der Reinigung, ich sitze in einer blitzenden Eigentumswohnung mit Seeblick und weiß nichts mit mir anzufangen. Nachdem ich Mias lückenhafte Zeugnismappe fertiggestellt habe und ein paar meiner Arbeitsproben ausgedruckt und hinzugefügt habe, weil sie ihre eigenen offenbar vergessen hat, habe ich nichts mehr zu tun. Sonntags helfe ich eigentlich in der Gaststätte. Ich habe überhaupt keine Ahnung, was normale Menschen an einem Sonntag machen. Seltsamerweise ist mir auch gar nicht danach, in fremden Geschichten zu versinken. Weder in einem Buch, noch einer Serie.

Immer wieder zuckt meine Hand in Richtung Handy. Mein Herz schreit nach Jo – oder vielmehr nach jemandem, der sich für mich interessiert. Aber bis auf die Antwort meiner Eltern, dass ich auf keinen Fall wegen des Sonntagsgeschäfts zu ihnen rausfahren soll – Katja könne ja jetzt aushelfen –, einem «Schönen Urlaub»-Gruß von Sandra und ein paar Bildern von meinen Geschwistern beim Schatzsuchen mit einem Metalldetektor ist da nichts.

Ich tippe Katja kurz eine Nachricht.

Ich: Es ist Sonntag. Was machen Menschen sonntags?

Die Antwort dauert ein paar Minuten.

Katja: Sie machen die Wäsche und hoffen, dass sie das ekelhafte Parfum ihrer Nachfolgerin aus den Badehandtüchern bekommen, die sie bei ihrem Ex-Mann zurückgefordert haben.

Ich will etwas erwidern, von wegen, dass es mir leidtut, so doof gefragt zu haben, aber Katja ist noch nicht fertig.

Katja: Sie wischen Kotze auf, weil Nachfolgerinnen meinen, es wäre gesund, dem Trennungshund zum Frühstück Austern zu servieren.

Ich: Okay, sorry ...

Katja: Du könntest die dritte Staffel *Summerset* durch-
suchten!

Ich: Längst passiert. Was denkst du denn?

Katjas und meine aktuelle Lieblingsserie ist eine Mischung
aus Jane Austen und *Game of Thrones* mit einer Prise
Shades of Grey. Ich liebe die Serie, und ich wäre gerne die
mutige, forsche Everly, die sich unsterblich in den ver-
ruchten, aber furchtbar gut aussehenden Byron verliebt.
Der sie genauso unsterblich zurückliebt. Nicht wie Jo. Unsterblich sind bei ihm nur seine Spiele-Zombies.

Katja: Geh ans Wasser, Charly. Verdammt, du hast Urlaub! Das Wetter ist schön.

Ich will ihr nicht schreiben, dass ich Jo vermisse und mich
völlig fehl am Platz fühle.

Ich: Kann ich was für dich tun?

Katja: Sei so gut und ertränke meine Verbitterung im
Starnberger See.

Ich tippe noch ein «Ich denke an dich!», dann stecke ich das
Handy seufzend weg. Katja hat recht. Ich habe Urlaub, die
Sonne scheint, und da draußen wartet ein See.
   Das Plakat vom Supermarkt kommt mir wieder in den

Sinn. Die unentdeckten Plätze am Starnberger See – Perlen der Natur, abseits des Massentourismus. Ich schaue mich um, und mein Blick fällt auf den Umschlag mit dem Autoschlüssel. Der SL ... Ich könnte eine Spritztour am Ufer entlang machen, denke ich und kann nicht verhindern, dass sich das Bild eines Mannes mit weißen Zähnen und staubigem Gesicht vor das des Sees schiebt. Als gehörten die beiden unweigerlich zusammen.

In Mias Schrank wähle ich eine ihrer Designerjeans, ziehe ein weißes T-Shirt dazu an und binde mir die Haare zu einem Pferdeschwanz. Dann mache ich mich auf den Weg in die Tiefgarage.

Vor dem Wagen knipse ich ein Selfie, was ziemlich dämlich aussieht, weil ich dieses Duckface einfach nicht draufhabe. Ich schicke es trotzdem an die Nummer, von der Mia mich das letzte Mal angerufen hat. «Having a good time being you», schreibe ich darunter. Und dann noch. «Melde dich mal aus deinem französisch-polynesischen Exil!»

Im Wagen brauche ich ein paar Momente, um mich zurechtzufinden – und gebe viel zu viel Gas, als ich schließlich aus der Garage fahre, weil der Schlitten schon losschießt wie ein verdammter Ferrari, wenn man das Gaspedal nur mit dem kleinen Zeh berührt.

Mit der Zeit werde ich gelassener. Ich stelle den Wagen an einem überteuerten Parkplatz ab und schlendere am See entlang. Nach einer Weile finde ich eine verlassene Bank, lasse mich darauf fallen und sauge das Panorama ein.

Am gegenüberliegenden Ufer spitzt der malerische Turm einer Dorfkirche in den blauen Himmel, die Berge dahinter sind so beeindruckend und zauberhaft puderig an den Gipfeln, dass das Bild schon fast lächerlich kitschig wirkt. Eine Landschaft wie aus einem Heimatfilm im ZDF-Sonntagskino. Alles wirkt, als wäre es in zu viel Farbe getunkt. Die Schönheit nimmt mich gefangen, die Berge legen wie große Riesen ihre wuchtigen Arme um mich und drohen, mich nicht wieder loszulassen. Vielleicht hätte ich längst hierherkommen müssen und nicht so unendlich viel Zeit verschwenden dürfen.

Ich muss an Mia und unsere gemeinsamen Urlaube denken. Dieser denkwürdige Trip nach Ibiza, den wir hauptsächlich im Dunkeln in irgendwelchen Clubs verbracht haben. Der Aufenthalt auf der Polizeiwache in Barcelona, als ich mich verlaufen hatte und Mia mich von der Guardia Civil suchen ließ. Die Studienfahrt nach Trier, bei der ich Mia nur mit Mühe davon abhalten konnte, unter Rauschpilz-Einfluss einen Strip auf dem Tresen einer Kneipe hinzulegen. Ich kneife die Augen zu. Und während ich so dasitze und an meinem Urlaubsgefühl arbeite, fällt mir auf, dass Jo noch nie mit mir irgendwo war – und ich noch nirgendwo ohne Mia. Selbst jetzt und hier an diesem See ist sie dabei, weil ich ein Stück weit in ihrem Leben stecke.

Ich öffne wieder die Augen und schaue auf die Schneegipfel der Alpen. Dann rappele ich mich spontan auf, ziehe mich bis auf die Unterwäsche aus und wate ins Wasser. Meine schwarze Kombi aus Bügel-BH und einfachem Slip dürfte von Weitem als Bikini durchgehen.

Das Wasser ist kalt, aber das hat mich noch nie gestört. Denn wenn der Schmerz nachlässt, wirkt das kalte Wasser immer einfach nur befreiend. Ich denke an Katjas Wunsch und lächele.

«Und jetzt ertränke ich dich», sage ich laut und tauche beim Gedanken an ihre Verbitterung mit dem ganzen Körper unter.

Alles an und in mir wird plötzlich von der beißenden Kälte überschwemmt, und ich genieße dieses Gefühl, dass ich auch immer spüre, wenn ich zu Hause in den Weiher tauche: Alles wird still, alles wird unbedeutend. Ich löse mich in dem kalten Nass auf. Hier im Wasser will ich niemand anderes sein. Hier muss ich gar niemand sein.

KAPITEL 10

Sebastian

Schon wieder Deko!», schimpfe ich und verpasse dem Holzhasen einen gezielten Tritt. Guter Treffer, das Ding fällt hintenüber und schlägt mit den langen Ohren auf die Steintreppe. Die Rinde löst sich und bleibt bröselig auf der obersten Stufe liegen. Zufrieden nicke ich. Selbst schuld, wenn Julia mir so einen Kram vor die Haustür stellt.

Ich weiß, es ist ihre Art, den Schmerz über den Verlust unseres Bruders auszudrücken – indem sie den verbliebenen kleinen Bruder bemuttert. Es ist rührend, aber es nervt auch. Beides zu gleichen Teilen.

«Hey! Was soll das, Basti? Was machst du denn mit dem Schlappohr?»

Die Kinderstimme hinter mir lässt mich zusammenzucken. Scheiße. Dass Jenna das sieht, war nicht beabsichtigt. Ich drehe mich um, und da steht sie: Hände in die Seiten gestemmt, Stirn gerunzelt, kampfbereit.

«War ein Versehen», sage ich zerknirscht und hebe den elendigen Hasen wieder auf, klopfe ihm über das hölzerne Fell und schaue Jenna mit reumütigem Blick an.

Sie schüttelt das blonde Haar, kommt näher und stützt sich dann mit der Hand an der Hausmauer ab. Elf Jahre alt und schon genauso einschüchternd wie ihre Mutter.

«Das war kein Versehen! Ich hab's genau gesehen. Das war der gleiche Tritt, wie der, den du Oleander Watson in der ersten Staffel, Folge acht, auf dem Turm verpasst hast.»

«Die Serie ist ab sechzehn, du kleines Gör! Du weißt genau, dass deine Eltern nicht wollen, dass du dir das anschaust.»

«Mama will auch nicht, dass du die Hasen misshandelst. Die waren teuer.» Unbeeindruckte Miene.

«Ha-*sen*?», frage ich, vom Plural alarmiert. «Gibt es noch mehr davon?»

«Einen im Bad, zwei auf dem Fensterbrett in der Küche und ein paar Eier an Palmzweigen im Wohnzimmer. Sieht hübsch aus zwischen deinen nicht aufgebauten Möbeln.»

«Du Biest!», sage ich lachend. Ich will sie am Arm packen, aber sie ist schneller und verschwindet zwischen den Buchsbäumchen, die in riesigen Blumentöpfen entlang der Kieseinfahrt stehen. Dann springt sie die Treppe zum Haupteingang hoch, lehnt sich oben übers Geländer und streckt mir die Zunge raus, bevor sie im Haus verschwindet.

Drinnen werfe ich den Schlüssel in den Schirmständer. Dort finde ich ihn garantiert wieder. Es ist praktisch, hier zu sein, solange ich in München drehe. Von hier aus ist es nach Grünwald nur eine knappe halbe Stunde, und ich muss trotzdem nicht in der Stadt versauern.

Gedankenverloren starre ich vor mich hin und frage mich zum wiederholten Mal, warum ich die Frau mit dem leicht schrägen Aufzug aus dem Supermarkt nicht mehr aus dem Kopf bekomme. Ich war gestern noch mal dort. Habe eine Dose Cola gekauft und mir das Plakat am schwarzen Brett angesehen, das sie so ausgiebig studiert hat. Die Starnberger Idylle schien sie magisch anzuziehen.

Ich könnte natürlich am See ... Nein, warum sollte ich?

Dreißig untätige Minuten später trage ich eine Badehose und stehe noch immer unentschlossen vor Julias Stand-up-Paddle in der Garage. Dreimal will ich mich umdrehen und es sein lassen. Aber ich bekomme das Bild nicht aus meinen Gedanken. Das vom See. Und das von Pocahontas.

Ich erinnere mich daran, wie Julia erst letzte Woche über das Plakat geschimpft hat. Weil die als Geheimtipp gekennzeichnete Stelle so nah an ihrem Haus liegt und sie neue Touristenanstürme fürchtet. Ich gehe nur selten an den See. Und wenn, dann halte ich Sicherheitsabstand. Aber hat Lehmann nicht erst neulich gesagt, ich müsse an meiner Balance arbeiten?

Wieder starre ich auf das SUP. Und dann greife ich es, nehme es unter den Arm und laufe los, in der Hoffnung, Julia nicht zu begegnen und berechtigte Fragen nicht gestellt zu bekommen.

Die Stelle auf dem Plakat liegt etwas abseits vom Touri-Parkplatz und keine achthundert Meter von Julias Haus entfernt. Das Wasser dort ist seicht, aber eigentlich zieht es die Touristen eher nach Feldafing oder Tutzing, weniger hierher in den Norden.

Warum sollte sie also ausgerechnet ... Was mache ich hier eigentlich?

Ich will umdrehen. Am besten schnell, bevor mich jemand sieht. Aber ich bleibe. Und starre aufs Wasser.

Es ist ruhig, fast vollkommen still, die Wasseroberfläche kräuselt sich kaum merklich unter der leichten Brise, als wäre das Wasser noch schlaftrunken und weigere sich, den Gesetzen der Natur zu folgen. Die Wolken im Westen hängen tief und ziehen schnell. Keine Menschenseele ist zu sehen.

Ich will gerade wieder umdrehen, da nehme ich im Augenwinkel eine Bewegung wahr. Ein Kopf, dann eine Schulter und ein Arm, der ungelenk herumfuchtelt. Eine Nanosekunde lang sehe ich Flo vor mir. Den Neoprenanzug ... das dunkle, kalte Wasser ... Bis mich eine Stimme herausreißt. Eine Frauenstimme, die ruft: «Und jetzt ertränke ich mich.» Dann taucht der Körper unter.

Schnell schiebe ich das Brett vor mir ins Wasser, springe mit den Knien darauf und paddele mindestens so schnell wie mein rasendes Herz pocht zu der Stelle.

Flo, Flo, Flo, schreit es in mir. Doch das Wasser scheint mich zu verhöhnen, wie immer. Die trügerische Unschuld einer glatten Oberfläche, unter der die Gefahr lauert. Wie schwarzes, dickflüssiges Pech wabert es unter mir.

Ich versuche, mir vorzustellen, dass das SUP wie ein fliegender Teppich darübergleitet. Konzentrier dich, rede ich mir zu. Aber ich sehe die Frau nicht mehr, laufe stattdessen Gefahr, in meinem eigenen Trauma zu ertrinken. Vielleicht habe ich sie mir auch nur eingebildet. Vielleicht findet all das hier nur in meiner Fantasie statt. Aber dann verrät sich der See plötzlich. An der Stelle, an der ich meine, sie gesehen zu haben, treten kleine Blasen nach oben, schlagen winzige Wellen.

Zwei Paddelschläge noch, dann bin ich da. Ich werfe

mich mit dem Bauch auf das Brett und strecke die Hände ins Wasser. Zu meiner eigenen Überraschung bekomme ich sofort etwas zu fassen. Etwas, das nachgibt. Etwas Elastisches. Wie ein Gummiband. Aber meine Finger rutschen ab.

Sekunden später taucht der Kopf der Frau auf. Das Wasser läuft ihr über Stirn und Nase, die Haare hängen wie Algen an den Wangen.

«Hej!», schreit sie. Dann lautes Prusten. «Was soll das?»

Ich greife noch einmal zu und packe die Wahnsinnige an ihren Schultern. Und fast hätte ich sie sofort wieder losgelassen, weil diese Berührung mir durch die Haut schießt wie ein Blitz. Als hätte ich etwas Elektrisches ins Wasser gehalten. Aber ich halte sie fest, mit purer Willenskraft.

Das Wasser hat zu dieser Zeit des Jahres zwischen vierzehn und maximal sechzehn Grad. *Neoprenanzug ... Flo ...* rauscht es unkontrolliert durch meinen Kopf. Und langsam kriecht eine Wut in mir hoch. Wut, die dem Schrecken folgt, Wut, die mich mein Leben lang begleiten wird. Einen Moment lang muss ich die Augen schließen, sie fest zusammenkneifen, damit ich daraufhin wieder klarsehen kann. An der Wut ändert das nichts.

«Was machst du denn da?», schreie ich sie an. «Willst du dich umbringen?»

Der Zorn hat mich so fest im Griff, dass er sich wie eine Schicht Teer auf meine Stimme legt und daran kleben bleibt. Ich bin wütend auf die Frau, wütend auf mich, wütend auf Flo. Und wütend darauf, noch immer so wütend sein zu können.

Sie will sich losreißen, weil ihr das aber nicht gelingt,

streicht sie sich stattdessen die Strähnen aus dem Gesicht und schaut mich aus funkelnden Augen an.

Sie kommt mir bekannt vor. Oder nicht? Das Münchner Umland ist ein einziges Dorf, fast jeder kennt jeden, und ständig trifft man Leute wieder, die einem mehr oder weniger bekannt sind. Aber etwas an diesen großen, irgendwie traurigen Augen, an den hohen Wangen, dem leicht spitzen Kinn ... Mit einem Mal sehe ich Zöpfe und Indianertreter vor mir und weiß plötzlich, wer so bekloppt ist, hier im April baden zu gehen.

Doch ehe ich etwas sagen kann, gelingt es ihr, sich aus meinem Griff zu befreien.

«Ich kann schwimmen!», protestiert sie und rudert rückwärts, weg von meinem Brett. «Wieso sollte ich mich umbringen wollen?»

Pocahontas. Die Frau aus dem Feinkostladen. Ausgerechnet.

«Du hast laut geschrien, dass du dich ertränken willst», sage ich. Halb fauchend, halb lächelnd. Meine Stimme kratzt noch, aber ich kann hören, dass sich die zähe Masse meiner Wut zurückzieht. An den Ort, von dem sie jederzeit wieder hervorbrechen kann.

«Ich wollte doch nicht *mich* ertränken, nur Katja ... also, ihren ...» Starrender Blick. Der mir sagt, dass sie mich auch erkannt hat.

Ich werde ruhiger, richte mich auf und knie jetzt auf dem Brett, während sie mich anschaut, als wäre ich der Verrückte von uns beiden.

«Pocahontas, verfolgst du mich?», sage ich, und jetzt ist da nur noch Lächeln. Verrückt. Dabei bin ich noch immer im Wasser. Dabei hat sie mich mehr oder weniger dazu gezwungen.

«*Verfolgen*? Gerade wollte ich mich noch ertränken!» Sie schnaubt.

«Was machst du hier?»

Mit leichtem Widerwillen in ihren Bewegungen packt sie dann doch das Brett und hält sich fest. «Das Gleiche wie du.»

«Ich sitze auf einem Brett.»

«Na ja, ich habe kein Brett, und auf dem Wasser laufen kann ich nicht. Noch nicht.»

Jetzt muss ich grinsen. So breit, dass meine Ohren dabei zucken.

«Punkt für dich. Du kennst wirklich keinen Schmerz, oder? Das Wasser hat maximal sechzehn Grad.»

«Auf jeden Fall habe ich nicht vor, mir etwas anzutun.»

«Und dieser Katja auch nicht?», frage ich und sehe mich um, als ob ich glauben würde, dass da noch jemand im Wasser sein könnte.

«Nein, der auch nicht.» Sie lacht. Ein hübsches Lachen.

Seltsamerweise verspüre ich nicht mehr den unbedingten Drang, sofort wieder an Land zurückzukehren. Das Wasser ist gar nicht so schwarz. Ich kann mindestens eine Handbreit weit nach unten sehen.

Pocahontas mustert meinen nackten Oberkörper, blickt wieder weg, als wäre es ihr peinlich. Dabei könnte es mir nicht gleichgültiger sein. Ich bin durch mit Starnberger Schnicksen, auch wenn sie bei diesen Temperaturen baden gehen. Was zugegeben nicht das ist, womit sich Starnberger Schnicksen am Wochenende normalerweise so beschäftigen.

Sie scheint nicht sicher, ob sie weiterschwimmen soll oder nicht. *Bleib doch noch.* Also Verzögerungstaktik: «Ungefähr hier soll König Ludwig II. ins Wasser gegangen sein.»

Sie schaut hoch und räuspert sich kurz. Hübsche Augen und hübsche Wangen ... Verdammt.

«Und du dachtest, ich bin sein Wiedergänger?»

«Nein ... ich dachte, du möchtest dich symbolträchtig hier ertränken.» *Es reicht Sebastian. Es reicht.* «Aber da wir das jetzt geklärt haben, kann ich ja weiterpaddeln.»

Eine ziemlich lächerliche Behauptung für jemanden, der den See sonst meidet wie eine Katze das Wasser.

«Wurde er eigentlich gefunden?», fragt sie.

«Wer?»

«Na, Ludwigs Leichnam!» Das Unbehagen in ihrer Stimme passt gut zu ihren blauen Lippen.

Ich versuche, möglichst gleichgültig dreinzuschauen. Gelingt mir aber nicht. Ich habe den Trigger ja selbst ausgelöst. Pocahontas mit ihren Riesenaugen kann nichts dafür. Ich schlucke zweimal und dränge das Bild von Flos leblosem Körper in weniger aktive Bereiche meines Kopfes. Dorthin, wo auch die Wut lauert. Seltsam, dass Trauer und Wut so eine unerschütterliche Allianz bilden.

Mit betont gleichmütigem Ausdruck in meiner Stimme erkläre ich: «Ja, im Ganzen.»

«Was?»

«Na, man hat ihn in einem Stück gefunden. Und vielleicht war es auch nicht genau hier, sondern ... Ach, egal.»

«Auf jeden Fall möchte ich jetzt gerne hier raus ...»

«Findest du den Weg alleine oder soll ich dir Rauchzeichen geben?» Langsam fängt es an, Spaß zu machen.

«Ich denke ... ich komme zurecht», sagt sie, und dann schwimmt sie los.

Kurz vor dem Ufer dreht sie sich noch einmal um. Klar, jetzt hab ich ihr auch noch nachgestarrt. Es ärgert mich, weshalb ich mich abrupt umdrehe.

«Was macht ein Münchner, wenn er ein Loch im Boot hat?», ruft sie mir hinterher.

«Keine Ahnung.» Ich halte das rote Paddel hoch und zwinge mich mit aller Kraft, mich nicht umzudrehen. So zu tun, als tue ich das, wonach es aussieht: Stand-up-Paddling.

«Er bohrt ein zweites, damit das Wasser ablaufen kann», höre ich sie sagen.

Ich lache laut auf, dann lege ich die linke Hand an die Lippen wie einen Trichter und drehe mich nur ein Stück weit um, sodass ich sie nicht ansehen muss.

«Ich dachte immer, das wären die Ostfriesen.»

«Der Witz ist flexibel», erwidert sie schlagfertig.

«Ich schätze, ich sehe dich bald wieder, Pocahontas!» Das wollte ich gar nicht sagen. Warum denn auch? Weil ich niemanden außer mir selbst kenne, der so verrückt wäre, bei diesen Temperaturen zu baden? Unsinn. Weil ich mir einbilde, dass der See vielleicht so friedlich sein könnte, wie er aussieht? Schwachsinn.

«Ich glaube, da verschätzt du dich», ruft sie.

Mein Mund spannt an den Winkeln, als hätte jemand Schraubzwingen dort befestigt. Schwer, dieses Lächeln wieder zu lösen. Schwer, den Blick gerade auf den See zu richten.

Aber gar nicht so schwer wie gedacht, so lange auf dem Wasser auszuharren, bis ich mir sicher bin, dass sie weg ist.

KAPITEL 11

Charlys Notizbuch

Top Five der Momente, in denen ich jemand anderes sein wollte

Platz 5: Pepe
Pepe ist ein Säugling wie aus einem Überraschungsei. Geboren als erstes leibliches Kind meiner Adoptivmutter, die vielen Kindern ein Zuhause und Liebe gegeben hat. Auch mir. Aber es fühlt sich an wie Verrat. Als würde dieses Kind mir etwas abnehmen, was mir ohnehin nie gehört hat. Ich würde alles geben, um dieses Baby zu sein. Und genau deshalb muss ich gehen. Mit Mia nach Frankfurt, um weit genug entfernt von der Familie zu studieren.

Nachsatz: Nur um nach dem Studium wiederzukommen, weil es doch nicht sein kann, dass ich jemand bin, der einem Baby die Existenz neidet.

Platz 4: Luise
Deutsch-Leistungskurs, zwölfte Klasse. Etymologie. Ich starre Luise an, die erklärt, dass das Wort «Identität» vom mittellateinischen Wort *idem* stammt, das

«derselbe» bedeutet. Sie sagt, Identität sei eine Sammlung von Eigentümlichkeiten, die einen Menschen kennzeichnen und von anderen unterscheiden. Sie spricht davon, wie eng Identität mit Herkunft zusammenhängt, und ich wünsche mir, Luise zu sein, die sich nicht fragt, ob es für sie ein anderes Wort geben muss. Ob es ein Wort für Menschen gibt, die ihre Identität nicht daran festmachen können, ob sie «derselbe» sind wie ihre Eltern. Ich könnte ein neues Wort dafür erfinden: Aliumität vielleicht. Ein Wort, das bedeutet, dass ich anders bin, es aber gar nicht sein will.

Platz 3: Kerstin

Ich bin fast vierzehn und habe meine Tage noch nicht bekommen. Ich bin überzeugt davon, dass es daran liegt, dass meine Mutter mich abgegeben hat. Weil deshalb etwas Grundlegendes mit mir nicht stimmt. Unmöglich kann jemand, der von seiner Mutter schon nicht gewollt wurde, irgendwann selbst ein Kind bekommen, oder? Ich will Kerstin aus der 8b sein, die beim Arzt nicht dabei zusehen muss, wie die Mutter zusammenzuckt, wenn die Frage nach familiären Vorerkrankungen zu beantworten ist. Kerstin, die im Schullandheim stolz die Tampons auspackt. Die sich keine Gedanken darüber macht, ob etwas an ihr schlecht ist. Weil sie von Anfang an gewollt wurde.

Platz 2: Marie

Katja hat eine Schwester. Eine echte Schwester. Ihr Name ist Marie, und sie lebt in Hamburg. Bei einer anderen Familie. Als Katja zum ersten Mal zu ihr fährt, stelle ich mir vor, wie die beiden Schwestern in einem Hamburger Café sitzen und ihre Stupsnasen vergleichen, darüber lachen, dass sie die gleichen spitzen Eckzähne haben und eine Vorliebe für Zartbitterschokolade und russische Eier. Wahrscheinlich kann Marie sich Katja nahe fühlen, auch ohne jahrelang das Kinderzimmer mit ihr geteilt zu haben. Ich wäre gerne Marie und hätte gerne eine leibliche Schwester wie Katja.

Platz 1: Katja

Ich bin betrunken. Elijas auch. Er drückt mich an die Wand der Kneipe. Küsst meinen Hals, schiebt seine Hand unter meinen Pullover, und ich lasse es zu. Ich stöhne sogar. Nicht, weil es so gut wäre. Einfach nur, weil man das doch so tut. Weil es erwartet wird, wenn man Anfang zwanzig ist und in einer aufregenden Stadt lebt. Weil es da jemanden gibt, der mich offensichtlich gut findet. Ich gehe mit ihm nach Hause, schlafe mit ihm, und ich stöhne auch dabei. Obwohl ich nichts empfinde, außer Abscheu vor mir selbst. Am nächsten Morgen fühle ich mich leer, nichts davon hat mich erfüllt. Nicht einmal der Gedanke, dass er mich gut genug fand, um müde zu murmeln: «Das müssen wir unbedingt bald wiederholen.»
Ich wünschte, ich wäre wie Katja. Die das ständig macht und immer ihren Spaß dabei hat und auf ihre Kosten kommt. Als wäre jeder Mann, mit dem sie ins Bett geht, ein Glas guten Rotweins. Den man genießt und dessen Namen man nachher vergisst.

KAPITEL 12

Südlich von München, am Rande von Grünwald, umgeben vom Perlacher Forst, da liegt sie: die Bavaria Filmstadt. Eine ganz eigene Welt aus Pappmaschee, Glitzer, Glamour, Kameras und perfekter Illusion. Nicht mein Ding. Mein Traum – wenn auch zugegebenermaßen ein abgelegter – lauert jenseits davon, hinter den Mauern des weißen, einfachen Bürogebäudes auf dessen Fassade in Rot und Blau «TonAb München» steht. Und dort stehe ich an diesem Montag mit Mias Unterlagen. Ich kann das gelb-rote Bähnchen sehen, mit dem die Touristen an den *Jim Knopf*-Originalkulissen und den *Wickie*-Spielstätten vorbeigefahren werden. Irgendwo dort in den Studios liegt das echte *Fack ju Göhte*-Klassenzimmer, und man kann im 4D-Kino so tun, als wäre man mittendrin statt nur dabei.

Ich könnte fast vergessen, dass ich nicht zum Vergnügen hier bin, sondern einzig und allein, um Mias Zeugnisse abzugeben. Trotzdem schaue ich mich noch einmal um, weil ich hinter mir plötzlich laute Schreie höre. An der Kulisse einer alten Münchner Stadtfassade turnt ein Stuntman an Seilen herum und lässt sich auf ein riesiges Kissen fallen, das aussieht, als hätte man es aus einem Freizeitpark gestohlen. Mit den bunten Streifen will es so gar nicht zu der braunen, tristen Mauer dahinter passen. Muss es wohl auch nicht, weil man es nachher rausschneiden wird.

Ich löse mich von dem Anblick, öffne die Glastür der Büros von TonAb München und trete ein. Das gesamte Gebäude atmet Würde aus, sodass ganze Ehrfurchtsaerosole durch den klimatisierten Eingangsbereich wabern. Ich hole tief Luft und hoffe, dass ich mir damit ein bisschen Mut in die Lunge pumpen kann. TonAb München ist für mich so etwas wie für Fußballfans das Bernabéu-Stadion in Madrid. Ein Synonym für mein persönliches Mekka. Für Mia ist das hier nur eines ihrer Zwischenziele, ein Tritt auf der Leiter. In meiner Vorstellung war es im besten Sinne immer der Ort, an dem die Leiter einmal enden sollte.

Einen kurzen Moment lang kommt es mir wie Folter vor, dass ausgerechnet ich hier Mias Unterlagen abgeben soll. Wo ich mich immer gesehen habe, wird wahrscheinlich Mia ganz bald ihr Büro beziehen, durch die Räume streifen und den Stimmen aus den Studios lauschen. Aber zum Glück hält dieser egoistische, schmerzend eifersüchtige Augenblick nicht lange an. Meine Rolle hier ist klar. Es ist nichts anderes, als für Mia die Hausaufgaben zu machen. Wie früher. Ich schlucke. Einmal, zweimal. Und dann erlaube ich mir noch einen tiefen Seufzer, bevor ich mich langsam um die eigene Achse drehe und mitnehme, was ich von diesem Gebäude bekommen kann. Ein bisschen Duft der großen Filmwelt. Mehr gibt es nicht. Das muss reichen.

Andächtig werfe ich einen Blick nach oben. Irgendwo da sitzt Annabelle Eilbeck, die Chefin von TonAb, die im letzten Jahr unter die zehn einflussreichsten Frauen Deutschlands gewählt wurde.

Der u-förmige Bürobau mit den geschwungenen Treppengeländern und den eierschalenfarbenen Wänden ist an sich nicht spektakulär, aber meine Vorstellungskraft zeigt mir eine ganze Welt hinter den Türen im ersten Stock. Mit offenem Mund wandele ich umher. Hinter der Glaswand links des Treppenhauses ist der Empfangsbereich. Hier soll ich Mias Zeugnisse abgeben, die ich in der Mappe unter meinem Arm trage.

«Man kann es riechen, nicht wahr?», sagt plötzlich eine freundliche Frauenstimme hinter mir.

«Bitte?», frage ich heiser und drehe mich um. Eine kleine Frau mit knallpinken Haaren und einer gewagten Klamottenkombination aus einem karottenfarbenen Bleistiftrock und einem weiten, schwarzen Oversizepullover mit Tigerstreifen steht vor mir.

«Es ist der Duft unzähliger Geschichten», erklärt sie, «großer und kleiner, von Hoffnungen und Preisen, von Hollywood im Kleinen, das Lieblingsparfum eines jeden Filmfans. So viel Ehrfurcht habe ich hier lange nicht bei einem Besucher gesehen.» Sie lächelt.

Ihre Stimme ist warm und ausdrucksstark und kommt mir erstaunlich vertraut vor. «Ich ... ähm ... Entschuldigung», stottere ich und versuche, mich zu fangen. Mich und die Mappe, die mir jetzt aus den Händen rutscht und dumpf auf dem einfachen, grauen Natursteinboden aufschlägt. Auch das noch!

Der Deckel öffnet sich, und die Unterlagen verteilen sich, als hätte ein besonders motivierter Drucker sie frisch ausgespuckt. Ich gehe in die Knie, um rasch alles wieder einzusammeln. Maximale Peinlichkeit. Vorsichtig, mit zitterigen Händen stecke ich Mias Zeugnisse und meine Arbeitsproben zurück in die rote Mappe. Dann stutze ich kurz und schüttele verwirrt den Kopf. Der Rand ihrer Bachelor-Urkunde hat sich wie ein Hundeohr abgeknickt, und fast schon panisch versuche ich, es mit der Hand wieder faltenfrei zu bügeln. Das gelingt in etwa so gut, wie einem Hund die neugierig aufgestellten Öhrchen an den Kopf zu drücken. Also gar nicht.

Ein Hauch fruchtig-süßen Parfums dringt mir in die Nase, als sich neben mir ein pinker Schopf nach unten beugt. «Da ist noch eines.»

Die zierliche Frau mit den freundlichen Sommersprossen und dem breitem Lächeln kniet sich neben mich und streckt mir mit ihrer zarten Hand mit kurz geschnittenen, gepflegten Fingernägeln Mias Akkreditierungsurkunde entgegen. Ich lese den Anfang des Titels der darauf vermerkten Masterarbeit: «Semantische Eigenarten der englischen Sprache …». Auf dem Rest klebt der Daumen der netten Frau, die vielleicht zwei oder drei Jahre älter ist als ich. Aber ich weiß trotzdem, wie der Text weitergeht: «… am Beispiel lippensynchroner Übersetzungen beim Film».

«Danke», sage ich etwas überrascht und peinlich berührt wegen meines wenig rühmlichen Auftritts.

«Ist doch kein Problem.» Sie macht eine kleine Verbeugung, und da fällt es mir wie Schuppen von den Augen.

«Du bist Everly!», rufe ich überrascht und kann das kurze Kreischen, das meiner Kehle entweicht, nicht unterdrücken. «Everly aus *Summerset* – meine Serienheldin!»

«Nur ihre deutsche Stimme», erklärt sie lachend.

Sie richtet sich zu voller Größe auf und bleibt dabei mit

ihren maximal einen Meter und sechzig einige Zentimeter kleiner als ich. Auf dem Tigerstreifen ihres Pullovers steht in schwarzer Schrift: *Die Nacht ist lang, die Wölfe lauern, es könnte etwas länger dauern.* Herrlich. Ich muss grinsen.

«Eigentlich bin ich die Geli.» Sie streckt mir ihre zierliche Hand entgegen. «Geli Götze. Leider nicht verwandt mit dem Fußballer. Ich arbeite hier im Büro, und gelegentlich synchronisiere ich Filme. Sehen will mich auf dem Bildschirm jedenfalls keiner, aber man hört mich ganz gern.»

«Oh mein Gott, ich kann nicht glauben, dass ich die deutsche Stimme von Everly kennenlernen darf. Du bist unglaublich! Ich finde deine Stimme passt besser zu ihr als das englische Original!»

«Lass das Emma Watson nicht hören!», kichert sie. «Aber danke. Nett zu hören.»

Verspätet reiche ich ihr meine Hand und sage erst einmal nichts mehr. Ich wollte ja nur die Zeugnisse abgeben. Aber wenn ich jetzt weiterspreche mit der Synchronstimme meiner Lieblingsserienfigur, dann kriegt mich hier niemand mehr raus.

«Mia Morot?», sagt sie mit einem Blick auf die Unterlagen. Ihre Augenbraue zuckt kurz, dann mustert sich mich noch interessierter als zuvor. «Was kann ich für dich tun?»

Sie schüttelt meine Hand so kräftig, als wäre ich mehr Apfelbaum als Mensch. «Übersetzerin?»

Ich nicke und verpasse den Moment klarzustellen, dass das Nicken nur der Tatsache gilt, dass ich Übersetzerin bin, aber nicht Mia Morot.

«Dich schickt der Himmel», erklärt sie in der gleichen Tonlage wie Everly, wenn sie es nach einem heimlichen

Treffen mit ihrem Byron im Dienstbotengang unbemerkt zurück in ihr Zimmer geschafft hat. Endlich lässt sie meine Hand los und erklärt dann für mich ziemlich zusammenhanglos: «Annabelle ist völlig fertig mit den Nerven, wir stecken mitten in der Synchro für Staffel vier von *Summerset*, und jetzt kommt diese neue Serie rein. Alles eilig, weil sie möglichst kurz nach dem US-Start hier laufen soll. Hast du vielleicht schon von gehört – basiert auf den Büchern von Samantha Night, Königin der erotischen Unterhaltung. Und Sabine ist schwanger, schon wieder, und dieses Mal sind von der Ankündigung bis zum Mutterschutz nur zwei Stunden vergangen. Es gibt keine Kapazitäten für die Rohübersetzungen, alle unsere freiberuflichen und festangestellten Übersetzer sind komplett ausgelastet. Und ich spreche ja auch noch die *Summerset*-Rolle und kann mich nicht zerteilen. Und dann drehen sie ja gerade noch die *Chronicles*, die nach England, Spanien und Tschechien verkauft worden sind. Also, wenn du Übersetzerin bist ...»

All das rattert Geli herunter, ohne auch nur einmal Luft holen zu müssen. Jetzt hält sie kurz inne, nimmt mir die Mappe aus der Hand und blättert Mias Bewerbungsunterlagen durch. Dann nickt sie zufrieden.

«Du kannst sofort anfangen. Ich bringe dich zu Annabelle. Eigentlich bin ich für so was nicht zuständig, aber du siehst ja ...» Sie deutet in Richtung Glasscheibe und macht eine wegwerfende Handbewegung. «Zum Arbeiten wurde Lisa-Marie nicht geboren. Sie hängt bestimmt wieder drüben am Set ab und bequatscht die Kameramänner, ein gutes Wort für sie einzulegen. Dabei hat sie für ein Groupie zu kleine Brüste und zu kurze Beine, aber sie meint, beim Film würde das nicht so auffallen.»

Da der Platz hinter der Glasscheibe am Empfang leer ist, gehe ich davon aus, dass Geli die Empfangsdame meint. Ich starre sie an – diese Frau mit der Stimme der elfengleichen Everly aus meiner aktuellen Lieblingsserie – und kann es nicht fassen. Es ist fast so wie in diesem Schlüsselmoment vor vielen, vielen Jahren. Damals, als mir eine schlechte Synchronisation die Augen dafür geöffnet hat, dass das ein Beruf ist. Mein Traumberuf. Sofort wollte ich ein Teil dessen sein, was Menschen auf aller Welt verbindet, wenn sie den gleichen Film gesehen haben. Ohne Sprachbarriere.

«Alles klar bei dir?», will Geli wissen.

«Ja ... ja, sicher ... Also, nein. Ich meine, das geht doch nicht. Gleich hier anfangen, ich wollte ja eigentlich nur die Unterlagen bringen.»

Vielleicht hätte ich mir ein «Expressbote»-Schild um den Hals hängen sollen oder mit einem Roller inklusive Seitentaschen ins Foyer fahren sollen. Jetzt sieht es wirklich so aus, als wäre ich Mia. Verdammt.

Geli mustert mich freundlich. Mein Jeansrock und Mias helle Seidenbluse (die ich nur angezogen habe, weil sich der Stoff so herrlich leicht anfühlt), dazu die flachen dunklen Ballerinas ... Ich sehe tatsächlich so gekleidet aus, als würde ich heute hier anfangen wollen. Es sei denn, kecke Sprüche auf Oversizepullovern entsprechen mehr dem Dresscode bei TonAb. Aber sie werden wohl noch zwei Wochen warten müssen. Auf die echte Mia. Und bis dahin hat Geli die genauen Züge meines Gesichts sicher schon längst wieder vergessen. Schließlich ist sie nicht diejenige, die hier am Empfang sitzt.

Ich atme durch und versuche mich an innerer Notfall-meditation. Wenn da nicht dieses Gebäude wäre ... und all diese Filme, denen man hier die deutsche Sprache einver-leibt.

Geli merkt nichts von meinem inneren Kampf, sondern plappert einfach weiter. In ihrer wunderschönen, leicht dunklen, perfekten Stimme.

Ich verstehe nicht einmal die Hälfte von all dem, was sie mir erzählt, aber ich nicke zwischendurch, weil das wohl so erwartet wird. Noch könnte ich sagen: «*Hier sind Frau Morots Zeugnisse, ich bin dann mal wieder weg.*» Aber ich komme gar nicht zu Wort.

Außerdem drückt der Anblick links neben der Glas-scheibe auf meinen Verstand und walzt die Vernunft nieder wie ein Bulldozer. Neben einer kleinen Sitzgruppe aus ver-schiedenfarbigen, dreibeinigen Stühlen und einem nied-rigen Glastisch mit frischen Gläsern und Wasserkaraffe darauf reihen sich über die ganze Länge des Raums Bil-derrahmen mit Filmpostern. Dutzende, Hunderte ... Viele davon habe ich gesehen, viele gemocht und einige sehr geliebt. Nur mit Mühe kann ich mich davon abhalten, an die Wand zu treten und die Bilder zu streicheln. *Das hier ist mein Traum*, schreit mein Herz. *Das hier ist Mias Leben*, murmelt die Vernunft.

Während Geli mich jetzt in Richtung der Glaskabine mit sich zieht und dabei munter weitererzählt, starre ich auf die Wand und lese die Namen und Filmtitel. Ich bin so vertieft, dass mir entgangen ist, wie Geli hinter dem Empfangstresen verschwunden ist, zum Hörer gegriffen hat und jetzt in die Leitung ruft: «Na klar, ich frage die Mia gleich, sie steht neben mir. Sie hat ganz bestimmt Zeit.» Sie winkt mich heran.

Oh Gott. Ich sollte schnellstmöglich abhauen. Verschwinden und noch im Sprint die Bewerbungsmappe auf den Tisch werfen. Nach mir die Sintflut, aber ich kann nicht, allein schon, weil Gelis Everly-Stimme mich davon abhält.

«So, das war jetzt die Annabelle. Sie würde dich oben in ihrem Büro gerne begrüßen», erklärt Geli und schürzt die Lippen geschäftsmäßig. Dahinter lauert ein breites Lächeln, das sagen will: Schau mal, hab ich für dich klargemacht.

Die Annabelle ... Bei Geli klingt das, als wäre Annabelle Eilbeck für die Hauspost zuständig oder eine Kantinenteilzeitkraft, nicht eine der wenigen weiblichen Topführungskräfte in dieser Branche, die keine Quote nötig hat, sondern ihre ganz eigene Quote ist.

Ich muss hier weg. Der Impuls wird stärker, und als ob Geli das spüren würde, packt sie mich kurzerhand am Arm. «Keine Sorge, die Annabelle ist supernett.»

«Ich ... ich hab eigentlich gar keine Zeit», sage ich.

Geli zuckt etwas irritiert zusammen. «Nicht? Ich dachte, du wolltest hier anfangen?»

Sie schaut mich prüfend an, und ich wage nicht, ihrem Blick auszuweichen.

«Natürlich will ich das», antworte ich und bin dabei ganz ich selbst. Nicht Mia und auch sonst niemand.

«Na also. Du hast die besten Referenzen, und Annabelle meinte, sie kennt und schätzt deinen Vater als Gönner der Münchner Kunstszene. Das Ding ist so gut wie geritzt.»

Wieder zuckt ihre linke Augenbraue, und ich frage mich, ob das irgendein nervöser Tick ist. Sie wedelt mit meinen Bewerbungsunterlagen, also Mias, ausgestattet mit meinen Arbeitsproben.

Mir wird schlecht. Nicht nur so ein bisschen flau, richtig schlecht. Wie im Film, wenn die Polizistin am ersten Arbeitstag im Job ihre erste Leiche sieht. So schlecht, dass man schon Ausschau nach dem nächsten Mülleimer hält und inständig hofft, die Übelkeit möge so schnell verschwunden sein, wie sie gekommen ist. Ich kann doch nicht einfach so tun, als wäre ich Mia. Das geht auf keinen Fall.

Aber da war etwas, in einem der vielen Geli-Sätze ... irgendetwas, das ich nicht benennen kann. Ich schüttele mich und frage: «Es geht also um die Skripte zu dieser neuen Serie, und ihr ...»

Als ich wieder stocke, hilft Geli bereitwillig aus. «Und wir haben ein Problem, das du womöglich lösen kannst.»

Ich nicke, und meine Hirnwindungen nehmen endlich wieder Fahrt auf. Also, ich stecke in einer klassischen Pattsituation. Da herrscht ein lehrbuchmäßiges Gleichgewicht zwischen zwei sich gegenüberstehenden Problemen. Erstens: Ich kann mich jetzt zu erkennen geben, aber dann ist auch klar, dass Geli ein Problem hat, weil Mia die nächsten vierzehn Tage hier nicht aufschlagen wird. Zweitens: Ich kann mich als Mia ausgeben, dann ist klar, dass Mia in vierzehn Tagen ein Problem hat.

Mir bricht der Schweiß aus. Als leichter Film auf meiner Stirn unter meinem Pony.

«Ich muss ...», fieberhaft überlege ich, was ich jetzt als Ausrede gebrauchen könnte: «Ich muss zur Thaimassage»,

«Die Katze hat Fieber» oder «Zalando hat ein Päckchen für zehn Uhr angekündigt» scheitern mangels Ernsthaftigkeit. «Mein Auto muss aus der Werkstatt geholt werden» scheitert daran, dass ich Geli zutraue, mir anzubieten, das für mich zu übernehmen, damit ich schon mal zu Annabelle kann. Und «Ich muss aufs Klo» könnte durchaus schnell an Ort und Stelle erledigt werden.

Kurzum, wenn hier kein Feueralarm ausgerufen wird oder der nationale Notstand dazwischenkommt, sitze ich in der Falle. Eine süße Falle, zugegeben. Ich könnte Annabelle Eilbeck ja wenigstens die Hand schütteln und ihr meine Bewunderung ausdrücken, oder ich könnte Mia die Chance versauen, hier einen guten Start zu haben. Oder aber ... Mia und ich sehen uns äußerlich wirklich ähnlich, vielleicht fällt es einer viel beschäftigten Frau gar nicht so auf, dass eine geballte Ladung des «gewissen Etwas» bei mir fehlt und bei Mia zuhauf vorhanden ist.

«Ich ... müsste nur mal kurz telefonieren», sage ich zu Geli, als mir schließlich die Erleuchtung kommt. Natürlich! Mia soll einfach selbst entscheiden, wie es mit unserer kleinen Variante vom doppelten Lottchen weitergeht.

«Klar, kein Problem. Ich sag Annabelle Bescheid, dass ich dich in zehn Minuten hochbringe.»

«Super, danke.» Ich spüre, wie sich die Erleichterung schon deutlich in meiner sinkenden Angstschweißproduktion bemerkbar macht. Während Geli erneut zum Hörer greift, gehe ich raus ins Foyer, verdrücke mich in den hintersten Winkel und hole mit feuchten Fingern mein Handy aus der Rocktasche.

Das Display lässt sich nicht entsperren, also muss ich

mir den Daumen erst einmal möglichst unauffällig am Stoff abwischen. Dann suche ich nach der Nachricht von gestern Abend, die mir Mia von einer fremden Nummer geschickt hat, die ich noch nicht eingespeichert habe. Als ich auf das grüne Hörer-Icon drücke, werfe ich einen kurzen Seitenblick auf Geli, die wieder hinter der Glasscheibe Platz genommen hat und ein pinkes Löckchen um ihren Finger wickelt.

Ich halte die Luft an. Nach nur zweimal klingeln wird abgenommen.

«Hey», sagt eine dunkle, mir unbekannte Männerstimme. Das muss der Jacht-Sören sein. Ich seufze laut und ziemlich ungeniert, weil ich so erleichtert bin, Mia auch wirklich zu erreichen.

«Oh Gott, das ist so gut, dass ich dich dranhabe.»

«Ja?», kommt es amüsiert zurück.

«Könntest du mir bitte Mia geben?»

«Mia?»

«Ja, Mia Morot.»

«Kenn ich nicht», erwidert er und klingt schon jetzt leicht gelangweilt.

«Aber ... sie hat mir ... von deinem Handy Nachrichten geschickt», stottere ich.

Stille auf der anderen Seite der Leitung. «Ich kenne keine Mia, okay!? Außerdem muss ich jetzt weitermachen.»

«Was? Warte!», platze ich heraus. Aber der Mann hat längst aufgelegt.

Den kurzen schrillen, aber leider undefinierbaren Schreckenslaut aus meiner Kehle kann ich nicht rechtzeitig dorthin zurückschicken, wo er herkommt. Mit der freien Hand fahre ich mir übers Gesicht. *Reiß dich zusammen, Charlotte.* Atmen, atmen, atmen. Dann fällt mir ein, dass Mia mich im Büro auf dem Handy angerufen hat, und ich suche schnell in der Anruferliste die Nummer und klicke sie an. Das Freizeichen hört sich jetzt tatsächlich schon sehr viel mehr nach 15 000 Kilometern Entfernung an, mehr nach Meeresrauschen auf dem Tuamotu-Archipel denn Verkehrslärm am Sendlinger Tor.

Allerdings folgt kein Abnehmen. Es tutet pazifisch gedämpft, aber es geht keiner ran. Ich sehe die zehn Minuten bis zu meinem Termin bei Frau Eilbeck durch den Hörer rinnen, so wie Mia vermutlich gerade der feine, weiße Sand durch die Finger gleitet. Verdammte Scheiße. Ich lege auf und versuche es noch einmal, aber ohne Erfolg. Verzweifelt wähle ich ein drittes Mal. Und da tutet es noch nicht einmal mehr.

Meine Glieder werden schwer, und das Transpirationsproblem macht sich auch wieder bemerkbar. Ich fühle mich, als stünde ich in falscher Richtung in einer Einbahnstraße und wäre von hinten und vorne eingeparkt. Mit Mias SL versteht sich.

«Alles gut?», ruft Geli, der mein entgeisterter Blick und die RAL-9002-grauweiße Farbe meines Gesichts hinter der Glasscheibe nicht entgeht.

«Alles okay», piepse ich. «Musste nur noch kurz was klären. Wir können dann gerne zu … Annabelle.»

«Super», sagt sie und erhebt sich schwungvoll mit wippenden Löckchen.

Und dann komme ich doch noch in den Genuss, mehr von diesen heiligen Hallen zu sehen. Meine Freude darüber ringt mit meiner Angst, in welche Situation ich mich und nicht zu vergessen auch Mia, gerade bringe. Aber mit jedem Schritt weiter nach oben macht sich ein erhabenes Gefühl in meinem Innern breit, das viel zu viel Raum einnimmt, als dass da noch Platz für durchaus berechtigtes Muffensausen wäre.

«Im ersten Stock sind die Aufnahmeräume und die Studios, und hier sind auch die Cutter zu Hause», erklärt Geli. «Im zweiten Stock sitzen die Übersetzer. Hier sind auch die Büros der anderen Angestellten. Und da steht die beste Kaffeemaschine weit und breit – wenn sie funktioniert. Momentan ist sie aber mal wieder zur Reparatur.» Sie zuckt mit den Schultern. «Im dritten Stock direkt neben unserer astreinen Dachterrasse hat Frau Eilbeck ihr Büro und nebenan sind noch ein paar Besprechungsräume. Es gibt auch einen Aufzug, aber beim ersten Mal muss man die Treppe nehmen, finde ich.»

Ich achte weniger auf ihre Worte, sondern sauge alles in mich auf. Die Gänge, die Filmplakate an den Wänden, die Leute, die freundlich grüßend an Druckern im Flur stehen, aber auch den kleinen Südländer, der auf dem Flur lauthals eine Streitszene spricht und anscheinend für sein Take übt. Und ebenso den dicken Terrier, der im zweiten Stock mit einem Schuh im Maul über den Gang flitzt, was offenbar niemanden stört.

«Hier wären wir», erklärt Geli und bleibt vor einer Tür stehen. Sie zwinkert mir zu und meint dann: «Wir sehen uns nachher bestimmt noch. Sonst spätestens morgen, wenn du dein Büro beziehst. Viel Spaß. Und keine Angst … Sie ist nicht so furchteinflößend, wie man glaubt …»

Ich zucke zusammen.

«Sie ist supernett!» Geli grinst und hüpft dann beschwingt zurück in Richtung Treppe.

Jetzt hätte ich noch Zeit, es mir anders zu überlegen. Ich könnte ein kleines, filmreifes Ghosting hinlegen und mit dem Aufzug runterfahren und verschwinden, ohne dass Geli mich bemerkt. Blöd nur, dass ich das gar nicht möchte. Alles in mir will da jetzt reingehen in dieses Büro. Ich bin nicht einmal mehr nervös. Nein, es ist, als hätte ich mich mein ganzes Erwachsenenleben lang innerlich auf diesen Moment vorbereitet.

Ich erwische mich dabei, mir vorzustellen, wie ich das hier Jo erzähle – und erinnere mich im nächsten Augenblick daran, dass Jo von mir nichts erzählt haben will. *Auszeit.* Dieses Wort und die Erinnerung daran, eine verlassene Frau zu sein, sorgen dafür, dass ich kein richtiges Maß für ein anständiges Klopfen finde und eine Spur zu kräftig an Frau Eilbecks Tür hämmere.

«Kommen Sie rein, Frau Morot», höre ich eine melodische Stimme rufen.

Ich öffne die Tür und sehe, wie sie sich erhebt, die Lichtgestalt meiner beruflichen Tag- und Nachtträume: Annabelle Eilbeck hat kurzes, grau-blondes Haar, trägt kleine Glitzerohrstecker, einen Hauch Tages-Make-up und hat sympathische Lachfalten um Mund und Augen. Ihre dezente, mit smaragdgrünen Steinchen besetzte Silberkette passt perfekt zum grünen Glanzblazer über einer eleganten schwarzen Jeans.

«Herzlich willkommen, Frau Morot!», sagt sie und strahlt mich an.

KAPITEL 13

Als ich eine Stunde später die Tür zum Büro von Annabelle Eilbeck wieder hinter mir schließe, bin ich ganz offiziell Mia Morot.

Ich habe als Mia das Lob für meine eigenen Arbeitsproben entgegengenommen, das Versprechen abgelegt, meinen Vater lieb zu grüßen, eine Kopie der ersten Staffel der Originalserie von Samantha Night in der Handtasche – und vor allem habe ich eingewilligt, morgen hier anzufangen.

Draußen wirkt alles ein wenig heller als vorher. Als würde ich von Scheinwerferlicht beleuchtet und gleichzeitig davon geblendet. Denn ich schwanke zwischen verzückter Begeisterung und innerlicher Maximalpanik. Ich weiß, ich habe gerade einen Riesenfehler gemacht, und trotzdem fühlt sich ein Teil von mir, als hätte ich im Lotto gewonnen.

Annabelle hat darauf bestanden, mich von einem der Touri-Guides übers Gelände führen zu lassen. Eine Insidertour der Bavaria Filmstudios. Deshalb trage ich jetzt einen Ausweis um den Hals, der mich als Mia outet, und warte auf einen gewissen Pujan.

Während ich also dort stehe und mich umsehe, merke ich, dass die Szene mit dem Fassadenkletterer offenbar im

Kasten ist. Aus einem der Nebengebäude treten Männer mit nackten Oberkörpern und auch ziemlich nackten Unterkörpern. Sie tragen Helm und eine Art Lendenschurz, also wenig Stoff, aber dafür viele Waffen am Körper. Die beiden vorderen Männer sprechen miteinander, einer richtet seinen Helm, dreht sich um und schaut mich an.

Ich fasse es nicht.

Auch sein Gesicht nimmt einen ungläubigen Ausdruck an. Er schüttelt leicht den Kopf, dann höre ich seine schon beinahe vertraute Stimme sagen: «Geht schon mal weiter. Ich komme gleich nach.»

Und dann steht er vor mir. Zum dritten Mal, und wahrscheinlich sollte ich mich über diesen erneuten Zufall wundern, aber seltsamerweise fühlt es sich völlig normal an. Fast so, als müsste es so sein.

«Pocahontas!?»

«Sorry, hab heute mein Indianerkostüm vergessen», sage ich.

«Und ich mein Oberteil.» Er lacht und sieht in dem römischen Kampfoutfit genauso gut aus wie in Arbeitshosen oder auf einem Stand-up-Paddle.

«Das kenne ich ja schon», erwidere ich und bemühe mich, nicht allzu interessiert auszusehen – an seinem Oberkörper. Dabei bin ich seltsamerweise verdammt interessiert. Mein olles Herz hat sogar einen schnelleren Takt eingelegt.

Unter dem Helm blitzen seine dunkelbraunen Haare hervor. Die Bartstoppeln auf den Wangen wirken, als wären sie Schatten des Helmes. Das Tattoo an seinem rechten Arm ist überschminkt, aber der Rest ist so offensichtlich er, dass es mir schwerfällt, die Beweise nicht laut aufzuzählen: dunkle, dichte Augenbrauen, volle Lippen, die grün-braunen Augen ohne Brille.

«Hast du nicht gesagt, du verfolgst mich nicht?», spottet er.

«Wenn, dann verfolgst wohl du mich», antworte ich mit trockenem Mund und deute auf den Speer in seiner Hand.

«Fühlst du dich etwa bedroht?» Er zieht übertrieben die Augenbrauen zusammen, bis sich Zornesfalten an seiner Stirn bilden.

«Nein, ehrlich gesagt bin ich nur überrascht. Seit ich in Starnberg bin, habe ich nicht einmal meinen Nachbarn so häufig gesehen wie dich.»

Da! Fast hätte ich laut gejubelt über meine eigenen Worte, kein Buchstabenknoten, sondern eine Antwort direkt und auf den Punkt. Ha!

Er nickt, und an der Art, wie er mich ansieht, merke ich, dass er überlegt, ob ich das wohl gut oder schlecht finde. Ich versuche ein «Ich finde es gut»-Lächeln und tue dabei so, als hätte ich nicht längst bemerkt, wie attraktiv er ist. Als wüsste ich nicht schon seit Freitag oder spätestens seit Sonntag, dass mir auch seine Stimme gefällt.

Meine sofortige Reaktion auf diese plötzliche Feststellung ist heftiges Erröten, das nicht einmal der Mia-Schutzanzug abhalten kann. Verdammt. Es ist doch völlig egal, ob er attraktiv ist.

«Vielleicht wäre es Zeit, mir deinen Namen zu verraten», sagt er und lächelt.

Ich sehe, wie er den anderen römischen Kriegern, die sich weiter entfernt haben, einen Blick zuwirft. Flüchtig, aber doch so, dass ich es bemerke. Sie warten auf ihn, und er muss weg. Aber irgendwie will er nicht gehen. Und ich verstehe das. Ganz bestimmt gibt es kein zufälliges weiteres Wiedersehen.

Das hier ist sowieso schon so ... *magisch*, flüstert mir etwas zu. *Seltsam*, ergänzt die Vernunft.

«Ich bin ...», fange ich an und stocke dann, weil mir einfällt, dass ich ein Namensschild trage.

«Sag nicht Pocahontas», warnt er, und ich ahne, dass er ihn längst gelesen hat, den Namen, der mir geborgt wurde.

«Mia», presse ich zwischen meinen Lippen hervor. «Ich bin Mia Morot.» Auch in der Wiederholung fühlt es sich falsch und seltsam an. Sackgasse – ohne Wendemöglichkeit.

«Sebastian Winterstein», sagt er und streckt mir seine Hand entgegen. Eine gepflegte, große Hand, mit ein paar Kratzern auf dem Handrücken. Ich greife danach, drücke zu und sehe in seine Augen.

«Hallo, Sebastian Winterstein», sage ich heiser.

«Hi, Mia Morot», erwidert er mit einem Lächeln, das seine weißen Zähne in ihrer Strahlkraft noch unterstützen.

Mein Antwortlächeln gerät angestrengt. Das merke ich schon daran, wie es mir überdeutlich in den Mundwinkeln reißt. Mia lächelt so nicht. Mia hat Hunderte Arten zu lächeln und trifft damit immer den Ton. Doch selbst jahrzehntelange Beobachtung dieser Gabe hat nicht dazu beigetragen, es nachahmen zu können.

«Bist du Schauspieler? Das sieht verdächtig nach den *Chronicles* aus», sage ich, weil dieses verkrampfte Lächeln wegmuss – und ich am besten auch, weil ich dem Impuls widerstehen muss, mir das Schild von der Brust zu reißen, daraufzutreten und zu sagen: «Ich bin Charlotte, und du gefällst mir.»

Aber die Ironie des Schicksals will, dass das eher eine Mia-Geste wäre und für mich viel zu unüberlegt und ungestüm.

«Nein, ich bin Stuntman. Aber mit den *Chronicles* liegst du richtig.»

«Wen doubelst du?», will ich wissen. Die Serie gehört zwar nicht zu meinen Lieblingsstoffen – zu viel Action, zu viele Machos. Aber die Story ist gut, die Schauspieler auch, und wie ich jetzt weiß, gefallen mir sogar die Stuntmen. Oder zumindest einer.

«Hauptsächlich Artago, ich bin aber auch schon als Oleander einen Wasserfall runtergerutscht.»

«Aufregendes Leben, würde ich sagen», antworte ich.

Er zuckt mit den Achseln. Und wirkt dabei fast gelangweilt. Ich kann nicht sagen, ob das Show ist oder ob er seinen Beruf vielleicht wirklich nicht besonders erwähnenswert findet.

«Wartest du auf jemanden?», will er wissen.

«Ja, ich … ich fange ab morgen als Übersetzerin bei TonAb München an.» In diesem Wörtchen «ich» steckt so unfassbar viel Lüge, dass es mir einen Schweißausbruch erster Güte über die Stirn jagt. «Die Firma schickt mir einen privaten Guide.»

Sebastian verzieht das Gesicht, und in meiner Brust pocht es, als würde jemand laut gegen eine Tür schlagen. Einfach nur, weil ich seinen Namen gedacht habe. *Magisch.* Nein, *seltsam.*

«Wenn deine Tour zu Ende ist und du ein paar Ecken hier sehen willst, die nicht jeder Touri sieht, dann könnten wir uns in zwei Stunden am Kiosk dort treffen.» Er deutet auf ein kleines Häuschen. «Dann hab ich Mittagspause.»

«Könnten wir das, ja?», frage ich und zwinkere.

Gott, ich zwinkere nie. Ich komme mir vor wie ein Emoji auf zwei Beinen, etwas begrenzt in Sachen Mimik und dabei viel zu offensichtlich mit allem, was sich in meinem Gesicht abspielt.

«Wenn du Lust hast ...», fragt er, und da ist er, dieser Hauch Unsicherheit, dem ich nicht widerstehen kann. Vielleicht, weil er mir selbst so vertraut ist. Vielleicht, weil er einem bei Männern seltener begegnet. Testosteron ist sicherlich der ultimative Unsicherheitskiller. Quasi das Antiserum gegen Schüchternheit.

«Wenn mich ein heißer Krieger im Lendenschurz anquatscht, kann ich nie Nein sagen. Aber ...» Ich breche ab und bereue vor allem das Adjektiv vor Krieger augenblicklich.

Sebastian bleibt cool und sagt nur: «Kommt das häufiger vor?»

«Ständig! Du hast ja keine Ahnung!» Ich lache. Meine Hand zuckt, und das nur, weil ich auf seine Stirn sehe und mich frage, wie es wäre, sie zu berühren. Ich muss verrückt geworden sein.

«Ich habe jedenfalls Bedenken, dass drei zufällige Aufeinandertreffen schon zu viel des Guten sind und ich deswegen für das nächste Mal ein bisschen nachhelfen sollte», sagt er amüsiert.

«Was hast du denn vor? Wenn ich mich schon in die

Obhut eines fremden Kriegers begebe!», erwidere ich und muss lachen, weil er sogleich die Brust spielerisch nach vorne drückt und den Speer hebt, als wollte er mich vor unsichtbaren Feinden beschützen.

«Lass dich überraschen.»

«Okay», erwidere ich und nicke. «Also in zwei Stunden.»

In meinem Bauch setzt sich ein Gefühl fest, das ich schon lange nicht mehr gespürt habe. Es signalisiert höchste Euphorie. Und damit auch maximale Gefahr.

··●··

Zwei Stunden später, genauer gesagt bereits zweieinhalb, stehe ich wieder an Ort und Stelle. Ich habe eine persönliche, touristische Führung hinter mir, deren Highlights eine nachgebaute Raumstation, ein Vulkan und der Besuch eines U-Boots waren. Pujan ist nett und äußerst zuvorkommend, und er hat die längsten Wimpern, die ich je gesehen habe. Ein begnadeter Touri-Führer ist er allerdings nicht. Könnte aber auch sein, dass ich keine gute Besucherin war, weil die Aussicht auf das Treffen mit Sebastian aufregender war als alles, was die Studios zu bieten haben.

Während ich hier stehe und auf Sebastian warte, laufen unzählige Menschen an mir vorbei. Ich glaube, den Schweiger gesehen zu haben, und finde, dass er ganz schön alt aussieht. Vielleicht passiert das aber auch, wenn man Drehbuchautoren schlecht bezahlt und nicht viel von Fairnessparagrafen hält. Außerdem tauchte noch ein als gigantisches Kaninchen verkleideter Mann auf und eine

Horde Balletttänzerinnen. Zwei ältere Herren mit Handy am Ohr, ein Anzugträger mit Klemmbrett und Kinder in identischen Fußballtrikots – aber kein Sebastian.

Die lockeren Begrüßungen, die mir in den letzten beiden Stunden auf der Zunge lagen, fühlen sich schon ein wenig schal an. Ebenso verliert die Vorstellung an Strahlkraft, wie er hier vor mir auftauchen könnte, vielleicht mit Make-up-Resten auf der Stirn und ein wenig abgehetzt, weil er mich noch unbedingt erwischen will, und untröstlich ist, dass er die letzte Kampfszene wiederholen und deshalb eine halbe Stunde zu spät ist. Denn nichts davon passiert. Er taucht nicht auf, und mir wird bewusst, dass ich schon wieder zu sehr in Filmszenen gedacht und nicht die Realität einkalkuliert habe.

Auf einmal fühle ich mich, wie ein Schauspieler sich fühlen muss, wenn der Dreh zu Ende ist. Alle Szenen im Kasten – Zeit, ins eigene Leben zurückzukehren. Mit dem Unterschied, dass ich noch immer Mia bin.

Hastig fummele ich an meinem Oberteil herum und reiße das Namensschild ab.

··●··

«Katja, ich habe einen riesigen Fehler gemacht, aber du darfst es Mama auf keinen Fall sagen.»

Ich sitze auf Mias gigantischem Balkon und fühle mich so elend wie in meinem ganzen Leben nicht. Die Outdoorsessel sind zu bequem für meinen unruhigen Hintern, alles ist zu schnieke und glänzt zu sehr für die Tatsache, dass ich heute etwas ziemlich Schäbiges getan habe. Was gäbe ich dafür, jetzt in meiner Dachwohnung zu sitzen und die Umsatzsteuermeldung fürs Restaurant zu machen.

«Das klingt, als wärst du vierzehn und hättest beim Flaschendrehen deine Jungfräulichkeit versteigert», antwortet meine Schwester ungerührt. «Und wieso flüsterst du überhaupt?»

«Ich meine es ernst! Ich war in der Bavaria Filmstadt und habe da einen Job angefangen.»

Weil die Sonne mich blendet, drehe ich mich im Sessel und schaue auf den gegenüberliegenden Balkon. Der Typ, der verdächtig nach Lukastogo89 aussieht, trainiert dort oberkörperfrei mit einer Langhantel und sieht dabei in meine Richtung. Ich rolle die Augen und drehe mich wieder zur Sonne.

«Und ich flüstere, weil ich kriminell bin und die Nachbarn das nicht mitkriegen sollen.»

«Na, jetzt ist mir zumindest klar, warum ich das unserer Mutter nicht sagen darf, nachdem auch ich die Restaurantleitung abgelehnt habe ...» Katja macht eine kurze theatralische Pause. «Aber wo ist da jetzt der Fehler?»

Ich stehe auf und gehe durch die breite Glastür nach drinnen, wo ich mich auf das Sofa fallen lasse.

«Katja! Ich habe den Job in Mias Namen angenommen. Ich muss da morgen hin. Als Mia Morot!»

Katja ist noch immer völlig unbeeindruckt. «Ich dachte, du bist ohnehin als Mia in München.»

«Du verstehst nicht den Ernst der Lage!», rufe ich.

«Und du klingst verzweifelt, meine Liebe. Sie bekommt dir nicht, die Katjaräne.

«HÄ?»

«Na, Katjaräne wie Quarantäne.»

«Dass man das mit Q schreibt, weißt du aber schon.»

«Wir sind hier am Telefon, nicht bei einem deiner geschriebenen Dialoge, Schätzelein.»

«Ach ja, zum Thema Dialoge: Ich hab dir noch gar nicht gesagt, dass Everly aus *Summerset* meine Arbeitskollegin ist», sage ich und lasse damit eine Bombe fallen.

Kurze Stille am anderen Ende. Dann kreischt Katja mir so laut ins Ohr, dass ich das Handy ein paar Zentimeter von mir weghalten muss.

«What the fuck! Emma Watson ist in München?»

«Natürlich nicht», dämpfe ich ihre Begeisterung und muss trotz meiner Misere kurz kichern. «Nur ihre deutsche Stimme!»

«Egal! Warum sagst du das denn nicht gleich? Ich will ALLES wissen», brüllt Katja.

«Ich würde lieber mit dir über mein akutes Problem sprechen», sage ich und bereue, von *Summerset* überhaupt erst angefangen zu haben.

Damit ist Katja gar nicht einverstanden, viel lieber will sie mich mit Fragen löchern, die ich ihr ohnehin nicht beantworten kann und darf.

«Na gut», sagt sie schließlich. «Aber du musst für mich herausfinden, ob Quinn in Staffel vier stirbt.»

Ich stöhne. «Die Frage ist doch viel mehr: Soll ich da jetzt einfach hin und so tun, als wäre ich Mia?»

Ich kann förmlich hören, wie es in ihr arbeitet. «Warum nicht?»

«Weil ... Ich meine, das geht doch nicht ... Ich kann doch nicht so tun, als wäre ich sie. Ich kann das nicht!»

«Warum nicht?», wiederholt Katja.

«Weil ich nicht Mia bin!»

«Na, zum Glück», kontert sie.

«Was willst du damit sagen?» Ich lege die Füße auf den Sofatisch und ziehe sie sofort wieder herunter, als mir einfällt, dass das Teil hier vermutlich mehr kostet als meine gesamte Inneneinrichtung in Altobernstadt.

«Was ich sagen will? Zum Glück bist du du!»

Eine Aussage, mit der ich generell nicht übereinstimme. Aber heute erscheint sie mir wirklich völlig fehl am Platz.

«Was sollst du denn da überhaupt machen?», erkundigt sie sich.

«Das Dialogbuch für eine neue Serie in die Rohfassung übersetzen», sage ich.

«Um was geht es in der Serie?»

«Um Sex.» Ich reibe mir die Augen. «Um viel Sex. Und ein bisschen um Liebe. Aber eigentlich um Sex.»

«Das klingt doch gut. Hast du sie dir schon angesehen?»

Ich nicke und sage dann, weil sie das Nicken ja nicht sehen kann: «Ja, mit der ersten Staffel bin ich gerade durch, und jetzt hab ich rote Ohren.»

Katja lacht kehlig. «Vielleicht komme ich nach München und schau sie mit dir noch mal an. Ich meine, wenn ich schon keinen Sex habe, würde ich mir gerne welchen anschauen. Ersatzbefriedigung sozusagen.»

«Das ist in etwa so, als würde man behaupten, satt zu sein, nur weil man ein Kochbuch gelesen hat», kontere ich.

«Ach was», winkt Katja ab, und ich kann mir ihr Gesicht dabei gut vorstellen. «Bei Liebe würde ich vorspulen.»

Ich seufze. «Es wär wirklich schön, wenn du da wärst.

Ich kann das nicht ... Ich kann das wirklich nicht. Ein Dialogbuch! Was, wenn ich es verhaue? Ich kann nicht einfach Mia sein.»

Kurzzeitig hat Katja meine Verzweiflung gedämpft, jetzt kommt sie umso deutlicher durch. Ich vermisse meine Familie. Ich vermisse Katja, ich vermisse meine Komfortzone.

Meine Schwester kann das offenbar spüren, sie holt hörbar Luft und sagt dann: «Hör mal, Charly. Ich habe das Gefühl, dass du es mal schwer haben musst, um ein paar Sachen zu begreifen. Selbst Mia ist so austauschbar wie eine Batterie. Sie ist nicht die Sonne, um die du kreisen musst, Charly. Geh dahin und schau dir das an. Mach was draus! Wenn nicht jetzt, wann dann?»

Sie versteht es nicht. Sie versteht es einfach nicht. Verzweifelt schüttele ich den Kopf, auch wenn sie das nicht sehen kann.

«Hast du gerade die Augen verdreht?», will sie prompt wissen.

«Nein, sie sind mir vor Verzweiflung aus dem Kopf gefallen. Warte, sie müssen unters Sofa gekullert sein ... Ich hol sie schnell.»

Sie kichert, aber ich finde eigentlich gar nichts witzig an meiner Situation.

«Du verstehst es nicht, Katja. Es geht nicht um mich. Es geht um Mia.»

Und dann sagt meine Schwester einen ziemlich lächerlichen Satz: «In Wahrheit ist Mia die Maus und du die Löwin. Du weißt es nur noch nicht!»

«Ach, Katja! Du bist lieb, aber leider im Unrecht.»

Katja lässt sich davon nicht beeindrucken. Sie redet sich in Rage. «Ich sag dir noch etwas, Charly: Dein Leben war bisher eine Warteschleife. Ein sich ewig wiederholender Kreislauf, begleitet von einer immer gleichen, langweiligen Melodie. Es hat nie jemand abgenommen, aber jetzt höre ich da eine Stimme. Und die sagt: Das Warten ist vorbei. Zeit, anzukommen.»

Ich pruste. «Das ist ja alles sehr poetisch, aber du hast einen wichtigen Aspekt vergessen: Dieses Leben hinter der Warteschleife gehört mir nicht. Finde den Fehler, Katja!»

Finde den Fehler, Charly ... höre ich Mia sagen. Vor einigen Wochen im Café. Ich seufze noch einmal laut und schließe kurz die Augen. Ihr Satz *Du müsstest nur ein paar Tage lang ich sein! Das ist doch genau das, was du immer wolltest, oder?*, hallt so laut in meinen Ohren, dass Katjas nächste Worte fast untergehen darin.

«... für zwei Wochen gehört es dir, und was hast du zu verlieren?», höre ich sie sagen.

«Ich nichts, aber Mia!», widerspreche ich.

«Ach, Mia! Die hat dich doch darum gebeten. Ich wette, sie hat nicht mal ihre Bewerbungsunterlagen alleine zusammengestellt. Richtig? Mia hat immer jemanden, der ihr den Arsch abputzt – und sie hat ihren Vater, der ihn ihr im Zweifelsfall rettet. Du kannst also tun und lassen, was du willst. Denn egal, was passiert, der alte Morot wird es schon richten. Genieß das doch mal.»

«Ich weiß nicht ...» Nachdenklich lasse ich meinen Blick schweifen und mache dann den Fehler, durch die Glastür wieder rüber zu dem Nachbarbalkon zu sehen. Inzwischen hat der Typ eine Art Kuhglocke in der Hand und schwingt sie zwischen seinen Beinen durch. Es sieht mehr als lächerlich aus.

Ob Sebastian auch so alberne Übungen auf seinem Balkon macht? Ob er das braucht, um seinen schönen Körper in Form zu halten? Ob Sebastian morgen wieder auf dem Bavaria-Gelände ist? Ob er mir dann erklären wird, warum er mich hat stehen lassen?

Wie emsige Bienen den Nektar sammeln, so summen die Gedanken in meinem Kopf und drehen einen eifrigen Kreis nach dem anderen. Und genau in diesem Moment weiß ich, dass ich es tun werde. Ich werde morgen als Mia zu TonAb gehen. Ich werde auf dem Gelände herumlaufen und nach ihm Ausschau halten. Und auch, wenn all das nicht gut ist, gar nicht gut. So fühlt es sich trotzdem sehr gut an.

KAPITEL 14

Ich habe verdammt schlecht geschlafen. Und jetzt bin ich aufgeregt, weil ich spät dran bin. Vor lauter Muffensausen habe ich heute Morgen nämlich eine Stunde lang verzweifelt versucht, die echte Mia zu erreichen, bevor ich mich als ihr Hologramm verkleide und ihren Job antrete. Ohne Erfolg. Und seitdem mache ich mir ernsthaft Sorgen. Eine weitere halbe Stunde habe ich deshalb damit verbracht, in Panik um Mias Leben die Wetterlage in Französisch-Polynesien zu googeln, und dabei mit jeder Eingabe in die Suchmaske («Unglück auf Jacht», «Deutsche Unternehmertochter gerät in Wirbelsturm», «Vermisste Lektorin in der Südsee» und «Gewaltverbrechen im Paradies – Jachtbesitzer unter Verdacht») die Geschwindigkeit meiner flachen Atemzüge gesteigert.

Deswegen ist es jetzt schon zwei Minuten vor neun, als ich den Wagen abstelle und zum Gebäude von TonAb flitze. Ich soll mich um neun Uhr am Empfang melden. Ich werde zu spät kommen und damit nicht nur eine Hochstaplerin sein, sondern auch noch eine unpünktliche Betrügerin. Beides widerstrebt mir so sehr, dass ich mir den Bauch halten muss, weil sich meine Eingeweide zusammenkrampfen, während ich auf das Bürogebäude zurenne.

Noch etwa zweihundert Meter.

Meine Augen streifen die Stelle, an der ich gestern auf Sebastian gewartet habe, aber ich zwinge mich, den Gedanken schnellstmöglich zu verdrängen. Statt zu spät zu kommen, könnte ich auch einfach gar nicht kommen ... Aber was wird dann aus Mias Job? Wir sehen uns ähnlich, und wenn ich mich bedeckt halte, dann merkt es vielleicht keiner.

Der Klappentext für mein Dilemma lautet: *Charlotte steht vor einer grausamen Wahl: Soll sie ihre von Kannibalen verschleppte Freundin in der Heimat vertreten oder ...*

Plötzlich macht es Bumm, und der halb fertige Klappentext prallt auf die Realität.

... oder soll sie den heißen Stuntman über den Haufen rennen?

Sebastian steht einfach da, wie ein Baum, den man mitten auf den Weg gepflanzt hat, und er wirkt mindestens genauso unbeweglich. Ich ramme ihn frontal. Ich kann nichts dafür, in meine Gedanken versunken, bin ich einfach in ihn reingelaufen.

«Würdest du bitte loslassen?», keuche ich. Meine Hände liegen flach an Sebastians Brust. Sein Arm ist mysteriöserweise um meine Hüfte geschwungen. Wie ist das so schnell passiert?

«Jetzt hab ich dich zum zweiten Mal gerettet!», sagt er zufrieden und löst die Hände.

«Du hast mich nicht mal beim ersten Mal gerettet ...», widerspreche ich. *Du hast mich versetzt ...* will ich hinzufügen, kaue aber lieber noch eine Weile auf den Worten herum, sodass sie zu einem undeutlichen Nuscheln werden.

«Ich ... muss dringend los», erkläre ich und will mich an ihm vorbeidrücken. «Ich bin schon viel zu spät.»

«Gleich am ersten Tag?», fragt Sebastian. «Wow, ganz schön ... mutig.» Er macht sich breiter und versperrt mir den Weg. Ich müsste auf den Grünstreifen links oder auf den Schotterweg rechts ausweichen.

Er trägt heute ein einfaches dunkles T-Shirt mit Knöpfen am V-Ausschnitt und abgeschnittene Jeans zu ausgelatschten Sneakers.

Mia hätte die Gelassenheit, am ersten Tag mit strahlendem Lächeln ein nettes akademisches Viertel zu spät zu kommen. Ich dagegen sterbe beim Gedanken daran, auch nur eine halbe Minute nach neun vor dem Empfangstresen zu stehen. Ich sollte also endlich weitergehen. Ihn einfach stehen lassen, wie er es gestern bei mir getan hat. Vermutlich hat er sich bei dem Gedanken, ich könnte mir beim Warten auf ihn die Beine in den Bauch stehen, köstlich amüsiert.

Und doch stehen wir weiter voreinander, ich sehe ihn an, er sieht mich an. Es wirkt, als hätten wir beide eigentlich keine Zeit dazu, müssten uns aber trotzdem noch weiter ansehen, wie man eben einen Satz zu Ende sprechen muss, egal wie eilig man es hat.

«Du siehst irgendwie verkleidet aus», sagt er plötzlich und deutet auf mein schwarzes Kostüm mit der hellen Chiffonbluse darunter.

Das war direkt, fast schon gemein. Aber er hat recht. Noch vor dem Spiegel habe ich mich gefragt, ob das die richtige Wahl ist oder ob ich mich nicht doch für etwas aus meinem eigenen Kleiderschrank entscheiden soll. Jetzt ist es definitiv zu spät, dem Hologramm ein anderes Gewand zu verpassen.

«Ich sehe *gekleidet* aus», sage ich leicht verletzt und versuche, mit möglichst arrogantem Blick auf seine legeren Hosen zu schauen. Es gelingt mir nicht ganz. Sebastian lacht.

«Es *kleidet* … dich», sagt er und grinst dabei frech.

Ich ziehe eine Schnute und entgegne dann zu meiner eigenen Überraschung. «Du findest mich also nicht anziehend …»

«Pocahontas ist mehr mein Typ», sagt er flapsig und zwinkert.

Ich bin der Typ Frau, mit dem die Kerle gern ins Bett gehen, weil ich mich nicht darüber beschwere, wenn es «nichts Ernstes» wird. Nicht der Typ Frau, den man heiratet. Ich bin der Typ Frau, der Freundinnen hat, die sich nachts bei ihr ausheulen. Aber ich bin nicht der Typ Frau, zu dem andere aufsehen. Von wegen Löwin. Wenn überhaupt, dann bin ich vielleicht ein Maulwurf. Der fühlt sich im Dunkeln auch wohler als im Tageslicht.

«Hast du mich deswegen versetzt, gestern?» Ich versuche, meiner Stimme etwas Leichtes anhaften zu lassen dabei. Es klingt schwer misslungen. «Weil ich nicht dein Typ bin?»

Gott, die echte Mia würde nie so etwas sagen. Aber die echte Mia *ist* auch jedermanns Typ.

«Ich hab dich nicht versetzt. Ich konnte nicht», sagt er. Es entgeht mir nicht, dass er meinem Blick dabei ausweicht.

«Das kommt so ziemlich auf das Gleiche raus», erwidere

ich. Das Lächeln auf meinen Lippen beißt wie Säure, aber auf keinen Fall will ich mir anmerken lassen, dass ich verletzt bin.

«Kommst du?», höre ich eine Kinderstimme rufen und schaue verblüfft an ihm vorbei. Wie der Typ Vater kam mir Sebastian nicht wirklich vor. Hinter ihm steht ein Mädchen, etwa im Alter meiner Pflegeschwester Indira und verschränkt die Arme vor der Brust. Sie hat blonde lange Haare, ein Gesicht, das aussieht, als wäre es gerade dabei, die letzten Reste Babyspeck zu verlieren, und rot geschminkte Lippen.

«Wenn du nicht gleich mitkommst, kriege ich wegen dir die Statistenrolle nicht», schimpft sie, als Sebastian sich umdreht. «Dann werde ich nicht vom Regisseur entdeckt, habe keine Chance auf eine Karriere bei Netflix – und mein Leben ist ruiniert. Ich werde ohne Schulabschluss und Ausbildung auf der Straße landen, vielleicht unter einer Brücke. Stell dir vor, vielleicht werde ich drogensüchtig und ...»

«Es reicht, Jenna, ich komme. Keine Angst, ich habe nicht vor, aus dir eine zweite Miley Cyrus zu machen. Das würde mir deine Mutter nicht verzeihen.»

«Ich bitte dich, Miley ist uralt! Mindestens fünfundzwanzig oder so», protestiert das Mädchen. «Und keine Sorge, Nacktfotos finde ich eklig.»

Ich staune Pappmaschee-Klötze. Das kecke kleine Ding wird sicherlich mal eine großartige Löwin. Wenn sie jetzt schon so selbstbewusst brüllen kann.

Sebastians Gesicht nimmt einen weichen Ausdruck an, als hätte er einen Filter eingestellt, der all das in ihm zum

Vorschein kommen lässt, was ich bisher verpasst habe. Da ist viel Liebe in seiner Miene. Mir wird warm davon, und gleichzeitig spüre ich diesen vertrauten Piks in meinem Herzen. Phantomschmerzen darüber, dass meine leiblichen Eltern gesichtslose, schemenhafte Abdrücke sind, in deren Fußstapfen es niemals Platz gab für mich.

Ich schlucke, und als Sebastian sich zu mir umdreht, schlinge ich die Hände um meine Mitte und zwicke mich in die Seite. Das hilft, um ein halbwegs normales Gesicht aufsetzen zu können.

«Das ist Jenna, meine Nichte», erklärt er und deutet unnötigerweise auf das Mädchen, das genervt auf ihre Smartwatch tippt.

Seine Nichte. Nicht seine Tochter. «Hallo, Jenna!» Ich lächele und beuge mich an Sebastian vorbei. Ich wette, es sieht aus, als würde ich mich an einem Zirkuskunststück versuchen.

Jenna schüttelt ihr Haar zurück, schürzt die Lippen und lehnt sich ein wenig nach vorn, bevor sie ihre Augen zu kleinen Schlitzen verengt und mich von oben bis unten mustert.

«Kennen wir uns? Also, kenne ich Sie? Ihr Gesicht sagt mir nichts.»

Bei diesen Worten wandern ihre Augen zu meinen Brüsten, als müsse sie überlegen, ob bestimmte Körperteile meinerseits Berühmtheit erlangt hätten.

«Sind Sie Schauspielerin oder ein Groupie meines Onkels?»

«Groupie, definitiv», sage ich voller Überzeugung und schaffe es, mein Pokerface zu wahren. Aus dem Augenwinkel sehe ich, wie Sebastian amüsiert die Mundwinkel nach oben zieht.

Jenna tritt einen Schritt auf mich zu und legt mir geschäftsmäßig die Hand auf die Schulter. Sie ist groß für ihr Alter und schlaksig, mit langen Klavierspielerhänden.

«Gut, dann möchte ich Ihnen sagen: Wir haben kein Interesse. Mit Damen, die meinen, Sie wären der Inbegriff der Schönheit und müssten sich deshalb durch die ganze Filmstadt schlafen, sind wir durch!»

Ich bin so weit vom Inbegriff der Schönheit entfernt, dass ich mich bei ihren Worten fast verschlucke. Sie merkt es nicht, sondern setzt eine reichlich altkluge Miene auf, indem sie die Nase hebt, das Kinn reckt und übertrieben blinzelt.

Sebastian grinst schief, und seine Augen funkeln. *Meine Nichte*, sagt dieser Gesichtsausdruck. *Ich liebe sie, könnte sie aber auch erwürgen.*

«In Ordnung», erwidere ich knapp und witzele: «Kein Problem, ich wollte euch nicht stören, ich wollte deinem Onkel nur anbieten, für eine Rolle vorzusprechen. Für die Highschool-Serie, die auf Prime so erfolgreich war. Mit diesem deutschen Rapper – wie hieß der gleich?» Ich mache eine wegwerfende Handbewegung. «Aber wenn ihr ohnehin keine Zeit habt ...»

«Emo?», haucht sie, und jegliche Farbe weicht aus ihrem Gesicht.

Einen Moment lang mache ich mir Sorge, sie könnte meines kleinen Witzes wegen rücklings umfallen.

«Scheiße!!!», ruft sie. «Das tut mir so leid ... Ich meine, hey, ich finde Sie soooo cool. Ganz ehrlich, Sie passen bestimmt ganz toll zu meinem Onkel und ... und ... Ich mag Ihr Kostüm. Das ist wahnsinnig ... schick.»

Sie schaut verzweifelt und mit entschuldigender Miene zu Sebastian. «Ich muss los. Wir ... sehen uns.» Und dann macht sie auf dem Absatz kehrt und verschwindet mit hängenden Schultern.

Sebastian zuckt mit den Schultern. «Ich hätte Interesse.» Er grinst.

«Woran?», erwidere ich. «An der nicht vorhandenen Rolle in einer amerikanischen Serie, die ganz bestimmt nicht in München gedreht wird? Oder daran, einen überkandidelten Fünfzehnjährigen mit Stirntattoo kennenzulernen, der sich für die Reinkarnation von Buddha und Notorious B.I.G. in einer Person hält?»

Da, kein Buchstabenknoten. Es ist fast so, als wäre Sebastians Anwesenheit wie Öl auf meinen Stimmbändern. Vielleicht ist das aber auch nur der Mia-Effekt, und allein so zu tun, als wäre man sie, hat einen Boost-Effekt fürs eigene Selbstbewusstsein.

Sebastian schüttelt lachend den Kopf.

Schönes Lachen, schöner Kopf ... Es fällt mir schwer, solche innerlichen Kommentare auszublenden, sie einfach wie Untertitel abzustellen. Denn immer wieder mischen sich diese Feststellungen unter meine Gedanken wie eine Stimme aus dem Off.

Er sagt: «Daran auch. Aber vor allem habe ich Interesse herauszufinden, wer es schafft, meine Nichte sprachlos zu machen und sie mit simplen, aber effektiven Tricks innerhalb von wenigen Minuten in die Flucht zu schlagen.»

Mia würde jetzt sagen: «Gestern hattest du Gelegenheit

dazu.» Aber ich habe mit Mia so viel gemein wie Sebastian mit einem Berliner Gangsta-Rapper und deshalb verpasse ich es, ihm eine Abfuhr zu erteilen.

«Woher weißt du eigentlich, wer Emo ist?», will er wissen.

«Ich habe Geschwister in dem Alter seines Beuteschemas.»

«Elf bis maximal dreizehn Jahre und weiblich?»

«Exakt.»

Mist! Ich bemerke den Fehler etwas zu spät. Entweder bin ich Mia Morot, dann habe ich keine Geschwister, sondern bin Alleinerbin eines gigantischen Immobilienimperiums. Oder aber ich bin Charlotte: viele Geschwister, keine leiblichen Eltern, wenig Geld.

«Was schlägst du vor?», fragt er.

«Ich? Du bist doch interessiert», sage ich und bin einmal in meinem Leben froh für meine vorlaute Klappe.

«Da hast du auch wieder recht. Okay.»

Er sieht an mir vorbei in Richtung der Bürogebäude, und ein unangenehmes Gefühl kriecht mir in den Nacken. Ohne dass ich wüsste, warum.

«Wie wäre es Donnerstag?», schlägt er vor. «Da feiern wir abends den Abschluss der Stuntarbeiten der *Chronicles*. Am See, passenderweise. Ich könnte dich also … mitnehmen. Wir wohnen schließlich beide in Starnberg.»

Dass Starnberg bei ihm irgendwie hingerotzt klingt, als würde er Idiot sagen, entgeht mir nicht.

«Um 21 Uhr?»

Plötzlich fällt mir ein, dass ich überhaupt nicht mehr hier stehen sollte. «Oh Gott! Es ist zehn nach neun!», kreische ich beim Blick auf meine Uhr.

Sebastian wirkt von meiner unerwarteten Tugendhaftigkeit in Sachen Uhrzeit leicht überfordert. «Keine Panik. Du bist hier beim Film. Pünktlichkeit wird nicht sonderlich überbewertet.» Er zwinkert zweideutig, und ich habe keine Ahnung, ob das jetzt ein ironisches oder ein sarkastisches Zwinkern ist. «Ich hole dich also Donnerstagabend ab?»

«Ähm, ja ... gut», stottere ich überfordert.

«Wo wohnst du?»

«Possenhofener Str. 17. Klingel bei Morot», sage ich und schaffe es sogar, ihm dabei ins Gesicht zu sehen. Aber ich wünschte, es nicht getan zu haben. Es nicht gesagt zu haben. Denn ohne schlechte Absichten habe ich damit den Grundstein gelegt. Für alles, was noch kommt, für all das, was ich an Notlügen noch auftischen werde. Und für alles, was meinem Herzen damit unweigerlich und gewaltsam wieder entrissen werden wird.

··●··

Nachdem Sebastian sich auf die Suche nach seiner Nichte gemacht hat, betrete ich trotz einer gewissen Euphorie nach unserem Gespräch mit einem Kloß im Hals das Gebäude von TonAb. In Französisch-Polynesien ist es jetzt ungefähr 22 Uhr oder auch schon 22:30 Uhr, je nachdem, wo Mia genau ist. Die echte Mia, die auf mich zählt. Und deswegen muss ich das jetzt irgendwie hinkriegen. Denn ich will nicht dafür verantwortlich sein, dass sie den Job nicht bekommt. Ich hab das angefangen, ich ziehe das jetzt durch.

Der Empfangstresen ist wie beim letzten Mal leer. Nur eine halb volle Kaffeetasse steht hinter der Glasscheibe, die

Lehne des Drehstuhls zeigt in die Lobby, als müsste zusätzlich betont werden, dass hier gerade niemand ist. Ich seufze.

Als nach fünf Minuten Warten immer noch niemand da ist, beschließe ich, zum Aufzug zu gehen. Und da sehe ich sie. Geli kommt gerade aus einer Tür mit der Aufschrift *Studio drei*, und bei jedem Schritt hüpfen ihre rosa Locken, die sie mit bunten Spangen an ihrem Kopf festgesteckt hat. Die kindliche Frisur steht in krassem Gegensatz zu der eleganten schwarzen Hose und dem grün-braun-gestreiften Blazer. Darunter blitzt ein T-Shirt mit der Aufschrift *Fallobst* hervor. Sie winkt, als sie mich entdeckt.

«Du hast dich aber schick gemacht», sagt Geli, und ich sehe ihrem Blick an, dass sie ähnlich denkt wie Sebastian: *Du hast dich aber anständig verkleidet.*

Morgen ziehe ich etwas von meinen eigenen Sachen an, schwöre ich mir. Definitiv. Alles, was an Mia elegant aussieht, wirkt an mir deplatziert. Das sollte ich inzwischen wissen. Es trotzdem zu versuchen, ist so was von dumm gewesen. Ich fühle mich schlecht, das komische Grummeln in meinem Bauch ist zurück, und die Euphorie meines Treffens mit Sebastian verfliegt mit Gelis Worten. Was will ich hier? Ich kann das nicht. Ich habe mich in eine unmögliche Situation manövriert. Mia hat die Berufserfahrung, die Mia vorweisen kann. Ich habe außer ein paar Praktika und meiner Leidenschaft für Sprache und Filme nichts vorzuweisen als jahrelange Übung mit juristischen Texten – die so viel mit einer leidenschaftlichen Filmvorlage zu tun haben wie ein Jane-Austen-Roman mit Pornografie.

An der Uni haben Mia und ich ein Semester Psychologie belegt, hauptsächlich, weil ich es interessant fand und Mia mir den Gefallen getan hat, nicht alleine hingehen zu müssen. Etwa in der zweiten Woche der Vorlesungen sollten wir eine kurze Abhandlung zum Thema «Beschreibe deine Persönlichkeit und die deiner besten Freundin im Vergleich zu einem Kleidungsstück» schreiben. Ich erinnere mich noch gut an meine Zeilen: *Ich bin dieses Kleid, das man sich voller Enthusiasmus kauft. Das man vorsichtig nach Hause trägt, mit einem Hauch von schlechtem Gewissen, weil es so viel gekostet hat – aber mit der Vorfreude, ein tolles, unverwechselbares Stück erworben zu haben. Und wenn man es dann zum ersten Mal vor dem eigenen Spiegel anzieht, in der Nüchternheit des Alltags, dann stellt man fest, dass es ein totaler Fehlkauf war. Es wird keine Gelegenheit geben, es zu tragen. Es steht einem nicht, es ist nicht für einen gemacht.*

Meine Worte zu Mia waren noch schneller gefunden: *Mia ist eine Jeans, die zu allem passt und nie aus der Mode kommt. Eine Anschaffung, die man nicht bereut.*

Was Mia über uns geschrieben hat, habe ich nie herausgefunden.

All diese Gedanken kann Geli glücklicherweise nicht erraten, und sie geht auch geflissentlich über meinen sicher leicht abwesenden Blick hinweg. Stattdessen hakt sie sich ungefragt unter und sagt gut gelaunt: «Dann bringe ich dich mal in dein Büro. Manuela hat noch zwei Wochen Urlaub, ihr teilt euch ein Zweierbüro. Meines ist gleich nebenan.»

Ich nicke und seufze innerlich erleichtert. Zumindest der Frau, der Mia einmal direkt gegenüber sitzen wird, werde ich nicht begegnen. Dadurch verliert die Schnapsidee, hier überhaupt an Mias Stelle anzufangen, etwas an Promille. Gelis warmer, kleiner Arm unter meinem ist seltsam beruhigend.

Das Büro im zweiten Stock ist riesig, hat eine breite Fensterfront mit Blick auf ein paar Bäume und die angrenzenden Gebäude. Zwei große, einfache Schreibtische stehen darin, jeweils zwei Bildschirme darauf. Hinter den Tischen sind lange Regale angebracht, in denen unzählige Bücher und Ordner lagern. Aus manchen blitzen bunte Zettel hervor. An der Seite der Tür hängt eine breite Pinnwand mit unzähligen Skizzen, Flyern und handschriftlichen Notizen.

Auf einem der Schreibtische steht ein riesiger Strauß Wiesenblumen, aus dem ein weißer Umschlag ragt.

«Herzlich willkommen, Mia!», sagt Geli so liebenswert, dass sich mein Herz zu einem ekligen, dicken, schweren Klumpen formt. Noch nie in meinem Leben wäre ich so gerne wirklich Mia gewesen.

«Danke», sage ich mit belegter Stimme, die Geli natürlich für Rührung hält. Sie nimmt mich fest in den Arm.

Kurz darauf passiert genau das, was ich so gerne vermieden hätte: Ein halbes Dutzend Frauen drängt sich um meinen Tisch, begrüßt mich und heißt mich willkommen im Team. Ich merke mir keinen einzigen Namen. Einfach, weil ich nicht kann. Dabei würde ich so gerne … Denn während ich mich im Starnberger Delikatessengeschäft extraterrestrisch gefühlt habe, bin ich hier so was von richtig am Platz. Nur leider stecke ich im falschen Körper, und ich begreife, was für eine fatale Fehlentscheidung es war hierherzukommen.

Don't let me get me.

Leider – oder vielleicht auch zum Glück – bleibt gar keine Zeit, weiter darüber nachzudenken, denn der stete Strom von neugierigen Menschen aus anderen Büros nimmt nicht ab. Ich lerne eine ältere Frau mit Nickelbrille kennen, die mich leicht skeptisch mustert, und zwei aufgeregte Azubis mit identischen Hippie-Blusen. Als Geli sich schließlich zu ihrer nächsten Aufnahme verabschiedet und die anderen ebenfalls wieder in ihre Büros gehen, bleibt eine breitschultrige Blondine mit Kurzhaarschnitt übrig. Sie erklärt mir freundlich ein paar Einzelheiten zu Passwörtern, Programmen und dem Telefon und entschuldigt sich dann wortreich, weil sie einen Termin mit einer Agentur hat, den sie unbedingt wahrnehmen muss. Ich soll aber doch gerne schon mal ins Dialogbuch schauen und mir einen Überblick verschaffen.

Als sie geht, warte ich einen Moment, bevor ich die Tür schließe. Überwältigt lehne ich mich dagegen und kämpfe gegen dieses wachsende Hochgefühl in meinem Innern. Es fühlt sich an, als hätte ich zu viel Süßes auf der Zunge gehabt. Als hätte ich meinen Zuckerspiegel derart gepusht, dass er sich zu Heldentaten aufgelegt fühlt. Dabei ist das nichts als Lug und Trug. Sobald der Geschmack vergangen ist, sobald die Kalorien in den Magen gesickert sind, wird mein kurzzeitig von falschen Endorphinen geschädigter Verstand begreifen, dass Schokolade sich nicht im Herzen ablagert, sondern auf den Hüften.

Mein Handy piepst, und eine Nachricht von Katja ploppt auf.

Stirbt Quinn? schreibt sie. Was?, tippe ich verständnislos zurück.

Katja: Stirbt Quinn in Staffel vier? Was gibt es daran nicht zu verstehen. Ich warte noch auf eine Antwort von dir.

Ich: Keine Ahnung, dürfte ich dir sowieso nicht sagen. Ich bin beschäftigt, muss so tun, als wäre ich Mia.

Katja: Sorry für die Störung – entschuldigender Emoji. Es gibt nichts, was Mia kann und du nicht. Hau in die Tasten, Baby! Und heute Abend will ich wissen, ob Quinn stirbt und ob Everly endlich checkt, dass Harrison sie verarscht.

Ich: Vergiss es.

Ich sortiere meine Gedanken und konzentriere mich auf den Text vor mir. Ich habe nicht nur das reine Dialogbuch, sondern auch die sogenannte Conti auf PC und Papier. Die Conti ist im Synchronbereich das Transkript des Films, eine Niederschrift dessen, was gesehen und gesprochen wird. In diesem Fall sind schon ein paar Anmerkungen eingefügt. Die Szenen, die nur beschrieben werden, lösche ich und bereite dann den Text für den Synchronautor vor. Ich markiere Schwachstellen und überlege, was ins Deutsche transferiert werden soll. Dann übersetze ich die Dialoge zunächst mehr oder weniger wörtlich und mache Vorschläge, wie es im Deutschen besser klingen könnte. An Stellen, über die ich schon beim ersten Lesen stolpere, hake ich ein und mache einige Kommentare im Text.

In meinem Studium und zu Hause auf der Couch, also in

meinem Kopf, habe ich all das schon oft getan. In der Praxis ist es das erste Mal. Das ist beunruhigend, aber irgendwie auch berauschend. Und so vergehen Stunden, während ich mich völlig in Samantha Nights Welt verliere.

Als es irgendwann leise an der Tür klopft, habe ich einen heißen Kopf, der die gesamte Farbpalette der Fifty Shades of Red durchläuft. Denn ich hänge gerade an einer Stelle, bei der ich zwischen Ratlosigkeit und einem Lachanfall erster Güte schwanke. Dass diese Serie «neue Wege» gehen will, ist eine glatte Untertreibung.

«Kaffee?» Geli steckt ihren Kopf durch die Tür. «Ich dachte, da die Kaffeemaschine hier oben noch immer in Reparatur ist, bringe ich dir was vorbei.» Sie kommt an meinen Schreibtisch, stellt eine dampfende Tasse mit der Aufschrift AMAZING things will happen ab und schaut dann ungeniert über meine Schulter.

Sie liest laut: «Setz dich auf mich, Langdon, sieh mich an, ich will deine lüsternen Blicke auf meinem Körper spüren ... Deine Männlichkeit ist atemberaubend.» Dann schaut sie hoch und sieht mir in die Augen. «Das klingt ja ... scheiße.»

Ich lache und weiß auch ohne Spiegel, dass es ein überrumpeltes Lachen ist. «Ich hatte gehofft, du sagst: Das klingt heiß.»

Sie zuckt mit den Achseln. «Heiß wäre, wenn sie es einfach machen, ohne das Gequatsche.»

«Blöd nur, wenn Alisha und Langdon im Film dann den Mund dabei bewegen», sage ich, und als ich Gelis hochgezogene Augenbraue sehe, ergänze ich schnell: «Um zu sprechen, Geli!»

«Überbewertet», sagt sie. «Sind sie im On oder Off?»

«Im On. Und nur ganz kurz im Conter», sage ich und bin stolz, den Fachbegriff dafür verwenden zu können, dass der zu synchronisierende Schauspieler nur von hinten zu sehen ist.

Geli nickt beiläufig und schaut wieder auf den Bildschirm. «Du könntest ein anderes Wort für Männlichkeit benutzen.»

Ich hole tief Luft. «Ich weiß, was du meinst, allerdings hat sie schon dreimal Penis gesagt.»

«Glied?», schlägt sie vor und stützt sich mit dem Ellbogen auf den Schreibtisch.

«Fünfmal.»

Sie stöhnt. «Wenn ich es nicht besser wüsste, würde ich denken, das hier ist eine Doku über Genitalien.» Sie zwinkert. «Vergiss das mit der Lippensynchro!»

Ich muss lachen. «Wusstest du, dass die erste Staffel *Dark and Dirty* heißt?»

Geli schlägt die Hände vors Gesicht.

«Ja, genau. Und Staffel zwei heißt *Deep and Hard* und Staffel drei ist die Krönung mit *Deeper, Darker, Harder*.»

Jetzt lacht sie. «Klingt irgendwie nach Bruce Willis.» Dann beißt sie sich auf die Unterlippe und sagt: «Was hältst du von Wunderhorn als Synonym?»

Jetzt pruste ich laut los. «Phallus ist unter diesen Umständen zu gehoben, was?»

«Definitiv!» Sie dreht dem Laptop den Rücken zu und setzt sich auf die Kante des Schreibtisches. «Schwert könnte ich dir noch anbieten oder Speer. Das hat gleich so einen römischen Touch.»

«Es spielt in New York», seufze ich.

«Schade. Ich hatte so an Gladiatoren gedacht, kurze Röcke und muskulöse Oberschenkel.»

«Ich sehe schon, du bist Samanthas Zielgruppe.»

«Niemals, ich schaue das *Literarische Quartett* und hab den *Focus* abonniert», behauptet sie.

Ich weiß nicht, ob ich ihr das glauben soll, und offenbar sieht man mir das an. Denn sie fügt schnell hinzu: «Thea Dorn.»

«Wie bitte?»

«Das *Literarische Quartett*. Wird aktuell von Thea Dorn moderiert. Kommt im Zweiten.»

«Ich hab es dir auch so geglaubt», behaupte ich.

«Nein, du denkst, ich schau RTL2. Weil ich rosa Haare habe.»

«Quatsch. Das sind Äußerlichkeiten.» Verlegen schaue ich an mir herunter – und bin doch neugierig. «Und was denkst du von mir?»

«Ich denke, dass du irgendwie geheimnisvoll bist. Interessant. Und ich denke, dass du das hier gut machen wirst.»

«Was? Das hier? Diese Phallus-Prosa?», sage ich und schaue auf den Boden, damit sie nicht in meinen Augen lesen kann, wie sehr ich mir wünsche, dass sie recht hat.

«Nein, mit Pimmeln hat das nichts zu tun.»

Eine Weile sieht sie mich ernst an und sagt dann: «Wobei es mich bei deiner Abschlussarbeit schon wundert, dass es für dich okay ist, so etwas Triviales zu betreuen. Da fehlen ja nur noch Vampire.»

«Nein, das ist schon okay. Unterhaltung ist doch super», erwidere ich schnell.

«Penisse auch? Oder wie lautet da die Mehrzahl?»

«Penes, um genau zu sein», sage ich.

«Echt jetzt?»

Ich nicke amüsiert.

«Ha! Wäre ich nicht drauf gekommen», kiekst sie. Und ich nehme es ihr nicht ganz ab.

«Für gewöhnlich reicht ja auch einer», kichere ich.

Geli bricht in lautstarkes Gelächter aus. «Oh Gott, Mia, ich sage dir, ich liebe dich jetzt schon.»

Alle lieben Mia. Schon immer. Mein Herz wird sofort ein paar Gramm schwerer. Eine sehr gefährliche Gewichtszunahme. Wenn das so weitergeht mit dem übergewichtigen Herzen, werde ich bald gebückt gehen müssen. Ich mache mir eine mentale Notiz: *Mia erreichen, egal wie!*

«Wie bist du eigentlich Everlys Stimme geworden?», wechsele ich das Thema.

«Zufall», erwidert sie. «Das Casting lief, ich war dabei, weil ich mit am Script gearbeitet habe, und irgendwann habe ich reingebrüllt, weil die zwar sehr bekannte, aber in diesem Fall leider völlig unfähige Sprecherin mich wahnsinnig gemacht hat.» Sie zuckt mit den Schultern. «Tja, und dann meinte Annabelle, dass ich doch die passende Stimme hätte ... So bin ich also nicht nur Scriptautorin, sondern auch noch Synchronsprecherin geworden. Was ganz gut ist, ich hab nämlich drei Jungs, die mir die Haare vom Kopf fressen. Und einen Mann, der zwar ein hervorragender Handwerker, aber ein miserabler Geschäftsmann ist.»

Geli hüpft vom Schreibtisch, und ehe ich weiß, wie mir geschieht, hat sie ihre dünnen Arme um mich gelegt und sagt: «Ich bring dir dann nachher mal noch einen Kaffee. Für diesen Text braucht man viel Koffein.»

«Drei Jungs?», hake ich nach.

«Yep. Drei kleine Jungs und ein Großer, der nie erwachsen geworden ist», gibt sie gut gelaunt zurück. «Was meinst du, wie die spuren, wenn ich in meiner Everly-Stimme sage: *Contenance, ein Gentleman tut so etwas nicht.*» Sie löst die Arme von mir, dreht sich um und marschiert winkend aus dem Büro.

Eine Weile sehe ich ihr nach und komme nicht umhin, mir vorzustellen, wie es wäre, Gelis Freundin zu sein.

·· ● ··

In den nächsten Stunden verliere ich mich völlig in dem Scriptbuch, so sehr, dass ich fast schon Angst habe, mich zu weit aus dem Fenster zu lehnen. Ich bin schließlich nur für die Rohübersetzung zuständig, kann es aber nicht lassen, mir die Dialoge schon an den Schauspielern vorzustellen.

Eine halbe Stunde nachdem Geli das Zimmer verlassen hat, starte ich die erste Folge der Serie noch einmal auf dem PC, in Originalversion, und lege meine deutsche Übersetzung darüber. Einen Moment lang denke ich an meinen eigentlichen Job bei *Edelbert & Ardenbaum* und daran, wie leid ich es schon lange bin, den ganzen Tag nur Verträge Korrektur zu lesen und staubtrockenes Beamtendeutsch ins Italienische zu übertragen. Daran, wie selbst die trivialsten Dialoge mehr Freude machen als alles, was ich bei *Edelbert & Ardenbaum* je in die Finger bekommen habe. Ich denke an jenen Tag, an dem mir klar wurde, dass

Synchronisationen meine Leidenschaft sind. Der Tag, an dem ich begriffen habe, dass Brad Pitt und Tom Cruise kein perfektes Deutsch sprechen, sondern jemand ihnen seine Stimme geliehen und ihnen fremdsprachige Worte in den Mund gelegt hat. Dann seufze ich und versuche das Gefühl, endlich im richtigen Job angekommen zu sein, von mir zu schütteln. Es gelingt mir fast, bis mein Handy wieder piepst.

Katja schreibt: Könntest du noch herausfinden, ob Byron mit dieser Schnepfe Suzanne alleine im Garten war?

Ich antworte: ☹! Ich DARF es dir nicht sagen.

Geli kommt an diesem Tag noch zweimal und bringt Kaffee sowie ein paar Unterlagen in einem Umschlag. Es ist ein Personalfragebogen, den ich noch mal durchschauen soll. Da es mir zu heikel ist, lege ich ihn einfach ungesehen mit dem Vermerk «Personalabteilung» wieder in den Hauspostkorb. An Mias Angaben werde ich sicher keine Änderungen vornehmen.

Geli fragt auch, ob wir gemeinsam Mittagessen wollen. Aber ich bin zu sehr darauf bedacht, nicht zu viele Kollegen hier auf mich aufmerksam zu machen, um mich den anderen zum Essen anzuschließen. Stattdessen esse ich mein mitgebrachtes Müsli und vertiefe mich wieder in Samantha Nights feuchte Fantasien.

Erst als es auf dem Flur vor meinem Büro immer wieder laut trappelt und mehrere Stimmen mir ein «Servus, schönen Feierabend!» zurufen und es irgendwann ganz leise wird, beschließe ich, Mias ersten Arbeitstag zu beenden.

Ein Blick auf mein Handy verrät mir, dass Mia nicht geschrieben hat. Ein weiterer Blick auf mein Handy verrät mir auch, dass ich den ganzen Tag noch nicht an Jo gedacht habe. Er wohl aber an mich.

Hier der Interviewtext für den Artikel in der *Gamestar*. Schaust du drüber?, schreibt er.

Ich will gerade das angehängte Dokument öffnen, da halte ich inne. *Nein*, sagt Mias Stimme in meinem Innern. *Charlotte, bist du eigentlich total bescheuert? Der Typ hält dich seit Jahren hin, verkündet dir eine Auszeit, und du sollst ihm noch seine Scheiße Korrektur lesen? Was glaubt der eigentlich, wer er ist, Mr. Ich-erfinde-ultrawichtige-Daddelspiele?*

Ich nicke entschlossen. Sie hat recht. Und mit einem leicht schiefen Lächeln, weil das, was ich jetzt tue, sehr ungewöhnlich ist für mich, tippe ich zurück: Time out, schon vergessen?

Dann schalte ich das Handy auf lautlos.

«Danke, Mia», murmele ich meiner imaginären inneren Stimme leise zu, verlasse das Büro und trete schließlich aus den heiligen Hallen von TonAb München auf die Straße und laufe zum Parkplatz.

Es sieht nicht sehr viel anders aus als heute Morgen. Bis auf eine klitzekleine Tatsache. Das Auto ist weg.

KAPITEL 15

Sebastian

Kennst du den, Sebastian? Neuverpflichtung beim FC Bayern. Manager: Sie sind engagiert. Mit Ihrer breiten Brust sind Sie genau der Richtige für unser Team. Spieler: Ist es nicht wichtig, dass ich auch gut spielen kann? Manager: Nein – Hauptsache, die Werbefläche ist groß genug!» Adam lacht ins Telefon.

Schallend. Wie immer, wenn er einen Witz erzählt. Ich sollte ihm bei Gelegenheit klarmachen, dass der Sinn eines Witzes darin liegt, den anderen zum Lachen zu bringen, nicht sich selbst.

«Adam, du kannst noch so viele Witze über den FC Bayern machen – ich bin kein Fan!» Und wo ist überhaupt mein Autoschlüssel? Ich krame danach, finde ihn aber nicht auf Anhieb. Währenddessen plappert Adam weiter.

«Aber ich habe heute festgestellt, dass meine Tochter in ihrem Leben noch keinen anderen deutschen Meister erlebt hat als die Bayern. Und Lille ist immerhin schon sieben. Da hilft nur noch Galgenhumor.»

«Du hast mein Mitgefühl. Aber du könntest auch einfach den Arbeitgeber wechseln.»

«Spinnst du? Den erfolgreichsten deutschen Verein aller Zeiten?», keucht Adam. Für ihn ist es kein Widerspruch,

Salesmanager an der Säbener Straße und gleichzeitig BVB-Fan zu sein.

Während ich Adam zuhöre und mit der freien Hand nach meinem Autoschlüssel suche, bemerke ich sie nicht sofort. Erst, als ich den Schlüssel gefunden habe und aufsehe. Pocahontas. Sie steht mitten auf dem Parkplatz, Handy am Ohr, verzweifelter Blick. Sie gehört zu den Menschen, die am Telefon nicken, gestikulieren und ihre Miene so verziehen, als könnte der andere das durch die Leitung sehen. Und obwohl sie gestresst wirkt, macht diese lebhafte Mimik etwas mit mir. Ich möchte nicht aufhören, ihr zuzusehen.

«Adam, kann ich dich zurückrufen?», sage ich mit den Gedanken schon so weit vom FC Bayern entfernt wie Schalke von der deutschen Meisterschaft.

«Wenn du es wirklich machst.» Ich kann das schiefe Lächeln hören. «Sag mal, wann fahren wir mal wieder in die Berge zusammen? Ich hab heute die neuen Schuhe von Scarpa bekommen und zwei Sets Expressen und will sie unbedingt testen.»

Adam hat immer etwas Neues zum Testen – ein Vorteil, wenn man sich mit Markensponsoring beschäftigt und ständig alles Mögliche umsonst bekommt. Aber noch ein Bayern-München-Witz und ich verpasse Mia, weil sie dann vielleicht längst in ihr Auto gestiegen ist. Dabei würde ich am liebsten einfach hier stehen bleiben und in ihrem Gesicht lesen.

«Gerne, machen wir bald. Ich melde mich, okay?», sage ich und lege schnell auf. Ich nähere mich Mia, bis ich ihre Worte verstehen kann.

«Gut, ich danke Ihnen. Ich sehe, was ich da machen kann. Auf Wiederhören.» Die Hand mit dem Handy sinkt nach unten.

Wer sagt denn heute noch *Auf Wiederhören*? Mag ich irgendwie. Ihr Kostüm sitzt schief, das T-Shirt unter dem Jäckchen hat einen kleinen Kaffeefleck auf Brusthöhe. Gar nicht ladylike, dafür süß. Atmen, Sebastian, atmen. Noch könnte ich mich einfach umdrehen und sie stehen lassen. Ich weiß sowieso nicht, wie ich aus der Nummer morgen Abend wieder rauskommen soll. Keiner von uns beiden hätte etwas davon. Ich bin beschädigtes Material, und sie gehört – Kaffeefleck hin oder her – nicht in meine Welt.

Pocahontas. Wenn ich nur aufhören könnte, das zu denken. Meine Beine machen ohnehin, was sie wollen, und gehen jetzt auf sie zu. Mein Mund hat auch ein Eigenleben. Er spricht, ohne dass ich es will. «Mia? Alles klar?»

Noch immer starrt sie auf das Telefon in ihrer kleinen Hand. Dann sieht sie hoch und erschrickt.

«Du?»

«Ja, ich», antworte ich. «Ich wollte gerade nach Hause fahren.»

Sie starrt mich an, als wäre das ziemlich abwegig. Tränen in den Augen, Wackelkontakt in der Stimme: «Der SL ist weg. Wie vom Erdboden verschluckt. Niemand am Eingangstor hat etwas gesehen, ich bin alle Reihen mehrfach durchgegangen, er ist ganz einfach weg. Verschwunden oder besser geklaut. Mitten am Tag. Mitten in Grünwald!»

«Okay», erwidere ich. Verschüttet geglaubte Beschützerinstinkte erwachen zum Leben. «Hast du die Polizei gerufen?»

«Ja ... nein ... also, ja, aber ich ... Ach, es ist nicht so einfach.»

Sie sieht auf einmal so aus, als hätte sie das Fahrzeug selbst entwendet. Täterblick, keine Opfermiene.

«Soll ich dich zu einer Dienststelle fahren?»

«Nein!», sagt sie laut und hastig. «Ich meine, ich muss erst ... zu Hause den Fahrzeugbrief und meinen Ausweis holen. Ich kann das dann auch online machen, meinte der Beamte.»

«Soll ich dich nach Hause mitnehmen?» Wieder hat sich mein Mund selbstständig gemacht.

Nein, nein, nein!, schreit mein Verstand. *Dann kommst du aus der Nummer morgen erst recht nicht mehr raus.*

Aber es ist zu spät. Sie schaut mir tief in die Augen, und plötzlich erscheint auf ihrem Gesicht ein Lächeln, das eine unglaubliche Wirkung hat. Es kann Anspannungen lösen, dieses Lächeln.

«Wir haben erst morgen ein Date.»

«Haben wir das?» Ich lächele sie an. Geht gar nicht anders.

«Außerdem kann ich gar nicht bei dir mitfahren, ich kenne dich ja gar nicht.»

«Du weißt, wie ich heiße, wo ich einkaufe, wo ich arbeite, und ich habe dich vor dem Ertrinken gerettet. Das sollte erst mal reichen.»

Sie kichert kurz nervös. «Das stimmt. Fast.»

«Also? Ich hab zwar keinen SL, aber wenn es dir nichts ausmacht, dass es in meinem Auto aussieht, als würde ich darin wohnen, dann bring ich dich jetzt nach Hause.»

Sie nickt langsam. «Okay. Und nein, warum sollte mir

das was ausmachen? Immerhin hast du noch ein Auto.»
Ihr Lachen ist eine glucksende Mischung aus Verzweiflung und Amüsement.

Ich gehe voraus, und wenig später sitzt sie neben mir in meinem alten Kangoo.

«Sorry, das Känguru ist ein reines Arbeitsmittel für mich. Putzen hilft hier nicht viel», sage ich entschuldigend. Ohne zu erwähnen, dass ich dieses Auto eigentlich nur noch aus nostalgischen Gründen fahre – aber aufgehört habe, es wie Flo liebevoll Wally zu nennen.

«Das Känguru ...», wiederholt sie amüsiert.

Wir schweigen eine Weile.

«Hast du dich gut eingelebt?», frage ich, den Blick auf die Straße gerichtet. «In der Republik Starnberg?»

«Wie meinst du das?»

«Starnberg ist eine eigene kleine Welt – ein Mikrokosmos, in dem es keine Probleme gibt.»

«Sagt wer?», fragt sie und sieht mich von der Seite an.

«Ich und alle, die es von außen betrachten.»

«Du bist also so etwas wie ein Geheimagent?», erwidert sie, und als ich nur die Stirn runzele und darauf nicht antworte, ergänzt sie: «Ich meine, ein V-Mann. Weil du ja selbst in Starnberg lebst, es aber von außen betrachtest.»

«Das kann man so nicht sagen», murmele ich. Igitt, klingt das doof und trotzig.

«Aber du wohnst da, obwohl du offenbar eine Abneigung dagegen hast», sagt sie, Kinn nach vorn geschoben.

«Ich ... bin praktisch schon wieder weg.» Gut, das war jetzt wirklich Geheimagentenstyle. Aber sie lässt das so stehen. Und alleine dafür mag ich sie. *Pocahontas.*

«Sebastian ...»

«Mia?»

«Die Ampel ist rot!» Sie deutet auf die Baustellenampel keine fünf Meter vor uns. Ich lege eine Eins-a-Vollbremsung hin, und sie greift instinktiv nach mir, um sich festzuhalten. Direkt an meinen Oberschenkel. Sofort zieht sie die Hand wieder weg. Zu spät, schon passiert. Da war sie wieder, die Elektrizität, die ich schon gespürt habe, als ich sie aus dem Wasser ziehen wollte. Die paar Watt, die eben noch die Ampel haben rot leuchten lassen, surren jetzt zwischen uns.

Ich suche nach Worten, aber sie haben sich zu gut versteckt.

Dafür sagt Mia zum Glück etwas. «Ich bin also nicht dein Typ, könntest du mir das genauer erklären.»

«Wozu?», sage ich viel zu schnell.

«Damit ich an mir arbeiten kann, vielleicht», sagt sie und beißt sich auf die Unterlippe. Überhaupt habe ich das Gefühl, dass ihr Mund einen Tick schneller ist, als es ihr manchmal recht ist.

Ich räuspere mich, sehe wieder auf die Straße und sage: «Eigentlich bin *ich* nicht *dein* Typ. Ich dusche zu selten und diesele mich stattdessen gerne mit Parfum ein. Ich esse täglich Fast Food, und statt an die frische Luft zu gehen, daddele ich auf einem alten Commodore 2000 herum. Ich wohne in einer Bude, die sauteuer ist, mir aber überhaupt nicht gefällt. Und beruflich hebe ich manchmal ziemlich ab.»

Sie lacht. Sofort. Laut. Ihre Augen ziehen sich nach oben, verengen sich zu kleinen, niedlichen Schlitzen. *Schau auf*

143

die Straße, Sebastian. Sonst habt ihr beide bald keinen
Grund mehr zu lachen.

«Du riechst aber ziemlich gut, dafür, dass du nicht
duschst», sagt sie, ohne ihren Kopf zu mir zu drehen. Ihre
Hand nur wenige Zentimeter von meiner entfernt.

Ich versuche, meinen Kopf mit Witzen zu kühlen: «Ich
habe vergessen zu erwähnen, dass ich ein richtig schlechter Verlierer bin. Und mein eigentliches Lebensziel ist eine
Würstchenbude am Ballermann. Mein Führungszeugnis
hat so viele Einträge wie das Starnberger Telefonbuch. Und
am wichtigsten: Ich verbocke es mir immer mit Frauen.
Vor allem mit solchen, die in sauteuren, scheißhässlichen
Buden wohnen.»

Beim letzten Satz dreht sie ihren Kopf ruckartig in meine Richtung. Große Augen, kein Lachen mehr. Ich habe
mich verraten.

Doch sie sagt nur: «Jetzt ich», und legt los: «Ich spiele
gerne Fußball, und manchmal rauche ich Zigarillo– einfach, weil ich finde, dass das toll riecht. Ich kann zwanzig
verschiedene Whiskeysorten am Geschmack unterscheiden. Ich bin nicht eifersüchtig, weil ich denke, dass das
eine brutale Zeitverschwendung ist. Ich stehe auf Männer,
die auch mal mit ihren Kumpels um die Häuser ziehen
und sich nicht nur an mich klammern. Ich liebe spontane
Abenteuer und wäre sofort bereit, mit dem Mann, den ich
liebe, aus einem Flugzeug zu springen oder einfach nur
zum Eisessen nach Paris zu fahren. Ich bin unabhängig,
weswegen ich mir diese sauteure, scheißhässliche Bude
leisten kann, und ich bin so cool, dass ich, wenn ich wollte, die Handbremse ziehen und einfach aussteigen könnte.

Eben weil ich vielleicht gar nicht dein Typ bin, aber es so was von sein könnte.»

Okay ... damit hatte ich jetzt nicht gerechnet. Wie passt das alles zusammen? Nichts an dieser Frau ist so, wie es auf den ersten Blick wirkt. Hab ich mir ein klischeehaftes Fehlurteil erlaubt, oder ist sie wirklich ein wenig undurchsichtig?

In Ermangelung eines witzigen Einfalls erwidere ich: «Dein Ernst? Das mit dem Whiskey, der Eifersucht und dem Flugzeug?»

«Nein», kommt es trocken zurück. «Nicht alles.»

«Ich fahre dich trotzdem gerne nach Hause und hole dich auch morgen wieder ab, wenn dein Auto bis dahin nicht aufgetaucht ist», sagt diese Stimme, die mir gehört, mir aber nicht gehorcht.

«Ich fahre Bus», erwidert sie. Und lächelt trotz der Abfuhr dieses unergründliche Indianermädchen-Lächeln.

Meine nächste Dummheit folgt sofort.

«Ich geb dir zur Sicherheit mal meine Handynummer.» Ich krame im Handschuhfach und reiche ihr eine alte Visitenkarte aus dem Packen, den Lehmann bei Gründung der Firma euphorisch hat drucken lassen, ohne zu berücksichtigen, dass man sich heutzutage eigentlich anders vernetzt. Danach möchte ich mir die Zunge abbeißen. Oder nie mehr den Mund aufmachen. Oder mir die Worte wieder zurückholen. Zur Not mit Gewalt.

Sie nimmt das Kärtchen und sieht mich an. Und ich möchte sie bitten, die Nummer auch schnellstmöglich in ihr Handy einzuspeichern und mir eine Nachricht zu schicken. Hi, nur damit du meine Nummer auch hast, Mia.

KAPITEL 16

Man kann inzwischen Briefe per Handyporto frankieren, mit einer App Pflanzen bestimmen, einen Onlinechor gründen, Geburtsurkunden im Internet beantragen und von der Zahnbürste bis zum Hamster so ziemlich alles virtuell shoppen. Dummerweise aber nicht digital ein Auto gestohlen melden. Das war geschwindelt, und nun habe ich keine Ahnung, wie ich es hinbekomme, den ollen SL ohne Mias Hilfe vermisst zu melden.

Ich versuche, das Problem aufzuschieben, vielleicht fällt den bayerischen Behörden ja in den nächsten Tagen ein, wie praktisch eine entsprechende Diebstahlsanzeigenapp wäre, und kümmere mich um die Nachrichten auf meinem Handy. Mama erkundigt sich nach der Lage in Starnberg, Katja schickt mir ein Bild von ihren Umzugskartons und einen Kotzsmiley und fragt, wie es mir geht, und Pepe und Indira haben ein Video mit rosarotem Filter geschickt, in dem sie sich Hasenohren und Puschelschwänze digital dazugezaubert haben und «Wie heißt die Mutter von Niki Lauda?» singen. Aus einem unerfindlichen Grund finden sie das Lied irrsinnig lustig. Und sie können nichts dafür, dass ich jetzt einen Ohrwurm habe und im Geiste «Wie heißt die Mutter von Charlotte Reinhardt?» singe.

Und dann tue ich es doch. Ich schreibe Sebastian die obligatorische Nachricht, die man schreibt, um dem anderen seine Nummer zu geben, ohne es dabei zu auffällig wirken zu lassen.

Ich: Hi, danke fürs Nachhausefahren. Einen schönen Abend!
LG, Charly

Zum Glück bemerke ich den Fehler, während mein Daumen noch über dem blauen Pfeil wabert. «Das wäre dir nicht passiert, Ruth!», sage ich laut und denke an mein Profilfoto, auf dem Ruth Bader Ginsburg zu sehen ist.

Ich: Hi, danke fürs Nachhausefahren. Einen schönen Abend! Mia

Ich halte die Luft an, stoße sie wieder aus und wundere mich fast darüber, dass ich sie nicht als kleine rote Wölkchen vor mir wabern sehen kann. Da werden die zwei Haken blau, und sofort tauchen kleine Pünktchen auf dem Display auf.

Sebastian: Hey, ... ist das Auto schon wieder aufgetaucht?

Ich: Nein. Leider nicht.

Sebastian: Was ich dich noch fragen wollte ...

Und dann kommt eine Weile nichts mehr. Ich bin kurz davor, alte Gewohnheiten wieder aufzunehmen und an meinen Nägeln zu kauen.

Ich: Ja?

Sebastian: Was ist das für ein Profilfoto? Ist das deine Oma?

Mias Profilfoto ist Mia selbst, weil sie eben sehenswert ist. Aber ...
Meine Oma?
Ich schlucke.

Ich: Das ist RBG.

Dann setze ich noch einen Kackhaufen dazu, der meine Entrüstung über seine Unkenntnis ausdrückt. Aber ich lösche ihn RBGs wegen wieder. Das hat sie nicht verdient.
Ich sollte das Bild von Ruth Bader Ginsburg löschen und versuchen, ein halbwegs vernünftiges Selfie von mir zu schießen. Eines von der Seite, mit toupierten Haaren, damit es so aussieht, als würde ich hobbymäßig Haartutorials auf Insta veröffentlichen, und ein bisschen Schlauchbootlippe dazu. Ich könnte auch einen Hauch Glitzerpuder als Filter drüberlegen.
Da piepst es schon wieder.

Sebastian: Ich kenne nur NBIG. Und NASA und RNB, und beides hat nichts mit Damen im reifen Alter zu tun.

Jetzt zwickt mich wieder ein Lächeln in die Mundwinkel. Es fängt an, mir Spaß zu machen. Wir flirten. Das hier ist definitiv mehr *Sex and the City* als *Lindenstraße*.

Ich: Feminist bist du keiner, oder?

Sebastian: Ich bin ein Mann.

Ich: Auch Männer können Feministen sein.

Eine Weile ist es ruhig, dann kommt die nächste Nachricht.

Sebastian: Ruth Bader Ginsburg, Richterin am obersten Verfassungsgericht der USA!

Ich: Wikipedia, gib es zu!

Sebastian: Erwischt. Eine Richterin als Profilfoto ... Interessant.

Kurzer, erbärmlicher Gedanke: Ich könnte einen Screenshot machen und ihn Jo schicken. *Da, schau, andere Männer finden mich interessant.*

Ich: Vielleicht, weil ich Feministin bin?

Kurz stelle ich mir vor, wie Jo diesen Chat liest – und sehe keine Eifersucht in seinem Gesicht, nur Mitleid. Oder Gleichgültigkeit. Beides ist schlimm.

Sebastian: War das eine Frage oder bist du selbst unsicher, was und wer du bist?

Volltreffer. Genauer kann man es eigentlich nicht sagen. Ich schlucke, und dabei bleibt das gute Gefühl, das mir dieser Chat verleiht, plötzlich stecken. Irgendwo zwischen Speiseröhre und meinem noch immer mit Liebeskummer prall gefüllten Magen.

Ich beiße die Zähne fest zusammen und tippe trotzig ins Handy:

Ich: Ich weiß sehr gut, wer ich bin. Aber vielleicht willst du es auch wissen?

Noch wabert mein Finger ein wenig unsicher über dem weißen Pfeil im blauen Kreis. Ich versuche, mir mich mal aus Sebastians Sicht vorzustellen – und sehe dabei eindeutig mehr aus wie Mia als wie Charlotte. Und ich denke, das ist gut. Also drücke ich auf Senden.

Sebastian: Gute Antwort.
Sebastian: Moment noch, eine gute Antwort setzt ja voraus, dass man etwas Spritziges erwidert. Also, ich lösche jetzt «Gute Antwort». Habe ich noch einen zweiten Versuch?

Ich: Bitte.

Er schafft es, dass ich wieder grinse.

Sebastian: Meine neue Antwort auf «Willst du es wissen?» lautet: Vielleicht.

Ich runzele die Stirn. Charlotte würde endlos weiterschreiben. Weil Charlotte einfach zu needy ist, um vorher aufzuhören. Denn irgendwann würde der Chat bei Charlotte von witzig und spritzig ganz schnell zu peinlich und lästig werden. Mit einer feinen Note Fremdschämen und einem Hauch Bedürftigkeit eben. So wie mit Jo.

Ich stecke aber gerade nicht in meiner dünnen Charlotte-Haut, sondern in der von Mia. Und deswegen antworte ich einfach gar nicht mehr, sondern lege mein Handy weg und lasse Sebastian mit seinem «Vielleicht» allein.

Als es wenig später an der Tür klopft, spüre ich in meiner Brust als erste Reaktion ein sehnsüchtiges Ziehen. Vielleicht ist das Sebastian ...

Am Spiegel im Flur mache ich Halt, streiche mir über die zerzausten Haare und fahre einmal mit der Zunge über meine Zähne. Dann zupfe ich unzufrieden an meinem T-Shirt, aber ist wohl kaum Zeit, es jetzt noch zu wechseln. Also öffne ich einfach die Tür, ohne nachzusehen, ob draußen auch wirklich Sebastian steht oder ein Serienkiller, die Zeugen Jehovas oder ...

Oder der muskelbepackte Anabolikajunkie aus der fünfzehn. Mias Tinder-Eroberung hat sein Blendadent-Lächeln ausgepackt, den Bizeps sowieso, und er hat sich bereits wieder im Türrahmen positioniert, als wäre er da zu Hause.

«Hi», sagt er und zwinkert, wie nur ein Mann zwinkern kann, der sich seiner Wirkung auf Frauen sehr sicher ist. Dass ich völlig immun gegen solch eine übertriebene Darbietung von scheinbarer Männlichkeit bin, kann er ja nicht wissen.

«Sind deine Eltern Terroristen?», fragt er.

«Nein. Meine Mutter ist tot und meinen Vater kenne ich nicht. Wieso?», entgegne ich nüchtern.

Das bringt ihn leicht ins Schleudern. «Äh, na wegen der Bombe ...»

«Bombe?», frage ich nach, als wüsste ich nicht genau, welchen abgedroschenen Spruch er gerade an mir versuchen wollte. «Bist du zum Entschärfen da?»

Darauf fällt ihm nichts ein, also startet er einen neuen Versuch. Das kann ich sehen, bevor er den Mund öffnet und sagt: «Weißt du, du bist so süß, wenn ich dich anschaue, bekomme ich sofort Diabetes.»

Ich ziehe die Augenbrauen nach oben und erkläre: «Anabolika verursacht kein Diabetes, aber es hemmt das Längenwachstum, und du könntest einen Leberschaden bekommen.»

Jetzt zuckt sein Mund unsicher, während mein Lächeln breiter wird.

«Ich dachte, vielleicht behältst du mich, wenn ich dir bis nach Hause nachlaufe», versucht er es erneut und setzt, bevor ich etwas entgegnen kann, noch einen drauf: «Eigentlich wollte ich dich ja anbaggern, aber ich hab meinen Bagger leider vergessen. Dafür habe ich meinen Löffel dabei. Darf ich dich auch anlöffeln?»

Ich möchte ihm gerne einfach die Tür vor der Nase zu-schlagen, aber was, wenn die echte Mia etwas an dem Typen gesehen hat, was mir bisher verborgen blieb?

«Weißt du», sage ich und spiele die Unerreichbare. «Du bist so schön ...» Ich lege eine künstliche Pause ein und habe eine gewisse Freude daran, wie sich sein Gesicht aufzuhellen scheint. «... dass es mir zu wehtut, dich länger anzuschauen. Ich wünsche dir noch einen schönen Abend.»

Damit schließe ich höchstzufrieden die Tür und beschließe, ein ernstes Wörtchen mit Mia über ihren Männergeschmack zu reden.

KAPITEL 17

Geli kommt in der Mittagspause hoch und schwingt eine zugeknotete Plastiktüte in der linken Hand. Unter dem rechten Arm hält sie eine Zeitschrift, die sie verkehrt herum auf den Tisch legt, dann holt sie zwei Einwegverpackungen aus der Tüte. Aus der ersten dampft und riecht es herrlich.

Bei der zweiten ruft sie: «Kalter Fisch, bäh!»

Ich deute auf die lecker aussehende Suppe. «Hast du für mich nicht auch so was?», frage ich.

«Machst du Witze?» Sie starrt mich an und schiebt mir die kalte Packung zu. «Du liebst doch Sushi!»

Ich? Genau genommen *hasse* ich Sushi. *Kalter Fisch, bäh!* könnte von mir kommen.

«Wie kommst du darauf?», frage ich verblüfft.

Geli verzieht das Gesicht, als hätte sie einen eitrigen Backenzahn. «Sorry.»

«Und wieso entschuldigst du dich jetzt?»

«Na ja, eigentlich darf ich das ja nicht ... aber du kennst ja Lisa-Marie.»

Genau genommen nicht, auch wenn es seltsam ist, dass ich ausgerechnet die Empfangsdame noch nicht zu Gesicht bekommen habe.

«Jedenfalls», fährt Geli unbeirrt fort, «kümmere ich mich manchmal um die Post und nehme auch was für die Meierin aus der Personalabteilung mit ... Tja, und da kann es schon mal passieren, dass ich einen Blick wage.»

«Ich verstehe nicht ...», stottere ich und zermartere mir das Hirn, was das jetzt mit meinem kalten Mittagessen zu tun hat und warum sie denkt, dass ich gerne Sushi esse. Ich meine, Mia liebt ... Moment mal!

«Ich hab den Personalfragebogen gelesen», sagt sie und atmet laut aus. «Den, den du mit deiner Bewerbung geschickt hast.»

«Und da habe ich draufgeschrieben, dass ich Sushi mag?», frage ich, als wäre Bewerbungsalzheimer eine anerkannte Erkrankung wie Schwangerschaftsdemenz.

«Ja!», sagt sie und starrt mich entgeistert an. Vor ihrem Gesicht wabert der Dunst der Asiasuppe, was zugegeben ziemlich witzig aussieht. «Weißt du das etwa nicht mehr?»

«Doch ... ja, ich meine ... Ich fand es nur eine etwas seltsame Frage für einen Personalbogen.»

Geli winkt ab, wischt sich ein Löckchen aus der Stirn und lächelt. «Ist ja auch der freiwillige Zusatzbogen. Da geht es TonAb eben darum zu schauen, wer zu uns passt und wie man den Mitarbeitern ab und an was Gutes tun zu kann. Und natürlich, um abzuklopfen, ob jemand irgendwelche Allergien hat, wenn wir Ausflüge oder so machen.»

Allergien. Ich habe keine Ahnung, ob Mia Allergien hat. Wahrscheinlich eher nicht. Denn während ich mich im Frühjahr mit Heuschnupfen quäle, allergisch gegen bestimmte Tierhaare bin und Tomaten bei mir Atemnot auslösen, bleibt Mia von solchem Mist, soweit ich weiß, verschont.

«Ja, das ist total sinnvoll! Sollten wir mal eine Katzenfarm besuchen oder eine Nüsschenprobe machen oder so», scherze ich.

«Genau!», stimmt Geli völlig ernst zu. «Also, was ist jetzt? Sushi ja oder nein?»

«Sind da Tomaten drin?»

Geli öffnet die Verpackung, sieht nach und schüttelt dann den Kopf. «Tomatenfreie Zone.»

Na, dann werde ich wohl kalten Fisch zu Mittag essen müssen, während mir Gelis Suppe das Wasser im Mund zusammenlaufen lässt.

Schweigend essen wir – sie mit Genuss, ich mit Durchhaltevermögen. Geli kann allerdings auch mit Genuss schnell essen, und während ich noch mit meinem kalten Fisch ringe, hat sie schon die Zeitschrift aufgeschlagen und blättert darin herum.

«Siehst du, so will ich aussehen», sagt sie und deutet auf ein Model mit dichten braunen Locken. «Diese Haare!» Begeistert streicht sie über das Papier, als könnte sie die Struktur der Locken fühlen.

Ich schaue auf das Papier und deute auf die gegenüberliegende Seite. «Und so will ich aussehen. Ich wäre gerne dünn, mit Wangen, die nach innen gehen, statt sich wie Pingpongbälle nach außen zu wölben. Und ich will so ein Näschen, so ein kleines, süßes. Nicht eines mit Arschkerbe.»

«Du hast keine Nase mit Arschkerbe!»

Ich hebe kurz den Kopf in den Nacken und zeige ihr, was

ich meine. «Da, siehst du den kleinen Schlitz an meiner Nasenscheidewand?»

«Du spinnst!», lacht sie. «Du bist doch perfekt, so wie du bist.»

Ich seufze und will widersprechen, aber Geli deutet auf meinen PC-Bildschirm, wo die fertigen Dialoge der ersten Folge «Dark and Dirty» zu lesen sind.

«Darf ich?» Sie lehnt sich mit dem Ellbogen auf den Schreibtisch und inspiziert meine Arbeit näher, scrollt mit der Maus eine Seite weiter und nickt mit dem Kopf. «Wow! Das ist aber mehr als eine Rohübersetzung.»

Sie liest ein paar Zeilen laut vor und nickt dann anerkennend. «Das liest sich richtig gut. Und auf den ersten Blick würde ich sagen, das ist schon lippensynchron.»

Ich zucke mit den Achseln. Ein wenig schuldbewusst, weil mir klar ist, dass ich hier etwas mehr getan habe, als nur eine Rohübersetzung anzufertigen. Letzten Endes habe ich dem Synchronautor, der sich mit der Rohübersetzung später daran machen soll, den Schauspielern die Dialoge in den Mund zu legen, einiges vorweggenommen.

«Du hast echt Talent! Und ein gutes Gespür fürs Tempo, soweit ich das beurteilen kann.» Nachdenklich schaut sie zu mir und dann wieder auf den Bildschirm. Dann geht ein Ruck durch ihren kleinen Körper, und sie sagt: «Warum bist du eigentlich bei *Vienna Voices* rausgeflogen?»

Ich verschlucke mich an dem letzten, ekligen Stückchen mit Alge umwickeltem Lachs und huste. Geli haut mir kurzerhand auf den Rücken, und ich komme mir vor wie im Film. An der Stelle, an der die Schauspielerin so überrumpelt wird, dass sie eine Fischgräte verschluckt und mit dem Heimlich-Handgriff von ihrem heißen Love Interest gerettet werden muss. Nur dass es Geli mit ihren pinken Löckchen ist, die mich vor dem vorzeitigen Erstickungstod bewahrt.

Aber selbst wenn der Fisch kein Problem mehr ist, dieser eine Satz ist es. Ich hatte keine Ahnung, dass Mia ihre Stelle verloren hat, aus ihren Unterlagen ging das auch nicht hervor. Langsam frage ich mich, wie gut ich meine beste und älteste Freundin wirklich kenne. Und wann ich ihr all die Fragen endlich stellen kann.

«Woher ...?», stottere ich.

Jetzt ist es an Geli, verlegen dreinzuschauen. «Na ja ... ich hab nicht nur deinen Personalfragebogen gelesen, ich habe auch ... Also, ich kenne jemanden bei *Vienna Voices* und auch eine Cutterin bei *Synch* in Paris. Du warst bei beiden nicht lange ...»

Darauf kann ich nichts antworten. Und so nutze ich meine nicht vorhandenen schauspielerischen Fähigkeiten und tue so, als hinge mir das Maki-Teilchen noch immer im Hals.

Aber Geli hakt gar nicht weiter nach, vielleicht weil es ihr unangenehm ist, sich so ausführlich über meinen Lebenslauf informiert zu haben. Stattdessen fragt sie: «Soll ich dir sagen, warum ich deinen Personalfragebogen gelesen habe?»

Ich schlucke und erwarte ein weiteres Inquisitionsfeuer.

«Ich ... ich will es nicht noch länger mit mir rumtragen, das bekommt mir nicht. Sonst wachsen mir noch graue Haare.» Bei den letzten Worten verzieht sie seltsam die Lippen.

«Dann mal los», ermuntere ich sie.

Sie schiebt den Mund etwas unschlüssig hin und her. «Es geht um deinen Vater.»

«Um meinen Vater?» Einen Moment lang frage ich mich, was mein gutmütiger, ruhiger Papa, der in diesem Moment vermutlich den Mittagstisch für die Stammkunden aus der Montagefirma zubereitet, mit Geli zu tun hat. Dann aber fällt mir ein, dass ich ja Mia bin. Verdammtes Doppelleben.

«Also, ich hab deinen Namen auf der Bewerbung gelesen. Morot. Und, na ja, da musste ich nur kurz eins und eins zusammenzählen und wusste, wer du bist. Mia Morot, Tochter des großen Hans-Peter Morot. Der ist in München und Umgebung fast so bekannt wie der Hoeneß, nur dass er noch nicht im Knast war ... aber eigentlich da hingehört, wenn du mich fragst.» Sie sieht mich kurz an, und ich lese in ihrer Miene, dass sie überlegt, ob sie wohl zu weit gegangen ist.

«Meine drei Jungs sind begeisterte Fußballspieler, das hab ich ja bestimmt schon mal erzählt, und sie sind auch wirklich gut! Trainieren bei Eisblau Seestraße ...» Sie stockt und wirkt sichtlich nervös.

Ich habe keine Ahnung, was als Nächstes kommt. Möchte sie Freikarten für die *Allianz Arena*? Soll Mias Vater den Eisblauen neue Trikots sponsern oder einen Bauplatz für das Vereinsheim besorgen?

«Dein Vater ...», sagt sie, und plötzlich verändert sich etwas in ihrer Stimme, und ich höre Everly aus *Summerset*, die stinksauer ist auf ihre Brüder, weil die sie wieder mal bevormunden. Ich möchte nicht wissen, wie Geli klingt, wenn sie wirklich wütend ist. «Also, dein Vater hat meinen

Jungs das Trainingsgelände gesperrt. Morgen kommen die Bagger, und dann ist es vorbei mit dem Eisblau-Stadion. Dann werden da Luxusimmobilien gebaut. Aber der feine Herr Morot antwortet noch nicht einmal auf unsere verzweifelten E-Mails.»

Wow. Dass Mias Vater hart durchgreifen kann, wenn es um seine geschäftlichen Interessen geht, das war mir bekannt. Aber für so herzlos, einer Jugendmannschaft den Platz wegzunehmen und sich dafür nicht einmal zu rechtfertigen, hatte ich ihn nicht gehalten.

Einen Moment bin ich sprachlos. Dann will ich vorschlagen, mich darum zu kümmern, aber da hat Geli längst wieder Luft geholt.

«Könntest du ihn nicht bitten, sich das noch mal anders zu überlegen?»

Was? Dass das völlig unmöglich ist, hat weniger damit zu tun, dass ich nicht die echte Mia bin, sondern dass Hans-Peter Morot niemand ist, der auf andere hört. Im Gegenteil: Der Rest der Menschheit hat auf *ihn* zu hören. Mit Grauen denke ich an die wenigen Male, die ich bei Mia übernachtet habe. Daran, wie sie stets vor dem Abendessen ihre Schulhefte vorlegen musste, die dann gnadenlos von ihrem Vater korrigiert wurden. Meistens saß sie bis weit nach acht Uhr daran, um alles noch einmal sauber abzuschreiben und zu seiner Zufriedenheit zu erledigen. Es wurde noch schlimmer, als er beruflich richtig Karriere machte und meinte, sie noch mehr drillen zu müssen. Einer der Gründe, warum später im Studium ich diejenige war, die viele von Mias Arbeiten schrieb und ihr mit guten Noten den dominanten Vater vom Hals hielt.

«Mia? Hörst du mich?»

«Ja, ich denke nach», erwidere ich. Was für eine Schande, alles zuzubetonieren, was noch grün ist. Grün wie die Wiesen vor Mias Apartmentanlage, nur echter. Und auf einmal habe ich eine Idee.

«Was machen deine Jungs am Samstagnachmittag?», frage ich. «Und hast du es weit nach Starnberg?»

KAPITEL 18

Weil der SL noch immer nicht wieder aufgetaucht ist (was ich genau genommen auch nicht wirklich erwartet habe) und ich Sebastians Angebot, mit ihm zu fahren, dummerweise abgelehnt hatte, habe ich jetzt zwar kein Herzklopfen seiner Gegenwart wegen, dafür aber eine ziemlich unaufregende lange Fahrt mit den Öffis. Erschöpft sitze ich um 18 Uhr endlich auf Mias Sofa und freue mich über eine Nachricht von Sebastian. Der Tag braucht nach der Begegnung mit Frau Hanselmann, der Wohnungs- eigentümerin mit fragwürdigem Parfumgeschmack unter mir, die mir mit pingeligem Augenaufschlag eine Liste mit Dos und Don'ts der Eigentümergemeinschaft unter die Nase gehalten hat, unbedingt eine positive Wende. Dass der anzugtragende Schnösel in der Wohnung neben mir mich daraufhin gebeten hat, doch auch unbedingt zur Wohnungseigentümerversammlung zu kommen, weil wir schließlich die demokratischen Werte unseres Landes wahren sollten, hat nicht dazu beigetragen, dass ich mich besser gefühlt habe. Sebastians Nachricht kommt so was von zur richtigen Zeit.

Sebastian: Pocahontas hat ein neues Profilfoto! Schauspielerin?

Ich: Auch, ja. Das ist Hedy Lamarr. Ihr verdankst du dein Bluetooth.

Sebastian: Wirklich? Sie sieht eher so aus, als wäre sie an der Erfindung der Funkwellen beteiligt gewesen.

Ich: Damit liegst du gar nicht so falsch.

Ich streiche mir die Haare aus der Stirn, wippe mit den nackten Zehen auf einem Kissen und schaue wie gebannt auf die Pünktchen, die mir seine nächste Nachricht ankündigen.

Sebastian: Steht unser Date morgen noch?

Ich: Sicher, warum?

Sebastian: Ich hab dir auf Facebook eine Freundschaftsanfrage geschickt, aber du antwortest nicht.

Heilige Scheiße ...

Ich schieße von Mias superbequemer Couch hoch wie ein Pfeil. Ich habe völlig vergessen, dass Mia ziemlich gut vertreten ist auf allen möglichen sozialen Netzwerken. Ich auch, allerdings mit privatem Profil und mehr so zum Stalken, als um mich selbst zu präsentieren. Mir gelingt ja nicht einmal ein vernünftiges Profilfoto.

Mit schwitzigen Fingern und kerzengeradem Rücken flitze ich über den Bildschirm und suche schnell in meiner Facebook-Freundesliste Mias Profil. Da ist sie, privat, und zum Glück zeigt das einzige öffentliche Bild sie mit Skibrille, herausgestreckter Zunge und Flechtzöpfen unter der Bommelmütze. Sie formt mit den Fingern das Victoryzeichen, und im Hintergrund ist eine schneebedeckte Hütte zu sehen. Ich atme aus. Okay. Das könnte genauso gut jede andere brünette Frau zwischen fünfundzwanzig und fünfunddreißig sein.

Aber … mein Herzschlag beschleunigt sich … was, wenn Mia die Anfrage sieht und annimmt? Was, wenn Sebastian ihr dann schreibt, und sie antwortet und schickt ihm ein schönes Bikinifoto von den Tuamotus mit einem Affen auf der Schulter?

Meine Fantasie beginnt, mit mir durchzugehen, und ich schaffe es nicht, meinen lebhaften Albtraumvorstellungen rechtzeitig die Scheuklappen aufzuziehen. Im Geiste sehe ich Sebastian bereits alle Zelte abbrechen und zu Mia in den Pazifik fliegen, sie aus ihrer misslichen Lage retten und mit ihr gemeinsam über die dumme Doppelgängerin zu Hause lachen. Bevor ich mir auch noch ihre Hochzeit an einem Traumstrand ausmalen kann, habe ich die rettende Idee. Ich habe ja Mias Handy. Zumindest eines davon, und wenn ich die Anfrage rechtzeitig lösche und Sebastian auf ihrem Account blockiere …

Das schlechte Gewissen lässt sich nicht ganz abstellen, obwohl das hier auf dem Eisberg meiner Lügen ohnehin nur noch der Zuckerguss ist. Schnell suche ich Mias Handy, haste damit zurück zur Couch und stecke es ans Ladegerät.

Dann warte ich ungeduldig, bis der angebissene Apfel erscheint, und bin erneut heilfroh und gleichzeitig verwundert, dass ich das Teil ohne jeglichen Code, Fingerprint oder Gesichts-ID entsperren kann. Ich zögere kurz, aber was sein muss, muss eben sein. Ich lösche die Anfrage – nachdem ich mich nur ganz, ganz kurz durch Sebastians Bilder gescrollt habe, die hauptsächlich Aufnahmen von verschiedenen Sets sind, und ich mich mit einiger Kraftanstrengung davon abhalten kann, alle Frauen in seiner Freundesliste ausführlich zu inspizieren. Dafür ist jetzt wirklich keine Zeit.

Mit angehaltenem Atem blockiere ich ihn und tippe schließlich mit ganz schwachen Fingern:

Ich: Facebook? Da bin ich nie ... sorry.

Sebastian: Du kannst jedenfalls froh sein, dass du mein Angebot, dich mit auf die Arbeit zu nehmen, nicht angenommen hast.

Ich: Wieso, ist das Känguru auch geklaut worden?

Sebastian: Nein, aber ich stand stundenlang im Stau.

Ich: Hab gehört, der Stau gehört zu Starnberg wie das Mikroplastik zum See. Beides ungesund.

Er schickt einen Lachsmiley. Einen, dem Tränen aus den Augen kommen, und ich versuche, mir sein schönes Gesicht vorzustellen. Und das herzhafte, kehlige Lachen. Es kribbelt seltsam durch meinen Körper bei dieser Vorstellung.

Sebastian: Aber ich hatte zumindest gute Aussichten.

Ich: Eine dralle Blondine im Wagen hinter dir?

Sebastian: Nein, der See. Der Blick auf das Wasser, der kommt nie aus der Mode.

Ich: Blondinen schon?

Sebastian: Ich stehe auf die Dunkelhaarigen – war unsterblich verliebt in Ntschi-Tscho.

Ich schüttele lachend den Kopf.

Ich: Nscho-Tschi. Sie hieß Nscho-Tschi! Du musst doch wissen, wie das Mädchen, in das du angeblich unsterblich verliebt warst, richtig heißt.

Erst, als ich das abgeschickt habe, wird mir die beißende Ironie dieser Worte bewusst. In Sebastians Handy steht «Mia», nicht «Charlotte». Ich schäme mich augenblicklich und wünsche mir den Moment zurück, in dem ich mich als Charlotte hätte vorstellen können. In dem ich einfach hätte sagen können: *So witzig, meine Freundin hat mir für zwei Wochen ihr Leben angeboten, stell dir vor?* Aber mit jedem Tag, mit jedem Text, den wir uns schicken, wird es unmöglicher, auf null zurückzugehen.

166

Sebastian: So oder so, das Mädchen, das mit den Espadrilles und dem Haarband im Supermarkt aufgeschlagen ist, hat große Ähnlichkeit mit Nscho-Tschi.

Ich grinse so breit, das kann nicht gesund sein. Ich muss mich zwingen, darauf keine Herzchen zu schicken, sondern nur ganz schlicht zu antworten.

Ich: Dann sollte ich wohl morgen besser Zöpfe tragen.

Sebastian: Unbedingt!

Bis morgen, tippe ich und sehe dann, dass es zum Glück ein paar Nachrichten von Katja auf meinem Handy gibt, die mich davon ablenken, weiter und immer weiter mit Sebastian zu schreiben. Eine gute Kommunikation lebt davon, sie rechtzeitig zu beenden. Oder so.

Mit Katja war Kommunikation schon immer einfach. Als meine Adoptiveltern sich entschieden, auch mich aufzunehmen, obwohl sie wenige Monate vorher schon Katja ein Zuhause gegeben hatten, die es ihnen sehr schwer machte, da rechneten sie mit Eifersucht. Damit, dass Katja sich noch abweisender verhalten würde, als zuvor schon. Aber dann war ich tatsächlich der Eisbrecher. Mit meiner Ankunft hörte Katja auf zu rebellieren und fügte sich bereitwillig ins Familienleben – mit der Bedingung, für immer meine Schwester sein zu dürfen. Mütterlich war sie nicht, vielmehr hat sie mich zu allerlei Unsinn, Mutproben und Streichen angestiftet, sobald ich alt genug dafür war. Katja hat auch nie Mama und Papa zu unseren Eltern gesagt, aber dass ich ihre Schwester war, durfte niemand anzweifeln. Vielleicht wollte ich deswegen so viele Jahre nie genau wissen, wo ich eigentlich herkam. Denn wenn ich andere – echte – Geschwister hätte, wäre Katja nicht meine Schwester. Und diese Illusion zu verlieren, hätte bedeutet, wirklich heimatlos zu sein.

Wahrscheinlich habe ich es deswegen auch für Katja getan – die Vergangenheit ruhen zu lassen.

Ich hole tief Luft, vertreibe die Geister der Vergangenheit und wechsle den Chat. Sebastian ist weiter online, und ich warte insgeheim doch darauf, dass er noch etwas schreibt. Irgendetwas. Stattdessen ist Katja dabei, ungeduldig zu werden. Sie gehört zu jenen Menschen, die es nicht ertragen, dass jemand nicht sofort auf eine Nachricht reagiert.

Katja: Hilfe! Ich brauche Vorschläge, was ich mit dem Rest meines Geschiedenenlebens anfangen kann.
Katja: Beruflich.
Katja: Hallo? Was ist los? Hat dich die Starnberger High Society verschluckt?

Ich: Du könntest Leihtante werden. Hab ich neulich gelesen. Voll im Trend. Leihtanten für die Sprösslinge, während die High Society in der Maximilianstraße shoppt.

Katja: Iiih, ich hasse fremde Kinder! Ich liebe nur die in meiner eigenen Familie ... Aber auch die können die Klappe nicht halten, machen was sie wollen und haben ständig Hunger.

Ich: Also genau wie du ... deine Spezies, nur kleiner.

Katja: Gleich und gleich tut nicht immer gut. Mach mal einen ernsten Vorschlag ... einen, der zu mir passt.

Ich: Wie wäre es mit Guerilla-Gardening?

Katja: Hab ich auch schon überlegt. An der Verkehrsinsel, bevor es zum Kneippbecken runtergeht, hat neulich jemand Kohlköpfe gepflanzt.

Ich: Und auch geerntet?

Katja: Nein, da wird zu viel gedüngt. Sind doch alle inzwischen auf den Hund gekommen.

Ich muss lachen.

Ich: Du könntest als meine Assistentin tätig werden, indem du mir eine Liste mit allen Synonymen machst, die du zu Penis finden kannst und die zu Alishas Lippenbewegungen passen könnten.

Katja: Mach ich, aber ich bräuchte noch etwas Dauerhafteres.

Ich: Wie wäre es mit Urban Knitting?

Katja: Ich kenn nur *Urban Outfitters*.

Ich: Dein Englisch war schon immer miserabel. Urban Knitting = Stricken für Bäume.

Katja: Leute, die sich zu intensiv mit Bäumen beschäftigen, finde ich komisch. Reicht es jetzt nicht mehr, mit ihnen zu sprechen, muss man jetzt schon für sie stricken? Was kommt als Nächstes? Muss ich einen Baum heiraten, wenn ich, bis ich vierzig bin, keinen Ersatzmann gefunden habe?

Ich: Okay, ich hab's verstanden. Ich werde mir Gedanken machen, vielleicht fällt mir was Vernünftiges ein. Im Ernst, ruf mich an, wenn es dir schlecht geht, okay?

Ich fühle mich mies, mich in den letzten Tagen nicht mehr nach Katja erkundigt zu haben und so in diesem Mia-Leben verschwunden zu sein. Immerhin hat sie sich von ihrer großen Liebe getrennt, und so cool sie manchmal auch tut, sie ist verletzt.

Katja: Was ist sonst so los bei dir?

Ich: Wollen wir nicht weiter über dich reden?

Katja: Auf gar keinen Fall! Genug von mir.

Ich zögere. Will von Sebastian schreiben. Dann wieder nicht. Als würde ich ihn verlieren, wenn ich ihn auch nur ein winziges Stückchen mit in Charlottes, mit in meine echte Welt nehme.

Und dann schreibe ich doch.

Ich: Ich kann das Gefühl nicht abschütteln, dass gerade etwas Grundlegendes mit mir passiert.

Ich: Fühle mich hier wie eine Außerirdische und habe trotzdem das Gefühl, als wäre es irgendwie wichtig, hier zu sein. Außerirdische auf Heimatmission.

Ich: Hier ist ein Typ, der nennt mich Pocahontas, und ich kann nicht aufhören zu denken, dass Jo in all den Jahren unserer seltsamen Beziehung nie einen Spitznamen für mich gefunden hat.

Katja: Jetzt weiß ich nicht, worauf ich zuerst antworten soll. Das mit dem Typ klingt interessant. Ich will ein Foto.

Katja: Gefühle sind Kletten, Liebelein, die kannst du nicht abschütteln.

Dann schickt sie mir ein tanzendes, nacktes grünes Männchen, was wohl die Antwort auf meine kleine Metapher mit dem Alien sein soll.

Ich schicke einen winkenden Smiley zurück, stecke das Handy lachend weg und lege mich auf das Kissen, sodass ich an die Decke schauen kann. «Gefühle sind wie Kletten», sage ich leise vor mich hin. Kann es wirklich sein, dass sich Sebastians Lächeln, seine Stimme, die zotteligen Haare, die Art, wie er Pocahontas sagt, wie kleine Wollbällchen mit Widerhaken an mein Herz geklammert haben? Und was mache ich mit diesen Gefühlskletten, wenn ich übernächste Woche wieder weg bin?

Unsinn, sage ich mir, wir flirten ein wenig, mehr nicht.

Du flirtest nicht, sagt die innere Stimme. Du verliebst dich doch immer gleich.

KAPITEL 19

Um mich von all den Straßenverkehrsverstößen abzulenken, die Sebastian gerade begeht, male ich mir Horrorszenarien anderer Art aus. Wenn man sich nämlich überlegt, was alles schiefgehen könnte, dann geht garantiert etwas anderes schief. Etwas, was vielleicht nicht ganz so schlimm ist, wie eines der gedachten Horrorszenarien. Während wir also in Richtung Grünwald fahren, gehe ich im Geist den möglichen Klappentext für diesen Abend durch:

Charlotte will jemand sein, der sie nicht ist. Aber das ist keine gute Idee. Es ist eine beschissene Idee, die nach hinten losgehen wird. Denn das kommt davon, wenn man Mia sein will. Das kommt davon, wenn man auf eine Party geht, die man unter anderen Umständen unter keinen Umständen besucht hätte. Weil natürlich alle schnell herausfinden werden, dass sie eine Blenderin ist ...

Um das Geländer des Stegs vor uns ist eine breite, helle Lichterkette geschlungen. Eine leichte, für April viel zu warme Brise weht vom See zu uns herüber. Und es riecht so, wie ich es immer empfinde, wenn der Frühling in einen frühen Sommer übergeht: Die Luft wird trockener, weniger erdig, irgendwie staubiger. Es ist ein Geruch, der mich glücklich macht.

Die Punkrockmusik im Hintergrund ist zwar nicht besonders laut, der Gegensatz zu der so gediegen wirkenden See-Idylle könnte trotzdem kaum krasser sein. Aber ich mag das. Mit Gegensätzen kann ich. Ich bin ja selbst ein fleischgewordener Widerspruch. Jetzt ist es allerdings definitiv zu spät, Sebastian zu bitten, mich wieder nach Hause zu fahren. Es ist auch zu spät, selbst die Flucht zu ergreifen. Und auf einmal will ich das gar nicht mehr. Wenn ich ausblende, dass diese Verabredung eine beschissene Idee war, die Mia in erhebliche Schwierigkeiten bringen kann, dann halte ich es vielleicht ganz alleine für mich für eine schöne Idee, mit Sebastian hier zu sein.

Von Weitem sehe ich ein paar Hände zum Gruß erhoben. Hände, die ich zwar bestimmt schon geschüttelt habe, deren dazugehörige Namen ich aber nicht mehr alle erinnere. Sie winken mir vom Steg aus zu. Einen Augenblick lang bin ich irritiert, und die Nervosität ist wieder da. Wenn ich nur Geli entdecken könnte.

An einem alten Segelmast hängt ein kunstvoll handgefertigtes Schild mit der Aufschrift *Heinrichs*.

Sebastian lässt mir den Vortritt und sagt mit schiefem Lächeln: «Du siehst heute irgendwie mehr wie du aus.» Es bleibt offen, ob das jetzt gut oder schlecht ist. Ich trage ein schwarzes Oversizeshirt zu bunten Leggins und Sneakers. Alles Sachen aus meinem eigenen Kleiderschrank. Keine Designerware, nichts, was eine aufregende Figur macht.

«Danke», erwidere ich verunsichert. Denn Charlotte dreht Worte und Ton immer erst mal durch die Gedankenwaschmaschine. Sie tut das ständig. Mia dagegen verschwendet auf so was überhaupt keine Zeit.

Wir gehen an einem kleinen Gebäude aus weißen Holzbrettern vorbei, lassen die offene Bar in einem Pavillon links von uns und betreten den Steg. Sebastian läuft so nahe neben mir, dass nur wenige Zentimeter fehlen und ich könnte seine Hand nehmen. Nur, dass mir solche Selbstverständlichkeiten sogar bei Jo schwergefallen sind.

Sebastian winkt ein paar Leuten zu. Jeder, an dem wir vorbeigehen, grüßt freundlich, lächelt oder klopft ihm auf die Schulter und sagt ein paar Worte.

«Wow, ich bin offenbar nicht die Einzige, die dich verfolgt», stelle ich fest, als ich bemerke, dass man uns hinterherschaut.

Er zuckt amüsiert mit den Achseln. «Mir fliegen die Herzen eben zu.»

«Und?», hake ich nach.

«Was und?»

«Na, fängst du sie auch auf, oder purzeln sie auf den Boden?»

Er überlegt einen Moment. «Das kommt darauf an, ob sie es wert sind.»

«Ach, und wonach entscheidest du das?»

«Gute Frage. Vielleicht danach, ob sie mit meinem Herzen kompatibel sind.»

«Du hast ein Herz!», sage ich und reiße spielerisch die Augen auf.

Er muss lachen. «Irgendwo da drin.» Er tippt sich auf die rechte Brust. «Ich suche noch.»

Dann deutet er auf einen Stehtisch mitten auf dem Steg. Neben den Leuten vom *Chronicles*-Set sind auch einige Mitarbeiter von TonAb dabei. Ich erkenne Pujan, den

Fremdenführer mit den schönen Wimpern. Neben ihm steht Inge aus der EDV und lehnt sich vertrauenswürdig an seine Schulter. Den Namen des großen blonden Kerls mit dem Ziegenbärtchen, der die beiden säuerlich mustert, habe ich vergessen. Die zwei Azubinen, die auch jetzt wieder fast identisch gekleidet sind, stoßen sich gegenseitig in die Seiten und deuten in unsere Richtung, woraufhin sich alle Köpfe zu uns umdrehen. Jetzt haben auch die Letzten die «Neue» entdeckt, und ich möchte wahlweise im Boden versinken, Sebastian allein des Vorschlags wegen köpfen oder so tun, als hätte ich mich verirrt und müsste dringend wieder nach Hause.

«Hab ich irgendwas im Gesicht?», raune ich Sebastian zu und blecke die Zähne wie eine rossige Stute. «Einen Selleriekopf auf den Haaren oder Gemüse zwischen den Zähnen?»

Er zuckt mit den Achseln. «Und ich?»

Ich erwidere seinen Blick, und wir müssen beide lachen. Glucksig und laut. Leider schaut die Belegschaft auf dem Steg nicht weg. Dann sind wir jetzt eben lachende Aliens. Wenigstens Mias Arbeitskollegen grinsen uns an. Freundlich. Interessiert und ja, ein klein bisschen so, als hätten wir Sellerie auf dem Kopf.

«Vielleicht freuen sie sich einfach ...», erklärt Sebastian und schüttelt die kurz aufblitzende Unsicherheit mit einer leichtfertigen Geste von sich. «Also dann, stellst du mich vor?», erkundigt er sich.

«Sicher», murmele ich.

Ich hätte nicht hierherkommen sollen. Fehler, großer Fehler.

Bei Treffen mit mehreren Menschen habe ich meistens folgendes Problem: Ich will etwas anderes, als die Welt von mir erwartet. Denn ich will mich gar nicht zeigen, ich will nicht vorgeben, mehr zu sein. Im Gegenteil, es gibt Tage, an denen wäre ich gerne weniger. Deshalb meide ich Grillfeste mit Kollegen, Weihnachtsfeiern und Betriebsausflüge. Und eben solche Sachen wie die hier.

Allerdings werden wir sofort von allen Seiten so herzlich begrüßt – Sebastian bekommt ein Bier in die Hand gedrückt, ich einen Cocktail mit Beeren und Neunzigerjahre-Zuckerrand –, dass gar keine Zeit ist, die Panik mit Überlegungen zu den Konsequenzen meines Handelns zu füttern. Und zum Glück bleibt mir das Vorstellen und die Peinlichkeit, über Namen zu stolpern, erspart, weil sich jeder selbst an Sebastian drängt und sich bekannt macht.

«Ich bin die Inge», sagt die Blondine Ende dreißig, die mir meine Hard- und Software eingerichtet hat.

«IT-Inge», neckt Pujan und reicht Sebastian die Hand. «Pujan, freut mich sehr.»

«Sebastian», sagt er und wirft mir einen kurzen Blick zu, als müsste ich die Erklärung liefern, für das, was wir sind. Kaltwasserfreunde? Co-Aliens aus dem Supermarkt? Zufallsbekannte?

Hilflos zucke ich mit den Schultern. Sebastian wirkt nicht beunruhigt, im Gegenteil. Ich mustere ihn von der Seite und denke ganz unwillkürlich: Meine Güte, was für ein schönes Gesicht er hat. Wenn ich Mia wäre ...

Aber du bist nicht Mia, weise ich mich zurecht, bevor ich mich in weiteren Träumereien verlieren kann.

Als Nächstes sind die Azubi-Mädchen an der Reihe. «Lena und Lea», kichern sie unisono.

«Hättest ja mal was sagen können, Mia, dass du so einen Hottie mit herbringst», flüstert die eine. Und die andere fragt laut: «Gehörst du zu der Schauspielertruppe?»

Beide zwinkern Sebastian zu, und er zwinkert zurück und grinst.

Der Mann mit dem Ziegenbart, der nach Pujans flapsigem Kommentar zu «IT-Inge» die Augenbrauen gefährlich weit in Richtung Nasenrücken gezogen hat, stellt sich als Falk Bender vor.

Und dann sehe ich endlich Gelis pinken Schopf nahen. Erleichtert atme ich eine Menge Anspannungsluft aus und versuche, mir einzureden, dass es ein netter Abend werden könnte. Bis auf die Lichterketten und die LED-Fake-Wachskerzen auf den Tischen ist es bereits relativ dunkel, und die meisten Kollegen wirken schon leicht angetrunken.

«So schön, dass du gekommen bist», sagt Geli herzlich. Wenn jemand Ausrufezeichen in Sätzen sichtbar machen kann, dann Geli. Sie legt mir die Arme um die Schultern und schließt mich fest in die Arme. Ich schaue auf ihren Haaransatz und bin einen Moment irritiert, weil er irgendwie schief aussieht. Dann erwidere ich etwas steif die Umarmung, weil mich spontane Freundschaftsbekundungen körperlicher Art immer sehr verlegen machen.

«Oh, wen haben wir denn da?», will Geli wissen und löst sich von mir.

«Sebastian», sagt er und wirft mir so einen Blick zu ... Meine Güte, wie kann dieser Blick *nicht* etwas mit einem machen? Dieser Blick sagt: *Hey Pocahontas, kein Grund zur Unruhe.*

Ich muss an Jo denken, der sich bei den seltenen Gelegenheiten, bei denen er mich irgendwohin begleitet hat, stets so mürrisch vorgestellt hat, als wäre sein Vorname so wertvoll wie seine Kreditkartennummer. Jo, der immer nur stumm dabeistand. Jo, der jedoch nie müde wurde, mir nachher zu sagen, dass er dieses und jenes peinlich fand, dass ich zu laut geredet oder zu unpassend reagiert habe.

«Und Sebastian ist wer?», fragt Geli und zupft scheinheilig an ihren Haaren. Sie trägt sie heute offen, ohne Spängchen, und kann es nicht lassen, ständig mit den Fingern durch die Strähnen zu kämmen. Fragend schaut sie mich an.

«Äh, Sebastian ist ein ... Bekannter», erwidere ich und versuche, zu erspüren, ob Sebastian diese Bezeichnung gefällt oder ich mir lieber eine andere Beschreibung hätte einfallen lassen sollen. Welcher Teufel mich oder mein Mia-Hologramm heute nur geritten hat, hier aufzutauchen? Mit Sebastian, der so schauen kann, dass man das Gefühl hat, von innen heraus zu verglühen.

«Ich gehöre zu den Stuntleuten», erklärt er, ohne dass es so klingt, als wollte er sich wichtigmachen, und übernimmt damit unwissend den Part, den ich am meisten hasse: den Beginn einer Unterhaltung. Ich kann schlagfertig sein, sogar witzig, aber es ist ein bisschen wie beim Sockenstricken: Der Anfang ist verdammt schwer, und es geht nur mit der richtigen Wolle bzw. den richtigen Leuten. Wie mit Sebastian ...

Schon bald ist er ins Gespräch vertieft. Inge erzählt,

dass TonAb München auch die Synchronisationen für die internationale Vermarktung der *Chronicles* übernommen hat. Sie stößt Falk an und meint mit Blick auf Sebastian begeistert: «Das ist der, der Artago und Oleander doubelt, wenn es um die Stunts geht.»

Sebastian reagiert gelassen, bedankt sich für die Komplimente und berichtet ohne übertriebenen Stolz von ein paar haarsträubenden Szenen am Set der *Chronicles* und dem World Stunts Award, für den die Firma seines Freundes nominiert war. Seine bescheidenen, aber beeindruckenden Worte erzielen ihren offensichtlich erwünschten Effekt. Auch bei mir. Dabei strahlt Sebastian vollkommene Ruhe aus: gelassener Blick, lässige Körperhaltung. Er ist kein grummeliger Alien, der nach Worten ringt, Sebastian beherrscht das hier.

Dem Beerengetränk sei Dank flutschen die Worte irgendwann auch aus mir heraus, fast so, als hätte Sebastian mich auf den Kopf gestellt und kräftig geschüttelt. «Sag mal, wenn du Artago doubelst und man in einer Actionszene seinen Hintern sieht, ist das dann deiner oder seiner?», raune ich ihm irgendwann zu.

«Was glaubst du?», flüstert er zurück.

«Warte, dreh dich mal.»

Gehorsam dreht er sich um die eigene Achse.

«Schwer zu sagen», necke ich ihn. «Ich müsste das Ganze vielleicht ...»

«Was?», fragt er in gespielter Entrüstung.

«Ach, vergiss es.»

«Wolltest du *aus der Nähe betrachten* sagen?», prustet er.

«Nein! Natürlich nicht!»

Er ist witzig. Er ist charmant. Er kann von sich reden, ohne zu viel von sich zu reden. Er ist ein Kerl, den man als Begleitung mitnehmen kann, ohne sich zu schämen. Aber auch, ohne sich neben ihm klein zu fühlen. Denn in jeden Gesprächsfetzen werde ich von ihm einbezogen, und trotz Mia-bedingter-Maximalhysterie und Charlotte-bedingter-Maximalschüchternheit merke ich, wie ich mich von Minute zu Minute mehr entspanne.

«Ich hab noch nie etwas gewonnen», seufzt Lea irgendwann, die Sebastian immer noch seines Berufes wegen löchert. Wie sie darauf kommt und um was es ihr dabei geht, ist mir entgangen. Muss im Gespräch glatt an Sebastians Hintern vorbeigehuscht sein. «Du, Mia?»

Tatsächlich hat Mia schon so einiges gewonnen in ihrem Leben. Unter anderem Herzen.

Ich merke, dass es Zeit wird, mich nicht nur in das Gespräch einbeziehen zu lassen, sondern auch wirklich mal etwas beizutragen.

«Doch, ich hab sogar schon mal etwas ziemlich Seltsames gewonnen. Es passt auch ganz gut hierher», erkläre ich.

Sebastian dreht sich zu mir, und da liegt eine riesige Menge ehrliches Interesse in seinen Augen. Ich schlucke. Weil das, was ich jetzt unweigerlich erzählen werde, mir ebenso wenig gehört wie Mias Name.

«In der Stadt, in der ich studiert habe, wurden vor ein paar Jahren Statisten für eine Folge *Polizeiruf* gesucht. Ich dachte, das wäre doch mal eine coole Aktion, und hab mich beworben. Na ja, und dann habe ich tatsächlich eine Rolle ergattert.»

«Echt?», keucht Lena und beugt sich, die Ellbogen auf den Tisch gestützt, überrascht nach vorn. «Hattest du viel Text?»

Ich zucke scheinbar unbeeindruckt mit den Achseln. «Nicht wirklich. Ich war eine Leiche.»

Sebastian neben mir gluckst amüsiert. Wie cool Mia doch ist, denkt er jetzt bestimmt. So spontan, für jeden Spaß zu haben, witzig, redegewandt ...

In meinem Magen dreht sich das schlechte Gewissen einmal um sich selbst. Im Doppellooping. Dass ich nie auf die Idee kommen würde, mich jemals freiwillig vor eine Kamera zu begeben, sieht man mir nicht an. Schließlich bin ich ja auch für den Augenblick ein sehr gut schauspielerndes Mia-Double – wenn auch mit Magenschmerzen.

«Genau genommen war ich eine Wasserleiche», erkläre ich.

«Nackt?», fragt Geli mit funkelnden Augen.

«Das haben Wasserleichen so an sich. Also, spätestens dann, wenn sie obduziert werden», erkläre ich, ganz die coole, selbstbewusste Mia.

«Welche Folge war das genau?», erkundigt sich Pujan und versucht sich an einer sachlichen Miene.

Inge spitzt die Lippen und sieht zur Seite.

«Ich wette, du sahst fantastisch aus», ereifert sich Geli, bevor ich antworten kann.

Da hat sie nicht unrecht. Mia sah in der Tat fantastisch aus. Kein Gramm Fett zu viel, volle Brüste, flacher Bauch und selbst in Totenstarre frisch und auf eine sehr lebendige Art und Weise attraktiv. Wir haben uns die Folge bestimmt hundertmal gemeinsam angesehen und jede Kleinigkeit analysiert. Was habe ich ihren Mut bewundert. Und ihren Körper. Und diese Abenteuerlust!

«Nun ja, ein wenig blass war ich schon», antworte ich auf Gelis Ausruf.

Während alle lachen, mustert mich Sebastian, und wenn ich mich anstrenge, kann ich fast seine Gedanken hören: *Ich werde nicht ganz schlau aus dir.*

Geli wendet sich an Sebastian und sagt: «Weißt du, was wir beide gemeinsam haben, du und ich?» Und als er mit den Achseln zuckt, reckt sie das Kinn nach vorne und sagt im Brustton der Überzeugung: «Wir sind fake! Der totale Fake! Ich tue so, als wäre ich Everlys Stimme. Und du tust so, als wärst du sexy Artago!» Dann lacht sie ihr kehliges, ansteckendes Geli-Lachen, und alle stimmen mit ein.

Sebastian beugt sich zu mir. «Aber mein Hintern ist besser!», sagt er und zwinkert mir zu.

Geli legt mir eine Hand auf die Schulter. «Nur unsere Mia, die ist echt! Und ihr Job ist ...», Geli räuspert sich amüsiert, «ist 'ne Nummer für sich.»

Ich verschlucke mich fast. *Ich und echt!?* Plötzlich drängt alles in mir danach, zu verschwinden – oder wahlweise endlich allen reinen Wein einzuschenken. Ich räuspere mich und löse dann das mit dem Wein und dem Einschenken, indem ich in die Runde frage: «Wer möchte was trinken? Mein Einstand steht noch aus, oder?»

Als ich ein paar Minuten später, unterstützt von Geli, zurück an den Tisch komme und versuche, beim Balancieren des Tabletts nicht auszusehen wie Charlie Chaplin kurz vor einer Slapstickpointe, hängen Lea und Lena an Sebastians Lippen, als gäbe es dort und nicht auf meinem Tablett umsonst hochprozentige Drinks. Sebastian lächelt mir zu, und ich reiche ihm das gewünschte alkoholfreie Radler, bevor ich die anderen mit Zuckercocktails und Haselnussschnaps versorge.

Sanja, eine Kollegin, die ich bislang noch nicht kennengelernt habe und die wohl dazugestoßen ist, während ich Getränke holen war, erzählt von einer Panne bei der Synchronisation eines Weihnachtsfilms, dem die Tonspur immer ein paar Sekunden hinterherhing. Sie imitiert das Ganze so perfekt, dass alle in lautes Gelächter ausbrechen. Im Anschluss gibt Geli ein paar Anekdoten über Schauspieler preis, die in Starallüren verfallen sind.

Sebastian fühlt sich sichtlich wohl, das ist schließlich auch seine Welt. Hier und da gibt er einen Kommentar ab oder fragt nach, auf jeden Fall macht er keine Anstalten, mich stehen zu lassen und zu seinen Leuten zu gehen. Mehrmals berührt seine Hand beim Gestikulieren irgendeinen Teil meines Körpers. Eine Fingerspitze, die Feuer fängt. Ein Oberschenkel, der so empfindsam dabei wird, als bestünde er nicht vorwiegend aus Fleisch und Muskeln, sondern nur noch aus Nervenbahnen. Eine Schulter, auf die er kurz seine Hand legt, als er über Gelis Geschichten von den neuesten Streichen ihrer Jungs lacht.

Gott, diese Hände. Gott, dieses Lachen. Es wird wohl noch ein paar Stunden dauern, bis nicht mehr alles in mir nachhallt und dabei innerlich den Klang seines Lachens imitiert. Was passiert gerade mit mir? Liegt es daran, dass ich mich so wohlfühle wie schon lange nicht mehr?

Während ich noch mit den letzten Überreaktionen meines Körpers kämpfe, sagt Inge unvermittelt: «In zwei Wochen haben wir eine Firmenfeier – Partner sind mit eingeladen. Du könntest ihn mitbringen, Mia.»

Erst realisiere ich gar nicht, dass ich gemeint bin. Der Drink und die angenehme Atmosphäre haben einen gefährlichen Effekt: Ich habe vergessen zu schauspielern, und würde man mich fragen, wie ich heiße, würde ich vermutlich gut gelaunt und unüberlegt antworten: «Charlotte, aber die meisten sagen Charly zu mir.»

«Oder nicht, Mia?» Lea, die kleinere der beiden Azubinen-Zwillinge stupst mich an.

«Ja, äh ...»

Ende Mai bin ich längst weg hier. Ende Mai ist jedem klar, welches falsche Spiel ich gespielt habe. Meine Brust schmerzt, denn eigentlich weiß ich, je länger man eine Lüge aufrechterhält, desto schwerer wird es, zur Wahrheit zurückzufinden. Ein Wort, unpassend übersetzt, kann den Fortlauf der Geschichte entscheidend beeinflussen.

Ich kann doch nicht einfach hier stehen und so tun, als stünde mir das alles hier zu. Als wären das meine Arbeitskollegen, meine neuen Freunde, mein Leben, mein neues Ich. So war das nicht geplant. Ich sollte Mia vertreten, nicht zu ihr werden. Was ich hier veranstalte, das war nie Part des Deals.

«Ich muss mal», sage ich hastig. Und das ist nicht gelogen. Zweihundert Milliliter eines alkoholischen Kaltgetränks haben bei mir die gleiche Wirkung wie zwei Maß Bier auf einen Menschen mit normalem Harntrakt. Sekt wandert bei mir direkt vom Hals in die Blase.

Ich dränge mich an den anderen vorbei, spüre Sebastians Blick, sehe aber weg, obwohl ich doch nichts mehr will, als mich in seinen Augen zu verlieren, und stolpere dann einfach in Richtung der Hütte, wo ich vorhin ein WC-Schild gesehen habe.

Erleichtert schließe ich die Tür zu einer der beiden Kabinen hinter mir. Nebenan rauscht die Spülung.

Als ich wenig später nach draußen trete, halte ich kurz inne. Geli steht vor dem Spiegel. Und sie hat ihre Haare in der Hand.

In einem ersten Impuls weiche ich einfach zurück in die Kabine, aber da hat sie mich schon im Spiegel entdeckt. Ich will es nicht denken, aber ich denke es trotzdem: Ihre Kopfhaut sieht aus, als hätte jemand ein Hühnchen gerupft und wäre nicht fertig geworden damit. An manchen Stellen ist ihr Schädel bedeckt von Flaum, der an die Haare eines Säuglings erinnert. Am Ohr hängen längere Strähnen herunter, und am Hinterkopf sammelt sich filziges Haar wie bei einem Tennisball in einer runden Furche. Ansonsten ist ihre Haut kahl, glatt und glänzend.

Ich schnappe nach Luft, dann fange ich Gelis erschrockenen Blick im Spiegel auf.

Ihre Hände krampfen sich um die Perücke aus pinken Löckchen, die an ihr immer so lebendig wirken, in ihrer Hand aber so tot und fahl aussehen wie erlegtes Wild.

Ich sammle mich. «Hej», sage ich und räuspere mich. «Tut mir leid. Ich ...»

Geli lässt einen Laut hören, der so gar nicht zu ihr passt. Ein kleines, leises, verzweifeltes Schluchzen. Ohne weiter zu überlegen, trete ich zu ihr, nehme ihr sanft die Perücke aus der Hand, streiche die Locken zu beiden Seiten des künstlichen Scheitels und sage: «Wir setzen sie einfach wieder auf.»

Geli nickt. Und ich nicke zurück und versuche ein Lächeln.

«Ich bin ein wenig erleichtert, dass die nicht echt sind. Ich hab dich wirklich beneidet», scherze ich und sage ihr mit meinem Blick, dass diese ungewollte Enthüllung ihres Geheimnisses bei mir sicher ist.

Geli rückt die Perücke zurecht, und sofort kommt wieder Leben in ihre pinke Pracht. Sie lächelt schief. «Ich geh dann mal wieder raus.» Sie klingt dabei, als steckten ihr die Sonntagsbratenklöße von letzter Woche noch im Hals.

Ich nicke, wasche meine Hände und folge ihr kurz darauf.

Als ich nach draußen gehe, will mir ein Gedanke nicht mehr aus dem Kopf: Vielleicht tun wir alle nur so, als wären wir jemand anderes. Vielleicht bin das gar nicht nur ich. Vielleicht ist es so eine versessene Idee von mir, dass jeder andere besser ist, glücklicher, hübscher und beliebter als ich.

Verwirrt dränge ich mich wieder durch die Menge, zurück zu den anderen, als wäre es Wochen her, dass ich vom Tisch weggegangen bin. Gelis rosa Perücke dient mir als Orientierung, eine Art Leuchtturm in der Dunkelheit. Und ich hasse es jetzt schon, dass ich von nun an immer dieses Wort denken muss: Perücke. Gerne würde ich wieder *verrückte Frisur* denken oder *Haarpracht* oder sogar ein lächelndes *Farbverfehlung*. Aber so ist das mit Gedanken. Was man einmal gedacht hat, lässt sich nicht vergessen machen. Ebensowenig wie Sebastians Blick, bei dem ich mir sicher bin, dass er sich in meinem Herzen verfangen hat. Etwas Unentschlossenes liegt darin.

Zwei Stunden später ist Geli sturzbetrunken. Auch ich fühle mich ziemlich angeschickert. Inge singt lauthals und falsch alle Lieder mit, und ich sauge jedes Detail auf, dass ich an diesem Abend über Sebastian erfahre: Irgendeine Verwandte von ihm, wer genau diese Berit ist, habe ich nicht raushören können, heiratet in Kürze. Seine Schwester Julia hat ihn als Kind ständig zu Gesellschaftsspielen gezwungen. Er ist wirklich ein schlechter Verlierer und hat einmal sämtliche *Mensch Ärger Dich nicht*-Männchen aus Wut im Klo versenkt. Die Würstchenbude am Ballermann ist frei erfunden, weil ihm nichts Dämlicheres eingefallen ist, und sein Führungszeugnis hat schon lange keinen Eintrag mehr, aber es gab wohl eine Jugendstrafe, deren Grund er mir nicht verraten will. Über andere Frauen sprechen wir nicht. Wohl aber über Jenna, seine leicht durchgeknallte, stets zu Streichen aufgelegte Nichte.

Und über mich. Denn er fragt. Viel. Und ich schaffe es nicht, zwischen mir und Mia eine klare Linie zu ziehen. Ich erzähle vom Studium in Frankfurt, den Jobs in Apfelweinkneipen und vergesse dabei, dass Mia nie neben der Uni Geld verdienen musste. Meistens hat sie ausgeschlafen, während ich schon wieder auf dem Weg zu irgendeiner schlecht bezahlten Arbeit war. Er will wissen, ob ich gerne in Frankfurt gelebt habe, und ich erzähle Geschichten aus dem Sachsenhausener Nachtleben, als wäre ich mehr gewesen als nur ein Statist neben Mia. Eine partylustige Studentin, nicht die Spaßbremse, die sich bei jedem Clubbesuch gefragt hat, wie viele Stunden Schlaf ausreichen, um am nächsten Tag fit genug für die Vorlesungen zu sein.

«Wir waren ständig pleite», erkläre ich, «meine Mitbewohnerin und ich. Ihren ... Also, meinen Eltern war es wichtig, dass ich auf eigenen Beinen stehe und nicht allein von ihrem Geld lebe. Aber wir hatten Glück mit der Wohnung, die ... meine Eltern bezahlt haben. Ein schöner Altbau, mit bodentiefen Fenstern. Na ja, aber da gab es diesen Spanner im Nachbarhaus. Sein Badezimmer schaute direkt auf unser Esszimmer, und jeden Morgen konnten wir beim Frühstück sehen, wie er pinkelte und uns dabei anstarrte. Offenbar fand er es unheimlich sexy, wie ... Charlotte und ich unseren Kaffee geschlürft haben. Ich habe dann eine Preisliste zusammengestellt und sie dem Typen mitsamt einer Sparbüchse vor die Wohnungstür gestellt.»

Ich habe die echte Mia diese Geschichte so oft erzählen hören – ausgeschmückter und völlig begeistert darüber, dass der sonst so braven Charlotte eine solch verrückte Idee gekommen war. Meistens habe ich mich geschämt, auch weil Mia auf so eine süße Art stolz auf mich war, für etwas, was ich zumindest fragwürdig fand. Heute schäme ich mich aus einem anderen Grund. Ich schäme mich dafür, mich unbedingt mit einer echten Charlotte-Geschichte interessant machen zu wollen.

«Ihr habt für ihn gestrippt?», fragt Sebastian, halb amüsiert, halb entsetzt.

«Nein! Natürlich nicht. Kaffeetrinken in Shorts und einem engen Top war völlig ausreichend. Zwei Monate später hatten wir zweihundertfünfzig Euro in der Tasche, dann ist der Typ ausgezogen. Die Bewohner nach ihm haben als Allererstes so eine blickdichte Folie am Fenster angebracht. Das war's dann mit dem leicht verdienten Geld.»

Ich lache und verschweige, dass die echte Mia sich am letzten Tag vor seinem Auszug einen Extra-Fuffi sichern konnte, indem sie ihren Kaffee oben ohne getrunken hat.

«Coole Geschichte», sagt Sebastian und grinst mich an. Er sieht aus, als wolle er noch etwas sagen, entscheidet sich dann aber dagegen. «Ihr habt wohl eine tolle Zeit gehabt, deine Mitbewohnerin und du.»

Plötzlich surrt es hinter uns ganz seltsam, dann knallt etwas, wie bei einer Fehlzündung, und nur Sekunden später wird es dunkel, die Lichter der Ketten um das Steggeländer sind erloschen. Ich höre jemanden «So ein Mist, der blöde Generator!» rufen.

Ein Raunen geht durch die Menge.

Instinktiv weichen Sebastian und ich ein wenig zurück, sodass wir etwas abseits der anderen Gäste stehen. Vielleicht ist es das fehlende Licht, dass den letzten Ausschlag gibt. Auf jeden Fall habe ich nach all den Mia-typischen-Geschichten so sehr das Bedürfnis, Sebastian etwas von mir, von Charlotte zu zeigen, dass ich ihm von meiner Marotte mit den Klappentexten erzähle. «Ich mache das seit dem Studium. Wahrscheinlich ist es eine Art Berufskrankheit, als Übersetzer Klappentexte für das Leben zu schreiben.»

«Ich denke manchmal in Regieanweisungen», erwidert Sebastian.

«Wie? So von wegen: Mia taucht auf, er weicht zurück, Stirnrunzeln wegen seltsamer Gewohnheiten?»

Sebastian lacht. «Genau. Oder so: Er findet gut, was sie

erzählt. Lacht sie an. Schnitt – Schwenk auf den See, wieder zurück auf ihr Gesicht. Strahlen in den Augen.»

«Ha, cool! Gefällt mir fast besser als der Klappentext.»

«Was wäre denn der Klappentext für heute?», fragt er, ganz ruhig, als wäre es nicht die seltsamste Marotte, die ihm je untergekommen wäre.

«Ich ... kann das nicht laut», rudere ich zurück. «Ich mache das mehr innerlich ... so für mich.»

«Und warum?», will Sebastian wissen.

«Keine Ahnung. Ich denke ... Also, ich weiß oft gar nicht, wer ich eigentlich bin. Es ist, als betrachtete ich mich von außen, und fühle mich von innen doch ganz anders. Als wäre die Hülle nicht kompatibel mit dem Kern. Ach, vergiss es, das klingt verrückt.»

Es *ist* verrückt. *Halt endlich die Klappe, Charlotte, und lass Mia das machen. Die kann das besser als du.*

Sebastian mustert mich im fahlen Licht der Sterne, etwas länger, als dass es sich gut anfühlt. Ich bereue unendlich, was mir da unvorsichtigerweise aus dem Mund gehuscht ist. Dann fragt er: «Hast du schon mal was von der molekularen Individualität gehört?»

Gut, damit hatte ich jetzt nicht gerechnet. Eher mit so etwas wie: *Okay, dann mach's mal gut, du Irre.*

«Äh, nein, Naturwissenschaften waren nie mein Ding», erwidere ich, bemüht, meine Überraschung nicht durch meine viel zu dünn gewordene Haut scheinen zu lassen.

«Jede deiner Zellen ...», fängt er an und bricht ab. Trotz der Dunkelheit kann ich die Intensität seines Blickes spüren. Er nimmt meine Hand und berührt mit seinem Finger meine Knöchel. Jeden Hubbel, von links nach rechts. Als

Sinnbild meiner vielen Millionen Moleküle. «Jede einzelne Zelle ist ein eigener kleiner Organismus. Und jede Zelle kann mit ihrer Nachbarzelle kommunizieren. So wie ich mit dir. Und trotzdem ist jeder sein eigener Kosmos.»

«Ein fremder Kosmos», flüstere ich und entziehe ihm meine Hand. *So fremd wie die Sterne. Deren Ursprung ist mir genauso unklar wie mein eigener.*

Er schweigt und fragt nicht nach. Und ich mag das. Sehr.

Vielleicht kann ich deswegen so tun, als würde ich von den Sternen sprechen und dabei doch ganz eindeutig über meine Moleküle reden. Wobei ich von beidem absolut keine Ahnung habe.

«Wenn man nicht weiß, wo man herkommt, woher will man dann wissen, wohin man gehen soll?», sage ich ein wenig lauter.

«Ist das entscheidend?», fragt er. «Ich meine, wozu musst du wissen, von wo du losgelaufen bist, wenn du das Ziel vor Augen hast?»

«Aber wenn ich nicht weiß, von welchem Ort ich komme, woher soll ich dann wissen, ob der Ort, an den ich gehe, der richtige ist?»

«Das weiß man nicht. Das spürt man», sagt er.

Ich nicke in die Dunkelheit hinein und greife nach seiner Hand – genau in dem Moment, in dem sich das Licht wieder anschaltet. Bevor einer von uns beiden reagieren oder sich diesen gerade erlebten, intimen Moment erklären kann, sehe ich Geli auf uns zu schwanken. Ihr Scheitel hängt mehr als schief, und ihr Lächeln ist auch nicht viel symmetrischer.

«Mist!», sage ich leise. «Ich glaube, irgendwer muss Geli nach Hause bringen.»

«Ich mach das», sagt Sebastian. Seine Hand rutscht aus meiner, und mit leicht wackeligen Beinen gehe ich einen Schritt auf Geli zu und hake sie unter. Möglichst unauffällig zupfe ich ihr die Locken zurecht.

Sebastian lässt sich von Pujan erklären, wo Geli wohnt, und hakt sie dann an der anderen Seite unter.

«Wir sehen uns beim Sommerfest!», rufen Lea und Lena ihm hinterher.

Zum Abschied grölen die Jungs von Kraftklub aus der wiedererwachten Anlage: *Ich wär gern weniger wie ich, ein bisschen mehr so wie du* … Selten war ein Songtext passender für eine Situation. Es fühlt sich an, als hätte die Band diese Zeile nur für mich und diesen Moment geschrieben. Eine Punktlandung, die ein seltsam melancholisches Gefühl in mir wachruft. Wie wenn man am letzten Urlaubstag am Meer steht und sich noch nicht losreißen kann.

«Aber es is doch grad soooo schön», lallt Geli und verdreht die Augen.

Ich schüttele beschwichtigend den Kopf. «Wenn es am schönsten ist, soll man nach Hause gehen, Geli!»

«Können wir nich noch bleiben? Nur ein Stündchen … ein paar Minütchen …»

Unter Protest bugsieren wir sie über den Steg und den Kiesweg in die Richtung von Sebastians Wagen. Mit diesem betrunkenen Körper zwischen uns habe ich einen verrückten Moment lang das Gefühl, nicht Geli untergehakt zu haben, sondern die echte Mia zwischen uns zu führen.

Dieser gefühlte Abstand ist auch noch da, als wir Geli

an der Haustür ihrem verschlafenen und leicht verärgert dreinblickenden Ehemann mehr oder weniger in die Hände drücken. Und er bleibt bestehen, als ich wenig später vor meiner eigenen Wohnung unschlüssig und absichtlich etwas langsam aus dem Wagen steige.

«Danke», sage ich unsicher, die Hand noch an der Tür. Von Mias Selbstbewusstsein ist nichts mehr übrig.

Sebastian sieht mich an und sagt leise: «Schlaf gut, Pocahontas.»

Wäre das hier ein Film und ich die Hauptdarstellerin, wäre er mein Love Interest. Und wenn ich in der Rolle der echten Mia wäre, dann würde er jetzt aussteigen, mich an die Hauswand drücken und leidenschaftlich küssen. Ich erschrecke darüber, wie sehr ich mir das wünsche, und schlage schnell die Tür hinter mir zu.

Als ich an der Haustür angelangt bin, höre ich, wie er langsam losfährt. Es klingt fast ein wenig zögerlich, aber wahrscheinlich bilde ich mir das ein. Wir sind ja schließlich nicht beim Film, sondern nur hinter den Kulissen.

KAPITEL 20

Natürlich hat Pocahontas überhaupt gar nicht geschlafen. Sie hat die halbe Nacht versucht, Mia auf ihrer verdammten Südseeinsel zu erreichen. Denn so kann das ja nicht weitergehen. Die Situation gerät zunehmend außer Kontrolle. Ich schaffe all das nicht, ohne erhebliche Kollateralschäden. Das, was ich für Mia tun soll, richtet gerade mehr Unheil an, als dass es Gutes tut, und über Nacht sind meinem Gewissen rote Ohren gewachsen. Mia hab ich trotzdem nicht erreicht. Es ging niemand dran, nicht einmal die Mailbox. Dafür hat Mia mir von einer Internetseite eine von diesen albernen elektronischen Postkarten geschickt, für die ich noch nie etwas übrig hatte. Mia trägt den Bikini mit dem floralen Muster vom letzten Jahr, hat rot lackierte Zehennägel und strahlt vor einem wolkenlosen Himmel. Die Kulisse im Hintergrund ist geradezu künstlich schön – türkisblaues Meer und sattgrüne Hügel mit wehenden Palmen. «Ekelhaft schön hier», steht auf der Karte. «Fast so schön wie in Starnberg. Mach dir eine tolle Zeit, während ich in dieser unwirtlichen Umgebung festsitze! Ich hab dich lieb! Viele Grüße, Mia»

Ich lege das Handy mit einem amüsierten Kopfschütteln weg und schlüpfe in eine Jeans. Der Anblick des Sees ist heute Morgen wirklich fast genauso reizvoll wie Mias Süd-seekulisse. Das Wasser funkelt in der Sonne, und ich be-schließe, dass die E-Card ein indirekter Freifahrtschein ist, mir Mias weiße Schluppenbluse zu leihen.

Aber bevor ich mich umziehen kann, klingelt es an der Tür. Ich hoffe sehr, dass es nicht jemand von der Hausver-waltung ist, der mich dafür rügen will, die Versammlung gestern nicht besucht zu haben. Oder am Ende ist es die Polizei. Wobei mir siedendheiß der fast vergessene Sport-wagen wieder einfällt. Meine kriminellen Machenschaften haben in den vergangenen sieben Tagen eine steile Kurve nach oben gemacht, und in meiner ganz persönlichen Sta-tistik schlägt diese Woche gewaltig aus. Denn außer dem versehentlichen Diebstahl einer Minipalme bei Ikea (ich dachte, sie wäre im Preis des Übertopfs enthalten) habe ich in meinem Leben bisher keine Straftaten begangen. Und nun sind es innerhalb einer Woche gleich mehrere gewor-den: Identitätsdiebstahl, Urkundenfälschung (immerhin habe ich einen Arbeitsvertrag, mehrere Personalfragebö-gen und das Schreiben vom Umzugsunternehmen mit falschem Namen unterzeichnet), vielleicht sogar Amtsan-maßung oder zumindest Missbrauch von Berufsbezeich-nungen. Ich habe lange genug Rechtstexte übersetzt, um mich mit einer ganzen Litanei an Straftatbeständen selbst belasten zu können. Von den Ordnungswidrigkeiten ganz abgesehen. Aber es hilft nichts.

Mit einem tiefen Atemzug öffne ich langsam die Tür. Und einen verrückten Moment lang will ich sie wieder zu-schlagen. Nur, um sie noch einmal wieder aufmachen zu können. Denn es ist nicht die Hausverwaltung, es ist nicht die Polizei – es ist Sebastian. In voller Größe, mit verwuscheltem braunem Haar und Augen, die so wach glänzen, dass er offenbar keine Einschlafprobleme hatte gestern. Er trägt knielange Shorts aus einem weichen Joggingstoff. Sein Blick wirkt leicht amüsiert.

«Oh ... Hi», sage ich und verschränke die Arme vor der Brust. Denn ich trage keinen BH unter meinem Spaghettiträger-Schlaftop mit dem Glitzerdelfin (ein Weihnachtsgeschenk meiner kleinen Schwester), und ich war mir noch nie in meinem Leben so der Tatsache bewusst, Brustwarzen zu besitzen. Ich überlege, was mir gerade peinlicher ist: die aufgestellten, deutlich sichtbaren Nippel oder der Glamour-Flipper. Vorsichtshalber versuche ich, mit meinen Armen beides zu bedecken. Hätte ich doch nur schon die Schluppenbluse an!

«Ich habe ein Problem», sagt Sebastian und schiebt schnell noch ein «Guten Morgen» hinterher.

Ich auch, denke ich. Mit meinen Knien. Es fühlt sich an, als hätten sie vergessen, dass sie dazu da sind, meinen Körper zu tragen. Aber jetzt stehe ich hier, mit zu Gelee verweichlichten Knochen. Vielleicht hätte ich auf die Polizei cooler reagiert.

Ich reiße mich zusammen. «Wie kann ich dir helfen?»

Sebastian verzieht den Mund. «Es ist mir unangenehm, aber ich bräuchte tatsächlich deine Hilfe.»

Ich drücke beide Arme fester auf meine Oberweite, weil ich merke, dass er krampfhaft versucht, aus Höflichkeit nicht hinzusehen.

«Bitte, das muss dir nicht unangenehm sein. Du hast gestern meine Kollegin nach Hause gefahren und mich schon mal vor dem Ertrinken bewahrt, ich schätze, ich darf dir auch einen Gefallen tun.»

Er nickt langsam und fährt sich über den Dreitagebart. Dann stemmt er die Hände in die Hüften, enthüllt dabei ein winziges Stückchen Haut an der Hüfte und sagt: «Es ist ein großer Gefallen und ... normalerweise würde ich so etwas nie machen, aber da Geli gestern erzählt hat, dass ...»

«Schieß schon los», ermuntere ich ihn und lächele.

Sein linker Fuß tippt auf dem Boden und verrät, dass er ein wenig nervös ist. Ich finde es rührend.

«Es geht um Jenna.» Jetzt sieht er mir in die Augen.

Seine Nichte? Keine Ahnung, was ich erwartet habe, aber ich bin fast ein wenig enttäuscht, dass es um das Mädchen geht. Was selbstverständlich albern ist. Ich hab ja nicht erwartet, dass er mich bittet, ihm beim Anziehen seines Kriegerkostüms zu helfen. Na ja, vielleicht ein bisschen.

«Okay», erwidere ich gedehnt und versuche, mit dieser Information etwas anzufangen, ohne an den Lendenschurz zu denken.

«Es ist so: Ich habe meiner Schwester versprochen, mich heute um Jenna zu kümmern. Aber ich kann sie heute unmöglich mit ans Set nehmen. Es ist eine wirklich gefährliche Szene, und Jenna hat das Talent, immer da zu stehen, wo man nicht stehen sollte. Und Jennas Vater ...»

Er bricht ab und stützt den Arm gegen den Türrahmen. Vielleicht hätte ich ihn reinbitten sollen?

«Der ist gerade in Mailand», fährt er fort, «und die Großeltern liegen mit Grippe flach. Berit ist zur letzten Anprobe von ihrem Hochzeitskleid und ... Wenn ich Jenna allein zu Hause lasse, schaut sie den ganzen Tag nur fern. Ich hätte sie ja zu meinem Kumpel Flavio geschickt, kleines Betriebspraktikum ... aber sie weigert sich unter Androhung eines Hungerstreiks, da hinzugehen.» Er fährt sich durch die Haare. «Flavio ist Zahnarzt. Um es kurz zu machen: Sie hat nach dir gefragt, nach dem netten Groupie in dem ... äh, schicken Kostüm.»

«Wenn du fertig bist, mir aufzuzählen, wer heute Morgen alles nicht auf deine Nichte aufpassen kann, willst du mich dann fragen, ob ich sie mit zur Arbeit nehmen kann?»

Er prustet die restliche, offenbar angehaltene Luft aus und sagt gepresst: «Ja.»

«Okay.»

«Okay, du hast verstanden, oder okay, das ist unmöglich?»

«Okay, ich nehme sie mit!»

Er wirkt ehrlich erleichtert. «Sie mag dich, weißt du, und sie hat gefragt ... Ich meine, ich wäre gar nicht auf die Idee gekommen, wenn Geli nicht erzählt hätte, dass sie ihre Jungs heute auch mitbringt, weil ihr diese Praktikumswoche habt ... Ich bin auch in der Nähe, wenn etwas ist. Aber es könnte allerdings recht spät werden und ...»

«Es ist kein Problem», unterbreche ich ihn und meine es auch so. «Ich habe auch kleine Geschwister, ich weiß, wie das ist. Ich nehme Jenna gerne mit. Wir machen uns einen schönen Tag, und sie kann nach der Arbeit gerne noch mit mir nach Hause kommen.»

«Das wäre wirklich fantastisch, danke.» Er strahlt, schafft es aber nicht, mir weiter in die Augen zu sehen.

Ich ahne, dass wir uns beide ein wenig seltsam vorkommen bei dieser Sache. Er, weil er mir seine Nichte aufdrückt. Ich, weil ich die Verantwortung für ein Mädchen übernehme, das ich erst ein einziges Mal gesehen habe. Aber irgendetwas zwischen uns hat in so kurzer Zeit Vertrauen geschaffen, dass es wirklich okay ist. Ich strahle einfach zurück.

··●··

Jenna ist eine solche Babbelgosche, dass Sebastian und ich auf dem ganzen Weg nach München kein einziges Wort miteinander wechseln. Er hat darauf bestanden, uns zu fahren, und ich habe behauptet, die Polizei sei einer Autoschlepperbande auf der Spur. Weil ich unmöglich erzählen kann, dass mir die nötigen Papiere fehlen, um den Mercedes überhaupt als gestohlen melden zu können. Ein Problem, mit dem ich mich dringend noch auseinandersetzen muss. Bald.

Als wir auf dem Gelände der Filmstudios aussteigen, deutet Jenna auf das Bürogebäude von TonAb und fragt: «Kann ich dabei sein, wenn *Mia and Me* syncronidingens wird?»

Ich mustere sie verständnislos, sodass sie laut seufzt. Ihr Blick sagt: Du hast ja echt keine Ahnung.

«*Mia and ... me*?», fragt die falsche Mia.

«Eine Serie mit Einhörnern», erklärt Sebastian wissend.

«Ah», mache ich. «Einhörner sind immer gut.» Ein Spruch, der auch auf einem von Gelis T-Shirts stehen könnte.

Sebastian winkt. «Also, viel Spaß euch.» Und zu mir gewandt, fügt er hinzu: «Danke.»

Auf Gelis Shirt steht nichts mit Einhörnern, dafür trägt sie heute ein weißes Oberteil mit der Aufschrift *OneWO-MANShow*, auf dem sich unter der Schrift eine dralle Blondine in einem Nutellaglas räkelt. Längst habe ich aufgehört, mich zu fragen, warum mich Geli jeden Tag abfängt. Und warum sie mich bzw. Mia zu ihrer Freundin auserkoren hat.

«Wie geht's dir, Geli?», frage ich vorsichtig. «Wegen deiner ... Migräne?»

Geli lächelt breit und winkt ab. «So ein paar Gläser Haselnussschnaps hauen mich doch nicht um.»

Das sah gestern anders aus, aber ich lasse es dabei bewenden. Sie wirkt tatsächlich erstaunlich fit und ausgeschlafen.

Ich stelle ihr Jenna vor, die wie erwartet herzlich von Geli begrüßt und mit einem Besucherausweis ausgestattet wird. Jenna fühlt sich damit ziemlich wichtig und betont noch einmal, wie cool es ist, dass sie mit mir unterwegs sein darf. Geli bietet an, Jenna ein wenig herumzuführen und sie anschließend mit ins Studio zu nehmen. Dankbar stimme ich zu.

In meinem Büro stelle ich für Jenna schon einmal einen Stuhl neben mich an den Schreibtisch und lese mir die aktuellen E-Mails der amerikanischen Drehbuchautorin durch. Es ist ein halbes Dutzend ihrer geistigen Ergüsse, in denen sie mir erklärt, dass sie eine deutsche Freundin hat, die ihr erklärt hat, wie wichtig es wäre, dies und jenes in den Untertiteln unbedingt zu berücksichtigen. Ich stöhne und schreibe höflich zurück.

Danach muss ich mich an die Szene aus Folge 1 setzen,

die wegen der vielen Wiederholungen eines gewissen Wortes noch immer ein Problem darstellt. Auch wenn Geli und ich ein paar Synonyme zusammengetragen haben. Ich krame in meiner Tasche, hole mein Notizbuch und ein paar Schmierzettel hervor und lege sie auf den Tisch. Das Problem ist allerdings, dass besagte Stelle mit Sicherheit keine FSK-12-Zulassung bekommt und ich Jenna daher anderweitig beschäftigen muss. Vielleicht kann sie ein bisschen malen?

Ich erinnere mich an eine Hausaufgabe in der Grundschule: Es ging darum, ein Bild zu malen, auf dem wir uns darstellen sollten, mit dem, was uns einmalig macht. Ich saß stundenlang vor dem Spiegel und überlegte. Was habe ich, was andere nicht haben? Aber alles, was mir dazu einfiel, war die Tatsache, dass ich meine richtige Mutter nicht kenne. Und wie sollte man das bildlich darstellen? Sollte ich mir ein Loch ins Herz malen oder ein Loch ins Gesicht oder ein Loch in die Mitte meines Bauches? Müsste mir nicht optisch etwas fehlen, dass diesen Missstand an Normalität ausdrücken konnte? Ein Auge weniger, ein zu kurzes Bein, ein dickes Muttermal auf der Stirn? Irgendwann kam mir der Gedanke, dass mein Herz ein wenig kleiner sein müsste als das der anderen Kinder. Und so malte ich ein Mädchen mit einem winzigen Herzen auf dem T-Shirt. Ich bekam einen «Gut gemacht»-Stempel auf das Bild und hatte danach trotzdem jahrelang Sorge, mit meinem Herzen könnte vielleicht wirklich etwas nicht stimmen.

«Darf ich was kopieren? Geli hat mir gezeigt, wie das geht», unterbricht Jenna meine Gedanken, und ich zucke zusammen. Gut gelaunt steht sie im Zimmer und reckt ihr Kinn in die Höhe, so wie ich es schon öfter bei Sebastian gesehen habe. Erst jetzt fällt mir auf, wie ähnlich sich manche ihrer Züge sind.

«Äh, ja ... sicher. Warte ...»

Ich raffe einen Haufen Papiere zusammen, drücke sie ihr in die Hand und sage, dass es zwar nicht *Mia and Me* ist, aber dass sie die Texte ruhig lesen kann, wenn sie will.

«Cool!», sagt sie. «Darf ich die dann auch mit nach Hause nehmen?»

«Besser nicht», antworte ich und lächele sie an. Dieses Mädchen bringt es fertig und verkauft die Skripte auf Ebay.

«Verstehe, topsecret und so. Na, dann gehe ich mal arbeiten», verkündet sie wichtig.

Ich nicke und mache mich wieder an die Übersetzung.

Als Jenna nach einer halben Stunde wieder ins Zimmer tänzelt, sodass ihr gelbes Glitzerröckchen wie eine Glockenblume schwingt, ist der Stapel in ihren Händen gigantisch.

Ich deute auf den Stuhl neben mir und nehme mir mit Jenna an der Seite die jugendfreien Dialoge vor. An etlichen Stellen mache ich Anmerkungen, wenn der Sprecher die Stimme nur als Gedanken sprechen soll. Nach einer Weile wird meine kleine Praktikantin langsam ungeduldig.

«Du könntest die kopierten Sachen noch sortieren», schlage ich vor und deute auf den Stapel.

Jenna setzt ein wichtiges Gesicht auf, streicht sich die Haare aus der Stirn und macht sich an den Papieren zu schaffen.

Ich muss lächeln. Sie sieht so süß und engagiert aus. Heimlich ziehe ich mein Handy aus der Tasche und mache ein Foto von ihr, das ich an Sebastian weiterleite.

«Bei der Arbeit – wir haben alles im Griff», schreibe ich darunter. Dann versinke ich wieder in den Text.

Als Jenna irgendwann fröhlich auf den Kopien herumstempelt, sehe ich sie an und wundere mich über das Selbstbewusstsein, das sie in ihrem zarten Alter an den Tag legt. Sie sagt, was sie denkt, egal was andere davon halten mögen. Am wenigsten an mir selbst mochte ich schon immer, dass es mir so wichtig ist, was andere denken. Dass ich alles dafür tue, um gemocht zu werden, und ich mich deswegen selbst immer weniger mag.

Plötzlich hebt Jenna neben mir ihren blonden Schopf und sieht mich aus diesen stechenden Sebastian-Augen an. «Was ist das eigentlich für eine Todesanzeige? War das eine Schauspielerin oder so?»

Zwischen Zeige- und Mittelfinger geklemmt hält sie einen Zeitungsausschnitt hoch, der einen kleinen Riss an der linken Seite davongetragen hat, und wedelt mir damit so dicht vor der Nase herum, dass ich zunächst gar nichts erkennen kann. Als ich aber schließlich begreife, was sie da hat und woher sie das hat, schnellt meine Hand ruckartig in die Höhe und will ihr das Blatt wegreißen. Aber Jennas entsetztes Gesicht wirkt wie ein Stoppschild. Ich bremse meine Gefühle für ein paar Sekunden aus und atme tief durch.

«Das ist … nichts.»

«Hast du diese …» Sie liest. «… diese Astrid Valentina Wagner gekannt?»

Mir wird schwindelig, aber ich halte tapfer die Fassade aufrecht. Auch wenn ich es nicht schaffe, von dem Riss im Zeitungspapier wegzusehen, der wie eine Wunde aussieht.

Jenna plappert einfach weiter: «Übersetzt ihr auch Todesanzeigen? Ich dachte nur Drehbücher oder so!»

«Das gehört mir», presse ich hervor. Jennas Blick sucht nach einer Bestätigung dafür, nichts falsch gemacht zu haben. Und das hat sie ja auch nicht. Sie hat nur unwissentlich meine ganz eigene Büchse der Pandora geöffnet. Und die kriege ich jetzt nicht mehr zu. Warum habe ich diese verdammte Anzeige und das blöde alte Notizbuch überhaupt erst mit nach München genommen? Und warum liegt es nicht wie sonst gut verborgen in meinem Nachttisch?

Ich greife nach dem Stapel kopierter Seiten, zwischen denen ich tatsächlich mein Notizbuch finde. Mein Sammelwerk innerster Gedanken. Schnell ziehe ich es an mich und schließe für einen Augenblick die Augen. Dann schaue ich Jenna freundlich an und nehme ihr die Anzeige aus den Händen.

Es passiert nichts. Die Welt kracht nicht ein, die Uhren drehen sich nicht rückwärts, und es bilden sich auch keine Brandblasen an meinen Fingern, als sie das Papier berühren. Ohne weitere Erklärung stecke ich die Todesanzeige wieder zwischen die Seiten des Notizbuchs und drücke die Lippen fest aufeinander. Es tut weh zu sprechen, es tut weh zu reagieren, alles an mir tut weh. Mein Inneres strahlt einen Schmerz aus, den ich nicht für möglich gehalten hatte. Als hätte Jenna nicht mein Notizbuch ausgegraben, sondern aus Versehen mein Herz.

«Tschuldigung, aber das lag bei den Kopiersachen», sagt sie und zuckt mit den Schultern.

«Alles gut, Jenna, ist nicht schlimm», sage ich schnell. «Das war mein Fehler.»

«Ich muss mal», sagt Jenna. «Das Klo ist übern Gang, oder?»

Ich nicke mechanisch.

Und dann sitze ich allein in Mias Büro und überlege. Notizbuch und Anzeige halte ich noch in der Hand, als wäre ich der Zusteller, nicht der Empfänger.

Ich erinnere mich noch sehr gut an den Tag, an dem mir meine Eltern alle Unterlagen, die es zu meiner Adoption und zu meiner leiblichen Mutter gab, überreicht haben. Ich war vierzehn. «Hier ist alles, was wir für dich herausgefunden haben, Charly», sagten sie. «Und wenn du bereit dafür bist, dann beschäftige dich damit. Wir sind für dich da und helfen dir. Du musst nicht, aber du sollst die Möglichkeit haben, zu wissen, wo deine Wurzeln liegen.»

All die Jahre hat es sich so falsch angefühlt, nach Wurzeln zu suchen, die – wie ich jetzt erfahren habe – außerhalb von Altobernstadt in dunkler Erde vergraben sind. Warum hätte ich nach Wurzeln suchen sollen, wo ich doch neue geschlagen hatte? Ich war ein verpflanzter Baum, dem es an seinem neuen Standort besser ging. Oder nicht? Ich dachte immer, wenn ich nach meiner leiblichen Mutter suche, dann war es das. Dann ist meine Herzensmutter nicht mehr meine Mutter. Dann steht da ein fremder Name und sagt ganz klar, dass ich nicht gewollt wurde. Dieser Gedanke hat sich so festgesetzt in meinem Kopf, dass jede Möglichkeit, anders darüber zu denken, von vorneherein ausgeschlossen war.

Meine Finger zögern – kürzer als mein Verstand – und holen die Anzeige doch wieder heraus. Das Papier ist so dünn, dass ich Angst habe, es könnte zu Staub zerbröseln.

Der Text wird von einem sauber zugeschnittenen schwarzen Rand umrahmt, schwarz auf grau-gelblichem Recyclingpapier. Es ist kein Bild dabei, nur ein Name. Astrid Valentina Wagner. Ihr Geburts- und ihr Sterbedatum. Beide liegen nur knappe fünfzig Jahre auseinander. Die Liste der Namen darunter, die um Astrid trauern, ist kurz. Anna und Rudi, Carmen mit Janine. Ich schiebe das dünne Papier zurück, aber der Stich im Herzen bleibt. Auch noch, als Jenna wieder reinkommt und mich anlächelt.

«Übersetzen wir jetzt mal was für Netflix? Dann gewinnen wir vielleicht zusammen den Bambi für die beste Synchronisadingens!»

Ich schaue sie überrascht an. Etwas in mir löst sich, und ich muss lachen. «Machen wir», sage ich und tätschele mit der flachen Hand auf den Stuhl neben mir. «Ich lese dir jetzt mal was vor. Das ist wirklich gut, Geli wird es sprechen, am Ende der nächsten *Summerset*-Staffel.»

Ich räuspere mich und überfliege ein paar Zeilen, um sicherzugehen, dass sie auch jugendfrei sind. Dann sage ich laut: «*Und als er aus der Tür geht, weiß ich plötzlich, dass es nichts bringt, nach einem festen Ich zu suchen. Man muss einfach nur wissen, wer man sein will. Dann ist es auch völlig okay, sich immer mal wieder verwandeln zu dürfen. Vielleicht ist Leben gar kein Prozess, der immer nach vorn gerichtet ist. Vielleicht ist zurück genauso in Ordnung. Wenn das Leben keine Rennbahn ist, dann vielleicht ein Trampelpfad.*»

KAPITEL 21

Sebastian

B ist du so weit?» Lehmann legt mir seine Pranken auf die Schultern. Vor mir streckt sich die Baugrube des Filmgeländes, die heute als sandige Kampfarena präpariert wurde. Meine Kollegen stehen hinter mir, alle sind bereit für die Szene. Die Luft ist warm, die Sonne scheint, ideale Realbedingungen für die heutigen Takes.

«Alles gut?», fragt Lehmann mit forschendem Blick aus eisblauen Augen, bevor er zur Seite tritt.

«Ich brenne für dich», spöttele ich und grinse breit.

Marty, der Gruppenclown, singt lauthals: «And it burns, burns, burns, that ring of fire.»

Ich lege den Kopf nach links, dann nach rechts, bis es laut knackst und sage: «Wir können loslegen.»

Hinter mir gehen die Jungs in Kampfstellung. Ich beuge die Knie leicht und lehne mich mit dem Oberkörper nach vorn. Dabei kommt die Gefahr nicht von vorn.

Der heutige Stunt für die *Chronicles* ist die Eliteübung eines jeden Stuntman. Wir benutzen das neue Naked-Burn-Gel. Da in der Serie ohnehin viel nackte Haut gezeigt wird, gibt es nicht die üblichen drei Lagen brenndichter Unterwäsche und auch keine drei weiteren Schichten Mäntel. Alles muss etwas subtiler verpackt werden, damit man auch als spärlich bekleideter Krieger möglichst realistisch in Flammen aufgeht. Deshalb sind meine Arme und Beine wie die meiner Kollegen mit einer Schicht des Gels bedeckt. Unter meinem Helm trage ich eine Latexmaske. Ich habe das bereits Hunderte von Malen gemacht, ich weiß, wie es funktioniert. Routine sind Feuerstunts deswegen trotzdem nie.

Ohne den Kopf zu drehen, schweift mein Blick zu dem robotergesteuerten Flammenwerfer wenige Meter entfernt. Die Kameracrew nimmt ihre Positionen ein, um die Szene aus mehreren Blickwinkeln aufzunehmen. Ein Arzt und das Sanitäterteam stehen bereit.

Mit mir werden heute für etwa fünfzehn Sekunden zehn weitere Stuntleute brennen. Wir üben die Choreografie, den Feuertanz, mehrmals trocken, ohne Feuer. So lange, bis alles sitzt. Ich werfe mich als Artago auf den Boden, wälze mich im Staub der Arena und schlage um mich. Lehmann lässt uns die Szene unzählige Male wiederholen. Die Sicherheit seiner Leute ist ihm als Stuntkoordinator unheimlich wichtig. Und ich versuche, meine Gedanken zu kanalisieren, nicht abzuschweifen.

Endlich stellen sich die Männer mit den Feuerlöschern bereit, und es wird ernst. Ich atme durch, zwinge meinen Herzschlag, nicht aus der Reihe zu treten, gleichmäßig zu bleiben. Die größte Gefahr geht nicht vom Feuer aus, sondern vom menschlichen Verstand. Die instinktmäßige Panik vor Feuer ist größer und stärker als jede Vernunft, deshalb ist die mentale Vorbereitung mindestens genauso wichtig wie die choreografische. Ich weiß, wie Reik und Andrej sich mental vorbereiten, ich weiß, wie Marty das macht, jeder hat seine eigene Technik. Aber ich habe mit Abstand die seltsamste, wenn auch vielleicht wirksamste Methode gefunden, völlig ruhig in einen solchen Stunt zu gehen. Angst ist etwas, was man für sich nutzen kann. Und ich nutze Florian. Ich lösche das Feuer mit Wasser, im wahrsten Sinne des Wortes. Nur so funktioniert es bei mir.

Lehmann gibt letzte Anweisungen, und ich verinnerliche jeden seiner Befehle und lausche auf das Startsignal.

Das ist der Moment, in dem ich diesen Ort für ein paar Sekunden verlasse und meine Gedanken dorthin lenke, wo ich ihnen sonst nicht hinzuwandern erlaube. Ich schließe die Augen und spüre das Wasser, den engen Neoprenanzug auf meiner Haut, die Flasche auf meinem Rücken – und sehe das endlose Blau unter uns.

Jetzt ist es nicht mehr Lehmann, der mir das Startsignal gibt, es ist nicht mehr das Surren des Flammenwerfers. Nein, es ist Flo, der mir mit den Fingern ein Okay-Zeichen gibt. Flo, der mit den Flossen schlägt und nach unten abtaucht. Flo, der nicht auf mich wartet und nicht mehr auf mich reagiert. Flo, der nicht ahnt, dass er nie wieder aus eigener Kraft auftauchen wird.

Jetzt wird alles in mir ruhig. Wie betäubt. Eine zusätzliche Schutzschicht, die sich auf meine Haut legt. Wie die kalte Hand meines Bruders. Sein lebloser Körper in meinen Armen wird zu dem Schwert in meiner Hand, das ich fast zärtlich halte. Ich höre das Go und spüre die Hitze auf der Haut. Aber alles wird unbedeutsam. Es gibt keine Angst mehr, weil meine größte Angst längst Wirklichkeit geworden ist.

Ich spule die Choreografie ab wie im Schlaf. Alles wie immer. Bis ein Gedanke durch meinen Kopf schießt, der Florian zur Seite drängt. *Ich brenne für dich, Pocahontas.*

Schock. Erschrecken. So heftig, dass ich, statt der Choreografie zu folgen, innehalte und das Feuer auf meiner blanken Haut sehe. Sofort schnappe ich panisch nach Luft, und obwohl ich keinen Schmerz fühle, schlage ich mit der rechten Hand auf meinen linken Unterarm. Zwei Sekunden nur, bevor der Feuerlöscher mich mit voller Wucht trifft und ich mich wieder an die Bewegungsabfolge erinnere. Ich werfe mich auf den Boden, wälze mich auf dem Rücken und frage mich, was gerade mit mir los war. In diesem winzigen, irrwitzigen, dummen Moment. Es war, als brenne ich wortwörtlich. Aber doch nicht für eine Frau. Ich brenne ganz bestimmt nicht für Pocahontas. Das kann sich mein Herz gar nicht erlauben.

Lehmann hebt die Hände.

«Noch mal?», rufe ich.

An seinen Mundbewegungen kann ich ablesen, was ich selbst denke: «Was zum Teufel war denn los?»

KAPITEL 22

Charlys Notizbuch

Meine Top Ten der unübersetzbaren deutschen Wörter und ihre (persönliche) Bedeutung

1) Schnapsidee *(als Markenzeichen geschütztes Wort)*
Sich als jemand ausgeben, der man nicht ist, um demjenigen, der man für zwei Wochen sein soll, einen Gefallen zu tun. Nur um dann festzustellen, dass man sich selbst einen Gefallen getan hat.

2) Himmelhoch jauchzend, zu Tode betrübt *(Hyperbel)*
Synonym für «verliebt sein».

3) Ohrwürmer *(zool.)*
Im Singular der Song *Pocahontas*. Im Plural alle Songs einer Band, die ihre Lieder ganz offensichtlich nur für mich und Sebastian geschrieben hat.

4) Geisterfahrer* in *(verharmlosend)*
Eine Person, die ihr Leben lang in die falsche Richtung gefahren ist und nicht weiß, wie man gefahrlos drehen kann, da es keine Wendemöglichkeit mehr gibt.

5) Gretchenfrage *(Substantiv, f.)*
Soll ich es ihm sagen, muss ich es ihm sagen? Und wann und wie soll ich es ihm sagen?

6) mutterseelenallein *(Adjektiv, fam.)*
Antonym von verwurzelt *(geo.)*, beheimatet *(fam.)*
Wortstamm zeigt dennoch starke Verbindung zu «bemuttert» und «Herzensmutter».

7) Erklärungsnot *(bildungssprachl.)*
Die Tatsache, dass man, bevor man auch nur versucht, etwas zu erklären, schon bemerkt, dass man es nicht kann.
Beispiel: Charlotte, 13 Jahre, hat sich in einen Zug nach München gesetzt, um ihre Wurzeln zu erforschen. Zieht fünfhundert Meter vor der Einfahrt in den Münchner Hauptbahnhof die Notbremse, steigt aus, um die zweihundertfünfzig Kilometer zurückzutrampen – und gerät gegenüber ihren besorgten, völlig aufgelösten Adoptiveltern in gewaltige Erklärungsnot.

8) Babbelgosche *(ugs., salopp)*
Jemand, der sich regelmäßig um Kopf und Kragen redet.

9) Fernweh *(hist.)*
Das Gefühl, zu neuen Ufern gerufen zu werden, aber bleiben zu müssen, weil man sich verantwortlich fühlt.

10) **Weltschmerz** *(med.)*

Weithin bekanntes Phänomen, das besonders Menschen befällt, die unter Fernweh leiden oder die Gretchenfrage nicht beantworten können, weil sie permanent in Erklärungsnot stehen und einer Schnapsidee anheimfallen.

KAPITEL 23

ie ist einfach eingeschlafen. Ich glaube, sie war völlig
fertig.» Ich schenke Sebastian ein schiefes Lächeln. «Sie
hat sich mit Pfannkuchen vollgestopft, und dann habe ich
ihr ein Buch vorgelesen.» Ich sehe zur Seite und hoffe, dass
er nicht fragt, was genau ich ihr vorgelesen habe.

«Was für ein Buch?» Natürlich fragt er.

«Ein Buch über ... Ich habe keine Kinderbücher hier, also
hab ich ihr ...» Ich hüstele. «Ich hab ihr ...»

«Spuck es schon aus», sagt er und runzelt skeptisch die
Stirn.

«Es ist nichts Schlimmes», beruhige ich ihn, greife unter
das Kissen und ziehe «Starke Frauen – eine Zitatensamm-
lung» heraus.

Er lacht. «Man kann nicht früh genug anfangen mit dem
Feminismus.»

«Eben.» Erleichtert lächele ich, weil er nicht böse ist.
Ich muss ja nicht unbedingt verraten, was ich Jenna heute
noch alles so vorgelesen habe. «Sie mochte die Astrid-Lind-
gren-Zitate, und sie sagt, sie wird sich vielleicht, wenn du
es erlaubst, «Eine Frau ohne Mann ist wie ein Fisch ohne
Fahrrad» tätowieren lassen. Also meinen Segen hat sie.»

Ich grinse breit, als ich sein entsetztes Gesicht sehe, und

bin sehr zufrieden mit mir, dass es mir gelungen ist, ihn zu überrumpeln. Sehr Mia-like. «Das war ein Scherz. Bei Simone de Beauvoir ist sie eingeschlafen.»

«Es wäre immerhin besser als so etwas wie *Ein Mann, das ist doch nur ein paar Zentimeter Fleisch mehr*.»

«Da hast du wohl recht.»

Eine Weile stehen wir schweigend voreinander und grinsen dämlich. Mir wird bewusst, dass ich meine hässlichste Hose trage, in die Pepe auf Höhe des Knies ein Loch geschnitten hat, weil er Indira beweisen wollte, dass seine Bastelschere auch Stoff schneidet. Ich liebe diese Hose und das Loch. Wie einen alten Stoffhasen, der ohne aufgeplatzte Nähte nicht der gleiche wäre. Allerdings würde ich im Moment dann doch gerne etwas anderes anhaben, meine Liebe zu dieser Jogginghose und Pepe hin oder her.

Sebastian ist leger, aber anständig gekleidet. Jeans, dunkles Button-down-Shirt. Die Brille hat er nicht auf, und fast finde ich es schade, weil sie ihm so gut steht und ihn irgendwie weniger einschüchternd wirken lässt. Als wäre das Glas so etwas wie der unperfekte Tupfen auf einem sonst äußerlich ziemlich perfekten Kerl. So gekleidet könnte er auch in eine schicke Münchner Bar gehen. Ich noch nicht einmal in einen alten Imbiss in der Altobernstadter Walachei.

Sebastian beugt sich zu seiner Nichte und streicht ihr liebevoll über die Wange. Dann zieht er die Decke zurecht und dreht sich zu mir.

«Ich trage sie zum Auto», sagt er, steht aber etwas unschlüssig da, während der Regen in dicken Tropfen gegen die Scheiben trommelt.

«Es regnet. In Strömen. Lass sie doch hier, bis sich das Wetter beruhigt hat.»

«Ich will dir nicht zur Last fallen. Du hast bestimmt was vor.» Er tritt von einem auf den anderen Fuß, sieht zu Jenna, dann zu mir. Da ich nichts erwidere, nickt er nur.

Mia hat natürlich immer etwas vor. Ihr Terminkalender ist voll, es ist schließlich Freitagabend. Nur Loser sitzen Freitagabend allein zu Hause. Charlotte hat wie die restlichen sechs Abende der Woche nichts vor und vermisst Indira und Pepe so sehr, dass es schön ist, wenigstens ein fremdes Kind in der Nähe zu haben. Ich könnte sagen, dass mein Tinder-Date geplatzt ist, aber ich habe Angst, er könnte bei der Datingapp nachsehen und dort das Bild der echten Mia finden. Also überlege ich mir etwas anderes, halbwegs Plausibles.

«Nein, schon gut.» Ich winke scheinbar gelassen ab. «Ich hab nichts vor, ich war die ganze Woche so voll mit Terminen», lüge ich. Selbst erstaunt, wie leicht mir das über die Lippen geht. Ich finde, es klingt ziemlich lässig. Jemand so beliebtes wie Mia könnte es sich sogar leisten, alles abzusagen. Das spricht für Achtsamkeit oder Nachhaltigkeit oder was immer ganz bestimmt trendy ist in Starnberg. «Da tut ein ruhiger Abend einfach mal gut.»

«Ein ruhiger Abend mit Simone de Beauvoir?», sagt er und zwinkert dabei.

«Unter anderem», erwidere ich.

«Aber ich bin ein Mann ... Obwohl ich deiner Theorie nach auch Feminist sein könnte.»

«Ich würde für heute darüber hinwegsehen, dass du es nicht bist, nehme aber erfreut zur Kenntnis, dass du

Kate Millett zitierst. *Ein paar Zentimeter Fleisch mehr* und so.»

Er macht eine lustige Verbeugung und fragt dann: «Was hattest du denn so vor an deinem gemütlichen, feministischen Freitagabend?»

Ich zucke mit den Achseln. «Tee trinken in meiner hässlichsten Jogginghose und eine hyperintelligente Doku über die Geschichte des Frauenwahlrechts anschauen …»

«Nicht dein Ernst?»

«Nein», lache ich. «Wahrscheinlich zappe ich ein bisschen rum.»

Er setzt sich zu mir aufs Sofa. «Lass dich nicht aufhalten.»

Meint er das ernst? Na, soll mir recht sein, denn wenn andere hier im Raum reden, fällt es wenigstens nicht so auf, wenn wir es nicht tun. Mia hat ohnehin kein Problem mit fremden Männern in ihrem Wohnzimmer. Charlottes Small-Talk-Fähigkeiten sind dagegen nicht gerade ruhmreich. Und es macht mich ein klein wenig nervös, dass er so nah neben mir auf der Dreiercouch sitzt.

«Was schaust du so?», frage ich, als ich den Fernseher einschalte.

Er zieht die Augenbrauen hoch. «Alles und nichts. Die Kiste läuft eigentlich nur, damit es sich so anfühlt, als wäre ich nicht allein.»

Das kenne ich gut, ich werde es aber natürlich nicht zugeben.

«Ich glotze auch nur selten. Dazu hab ich gar keine Zeit. Und Lust», erwidere ich. Mia ist viel zu beliebt, um fernzusehen. Viel zu gefragt, um auch nur einen einzigen Abend in der Woche vor der Glotze zu hängen. Charlotte dagegen hat ein Netflix-Abo, ist bei Sky Go und Amazon Prime angemeldet und überlegt, ob es sich lohnen könnte, Starzplay dazuzubuchen.

Eine Weile drücke ich unschlüssig auf der Fernbedienung herum, bis ich einen Kriegsfilm mit Brad Pitt finde. Action ist gut, da suche ich nicht so pedantisch nach Fehlern wie bei anderen Genres. Ich habe nämlich ein herausragendes Talent dafür, die romantischsten Streifen zu verderben. Nicht nur, weil ich ständig die Synchro oder die Untertitel analysiere. Bei Romanzen sehe ich einfach noch viel mehr Filmfehler als bei Action-Stoffen. Ich kann nichts dafür, es ist eine Art innerer Drang, Wort und Bild auf Fehler zu überprüfen. Bei den Schlussszenen von *Dirty Dancing* zum Beispiel, da könnte ich mich, selbst wenn ich wollte, nicht auf den Schmalz konzentrieren, weil ich bei Johnnys Sprung von der Bühne immer daran denken muss, dass seine Haare nicht nass sein können, weil sie auf der Bühne noch trocken waren. Mir fällt auch auf, wenn Uhren plötzlich am rechten Handgelenk sitzen, obwohl sie in der Einstellung davor noch links getragen wurden. Bei *Avatar* habe ich Katja so genervt, dass sie frühzeitig ins Bett gegangen ist. Dabei hat mich die Frage nicht losgelassen, warum die Pilotin ohne Atemschutzmaske schnaufen kann, wo doch Einschusslöcher ihr Cockpit zieren. Und bei *Tatsächlich Liebe* habe ich ihr Jamie und Aurelias Story versaut, weil ich wiederholt darauf hingewiesen habe, dass Jamie unmöglich mit dem Taxi vom Marseiller Airport zu Aurelia gefahren sein kann. Die wohnt nämlich in Portugal. Und warum sollte er von Großbritannien nicht einfach direkt dorthin fliegen und stattdessen in Frankreich landen?

Im Hier und Jetzt schaue ich zwar auf den Bildschirm, spüre aber vor allem der Wärme nach, die von Sebastian ausgeht. So ganz kann ich dann doch nicht aus meiner Haut ...

«Ha! Die Zigarette war gerade noch hinter dem Ohr von dem Kerl da, und jetzt ist sie weg», erkläre ich und möchte mir am liebsten sofort auf die Zunge beißen.

«Was?» Sebastian sieht mich an und wirkt so, als hätte er den Film ohnehin nicht verfolgt.

«Da!» Ich muss mich zusammenreißen, um nicht aufzuspringen. «Da, schau, jetzt ist sie wieder da!»

Sebastian sieht zum Fernseher, seine Lippen kräuseln sich belustigt.

Na toll, Charlotte, du hast es mal wieder geschafft.

«Die Zigarette ...», sagt er langsam.

«Ja, und das vorhin mit ...», fange ich an, unterbreche mich aber noch rechtzeitig.

Sebastian sieht mich einen Moment amüsiert lang an, dann schaut er wieder auf den Bildschirm, beugt sich nach vorne und runzelt die Stirn. Ich neige mich ebenfalls vor und folge seinem Blick. Und automatisch runzelt sich meine Stirn synchron zu seiner.

Wir halten beide die Luft an. Dann schnaubt er plötzlich, packt meine Hand und ruft: «Die Bratschaufel liegt nicht mehr in der Pfanne!»

«Aber gerade war sie noch drin.»

Sebastian lacht kehlig auf. «Notierst du dir das jetzt?»

«Was?»

«Na, trägst du das jetzt in ein Filmfehlerforum ein? Dann möchte ich bitte für die Bratschaufel namentlich genannt werden.»

«Nein!», rufe ich mit gespielter Empörung, halte aber schnell die Hand vor den Mund und werfe einen ängstlichen Blick auf die schlafende Jenna.

«Schade», erwidert er und schaut wieder auf den Bildschirm. «Meinst du, wir finden noch ein paar Fehler, Adlerauge?»

«Man findet immer Fehler!», sage ich unvorsichtig.

Er mustert mich von der Seite. «Machst du das beruflich? Ich meine, wow, vielleicht kann man viel Geld damit verdienen, Fehler in Filmen zu finden. Vielleicht bekommst du Schweigegeld von den Produktionsfirmen oder du arbeitest eigentlich in der Postproduktion von Paramount Pictures. Gib es zu, du bist der Schrecken aller Produzenten!»

Jetzt muss ich lachen. «Wie hast du das nur so schnell herausgefunden?»

«Ich bin ein aufmerksamer Menschenbeobachter», sagt er, und sein Blick dabei geht tief. So tief, dass es sich fast so anfühlt, als würde er mich damit berühren. Als würden tausend Volt durch meine Gefühlspipeline jagen.

«Was ist dein Lieblingssoundtrack?», fragt er unvermittelt.

Ich überlege einen Moment. «Hmm, es gibt einige. Ich mag den Soundtrack von diesem irischen Indiefilm, *Once*, über eine Klavierspielerin. Der von *Rocky* ist hervorragend. Ich muss aber auch zugeben, dass ich mir den von *Miami Vice* mit Colin Farrell gekauft und ein halbes Jahr lang in Dauerschleife gespielt habe.»

Als ich seinen überraschten Blick bemerke, füge ich schnell hinzu: «Ich weiß, das ist jetzt nicht so die klassische Antwort. Bin ich durchgefallen? Hätte ich *Das Boot* sagen müssen oder vielleicht *Million Dollar Baby*?»

«Nein», sagt er und sieht mich eine Weile an, bevor er lächelt. «Nein, ganz und gar nicht.»

Eine Weile sehen wir uns an, dann wieder auf den Fernseher. Seine Zustimmung hat Charlotte wach gekitzelt. Sie will brillieren – und Mia hat sie nicht mehr im Griff.

«Hier, schau, der nächste Fauxpas», sagte ich. «Brad Pitt hat gerade auf den Tisch geschlagen und das Glas umgeworfen. Jetzt in der nächsten Einstellung steht es wieder.»

«Du bist ein Phänomen!»

«Der Film ist einfach schlecht geschnitten», sage ich.

Sebastian fängt an, sich die Augen zu reiben. Vielleicht, weil es ohne die Brille anstrengend ist, auf den hellen Bildschirm zu schauen. Vielleicht aber auch, weil ich ihn ermüde. Natürlich ermüde ich ihn. Jetzt wird er gleich gähnen und sagen, dass es Zeit ist zu gehen, weil er furchtbar müde ist. Dabei will er eigentlich sagen: *Du* bist furchtbar.

Ich weiß, ich bin ein anstrengender Mensch. Und diese Angewohnheit, jeden Film zu sezieren, ist nervtötend. Jo hasst es. Meine Mutter verdreht genervt die Augen, und mein Bruder Pepe sagt, dass er nur noch mit mir ins Kino geht, wenn er mir vorher mit Tape ordentlich den Mund zukleben darf.

«Es tut mir leid.»

Er blinzelt und fragt dann überrascht. «Was? Dass der Film schlecht geschnitten ist?»

«Nein, meine Angewohnheit, alles zu analysieren.»

Er schüttelt irritiert den Kopf. «Machst du Witze? Ich finde das super. Weißt du, wie oft ich mich schon gefragt habe, warum dieser Mist niemandem auffällt? Ich meine, wie oft schauen die das an? Der Kaffeebecher bei *Game of Thrones*, diese echt peinliche Sache mit der Gasflasche bei *Gladiator* ...»

«... und dann das fehlende Spiegelbild von Hagrid in *Harry Potter*!» Ich will noch den Kameramann in Bellas Rückspiegel bei *Twilight* erwähnen und mich über den *Keinohrhasen* auf Annas Couch aufregen, der da nicht liegen kann, weil er noch gar nicht genäht wurde, aber ich bremse mich rechtzeitig selbst.

«Du schaust nicht viel fern, sagst du?», neckt er mich.

«Es ist wohl einfach eine Berufskrankheit», erkläre ich ausweichend.

«Erzähl mir von deinem Beruf.»

«Na ja, ich war schon immer ein Sprachenfreak, da lag es einfach nahe, dass ich etwas in der Richtung studiere.» Ich knete meine Finger. «Natürlich wünscht sich jeder angehende Übersetzer, tolle Literatur zu übersetzen, aber ich wollte schon immer lieber etwas mit Synchronisationen machen. Nach dem Abi habe ich eine Zeit lang überlegt, Cutterin zu werden, dann aber doch Englisch und Italienisch studiert.» Etwas verlegen lächele ich ihn an. Nur nicht zu viel preisgeben. Nicht zu viel reden, Charlotte.

«Und hier in Starnberg bist du gelandet, weil ...?»

«Weil ich die Stelle bei TonAb bekommen habe», sage ich so unverkrampft wie möglich, kann aber nicht verhindern, dass mir die Ohren glühen dabei. Aus zweierlei Gründen.

Weil Charlotte nie bei TonAb angefangen hätte – und weil ich trotzdem dafür brenne, dort arbeiten zu können.

«TonAb ist also so etwas wie der Übersetzertraum?», fragt er und lächelt mich wieder an. Sein Gesicht ist näher gekommen, ohne dass ich gemerkt habe, wie das passiert ist.

«Lebenstraum durch und durch», sage ich. Es klingt heiser.

«Verdient man damit gut? Ich meine, wenn ich mir die Bude so anschaue ...»

Die Frage kam unerwartet, ich blinzele irritiert und versuche, mir ebenjene Irritation nicht anmerken zu lassen.

«Keine Ahnung», platze ich heraus und sehe wie sein Lächeln schwindet.

«Wie, keine Ahnung?», fragt er.

«Die Wohnung ... gehört mir nicht», stottere ich. Das ist wenigstens wahr. Aber dass ein Jahresgehalt bei TonAb München einen nicht unbedingt in die beste Starnberger Wohnlage bringt, sollte auch Sebastian klar sein.

«Sie gehört dir nicht?»

«Nein, sie gehört ... meinem Vater.»

Sein Blick schreit laut: «Das war ja klar.» Auch wenn er nichts sagt, höre ich den Vorwurf.

Ich atme tief ein und verspüre das dringende Bedürfnis, die echte Mia zu verteidigen. Die Mia, die, bevor ihre Eltern reich wurden, jeden Tag das gleiche dünne Butterbrot in der Tasche hatte und nur ein paar alte Nike-Turnschuhe mit Löchern. Die Mia, die eben nicht schon immer den Goldlöffel im Mund stecken hatte.

«Beurteilst du Menschen immer nach ihren Vätern?»,

frage ich nadelspitz. Damit ist sie endgültig geplatzt, die Blase der guten Laune.

Mit der Frage habe ich Sebastian aus der Balance gebracht, kein Zweifel. Seine Wange zuckt, und er öffnet den Mund. Schließt ihn wieder, richtet sich auf und sagt: «Nein, ... natürlich nicht. Vielleicht habe ich von einer Feministin aber auch erwartet, dass sie ihr protziges Domizil selbst unterhalten kann», kontert er.

«Du wohnst doch auch in Starnberg und ganz bestimmt nicht in einem Kellerloch, aber selbst die kosten hier schon so viel wie andernorts 150 Quadratmeter frei stehend.» Meine Feststellung ist ein wenig vorwurfsvoll und bezieht sich lediglich auf seine Formulierung «protzig».

«Zwangsweise», knirscht er und starrt auf den Fernseher.

«Wie kann man zwangsweise hier wohnen?», hake ich nach.

Er schaut auf und deutet auf den Zweisitzer, auf dem Jenna friedlich schläft und leise Schmatzgeräusche von sich gibt. «Na, das hier ist doch das perfekte Umfeld für Kinder: getrimmter Rasen ohne Spielgeräte, schicke Autos, Mandarin-Unterricht in der Privatschule und das Kinderyoga am Freitag ...»

Die Ironie fließt zäh wie Harz aus seinen Worten und klebt irgendwie zwischen uns. Damit habe ich nicht gerechnet. Charlotte bleibt stumm, und selbst Mia fällt darauf nichts ein.

«Ich wohne bei meiner Schwester. Vorübergehend.» Jetzt höre ich sie nicht mehr, die Ironie. Stattdessen klingt da etwas Trauriges durch. Etwas Hartes. Mehr Stahl als Harz.

«Und warum?» In Gedanken füge ich ein zweites leises Fragezeichen hinzu. Und als er eine verärgerte Handbewegung macht, ergänze ich schnell: «Obwohl du für Starnberg und den hiesigen Lebensstil offenbar nichts übrighast.» Ich bin einfach neugierig, es bohrt in mir und nagt an meinem Herzen. Ich will es wirklich wissen.

Er tut mir den Gefallen aber nicht, sondern sieht zur Seite und schnaubt. «Seit Sabia und ich uns getrennt haben, musste ich mich erst einmal neu sortieren.»

Sie war sicher sehr hübsch, das schießt mir als Erstes durch den Kopf. Ein Model, eine Schauspielerin, eine taffe Stuntfrau vielleicht. Warum mir das einen Kloß im Hals verursacht und warum ich mich sofort mit meinen strähnigen Haaren und der Jogginghose noch unwohler fühle als ohnehin schon, ist mir selbst nicht klar. Ich starre auf den Fernseher und versuche, mich zu sammeln.

Es ist doch völlig egal, wie seine Ex aussieht, Charly! Und wenn sie ein Victoria-Secret-Unterwäsche-Hottie ist, dann ... Dann stört mich das, und ich weiß wirklich nicht, warum.

Auf dem Bildschirm läuft ein kurzer Abspann, und als ich abschalte, wird es ganz leise im Zimmer.

Ich stehe auf, gehe zur Terrassentür und lege meine Stirn an die kühle Scheibe und schaue dem Regen beim Fallen zu. Einen Moment lang ist es mir völlig egal, wie albern das wirkt. Sebastian steht auf, stellt sich neben mich und tut es mir gleich. Unsere Schultern stoßen dabei aneinander, und die kleine Berührung sorgt bei mir schon wieder für Systemausfall auf ganzer Linie.

Wir stehen nah nebeneinander, er das linke Ohr am

Fenster, ich das rechte. So nah, dass ich nicht nur tief in seine Augen sehen, sondern ihn auch riechen kann. So nah, dass all meine Sinne wie überladen sind von diesen Eindrücken. Diesen leichten Hauch seines frischen Männerdeos ... ich weiß, dass ich ihn nicht vergessen werde, wenn er verflogen ist. Und während sein Atem meine Lippen kitzelt und mich bezaubert, fragt sich mein Mund, wie es wäre, wenn er jetzt geküsst werden würde. Mein Inneres ist auf Alarmbereitschaft gestellt, und ich kann die Endorphine spüren, die sich ein atemloses Rennen durch meine Adern liefern. Ich will flüstern: «Küss mich doch», aber ich bin in diesem schwachen Moment viel zu viel Charlotte, um auch nur eine Silbe herauszuwürgen. Würde ich jetzt auf Fehlersuche gehen, würde ich rein gar nichts finden. Der Moment ist so was von perfekt, dass er fast schon irreal wirkt.

Sebastian rückt ein winziges Stück näher, und ich kann nicht verhindern, dass meine Zunge über meine Lippen streicht. Langsam schließe ich die Lider, es ist nicht aufzuhalten. Ich habe mich noch nie so sehr nach einem Kuss gesehnt wie jetzt. Es ist die Tatsache, dass er jedes bisschen Charlotte, das ich heute war, zu mögen schien. Aber vielleicht bin ich auch einfach nur einsam und verwirrt. Ich warte darauf, seinen Mund zu spüren, alle Sinne vereint.

Aber er tut es nicht.

Ich blinzele.

Charlotte ist aus ihrer Traumwelt erwacht. Der Prinz hat falsche Vorstellungen von ihr, also ist auch dieser ersehnte Edelmann nur ein Mann, der sie nicht will. Es ist ein Märchen ohne Happy End.

Halt den Mund, sage ich zu meiner inneren Klappen-textautorin. Er ist kein Prinz, und das hier ist auch kein Märchen. Denn in Märchen wird man geküsst, wenn der Moment perfekter als perfekt ist.

In der Realität regt sich jetzt ein schlafendes Kind auf der Couch und sagt: «Basti? Ich will heim.»

Sebastian dreht sich zu seiner Nichte um und nickt, dann wendet er sich wieder zu mir und sagt: «Ich sollte gehen. Danke, dass du dich um Jenna gekümmert hast.»

Das machen Mädchen aus der Schickeria so, will ich sagen, aber zum ersten Mal, seit ich ihn getroffen habe, ist der Buchstabenknoten wieder da. Charlotte, das dumme Schaf, antwortet an Mias statt: «Klar, jederzeit. Sie hat mir erzählt, dass sie Fußball spielt. Bring sie doch morgen um zehn vorbei, da spielen Gelis Jungs und ein paar Freunde hier vor dem Haus.»

Sebastian sieht mich regungslos an, er rührt sich keinen Zentimeter. Wir starren uns in die Augen, als wetteiferten wir darum, wer zuerst blinzeln muss. Ich versuche, ihn mit Blicken zu fragen, was da eben passiert ist. Oder vielmehr *nicht* passiert ist.

«Basti!!!», ruft Jenna. «Ich will heim.»

Und einen Moment lang wünsche ich mir genau das Gleiche. Ich möchte in die großen, breiten Arme meiner Mutter flüchten oder mich zu Indira unter die Prinzessin-Lillifee-Bettwäsche kuscheln. Ich möchte die kleine, feige Charlotte sein, die sich in Altobernstadt verkriecht und darauf wartet, dass Jo sich mal wieder ein paar Stündchen ihrer erbarmt.

Es ist anstrengend zu versuchen, jemand zu sein, der

man nicht ist. Und es ist anstrengend, echt zu sein und zurückgewiesen zu werden.

Als Sebastian und Jenna sich verabschiedet haben – sie genervt und müde, er angespannt und distanziert –, stemme ich mich mit aller Kraft gegen das Sofa und schiebe es ans Fenster. So, dass ich in den nächtlichen Regen schauen kann, der unaufgeregt, aber doch eindringlich an die Scheibe trommelt. Wie etwas, das sich unbemerkt aus meinem Unterbewusstsein erhoben hat und nun um Aufmerksamkeit bettelt. Kurz bevor ich einschlafe, denke ich «wie ein Wiegenlied» und versuche, den Gedanken festzuhalten, um ihn morgen noch einmal wach zu denken. Aber er verschwindet, wie es Gedanken kurz vor dem Einschlafen nun einmal an sich haben.

KAPITEL 24

Sehnsuchtsforscherin könntest du werden. Oder Golfballtaucherin – in Amerika würdest du da um die sechzig Euro die Stunde verdienen», sage ich zu Katja am Telefon, während ich nach einem passenden Paar Schuhe zum Fußballspielen suche. Meine Stollen habe ich blöderweise nicht eingepackt.

«Vielleicht mache ich mich lieber selbstständig und gehe in die App-Entwicklung.»

«Du? Du findest am Drucker nicht mal den Einschaltknopf», widerspreche ich.

«Das ist ja auch viel zu analog», kontert sie. «Aber mit Apps – da geht was! Wusstest du zum Beispiel, dass es eine App gibt, mit der man schlechten Empfang vorgaukeln kann? Du lässt dir Störgeräusche einspielen, Baustellenlärm, brüllende Kinder, tippende Sekretärinnen. Genial, oder?»

Den Berufsberater für meine Schwester zu spielen, den unentschlossensten Menschen der Erde, ist wirklich anstrengend. Gequält sage ich: «Nein, das wusste ich nicht.»

Trotzdem scheint das Katja zu weiteren Ausführungen zu ermuntern. «Es gibt sogar eine App, bei der du Luftpolsterfolie ausdrücken kannst. Weißt du noch? Wenn Pakete fürs Restaurant geliefert wurden und wir diese Dinger in die Finger gekriegt haben ... Herrlich, voll das Kindheitsgefühl. Ich wünschte, mir wäre das eingefallen.»

«Ich glaube nicht, dass das die Menschheit weitergebracht und dich reich gemacht hätte», sage ich, den Kopf in Mias Schrank vergraben.

«Aber viele Menschen glücklich ... Und wie wäre es mit einer App, in der man Kurzvideos und Bilder teilen kann?»

Ich rolle mit den Augen und ziehe ein paar Chucks aus dem Schrank – die könnten gehen. «Super Idee, Katja! Du könntest sie Instagram nennen, ach, warte, ich glaube, die gibt es schon.» Ich setze mich auf den Boden und weite die Schnürsenkel der Schuhe – aber schon beim Versuch reinzusteigen, scheitere ich. Zu eng.

«Kacksmiley!», ruft Katja, die es ungemein unpraktisch findet, dass man am Telefon keine Emojis verschicken kann. «Apropos Instagram ... Hast du ihn jetzt endlich mal ordentlich durchgegoogelt?»

Durchgegoogelt klingt wie ein schreckliches Synonym für schnackseln. Samantha Night wäre sicher begeistert.

«Wen?», frage ich, als wüsste ich das nicht genau.

«Mister Starnberg natürlich – und Google, du weißt schon, diese Suchmaschine. Auch blöd, dass ich die nicht erfunden habe.»

Unwillkürlich denke ich an die Facebook-Anfrage auf Mias Profil und schüttele den Kopf. «Ich weiß nicht, ich finde das irgendwie ...»

Sie unterbricht mich. «Also ich finde das völlig normal und legitim. Heutzutage muss man doch wissen, mit wem man es zu tun hat!»

«Und du meinst, das sagt das Internet mir? So ganz ehrlich und objektiv.»

«Wir legen jetzt auf, und du googelst ihn. Insta, Tinder, Twitter, Facebook, Xing – und vergiss nicht Bumble und Badoo. Das volle Programm also. Ah, und vielleicht schaust du vorsichtshalber auch mal bei Grindr nach. Nicht dass deine Bemühungen in … die falsche Richtung gehen.»

Ich werde wohl erst einmal die Hälfte der Begriffe, die Katja mir um die Ohren haut, durchgoogeln müssen.

«Ich weiß nicht …», sage ich ausweichend. Mit einem genervten Blick auf den Schrank gebe ich die Schuhsuche auf und beschließe, barfuß zu spielen.

«Findest du nicht, dass dein Herz ein neues Zuhause bräuchte? Eines, in dem nicht schon Zombies wohnen?», fragt Katja.

Ich will etwas erwidern, kontern, dass mein Herz sich in meinem Körper doch recht wohlfühlt, und fragen, was sie mir damit genau sagen will, aber Katja wäre nicht Katja, wenn sie nicht von jetzt auf gleich das Thema wechseln oder ein Gespräch einfach beenden würde.

«Also, wir hören uns wieder. Und wenn dir eine App-Idee einfällt, dann schreib sie auf, okay?»

Nachdem Katja aufgelegt hat, drehe und wende ich das Handy eine Weile in den Händen. Dann tippe ich entschieden «Sebastian Winterstein» in die Suchmaschine und klicke mich durch sämtliche soziale Netzwerke. Bei den beiden, die wie eine Kaugummimarke klingen, ist er offensichtlich nicht. Bei Xing finde ich einen Link auf die Homepage seiner Stuntfirma, aber sonst keine besonders nennenswerten Infos. Auf der Homepage der Stuntfirma wiederum steht sein Alter, die Größe und auf welche Art von Stunts er sich spezialisiert hat. Bei Instagram bleibe ich schließlich hängen und muss schmunzeln. Die Auswahl der Fotos, die er auf seinem Account zeigt, ist zwar spärlich, aber, das muss ich zugeben, gut gewählt. So, dass man einen möglichst allumfassenden Eindruck von Sebastian bekommt. Oder bilde ich mir das ein?

Da ist ein Foto, das ihn mit Gummistiefeln in einem klaren Gebirgsfluss zeigt, in den Händen einen riesigen, glitschig aussehenden Fisch. Das fällt in die Kategorie Naturbursche. Schau her (Trommelwirbel auf die breite Männerbrust), ich kann einen Fisch fangen, Feuer machen und mein Weib ernähren.

Darunter ist ein Foto von einem Filmset, bei dem er breitbeinig auf einem Regiestuhl sitzt und ein Drehbuch liest. Das ist die Kategorie: erfolgreicher Businesstyp gepaart mit natürlicher Lässigkeit. Schau her, ich habe einen interessanten Job. Ich bin wichtig, aber ich zeig es nicht.

Es folgen ein paar Videos von Stunts, die sehr professionell wirken. Nur bei einer Sequenz schaut er direkt in die Kamera, aber diese wenigen Sekunden reichen, um noch etwas anderes festzustellen: Wut. In seinen Augen lodert Wut, und es wirkt, als brodelten Blasen unter seiner Haut.

Ich wiederhole die Frequenz ein halbes Dutzend Mal und versuche, mir einen Reim darauf zu machen. Ist die Wut gespielt? Kann man einen so ehrlich wirkenden, beängstigenden Ausdruck überhaupt spielen? Irgendwie will das nicht so recht zu dem gut gelaunten, gelassenen und stets freundlichen Sebastian passen, den ich kennengelernt habe.

Vielleicht habe ich von einer Feministin aber auch erwartet, dass sie ihr protziges Domizil selbst unterhalten kann ...

Der bissige Kommentar von gestern Abend hallt durch meine Gedanken. Doch, er kann sehr wohl wütend sein.

Ich zwinge mich weiterzuklicken, von einem Bild, auf dem er noch längere Haare trägt und ein Mädchen auf dem Arm hat (Kinder und Hunde – zieht immer), über einen Schnappschuss von Sebastian auf einer Slackline über einem Abgrund (Kategorie Poser), von dem ich hoffe, dass die Aufnahme mit einem Bildbearbeitungsprogramm künstlich dramatisiert wurde, bis zu einem Foto, auf dem er mit einer hübschen Frau mit hellen Locken zu sehen ist, die als «Berit W.» getaggt ist. #ichkannsieallehaben #beauties oder auch #charlyisteifersüchtig.

Seufzend will ich diesen Unsinn, zu dem Katja mich angestachelt hat, beenden, als ich über ein weiteres, älteres Foto stolpere: Es hat 384 Likes und etliche Kommentare wie «RIP – rest in peace», «Unvergessen!», «In Gedanken immer bei uns ...» und Ähnliches. Ich kneife die Augen zusammen und bin irritiert. Der Mann auf dem Foto sieht aus wie Sebastian – und irgendwie auch nicht. Ich drehe das Handy, neige den Kopf, zoome das Bild heran, aber ich werde nicht schlau daraus. Schließlich gebe ich es auf. Wahrscheinlich ging es dabei um eine Filmszene. #insiderwitz.

Ich lege das Handy weg und überlege: Wenn ich eine Fotoserie von mir selbst machen würde – wie würde die aussehen? Wenn ich ein Instagram-Profil hätte, das ich auch mit Fotos füttern würde, was würde ich dann hochladen? Fotos vom Restaurant, von Buchcovern, Filmplakaten und vom Fußballspielen wahrscheinlich. Ja, alte Bilder aus dem Verein oder Schnappschüsse von den «Veteranentreffen», die wir einmal im Monat veranstalten. Vielleicht auch Fotos von Mia und mir, von Katja und den Kindern, den Pferden, vielleicht ab und an ein paar Textauszüge, selbst geschriebene Klappentexte …

Ich stocke. Alles in allem sieht das in meiner Vorstellung gar nicht so unerfüllt und langweilig aus, wie gedacht. Und für einen zugegeben sehr kurzen Moment will ich gar niemand anderes sein als Charlotte. Einfach nur Charly.

Wie ist das denn passiert? Oder liegt es daran, dass ich gerade jemand anderes *bin*?

··●··

«Und du bist dir sicher, dass sie hier spielen können?», fragt Geli am Samstagnachmittag. Sie und ihre Jungs sind mit einem Haufen anderer Halbwüchsiger in Gelis rostigem weißen Ford Transit angerückt. Erstaunlich, wie viele Kinder in so ein Auto passen. Der Straßenverkehrsordnung kann das nicht entsprechen, aber so, wie ich Geli kennengelernt habe, geht ihr die Straßenverkehrsordnung auch ziemlich am Allerwertesten vorbei.

Gelis ältester Sohn Boje, ein hübscher blonder Junge mit leicht abstehenden Ohren, Gelis Augen und ihrer Mundpartie, beginnt, mit einem Stock die Wiese in zwei rechteckige Felder einzuteilen, während einer der anderen beiden – Zwillinge, Tamme und Joris, die unmöglich irgendjemand unterscheiden kann – das Netz in die Haken der mobilen Tore einhängt.

Ich schlucke dann doch kurz, als ich sehe, wie einer von ihnen Grasbüschel rausreißt, als er merkt, dass seine Linie mit dem Stock kaum zu erkennen ist. An Geli gewandt sage ich trotzdem: «Warum nicht? Es ist eine Wiese. Und wenn euer Trainingsgelände von Hans-Peter ... also von der Firma meines Vaters gesperrt ist, ist es doch nur recht und billig, euch eine Ausweichmöglichkeit anzubieten.»

«Ich weiß nicht ...» Geli wiegt den Kopf hin und her. «Wenn wir das olle Pony nicht hätten, das uns die ganze Wiese kahl frisst, könnten sie ja bei uns im Garten spielen.»

«Mach dir keine Gedanken. Ich stehe dafür gerade, wenn sich jemand beschwert», behaupte ich todesmutig und beeile mich, jeden Gedanken an die pingelige Frau Hanselmann unter mir oder den überkorrekten Schlipsträger von nebenan zu verdrängen. Stattdessen denke ich lieber an das nette Lächeln der jungen Mutter aus dem Nachbarhaus. Und daran, dass Mias Vater schließlich auch immer dafür war, dass seine Tochter Sport treibt. Gut, es war nicht Fußball, sondern Ballett, aber so groß ist der Unterschied ja nun auch nicht.

«Wusstest du, dass ich die Reinkarnation von Paul Breitner bin?», ruft Boje und schleudert lässig einen Batzen Rollrasen hinter sich.

Geli stöhnt. «Letzte Woche hat er noch behauptet, Lionel Messis verleugneter Sohn zu sein.»

Einen Moment lang denke ich, wie seltsam es ist, dass ein Junge, der so eindeutig das leibliche Kind seiner Eltern ist wie Gelis Sohn, offenbar ausgiebig auf Identitätssuche ist, während ich es nie zugeben würde, dass meine mir nicht bekannten Wurzeln ein Problem sind.

«Paul Breitner ist zum Glück noch quietschfidel», erkläre ich. «Denn eine Reinkarnation kann es erst geben, wenn derjenige, als der man wiedergeboren wird, tot ist.»

Ich versuche, ruhig weiterzuatmen und die Melodie von *Football's Coming Home* über den Gedanken zu legen, dass meine leibliche Mutter tot ist. Es funktioniert nur bedingt.

«Das behaupten die von Elvis auch immer wieder!», kontert Boje und gibt Anweisungen an seine Brüder weiter, die gerade mit einer Spraydose hantieren und einen Strafraum in Pink auf den ehemals englischen Rasen sprühen.

«Sag mal, Mama», wendet er sich dann an Geli. «Kannst du mir bitte das nächste Mal, wenn du einkaufen gehst, ein paar Zigarren mitbringen?»

Ich schnappe hörbar nach Luft, während er unschuldig mit den langen Wimpern klimpert.

«Zigarren? Spinnst du, du bist elf Jahre alt.»

«Aber ich muss den Sieg von 1974 feiern! Sie können auch aus Schokolade sein, die Zigarren.»

«Aha ...», erwidert Geli und zeigt ihm einen Vogel.

«Und ich brauche dringend Bartwuchsmittel. Finn hat einen zum Ankleben, will ihn mir aber nicht leihen. Und er überredet seine Mutter, dass er sich die Haare lang wachsen lassen darf.»

«Warum das denn?», will ich wissen.

«Na, ich bin Paul Breitner und Finn ist Gerd Müller. Du hast echt keine Ahnung von Fußball, oder?» Die letzten Worte stößt er voller Verzweiflung aus.

«Boje schaut sich in der Bundesligapause immer die Klassikerspiele an», erklärt Geli.

Ich lache und würde ihm gerne über den Wuschelkopf

streichen, traue mich aber nicht. «Was meinst du, soll ich dir beweisen, dass ich die Elfmeterkönigin bin?»

Er rümpft die Nase. «Du bist ein Weib. Ich meine, wer sollst du auf dem Rasen sein, bitte? Wir müssen das schon ein bisschen realistisch machen.»

Für das *Weib* fängt er sich einen Schlag auf den Hinterkopf von Geli ein.

«Okay, wie wäre es, wenn ich Franz Beckenbauer spiele», sage ich. «Und meine Haare ein bisschen wuscheliger mache?»

«Du hast aber keine Kroketten wie Beckenbauer!», sagt er entrüstet.

Ich zuckte mit den Schultern, verzichte aber darauf, ihn wegen der Koteletten zu korrigieren.

Er schnauft laut und verkündet altklug: «Also gut, ausnahmsweise. Aber wir müssen noch auf Berti Vogts warten, okay?»

Ich hoffe sehr, dass es sich dabei um einen seiner Brüder handelt und Boje nicht wirklich herausgefunden hat, wo Berti Vogts wohnt. Es wäre ihm zuzutrauen.

Berti Vogts entpuppt sich als Karol, ein Junge aus Bojes Schule. Wir stellen zwei Mannschaften auf, und in der nächsten halben Stunde beweise ich den Jungs, dass ein Mädchen sehr wohl Fußball spielen kann. Nach und nach kommen ein paar Kinder aus den umliegenden Häusern. Einige bleiben stehen und sehen zu, andere gehen wieder, ein Junge in Bojes Alter schließt sich uns an. Und dann sehe ich Sebastians Känguru an der Straße parken und beobachte, wie Jenna aussteigt. Sebastian winkt aus dem offenen Fenster. Und mein Herz macht seltsame Bewegungen, als würde es Breakdance tanzen wollen und an den begrenzten Platzmöglichkeiten scheitern.

Jenna zögert einen Moment, aber als sie mich erkennt, winkt sie ebenfalls und fragt mit Gesten, ob sie mitspielen kann.

«Hi!», rufe ich. «Schön, dass du dabei bist.»

«Noch ein Weib», höre ich Boje stöhnen und bin mir sicher, dass Geli die Hand schon wieder drohend gehoben hat.

«Ich bin Stürmerin in der Schulmannschaft», verkündet sie stolz. Und ich habe keinen Zweifel daran, dass Jenna die Jungs gnadenlos unter den Tisch spielen wird.

Ich schiele zu Sebastians Wagen, aber er fährt schon weiter, und ich strenge mich an, die Enttäuschung darüber hinunterzuschlucken und einfach weiterzuspielen.

Die nächsten zwei Stunden spielen wir mit viel Einsatz und Spaß. Geli macht regelmäßig Fotos von uns mit ihrem Smartphone und ermahnt die Kinder hin und wieder, etwas zu trinken. Aber keiner will eine Pause einlegen. Ich, Beckenbauer, spiele mit Gerd Müller, Lothar Matthäus, Ronaldo und Paul Breitner gegen Vogts, Neuer, Beckham, Griezmann und Jenna, die sich weigert, einen Männernamen anzunehmen. Es ist ein ziemlich ausgeglichenes Spiel. Neuer hat schon drei harte Schüsse von Müller gehalten, und Breitner versucht sich heute in der Defensive.

«Elfmeter!», rufe ich irgendwann erschöpft, nachdem Griezmann mich im improvisierten Strafraum böse gefoult hat.

Unter Vogts' Protest lege ich mir gerade den Ball parat,

als ich jemanden schreien höre: «Das ist eine bodenlose Frechheit! Aufhören, und zwar sofort!»

Ich fahre herum und sehe Frau Hanselmann am Spielrand stehen, die Arme in die speckigen Hüften gestemmt, die spitze Nase knallrot vor Entrüstung. «Der schöne Rasen!»

Und sie bekommt Verstärkung. «Das geht hier nicht!» Hinter ihr stapft eine ältere Dame auf High Heels über den Rasen und starrt pikiert auf die herausgerissenen Büschel hinter dem Tor, das Boje gerade verteidigt. «Ihr Lausebengel! Ich hole die Polizei», schreit sie.

Die Kinder halten inne, nur Boje lacht. «Wer ist denn der Vogel?»

Die Zwillinge zucken verständnislos mit den Schultern, bis einer von ihnen aufgeregt hinter mich deutet. Als ich mich umdrehe, sehe ich, wie ein Mann mit einem glänzenden, schicken E-Bike direkt aufs Spielfeld fährt. Er ist schlank, etwa fünfzig Jahre alt, trägt eine eng anliegende Radlerhose und erinnert mich an Richard Gere in jungen Jahren. Mit arrogantem Blick hält er abrupt vor mir, beugt sich blitzschnell nach unten und greift sich den Ball. Dann steigt er wieder auf den Sattel und verschwindet.

Die Kinder protestieren entrüstet. «Unser Ball! ... Was soll das? ... Gib den Ball wieder her!»

«Beckenbauer, mach doch was!», schreit Boje.

Ich schaue dem Mann kurz nach, blicke auf meine nackten Füße und renne los. Der Radfahrer, angefeuert von Frau Hanselmann und der älteren Dame mit den Stöckelschuhen, ist schon am Rande der Wiese angelangt. Als ich auf den Asphalt laufe, schmerzt es plötzlich höllisch in meinem rechten Bein, und ich sacke zu Boden. «Warten Sie doch mal», schreie ich dem Kerl hinterher, aber da ist er schon um die Ecke, und ich habe mir meinen Fuß um gefühlt hundertachtzig Grad verdreht.

Einer von Gelis Jungs, ich glaube, es ist Joris, kommt mir nachgelaufen. Seine Stollenschuhe klappern wie die Eisen eines Pferdes. Schwer atmend bleibt er stehen und fragt: «Alles okay?»

«Nein», sage ich keuchend. «Nichts ist okay.»

Einen Moment lang denkt er offensichtlich darüber nach, die Ball-Verfolgung aufzunehmen, überlegt es sich beim Blick auf meinen Fuß und mein schmerzverzerrtes Gesicht aber anders.

Ich starre ihn an, starre auf meinen Fuß und bemerke, dass sich jemand zu uns stellt. Sebastian! Mir wird schwindelig.

Er versucht, sein Grinsen hinter einem besorgten Blick zu verbergen. «Pocahontas, Pocahontas», murmelt er und kniet sich neben mich. «Was machst du denn für Sachen? Da will ich nur Jenna abholen und finde dich in so einem Zustand.»

«Pocahontas?», fragt Gelis Sohn. «Das ist doch Beckenbauer.»

Sebastian ... Pocahontas ... Sebastian hallt es durch meinen Kopf. Und dann mache ich den Fehler und halte auch noch die Luft an.

Sebastian sagt etwas, und ich sehe, wie das Lächeln langsam verschwindet. Ich will ihn bitten, dass er wieder grinst, bringe aber nichts hervor. Ohnehin kann ich mich auf keinen Gedanken konzentrieren, denn der Schmerz in meinem Fuß legt sich wie Watte auf jede Faser meines Verstandes.

«Sie stirbt. Beckenbauer stirbt!», kreischt Neuer von irgendwoher.

«Ach was, so schnell stirbt man nicht», sagt Griezmann mit zitternder Stimme.

«Aber wenn sich ihr Blut vergiftet hat? Dann geht das ganz schnell, dann muss der Fuß ab. Am besten sofort.» Neuer klingt leicht hysterisch.

«Soll ich ein Beil holen?», höre ich einen der Zwillinge sagen.

Und das ist der Moment, in dem ich die Augen schließe.

«Alles wird gut, Jungs», höre ich Sebastian murmeln. «Vielleicht holt ihr einfach mal eure Mutter. Ein Beil brauchen wir eher nicht.»

Durch die Watte vernehme ich Fußgetrappel und nur noch eine Kinderstimme. Berti, alias Karol, sagt tapfer: «Ich bleibe bei dem Opfer.»

Das ist der Moment, in dem ich das Bewusstsein verliere.

··●··

Als ich klein war, hat sich meine ganze Familie über meine sogenannte Stellvertreter-Hypochondrie lustig gemacht. Ich war das Kind, das die Nummer des Haus-, Kinder- und Zahnarztes auswendig wusste. Nur für den Fall. Ich kannte die Kinderkrankheiten in dem alten Achtzigerjahre-GU-Schinken meiner Mutter auswendig. Von A wie Atemwegserkrankungen bis V wie Verbrühungen. Hatte eines meiner

Adoptivgeschwister einen Ausschlag, war ich überzeugt, es müsse weißer Hautkrebs sein statt eines harmlosen Sommerekzems. Muskelschmerzen waren unweigerlich die ersten Hinweise auf Kinderlähmung und nicht die Folge stundenlangen Fußballspielens, und ganz sicher bedeuteten Mundgeruch und Schluckbeschwerden die Diagnose Diphtherie – welcher Impfstoff bot schon hundertprozentige Sicherheit. All das fand glücklicherweise vor der ärztlichen Zulassung von Dr. Google statt. Trotzdem habe ich meine Familie damit wechselweise wahnsinnig gemacht – oder amüsiert. Dabei steckte hinter dieser Obsession keine Faszination, sondern pure Angst.

Als ich wieder zu mir komme, sehe ich mich überrascht um. Ich liege auf dem grauen Zweisitzer, ein blaues Kissen unter meinem Fuß, der in ein Eispack gehüllt ist, und um mich herum hat sich eine kleine Traube gebildet. Die Kinder halten einen gewissen Sicherheitsabstand, als würde ein Meter fünfzig zwischen uns dafür sorgen, dass mein offenbar durchgeknallter Verstand nicht auf sie abfärbt.

Neuer kann immer noch nicht auf meinen Fuß schauen, dabei sieht der unter dem Eispack nicht besonders spektakulär aus. Vielleicht sollte ich ihm sagen, dass das Dreck ist und kein angetrocknetes Blut.

Ich schaue Tamme an, der sich, weil ich ihn in der letzten halben Stunde zweimal mit falschem Namen angesprochen habe, ein fettes T mit Edding auf die Stirn gemalt und dazu frech verkündet hat, dass ich ja sicher zumindest lesen könne.

«Habt ihr euren Ball wieder?»

Tamme schüttelt den Kopf. «Nee, und der war teuer.»

243

«Ich kauf dir einen neuen», sage ich und ignoriere das Kribbeln in meinen Zehen. «Ist ja schließlich meine Schuld.»

Geli drängt sich dazwischen. «So, ihr geht jetzt mal spielen und lasst Mia ein wenig hier liegen und sich ausruhen», bestimmt sie und macht Anstalten, die Bande aus der Wohnung zu scheuchen.

Plötzlich sind da Sebastians Hände an meinem Fuß.

«Du kannst also tatsächlich Fußball spielen», sagt er. «Ich werde wirklich nicht schlau aus dir.»

«Brüder», presse ich mühsam hervor. «Ich habe Brüder.»

Ich sehe, wie er den Mund aufmacht, als wollte er etwas erwidern, und ihn stattdessen schließt und den Blick abwendet. Er sieht sich um, und ich muss zugeben, die Wohnung sieht nicht so poliert aus wie beim letzten Mal. Meine Socken lümmeln gemeinsam mit einem Schlafshirt und dem Bademantel auf der Couch herum, und man braucht nicht viel Fantasie, um zu erkennen, was ich heute Morgen gefrühstückt habe, denn der Boden ist übersät mit Cornflakes.

Ein schiefes Lächeln stiehlt sich in sein Gesicht, und fast schon habe ich das Gefühl, dass ihn die Unordnung amüsiert.

«Ich war sogar mal in der Auswahl für die U19 der Damen – lange her.»

«Du kannst also tatsächlich richtig gut Fußball spielen», wiederholt er und betont das «richtig gut».

«Wenn ich mir nicht gerade den Fuß verdrehe, ja», erkläre ich.

Geli zieht ihre schwarz gemalten Augenbrauen hoch und betrachtet mich amüsiert. «Kommt ihr klar hier?»

Sebastian nickt, ich schüttele den Kopf.

Lachend formt Geli Zeigefinger und Daumen zu einem Herzen über ihrer Brust und verkündet: «Ich kümmere mich mal um die Kids. Tschüss, ihr Süßen.» Dann scheucht sie die Kinderbande, einschließlich Jenna, nach draußen und schließt die Tür.

Da sind wir nun. Ich und Sebastian und mein Fuß.

Er kniet sich lässig vor mir auf den Boden, und es fehlt nur noch das Stethoskop um seinen Hals, und er würde glatt als sexy Doktor durchgehen. Was bestimmt nur daran liegt, dass er berufsmäßig daran gewöhnt ist, in fremde Rollen zu schlüpfen. Möglicherweise hab ich aber auch einfach wirklich ein Problem mit meinem Kopf. Mein Schädel dröhnt.

Sebastian stellt seltsame Verrenkungen mit meinem Fuß an. Hat *er* so fachmännisch Eis aufgelegt und gesagt, wenn ich ein Weichei sei, könne ich ja trotzdem zum Arzt gehen?

«Ich glaube, ich habe eine Gehirnerschütterung», sage ich zunehmend panisch. Auf meiner Stirn bilden sich Schweißperlen, und ich überlege, ob ich nicht schon einmal gelesen habe, dass man an einer nicht erkannten Gehirnerschütterung schleichend langsam sterben kann. Es wäre ja möglich, dass es auch sekundäre Schädel-Hirn-Traumata gibt. Es gibt schließlich nichts, was es nicht gibt.

«Vielleicht sollte ich in ein MRT oder ein CT oder am besten beides», füge ich noch hinzu.

Sebastian sieht mich von unten an, dann zieht sich ein breites Grinsen über sein Gesicht.

«Was?», sage ich und betaste meinen Schädel auf der Suche nach Hämatomen.

«Ich erkenne einen Hypochonder, wenn ich einen sehe», erklärt er.

«Ich bin kein Hypochonder. Es ist nur ... Vielleicht habe ich einen Hirnschaden.»

Sebastian schüttelt den Kopf. «Für mich wirkst du nicht wie jemand, der einen Hirnschaden hat. Aber ich glaube, du solltest das Verhältnis zu deinen Nachbarn überdenken.»

«Was?»

Ich schrecke hoch, und auf einmal wird mir bewusst, dass ich den ganzen Tag – ach, eigentlich seit ich Geli den Vorschlag mit der Wiese gemacht habe, nicht ein einziges Mal an die Konsequenzen gedacht habe. Nicht an Mia. Nicht an die Nachbarn. Nicht daran, was es für Mia bedeutet, wenn ich die ganze Wohnanlage gegen sie aufhetze. Und auch nicht daran, was passiert, wenn sich die Eigentümer an die Immobilienfirma oder am Ende direkt an Mias Vater wenden.

«Ich bin im Arsch», sage ich und meine damit sowohl mich als auch meine Freundin. «Sie bringt mich um.»

«Wer bringt dich um?», fragt Sebastian etwas verwirrt.

«Äh, die Hanselmann», antworte ich schnell.

«War das der alte Drachen? Ach, der bringst du ein paar After Eight und eine Flasche Portwein, und alles ist wieder gut», erklärt er.

«Ach ja?»

«Kennst du etwa ein Problem auf der Welt, dass sich nicht mit Schokolade und Alkohol lösen lässt?»

Er schenkt mir einen treudoofen Hundeblick, und ich muss trotz meiner Misere laut lachen.

«Eigentlich nicht.»

«So, wir sind dann fertig», meint er und tippt sanft auf meinen Fuß.

«Danke, Doc!», erwidere ich. Darauf wartend, dass er noch etwas sagt, darauf wartend, dass ich noch einmal «Pocahontas» aus seinem Mund höre. Aber er steht auf und sieht mich abwartend an.

«Geht's? Also, mit dem Laufen?»

«Ja, denke schon», erwidere ich, stehe auf und trete vorsichtig auf. Der Schmerz ist zu ertragen.

«Na, dann können wir ja nachher los!»

«Los? Wohin?»

«Nach München.»

«Du und ich?»

«Ja, warum nicht?» Er sieht mich verständnislos an.

«Na ja ... ich dachte nur ...»

Dass du eher vor mir flüchtest, wollte ich sagen.

«Es gilt noch zu beweisen, dass das Indianermädchen mein Typ ist.»

«Und, was bedeutet das?», frage ich vorsichtig. Mein Kopf glüht, mein Herz tanzt Tango, und wenn mein Fuß nicht so wehtun würde, dann wäre ich schon aufgesprungen vor Freude.

«Also, Fußball können wir abhaken. Zigarillos lassen sich besorgen, und ich kenne eine ziemlich coole Kneipe in München, in der es gutes Essen und mindestens zehn Whiskeysorten gibt. Und wenn mir dort wieder die Herzen zufliegen, kannst du zeigen, dass du nicht eifersüchtig bist. Was wir des spontanen Abenteuers wegen unternehmen, das sehen wir dann, schließlich bist du fußlahm, und Eis essen muss man nicht unbedingt in Paris. Tja, und wenn ich dich dann wieder nach Hause fahre, dann würde ich dir raten, nicht die Handbremse zu ziehen, weil es schwierig werden könnte, ohne fremde Hilfe die Treppen raufzukommen.»

«Aha ...», sage ich. Buchstabenknoten in Froschgröße. Mir will noch nicht einmal ein anständiger Klappentext einfallen.

«Du darfst aber erst mal duschen», sagt er großzügig. «Ich bring Jenna nach Hause und hole dich in zwei Stunden ab?»

«In zwei Stunden? Soll ich etwa noch zum Friseur und zur Pediküre?»

Er schaut mich irritiert an. «Äh, nein, aber ... Bist du früher fertig?»

Ich ziehe die Augenbrauen nach oben. «Glaubst du, die Indianermädchen haben sich jeden Tag die Haare gewaschen?»

Er grinst. «Gib mir eine halbe Stunde, okay?»

Möglichst würdevoll humpele ich an ihm vorbei in Richtung Bad und hoffe, er merkt mir nicht an, wie ultranervös ich bin – und wie dumm ich mich fühle, dass ich nicht wenigstens eine ganze Stunde rausgeschlagen habe. Ich werde schwerwiegende Entscheidungen treffen müssen: Mias Klamotten oder meine. Mias Make-up oder keins, weil ich das Zeug gar nicht richtig auftragen kann. Auf jeden Fall muss ich duschen, meine Haare sind strähnig, und weil ich keine schwarzen Indianerhaare habe, sieht es auch nicht nach Glanz aus, sondern schlicht nach Fett. Aber ich fühle mich gut wie nie. Ich fühle mich lebendig wie nie.

KAPITEL 25

Sebastian

Der Rasen vor ihrem Haus ist alles andere als noch perfekt, denke ich, als ich eine halbe Stunde später wieder da bin. Da sind überall braune Stellen, herausgerissene Halme, zertretene Beete, aber endlich sieht es hier nach echtem Leben aus. Gut so. Trotzdem nicht meine Welt. Die Gehaltskategorie ist wohl unverändert monatlich im hohen vier- bis fünfstelligen Bereich zu finden, und wahrscheinlich bleiben hier alle auf Lebenszeit treue CSU-Wähler. Es gibt also tausend Gründe, die Flucht zu ergreifen. Aber einen, um zu bleiben. Und der reicht. Ein breites Grinsen zieht sich über mein Gesicht, es scheint eine Art allergische Reaktion auf Mia zu sein.

Eine Frau in pastellgrünem Kostüm läuft an mir vorbei, schaut auf den zerstörten Rasen, der höchstens noch einem englischen Sechzehnmeterraum gleicht, und ich sage laut: «Schön, dass Kinder hier noch spielen dürfen, oder?»

Treppe statt Aufzug. Dann stehe ich laut atmend vor ihrer Tür. Sie öffnet, ohne dass ich geklingelt habe. Ihre Wangen schieben sich, wenn sie richtig lacht wie jetzt, knubbelig nach oben, und ihre Augen werden schmaler. Sie wischt sich die langen braunen Haare aus der Stirn, wie vorhin beim Spiel. Sie sind glatt, glänzend.

Mia trägt Jeans, ein weißes T-Shirt und ihre Indianer-treter. Nichts daran sieht teuer aus, wobei das vielleicht bei diesem ganzen Designerkram genau so sein soll. Ich kenne die Preisschilder von Sabias Klamotten. Es gibt Hosen, die aussehen, als wären sie schon hundertmal getragen worden, und trotzdem so viel kosten wie ein Jahreswagen.

«Hey!», sage ich. «Du siehst gut aus, Häuptlingstochter Hinkebein.»

«Hey, du auch», erwidert sie, eine Spur heiser. «Der, der Pocahontas gerettet hat.»

Gefällt mir. Sehr. «Kann ich das schriftlich haben? Das mit dem Retten?»

«Ich lasse es dir auf ein T-Shirt drucken. Geli kann mir sicher sagen, wo man das am besten machen kann», antwortet sie prompt.

«Wollen wir?»

Sie nickt. Es ist reiner Impuls, dass ich meine Arme um ihre Hüfte lege und sie kurzerhand hochhebe. Sie ist einige Zentimeter kleiner als ich, und es wäre eine Leichtigkeit, sie über die Schulter zu legen und am Oberschenkel festzuhalten.

«Was machst du da?», keucht sie und klopft mir auf den Rücken.

Fast hätte ich sie fallen lassen. Diese Elektrizität zwischen uns schießt mir heiß und kalt durch die Fingerspitzen direkt in alle möglichen Körperteile und lässt die Frage aufkommen, was passieren würde, wenn ich mehr von ihr berühre. Wenn ich es viel bewusster tue. Kurzschluss. Ganz klar.

«Ich trage dich runter, du bist schließlich verletzt.»

«Aber es gibt einen Aufzug», lacht sie.

«Der ist kaputt», behaupte ich.

«Und wenn ich jetzt einen Rock angezogen hätte?»

«Dann hätte ich selbstverständlich nicht drunterge-
schaut.»

«Dafür habe ich gute Sicht auf Artagos Hintern», verkündet sie und stöhnt auf, als ich leicht von links nach
rechts wackele.

«Es ist *mein* Hintern, Artago leiht ihn sich nur. Seiner
kann da nicht mithalten.»

Unten am Eingang setze ich sie wieder ab und biete ihr
meinen Arm an.

«Ich kann laufen, der Fuß ist nur verstaucht, weißt du.»

«Stark verstaucht», sage ich ernst.

Die Fahrt nach München ist wie der Ritt auf einem Pul-
verfass. Meine Hände wollen ihre berühren, aber jedes Mal
kommt etwas dazwischen. Fehlende Courage, piepsendes
Handy mit einer Nachricht von Geli, die sie mir laut vor-
liest, die Notwendigkeit, in den nächsten Gang zu schalten,
sodass ihre linke Hand nicht mehr elektrisierend nah neben meiner liegt. Ob sie die Elektrizität auch spürt?

Der Parkplatz vor dem *Burger & Stuff* ist viel zu leer für einen Samstagabend. Ab da beginnt der Abend schon schief-
zulaufen. Irritiert steige ich aus und vergesse dabei völlig,
dass Mia mir nicht so schnell folgen kann. An der Tür hängt
ein Schild: «Wegen Todesfall kurzfristig geschlossen.»

«Es ist zu», sage ich unnötigerweise.

«Nicht schlimm», meint sie. «Ich war nicht scharf auf die Whiskey-Challenge.»

Sie zieht ihr Handy aus der Tasche und tippt etwas ein. «Hier ... Tripadvisor empfiehlt ein thailändisches Restaurant.» Sie hält mir das Display vor die Nase. «Nicht weit von hier entfernt. Das *Thai-Rainbow*. Ich würde gerne mal wieder diese Klebereis-Mango-Kombination essen.»

Ich seufze und schließe einen Moment die Augen. Einen Augenblick lang, in dem ich die blöde Winkekatze vor Augen habe und Flos Grinsen. Wenn es einen einzigen Laden in ganz München und Umgebung gibt, in den ich nicht möchte, dann ist es das *Thai-Rainbow*. Nicht, weil das Essen nicht gut wäre – es ist fantastisch, sondern weil ich den Erinnerungen lieber davonlaufe, als sie festzuhalten.

«Ach, ich weiß nicht ...», druckse ich herum. «Das ist bestimmt schon voll heute Abend.»

Aber Mia hat längst das Handy am Ohr und nickt mir aufmunternd zu. Ich Idiot.

In meinem Bauch macht sich unvermittelt eine Wut breit, für die Mia absolut nichts kann, die ich aber trotzdem Gefahr laufe, an ihr auszulassen.

Ich sollte ihr sagen, dass ich da nicht essen kann. Dass ich schon seit Jahren nicht mehr dort war. Dass es nicht geht. Aber da strahlt sie mich an und sagt ins Handy: «Ach, super, ein Tisch für zwei wäre noch frei? Wunderbar!»

Wunderbar ...

Ihr Blick fragt mich, ob das okay ist, und ich gebe innerlich auf. Seltsam, wie schnell die Wut wieder verschwindet. Als könnte Mias Strahlen sie problemlos vernichten. Und so schlimm wird es schon nicht sein. Ich meine, wie hoch ist die Wahrscheinlichkeit, dass sich dort jemand an mich erinnert? Dass sich dort nichts verändert hat?

··●··

Hoch. Sehr hoch. Alles ist wie damals. Von den roten Lampions, den Sitznischen mit den Holzornamenten, den eleganten dunklen Wänden und natürlich diesen verdammten goldenen Winkekatzen. Ich schwöre, die Dinger werden versuchen, mich anzuspringen, und wetzen schon ihre Krallen.

Genau hier, an Tisch Nummer zwölf, direkt gegenüber von dem Tisch, an den uns die Kellnerin jetzt führt, wurde die Idee zu unserem ersten großen Tauchtrip geboren. Als Flo noch der Wildere von uns beiden war und ich seine vernünftige Stimme. Als mir nie im Leben eingefallen wäre, ausgerechnet Stuntman zu werden. Als Adrenalin noch ein normaler Botenstoff war und ich nicht süchtig danach. Als ich nichts in mir abtöten musste, weil alles, was mir wichtig erschien, lebendig war.

Wir waren hier einmal die Woche, mindestens. Florian war verrückt nach thailändischem Essen, und, bevor er Berit kennenlernte, auch ziemlich verrückt nach einer Kellnerin namens Sa.

Wenn Mia in den letzten fünf Minuten etwas gesagt hat, dann habe ich es schlicht nicht gehört. Wo kann ich diese Scheißkatze unterbringen, ohne dass ich ihr ständig in die Augen schauen muss? Blödes Vieh, hockt da fett mitten auf dem weißen Häkeldeckchen und glotzt, als wolle es sagen: «Ich weiß genau, wer du bist. Aber wo ist Flo?»

«Die sollen Glück bringen», sagt Mia, die meinem Blick gefolgt ist.

Sie hat ja keine Ahnung, dass Flos Zeichen unter Wasser zum Auftauchen eben jenes olle Armwinken war. Er fand es witzig. Ich auch. Eine Zeit lang.

«Aber sie sind auch ziemlich hässlich», ergänzt Mia und stupst die Katze am Arm an.

«Mhm», mache ich. «Gutes Omen für unser erstes Date.» Ich hab plötzlich echt Angst, das hier zu versauen.

Sie sieht mich prüfend an, als stünde in meinen Pupillen geschrieben, was in mir vor sich geht. Und dann macht sie etwas, für das allein ich mich mühelos in sie verlieben könnte. Sie nimmt das Häkeldeckchen und drapiert es liebevoll über der Winkekatze. Dann tippt sie noch einmal gegen den Arm des Viehs und sagt in einer fast perfekten Darth-Vader-Imitation: «Jetzt gehörst du zur dunklen Seite der Macht.»

Sofort geht es mir besser. Auch das breite Grinsen ist wieder da, das mich in ihrer Gegenwart wie eine allergische Reaktion befällt. Immerhin besser, als wenn ich Pickel bekommen würde. Jedenfalls kann ich ohne Stottern erzählen, was mir hier immer am besten geschmeckt hat. Ich mache Witze über die Schärfe der Tom-Yum-Suppe und rate ihr, ein Glas Milch dazuzubestellen.

Nachdem die Kellnerin unsere Bestellungen aufgenommen hat, erzählt Mia von einem Fast-Food-Restaurant, in dem sie während des Studiums ein halbes Jahr lang gearbeitet hat (woraufhin ich verwundert nachfrage und sie leicht verschämt erklärt, dass ihre Eltern darauf bestanden hätten, dass sie auch selbst Geld verdient) und wo es echte

Katzen in der Küche gab. Das war dann auch der Grund dafür, dass das Gesundheitsamt den Laden geschlossen hat und sie sich einen neuen Job suchen musste.

Ich glaube, es gelingt mir, an den richtigen Stellen zu lachen. Ich glaube, ich lache auch schon fast wieder aus vollem Herzen. Manchmal berühren sich unsere Beine unter dem kleinen Tisch. Keiner von uns zuckt zurück.

Dann gibt es diese paar Minuten, in denen ich zu schnell rede und vielleicht auch zu viel. Über meine Rucksackreise durch Europa im letzten Jahr, den Fallschirmsprung in Tanger und das sensationell gute Essen in einem kleinen Lokal im portugiesischen Hinterland. Davon, wie ich im Zug nach Rom meinen Ausweis verloren habe und seitdem auf Reisen einen hässlichen, aber sehr praktischen Brustbeutel mit mir herumtrage.

Ich merke, dass ich sie beeindrucken will. Dass ich sehr nervös bin. Und es ist befremdlich, wie sehr ich ihr gefallen will. Dabei wäre es so einfach, mich in sie zu verlieben. Sie hört mir zu, fragt nach, lächelt und lacht, und an keiner einzigen Stelle gibt es diesen berühmten Erstes-Date-Moment, in dem das Gespräch abbricht und man die Paare an den Nachbartischen flüstern hören kann. Keinen Moment, in dem man verlegen im Raum herumschaut und krampfhaft nach einem neuen Thema sucht.

«Warum bist du Stuntman geworden?», will sie wissen, nachdem die Kellnerin das Essen auf den Tisch gestellt hat.

«Adrenalin», sage ich. Die ehrlichere Antwort wäre echt noch keine Option.

«Das ist keine Antwort!»

«Was dann?», erwidere ich, einigermaßen verblüfft.

«Die Aussage wirft weitere Fragen auf. Warum Adrenalin? Warum hast du einen Beruf gewählt, indem du dich dauerhaft in Gefahr bringst und ständig unter einem erhöhten Stresslevel leidest?»

Ich leide nicht darunter, ich brauche das. Sag ich aber natürlich nicht.

«Gegenfrage – warum hast du keinen solchen Beruf gewählt? Warum interessierst du dich für das Synchronisieren von Filmen?»

«Serien. Bevorzugt Serien, nicht Filme», antwortet sie.

«Das ist keine Antwort.» Ich grinse. «Also, warum?»

«Keine Ahnung, vielleicht weil ich da *mit*leben kann, ohne wirklich *mit*leben zu müssen. Und weil ich weiß, dass es immer weitergeht, nicht aufhört. Dass ich nicht sofort erfahre, ob es ein Happy End gibt oder nicht. Ergibt das Sinn?»

«Ja. Vielleicht. Doch, irgendwie schon.»

«Und jetzt du!»

Ich hole tief Luft. Sie hat den Kern getroffen. Und ich will mir das nicht anmerken lassen.

«Aus dem gleichen Grund», sage ich ausweichend. «Ich glaube, jeder Mensch hat drei Leben: ein privates, ein öffentliches und eines, das sich andere ausdenken.»

Sie starrt mich an, mit offenem Mund. Das Bein unter dem Tisch, das eben noch an meines gelehnt war, zieht sie weg.

Ich beuge mich vor. «Ich meine, wenn ich in andere Rollen schlüpfe, muss ich nicht dauernd *ich* sein. Ich kann mir selbst ausdenken, wer ich sein möchte. Verstehst du das?»

Streck das Bein wieder her. Bitte.

«Ja, das verstehe ich sogar sehr gut», sagt sie langsam und nach einer kurzen Pause. Dann zupft sie an der roten Serviette mit goldenen Orchideen unter ihrem Teller und rutscht auf ihrem Sitzkissen herum.

Das Gespräch stockt, als liege jedem von uns etwas auf der Zunge, was sich auch nicht mit Milch abschwächen lässt und einfach zu scharf ist, um es auszusprechen. Also nehme ich mir noch einen Wan Tan, obwohl ich pappsatt bin. Wenn man kaut, muss man nicht reden. Das ist ähnlich wie beim Träumen. Wenn man schnarcht, kann man nicht träumen. Ob Pocahontas das weiß?

«Entschuldigst du mich?», fragt sie und steht genau in dem Moment auf, in dem ich aus dem Augenwinkel sehe, wie der Koch aus der Küchentür schaut. Als Mia sich entfernt, überschlägt sich alles in meinem Kopf: die Winkekatze, der Koch mit dem säuerlichen Blick, die Kellnerin, die mich anlächelt und fragt: «Wo ist dein Bruder? Lange nicht gesehen.»

Unwillkürlich strecke ich die Hände über den Tisch aus, als könnte ich Flo festhalten. Dabei rutscht das Häkeldeckchen von der Katze und entblößt ihren Arm. Und ich sehe Flo, wie er die winkenden Arme der Katzen antippt und sagt: «Ganz schön hässlich die Dinger.» Ich sehe sein Bett, die Schläuche und höre die endlosen, immer gleichen Aussagen der Ärzte. Wachkoma. Vielleicht auch nicht. Ein paar Wochen. Vielleicht Monate. Und dann sind es Jahre, in denen er doch nicht aufgewacht ist.

Ich kann die Bewegung nicht aufhalten, zornig wische ich das goldene Scheusal mitsamt dem Serviettenhalter und dem Häkeldeckchen vom Tisch. Es scheppert kurz, dann ist es vollkommen ruhig. Alles glotzt mich an. Ich glotze sauer zurück. «Was denn?»

Vielleicht wäre es leichter gewesen, wenn Flo einfach auf den Boden des Sees gesunken wäre und dort hätte sterben können. Wenn er nicht halb tot, halb lebendig in diesem Bett hätte verrecken müssen. Wenn ich sicher wüsste, dass er es absichtlich gemacht hat. Vielleicht wäre ich dann jetzt mit Sabia auf Weltreise und würde nicht im Keller meiner Schwester hausen.

Aus einem Impuls heraus springe ich auf, zahle an der Theke und renne nach draußen. Erst dort fällt mir wieder ein, dass ich nicht alleine hier bin. Und auch nicht mit Flo. Dass Mia noch da drinnen ist und dass das, was ich gerade gemacht habe, nicht nur sinnlos, sondern auch ziemlich unfreundlich war. Aber es ist zu spät. Ich kann da nicht mehr rein.

KAPITEL 26

Es fällt mir schwer, mich nicht umzudrehen auf dem Weg zur Toilette. Abwesend greife ich nach dem Türknauf und lehne mich in dem winzigen, aber blitzsauberen Badezimmer erst einmal an die Wand und atme durch. Mein Spiegelbild schaut mich irritiert an und fragt sich, wer die Frau ist, die vorgibt, ich zu sein. Die, die dabei ist, sich in Sebastian zu verlieben, und die, die sich dabei selbst so fremd ist. Wie kann das überhaupt sein, dass man selbst nicht mehr weiß, wer man ist? Wer soll es denn sonst wissen? Warum fühlt sich alles, seit ich in Mias Wohnung gezogen bin, an, als würde ich aus meiner Haut kriechen, nur um festzustellen, dass ich sie bisher linksherum getragen habe?

Ich presse meine Stirn an das kalte Glas des Spiegels und sehe mir selbst so tief wie möglich in die Augen. «Charlotte, bald wirst du wieder Charlotte sein, und alles ist normal. Du darfst nicht zulassen, dass dein Herz mit ihm Salsa tanzen will, Charlotte. Das geht nicht gut. Bleib beim Wiener Walzer.»

Aber sehne ich mich denn überhaupt nach meinem alten Leben? Habe ich Heimweh danach? Ich horche in mich hinein und versuche sogar, meine Brust mit Gefühlen für

Jo zu füllen. Mit einer Sehnsucht nach nichtssagenden Blicken und nach nichtssagenden Worten, die aber zumindest meinen richtigen Namen erklingen lassen. Aber es passiert nichts. Die Charlotte, die in den Spiegel schaut, hat Lunte gerochen, hat Geschmack gefunden an etwas, das sie nicht ist. Warum also mache ich das hier? In weniger als einer Woche bin ich weg. Dann bin ich nicht mehr die Zecke in Mias Leben. Dann wohne ich nicht mehr glamourös in Starnberg, und dann kann ich auch nicht mehr so tun, als würden Sebastian und ich in einer Liga spielen.

Ich werde jetzt da rausgehen und ihm sagen, dass das zu nichts führt. Dass wir uns nicht mehr sehen sollten. Ja, es ist besser so, sage ich mir. Und glaube mir selbst nicht.

Dennoch schließe ich mich für ein paar Minuten in einer der Kabinen ein und übe meinen Text wie ein nervöser Sprecher vor dem ersten Take. Aber ich schaffe es nicht, für die gewünschte Ruhe in meinem Innern zu sorgen. Irgendwann stehe ich schwerfällig von dem heruntergeklappten Klodeckel auf, wasche meine Hände und gehe wieder nach draußen, den Flur mit den Schwarz-Weiß-Bildern mehrerer Inhabergenerationen entlang, vorbei an den allgegenwärtigen Winkekatzen in Wandnischen und den Urkunden für gewonnene Awards bei diversen Internetportalen und Restaurantkritiken.

Ich hätte ihm vorhin sogar fast von meinem Notizbuch erzählt und von der Todesanzeige meiner leiblichen Mutter. Bis zu dem Punkt, an dem er diesen Satz mit den drei Leben gesagt hat – und ich darauf gewartet habe, enttarnt zu werden.

So in Gedanken verloren fällt mir erst gar nicht auf,

dass unser Tisch leer ist. Die meisten der Gäste, die mir bisher nur wie blasse Randfiguren in unserem ganz eigenen Spiel erschienen sind, haben Konturen angenommen. Vielleicht, weil Sebastian fehlt. Er sitzt nicht mehr an dem Tisch. Die goldene Katze liegt am Boden. Und unser Essen wird gerade abgeräumt, inklusive meines noch halb vollen Glases.

Unschlüssig, ob ich mich wieder setzen oder die Kellnerin fragen soll, wo Sebastian abgeblieben ist, oder einfach abwarte, bis auch er von der Toilette zurück ist, stehe ich mitten im Raum und komme mir ein wenig vor, als hätte ich das hier nur geträumt. Oder war ich so lange weg, dass er die Flucht ergriffen hat?

Ich beschließe noch ein paar Minuten zu warten, doch dazu kommt es gar nicht. Die Kellnerin bleibt mit missmutigem Blick – unsere Teller in der Hand – vor mir stehen und sagt: «Unfreundliche Mann ist draußen. Hat bezahlt.»

«Okay, danke», presse ich hervor und gehe dann auf die Tür zu. Noch immer ein wenig so, als wäre ich im Improtheater gelandet und würde nach meiner Rolle suchen.

Ich wünschte, die Luft wäre frischer, damit es mir auch gelänge, Sauerstoff in meine Lunge zu pressen. So habe ich das Gefühl, als würde ich ersticken. Denn ich bin mir fast sicher, dass er schon weg ist und mich sitzen gelassen hat. Vielleicht hat er herausgefunden, wer ich wirklich bin. Vielleicht war ich einfach wieder zu viel ich, zu schnell mit meiner Zunge, zu laut, zu sehr … Doch da steht er noch. Er lehnt an der Wand zum Restaurant und stößt sich ruckartig ab, als er mich sieht. Und auf einmal ist da so viel Wut in mir. Hätte er nicht am Tisch warten können?

Aber etwas an seinem Anblick, wie er da draußen steht und mehr als verloren aussieht, hindert mich daran, mir ohne Umschweife ein Taxi nach Starnberg zu rufen. Er hält die Hände nach vorne gestreckt und steckt sie dann, als er meinen Blick sieht, zögernd in seine Hosentaschen.

«Hier bist du», sage ich leise. Dabei will ich eigentlich rufen: «Was sollte das denn?»

«Ja, hier bin ich», sagt er langsam. «Tut mir leid, ich konnte ... Ich musste da raus.»

«Liegt es an mir?», frage ich zögernd und ärgere mich, wie mitleidig ich dabei klinge. Ich sollte ihn stehen lassen und mich so benehmen, wie man sich benimmt, wenn man auf dem Klo sitzen gelassen wurde.

«Du bist wunderschön, Pocahontas», sagt er.

«Das klingt komisch, nachdem du hier gerade einen auf Houdini gemacht hast.»

«Ist aber die Wahrheit», sagt er zerknirscht. «Es tut mir so wahnsinnig leid, ich ...» Er bricht ab. Wenn er eine Erklärung abgeben wollte, dann hat er es sich anders überlegt.

«Puh, ich war noch nie auf einem Date, bei dem der Kerl sich davongemacht hat, als ich auf Toilette war», versuche ich zu scherzen.

«Es tut mir wirklich leid, ich weiß auch nicht, was da in mich gefahren ist. Es hat auf jeden Fall absolut gar nichts mit dir zu tun, okay?»

«Okay», antworte ich, nicht überzeugt. «Ich möchte nach Hause.» Auch das klingt wenig überzeugt.

«Nein!», ruft er laut. «Bitte nicht. Wir ... haben eigentlich noch was vor. Also ich meine, ich ... habe noch was geplant.»

Ich schüttele den Kopf. Traurig darüber, ihn nicht

durchschauen zu können, und gleichzeitig erleichtert, dass ich mir die Erklärung spare, die ich auf dem Klo geübt habe. Für uns gibt es ohnehin keinen Ausweg. Ich kann nicht ewig so tun, als wäre ich Mia, und es wird auch nicht gut ausgehen, wenn ich ihm sage, dass ich Charlotte bin – das kleine Mäuschen aus Altobernstadt, das zwar wirklich gerne Whiskey trinkt, aber sehr eifersüchtig ist und noch nie etwas gewonnen hat. Schon gar nicht eine Nackedei-rolle im *Polizeiruf*.

Charlotte ist kurz davor, Sebastian einzugestehen, wer sie wirklich ist. Da kommt ihr das Schicksal zuvor: Ist der freundliche, zuvorkommende Sebastian etwa gar nicht der, für den sie ihn gehalten hat? Ist er ein Bad Boy, wie er im Buche steht, oder steckt mehr in ihm? Und vor allem: Ist Charlotte bereit, es herauszufinden und ihre eigenen Geheimnisse trotzdem zu bewahren?

«Ich ... habe keine guten Erinnerungen an das Restaurant», stottert Sebastian. «Es hat wirklich nichts mit dir zu tun, ist eine Familiensache.» Er steht wie ein Häufchen Elend vor mir und streckt mir wieder die Hände entgegen, aber ich greife nicht danach.

«Können wir den Abend nicht noch mal ... von vorne anfangen? Bitte, Mia. Ich will noch nicht nach Hause. Ich möchte hier mit dir sein. Also vielleicht nicht genau hier ...» Er scharrt mit dem Fuß auf dem Boden, als könne er darin verschwinden. «Aber ich möchte die Nacht mit dir verbringen.»

Ich ziehe die Augenbrauen hoch.

«Äh ... So hab ich das nicht gemeint, ich meinte nur ... Ach, verdammt ...» Er sieht mich fest an. «Ich verbringe gerne Zeit mit dir, Mia, und ich bin kein Arschloch, das schöne Indianermädchen auf dem Klo zurücklässt. Wirklich nicht.»

Da liegt etwas Verzweifeltes in seiner Stimme, das nichts mit mir zu tun hat. Dieses Gestotter ist rührend, weil es eine Seite von ihm zeigt, die ich bisher nicht gesehen habe.

«Bitte.»

«In Ordnung. Ein Drink. Dann fahren wir.»

Er nickt und wirkt erleichtert.

Wortlos steigen wir ins Auto. Alles Leichte ist dahin, und wie ein dritter Passagier sitzt die Frage, was genau ihn fluchtartig aus dem Restaurant getrieben hat, zwischen uns. Die scharfe Suppe kann es ja nicht gewesen sein.

Stumm fahren wir etwa zehn Minuten, bis Sebastian einen Parkplatz ansteuert. Dann gehen wir ein paar Hundert Meter, immer noch schweigend und ohne dass einer von uns groß den Kopf hebt oder sich gar traut, den anderen anzuschauen.

«Sag bitte was, Pocahontas», meint er schließlich leise, als wir vor dem Eingang einer Kneipe stehen bleiben.

Ich überlege einen Moment. Ich kann unser Spiel weiterspielen. Oder ich kann sagen, wer ich wirklich bin, und nach Hause fahren. Dann ist es vorbei. Bevor es angefangen hat. Aber der Gedanke verursacht mir eine solch unangenehme Gänsehaut, dass ich, ohne weiter zu überlegen, an ihm vorbeihumpele, mich in der breiten Glastür zum Windfang der Bar vor ihn stelle, als würde er wieder vor meiner Haustür stehen in diesem etwas zu weit aufgeknöpften Hemd, und sage: «Hey, der, der Pocahontas gerettet hat.»

Er sieht mich kurz irritiert an, dann versteht er, dass ich ganz zurück auf Anfang gegangen bin.

«Ich glaube eher, dass du mich heute gerettet hast.»

«Falscher Text!», sage ich und schaue gespielt streng. «Du musst jetzt sagen, dass du das schriftlich haben willst, und ich biete dir ein T-Shirt an.»

Einen vagen Moment lang habe ich die Hoffnung, dass das doch noch ein schöner Abend werden kann. Und zu meiner Überraschung zieht Sebastian zwei zerknitterte Karten aus der Hosentasche und reicht sie dem Türsteher.

Drinnen ist es gut gefüllt. Die meisten Leute stehen an zu Tischen umfunktionierten Bierfässern. Sebastian findet einen Platz an der Bar und bedeutet mir, mich auf den einzigen noch freien Hocker zu setzen. Er stellt sich neben mich an den Tresen. Es ist eine sympathische Kneipe, ein bisschen Irish-Pub-Style. Die Decke ist waldgrün gestrichen, die Wände sind holzvertäfelt und mit alten Werbetafeln bestückt, und die Stühle an den zur Seite geschobenen Tischen sind rot gepolstert. Der Raum windet sich wie eine Schlange in den hinteren Bereich, wo ich eine kleine Bühne erkenne, auf der Instrumente stehen. Die Band macht offenbar Pause oder hat noch nicht angefangen.

Ich schaue mich um, während Sebastian bestellt. Ein Wasser mit Eis für sich und einen Whiskey für mich. Klar. Mein Blick fällt auf eine Girlande mit Biermarken und schweift dann weiter zu dem Banner über der Bühne, auf das ein langer, zusammenhängender Name auf den Stoff gedruckt ist. Und dann sehe ich das Logo der Band und schreie kurz spitz auf.

«Oh mein Gott, ist das dein Ernst?», rufe ich, aber der

Schrei geht unter in dem lauten Gemurmel um uns herum. «Das sind ja AnnenMayKantereit!»

«Natürlich, Pocahontas», sagt er und grinst dieses breite Sebastian-Lächeln, das ich in den letzten zwanzig Minuten so vermisst habe. Dann beugt er sich zu mir. «Wir hätten nach Hause gehen können», flüstert er mir ins Ohr. Und es ist nicht nur sein Atem, der mich kitzelt und jedes einzelne Härchen an meinen Armen wie Antennen nach oben stellt. «Aber ich wollte nicht, dass du das hier verpasst.»

Im Raum wird es jetzt lauter, und Sebastian deutet auf die Band, die soeben die Bühne betreten hat und die Instrumente aufnimmt. Es sind vier Musiker: ein dünner Kerl mit Locken am Mikro, ein junger Mann mit Bart und kurzen braunen Haaren an der Gitarre, ein Typ mit Kappe und blauem Hemd am Bass und einer mit einem Kapuzenpulli und Mütze am Schlagzeug.

Sebastian stellt lächelnd den Whiskey in einem viel zu großen Glas vor mir ab. «Ich bin gleich wieder da». Dann sehe ich ihm erstaunt zu, wie er sich auf die Bühne durchdrängt, dem langen Schlaksigen mit den Locken eine Hand auf die Schulter legt und die beiden kurz sprechen.

Als er kurz darauf zurückkommt, grinst Sebastian breit. Dann stellt er sich neben mich und antwortet auf meine unausgesprochene Frage: «Ich kenne Henning May. Wir haben uns am Set einer *Tatort*-Folge kennengelernt. Die Band hatte da einen Gastauftritt», fügt er erklärend hinzu, als er meinen noch immer verständnislosen Blick sieht.

«Okay», sage ich gedehnt.

«Und er hat für mich und für dich den Anfangssong

266

geändert. Sie wollten eigentlich mit einem ihrer neueren Sachen anfangen, aber ...»

«Was ...?»

«Du wirst es gleich verstehen», sagt er, greift nach seinem Glas Wasser und schaut mich an, statt die Band. Er macht keine Anstalten, sich zur Bühne umzudrehen. Und er hat recht, natürlich verstehe ich es sofort. Die ersten Klänge reichen völlig aus, um mir zu verraten, um welches Lied es sich handelt. Ich schnappe nach Luft.

Der hagere Sänger hat eine so gewaltige Stimme, dass man sich fragt, wo die herkommen kann. Von wegen Klangkörper und so. Sie geht mir durch und durch. Genauso wie der Text. Und wie Sebastians Blicke, die sich beim Refrain *Es tut mir leid, Pocahontas, ich hoffe, du weißt das* in mich bohren.

Ich verspüre den Drang, die Augen zu schließen, so intensiv ist es. Aber ich schaffe es nicht. Das ganze Lied über sehen wir uns an. Und ich begreife, dass ich es nicht packen werde, ihm heute zu sagen, dass ich nicht die bin, für die er mich hält. Die schlagfertige, selbstbewusste Frau mit dem Traumjob und der Traumwohnung. Dass das alles fake ist. Denn der Text des Liedes müsste eigentlich anders lauten. Er müsste lauten: *Es tut mir leid. Pocahontas.* Als hätte ich ihm einen Brief geschrieben, und das hier wäre der Schlussstrich. Aber ich will mehr. von diesem Leben, das mir nicht gehört. Mehr von etwas, das vielleicht in mir geschlummert hat, das ich aber nie für mich eingefordert habe.

Aber wenn mein Platz nicht hier ist, warum fühlt es sich dann trotzdem so gut an?

Traurige Erleichterung mischt sich unter den letzten Akkord. Unsere Blicke sind noch immer ineinander verschlungen wie gordische Knoten. Es folgt ein Cover von «Roxanne», und es kommt Bewegung in die Meute um uns. Aus Verlegenheit nippe ich an dem Whiskey und verschlucke mich dabei fast. Er ist scharf, stark und brennt mir in der Kehle.

«Danke», flüstere ich Sebastian zu. «Für das Lied.»

Er sagt etwas, das wie «das Mindeste» klingt, und wenn nicht dieser Rest Traurigkeit in seinem Blick wäre, hätte ich den Vorfall im Restaurant fast vergessen.

Es ist zu laut, um zu sprechen, aber wir müssen das auch gar nicht. Unsere Augen reden miteinander, und nach zwei weiteren Songs, die ich nicht kenne, erklingt «Barfuß am Klavier». Sebastian zieht mich vorsichtig vom Hocker, legt seinen Arm um meine Taille und stützt mich so geschickt, dass ich das verletzte Bein fast nicht belasten muss. Es ist eigentlich kein Tanz, mehr so etwas wie ein Schwingen. Langsam, eng, erotisch. Mitten in dem Pub haben wir uns die anderen Menschen einfach weggetanzt. Die Stimmung hat etwas so melancholisch Romantisches, dass ich mir wünsche, der Abend würde nie aufhören. *Du und ich, wir waren wunderlich.*

Sebastians Daumen kreist um meine Wirbelsäule, und er hat keine Ahnung, wie sehr dieser Text auf uns zutrifft. Ich kann mich auch nur über das hier wundern. Es ist ein zwei Wochen dauernder Traum, den ich gerne festhalten würde und aus dem ich nie erwachen möchte.

Henning May singt: «Du und ich, das war zu wenig», und ich frage mich, ob zu viel in zu kurzer Zeit auch bedeuten kann, dass es zu wenig ist für eine gemeinsame Zukunft. Und ob eigentlich jedes verdammte Lied, das folgt, mindestens eine Zeile bereithält, die auf uns zutrifft, als wären sie nur für uns geschrieben.

Ich hab dich angelogen ... Nicht nichts ohne dich, aber viel weniger für mich ... Und du hältst deine Träume absichtlich klein, um am Ende nicht enttäuscht zu sein ... Aber ich seh was in deinem Gesicht. Und ich weiß nicht, was es ist ...

Aber da ist auch Sebastians Hand, und was diese scheinbar harmlose Berührung am Rücken mit mir macht, steht in krassem Gegensatz zu allem, was mein Verstand mir sagt. Magie gegen Rationalität. Elektrizität gegen das Wissen, das jedem Hoch ein umso tieferes Tief folgt.

Wir wiegen uns im Takt und manchmal auch gegen den Takt – das ist ganz egal. Ich verstehe endlich, was Katja mir immer versucht hat, klarzumachen. Das, was einen überfällt, wenn man sich verliebt. Denn das, was meine Schwester immer so anschaulich beschreibt, habe ich nie gefühlt. Aber jetzt legt es sich auf mich wie eine zweite Haut. Dieses elektrische Kribbeln fühlt sich verdammt gut an.

Gefährlich gut.

Sebastian hebt den Kopf, und dann legt er eine Hand an meine Wange, fährt mit seinen Fingern in meinen Nacken und zieht mich näher zu sich. Währenddessen spielen AnnenMayKantereit das Lied *Hinter klugen Sätzen*, und es spiegelt exakt jeden Widerspruch in mir. Auf meinen Nervenbahnen herrscht Stau, zu viele Informationen auf einmal. Zu viel Emotion.

Die Zeit bis zur Pause vergeht viel zu schnell. Nur langsam löst Sebastian seine Hand von mir, und ich drücke mich ein wenig weg. Als wir uns ansehen, ist es plötzlich zu leise. Nur in meinen Ohren dröhnt statt Musik mein Verstand.

«Ich muss mal raus», sage ich und deute auf den Innenhof, den sich die Kneipe mit einer weiteren Bar, die gegenüber liegt, teilt.

«Warte, ich komme mit.»

«Würdest du uns noch was zu Trinken holen? Eine Cola vielleicht?», frage ich, obwohl ich keinen Durst habe. Nur einfach das Bedürfnis, einen Augenblick lang alleine Luft schnappen zu können.

«Sicher, wir treffen uns draußen», sagt er, kneift dann die Augenbrauen zusammen und hebt drohend den rechten Zeigefinger. «Aber nicht, dass du mir auf dein Pferd steigst und in der Großstadtprärie verschwindest.»

«Keine Sorge», erwidere ich. Das Lächeln fällt mir schwer, denn genau das werde ich in einer Woche tun. Nur ohne Pferd. Ich werde uns beiden Indianerfilme für immer verderben.

Die kühle Luft draußen tut gut und erst jetzt spüre ich, dass mir die Haare nass an der Stirn kleben. Ängstlich schnüffele ich unter meinen Achseln, stelle aber nur den letzten Hauch meines Deos fest – kein Gemüffel. Ich sehe mich flüchtig um. Der Innenhof ist wie gemacht für kurze, verstohlene Pausen zu zweit. Hässliche Blumenkübel mit nackten Rankgittern aus Holz stehen scheinbar willkürlich verteilt auf dem löchrigen Pflaster. Als hätten sie nur den Zweck, für ein bisschen Privatsphäre zu sorgen. Zwei Frauen knutschen halb verborgen hinter einem der Kübel, und an einem anderen sitzt ein junges Mädchen auf dem

Boden, den Kopf in den Händen, während ihr Freund ihr den Rücken streichelt. Der Andrang von drinnen hält sich in Grenzen, wahrscheinlich, weil alle sich zuerst einmal in der Pause nach der Toilette oder Getränken sehnen.

Ich lehne mich an einen der Blumenkübel und atme tief durch. Aus der Ferne beobachte ich die Leute drinnen an der Bar. Ob manche von ihnen ein ähnliches Geheimnis hüten wie ich? Ob einige vielleicht auch nicht genau wissen, wer sie sind?

Vollkommen in meine Grübeleien versunken, schrecke ich auf, als ich Sebastians Stimme höre.

«Adam, das ist Mia!», sagt er. Neben ihm steht ein Typ mit dunklem Bart, krausen Locken, athletischer Figur und einem breiten, sympathischen Lächeln. Er streckt mir seine Hand entgegen.

«Hallo, Mia.»

«Hallo, Adam», sage ich und schlucke. Nicht darauf vorbereitet, heute einem Freund von Sebastian vorgestellt zu werden.

Ich schüttele seine Hand und werfe einen flüchtigen Blick zu Sebastian, dessen Gesichtsausdruck irgendwie angespannt wirkt, was ich mir nicht erklären kann. Ich weiß, ich sollte einen positiven Eindruck hinterlassen, aber meine Stimmbänder wollen mir nicht gehorchen – als befände ich mich mitten in der Transformation von Mia zurück zu Charlotte. Als würde ich zwischen zwei Leben feststecken, ja fast schon zwischen zwei Körpern, und alles ist schwer und behäbig, und ich fühle mich wie gelähmt.

Sebastian reicht mir die Colaflasche, die ich dankend entgegennehme. «Adam und ich kennen uns schon seit der

Schulzeit», sagt er nach einer kurzen, aber unangenehmen Sprechpause. «Wir klettern zusammen, und heute hat er mir eine neue Seite von sich offenbart. Denn eigentlich behauptet er, sich niemals, aber auch wirklich niemals freiwillig deutsche Musik anzuhören.»

Es ist wirklich süß, wie Sebastian sich darum bemüht, uns irgendwie zum Reden zu bringen. Aber alles, was ich denken kann, ist: *Verdammt, in einer Woche bin ich weg. Verdammt, ich mag ihn so sehr. Verdammt, er wird mich hassen.*

Adam lacht herzlich und sieht mich offen an. «Mein Fehler, ich dachte heute wäre Irish Night, ich bin eigentlich nur wegen der Whiskey-Happy-Hour hier.»

Ich lächele und finde noch immer keine Worte.

«Ich arbeite beim FC Bayern», fährt Adam fort, «aber bitte verwende das nicht gegen mich.»

Sebastian tastet nach meiner Hand und drückt sie leicht. Und das gibt den Ausschlag, dass ich endlich meine Stimme wiederfinde. Wie ein Auto, das man erst mit Fremdstrom überbrücken muss.

«Keine Sorge, ich arbeite beim Film – bitte auch nicht gegen mich verwenden», erwidere ich. Es klingt noch krächzig, aber es verfehlt zumindest nicht die Wirkung. Wir lachen. Am lautesten Sebastian.

Und da verstehe ich, dass er nervös ist. Dass er nicht damit gerechnet hatte, hier einem Freund zu begegnen, ihn aber nach draußen mitgebracht hat, um mich vorzustellen. Das ist ungewohntes Terrain. Alles hier. Ich fühle mich geschmeichelt und habe gleichzeitig Angst. Für Jos Freunde war ich wie eine leere CD-Hülle: aus der Zeit gefallen, weil ich kein Javascript spreche, durchsichtig, weil Jo sich nie die Mühe gemacht hat, mich sichtbar zu machen, und leer, weil mein «Inhalt» nicht einmal meinen Freund interessiert hat. Mit der Zeit habe ich mir dann einfach abgewöhnt, überhaupt etwas zu sagen.

Aber das hier ist anders. Also gebe ich mir einen Ruck. Für Sebastian und weil ich weiß, dass ich es eigentlich kann, schlagfertig, sympathisch und interessant zu sein.

«Und wie viele Sorten hast du hier schon ausprobiert? Vom Whiskey, meine ich?», sage ich mit einem Augenzwinkern an Adam gewandt.

«Mia ist Expertin für Whiskey», beeilt Sebastian sich zu sagen.

«Wirklich?» Adam strahlt. «Sie haben einen Ardbeg hier, den solltest du probieren. Aber bloß Finger weg vom Talisker, viel zu scharf.»

Ich muss schmunzeln, weil ich vermutlich genau den getrunken habe. Wir unterhalten uns eine Weile über die Musik, Sebastian erzählt vom Klettern, und ich frage Adam nach seiner Arbeit. Nach einiger Zeit merke ich, dass ich den ersten Test bestanden habe. Adam wird Sebastian morgen sagen, dass ich okay bin. Der Prüfstempel des besten Freundes klebt an meiner Stirn – und macht alles noch schwerer. Unheimlich anstrengend. Wie einfach dagegen alles wäre, wenn ich wirklich Mia wäre. Wenn das hier mein Leben wäre. Und nicht nur ein kurzer Ausflug.

Ich schaue auf die Cola in meiner Hand. Wir verabschieden uns von Adam, der Sebastian einen freundschaftlichen Klaps auf die Schulter gibt und ihm etwas zuraunt, was wie «Habt noch einen schönen Abend» klingt.

Als wir reingehen, fangen AnnenMayKantereit gerade wieder an zu spielen.

Manchmal denk ich, die Welt ist 'n Abgrund. Und wir fallen, aber nicht allen fällt das auf.

Und da weiß ich, dass ich dringend hier wegmuss. Ich schaffe es keine weitere Minute, so zu tun, als wäre das, was ich hier mache, richtig. Der Abgrund ist doch längst da, bis ich falle, ist nur noch eine Frage der Zeit.

Mit letzter Kraft tue ich so, als wäre ich müde, schiebe ein Gähnen zur Bestätigung hinterher und bitte Sebastian, mich nach Hause zu bringen.

KAPITEL 27

Auf dem Weg zum Parkplatz kämpfe ich mit dem Gefühl, alles abstreifen zu wollen und endlich *ich* sein zu können – und gleichzeitig mit der Frage, ob ich das nicht schon längst bin. Darüber werde ich mir in Mias Bett sicher noch die ganze Nacht Gedanken machen.

Und dann steht da plötzlich Mia und lächelt mich an. Zumindest glaube ich einen skurrilen Moment lang tatsächlich, sie oder zumindest eine 3D-Projektion von ihr stünde vor mir. Sebastian hat noch nichts bemerkt, anders ist es jedenfalls nicht zu erklären, dass ein drei Meter fünfzig großer Kopf von Mia in ihm keine lautstarke Sirene auslöst. Schließlich bin *ich* Mia für ihn. Und das Gesicht auf dem Plakat, das an der Wand des halb abgerissenen Hauses gegenüber des Parkplatzes hängt, gehört eindeutig meiner Freundin.

Es war mir vorhin auf dem Weg zur Bar gar nicht aufgefallen. Der Rest des Gebäudes sieht so aus, als hätte man vom Sonntagskuchen noch ein kleines, schmales Stückchen übrig gelassen und inmitten eines großflächigen, mit Bauzäunen abgesperrten Erdlochs abgestellt. Über dem Plakat ist eine Leuchte befestigt, die auch den nächtlichen Passanten klarmacht, welcher Wohntraum hier entsteht.

In großer, grauer Schrift steht dort: «Hier baut Morot-Immobilien für SIE.» Das großgeschriebene *SIE* soll wohl den Eindruck vermitteln, jeder, der vorbeiläuft, könne sich eine der in Kürze entstehenden Neubauwohnungen leisten.

Ich schlucke und bin einen Moment lang wie gelähmt. Über den Grundrissen prangt das Porträt meiner ältesten Freundin – inklusive Strahlelächeln, perfekter Zähne, die Photoshop noch eine Spur perfekter gemacht hat, glänzender brauner Haare, die auch ohne Filter schon beneidenswert sind. Was mich aber am meisten aus dem Gleichgewicht bringt, ist die Tatsache, dass unter dem Bild ein weiterer Schriftzug zu erkennen ist: «MIA MOROT – die nächste Generation Ihres Vertrauens.»

Kurz schließe ich die Augen, aber ich kann nicht verhindern, dass mein Leben mit der Wucht eines Zwölftonners auf Mias Leben zurast.

«Alles klar bei dir?», fragt Sebastian.

Er schaut noch immer nicht auf das Plakat, von dem ich jetzt endlich die Augen löse. Was dann kommt, kann man als eine Art panischen Reflex bezeichnen, vielleicht auch als Kurzschlussreaktion oder einfach als eine Form von seltsamer innerer Notwehr. Ich weiß nicht, wie es passiert, aber auf einmal drücke ich meinen Körper gegen ihn, stelle mich auf die Zehenspitzen, schlinge meine Hände um seinen Hals und küsse ihn. Erst sind es nur meine Lippen, die sich auf seine pressen. Erst ist es wirklich so was wie ein Ablenkungsmanöver, weil er ja wohl kaum auf ein Plakat mit einer fremden Frau schauen wird, wenn er mich gerade küsst, oder?

Sebastians Körper fühlt sich warm an, stark, und ich

spüre seinen Herzschlag an meiner eigenen Brust. Ein Bumm-kabumm, das mit meinem nicht in Takt ist, das viel, viel schneller pocht. Als würde unser jeweiliger Puls mit dem anderen ein Wettrennen bestreiten. Ich nehme ihn mit allen meinen Sinnen wahr: das frische Deo, das auch sein Aftershave sein könnte, das Prickeln von Elektrizität direkt unter meinen Fingern, die an den feinen Härchen an seinem Hals entlangfahren, sein Atem, der schneller geht, und meiner der stockt, unfähig, noch einen Gedanken zu denken.

All das geschieht innerhalb von Sekunden. Und nach einem kurzen Zögern seinerseits, öffnen sich seine Lippen und umschließen meine, so warm, so weich, dass meine Lippen wie Wachs sind unter seiner Berührung. Seine Zunge findet ihren Weg und -

Moment! So war das ja nicht gedacht!, schießt es mir durch den Kopf. Aber nur kurz. Denn ich habe gar keine Zeit, mich weiter darüber zu wundern, was ich hier angefangen habe. So bin ich noch nicht geküsst worden. Noch nie auf eine Art, die mein Innerstes nach außen dreht, die mich nackt macht und mich auf jenen Kern in mir reduziert, den ich so sehr bemüht bin zu verstecken und zu beschützen. Sebastians weiche Lippen berühren nicht nur meinen Mund, sie streicheln mein Herz. Ohne zu wissen wie sehr, muss ich mich mein Leben lang nach diesem Kuss gesehnt haben.

Er schiebt seine Hand hinter meinen Rücken, und diese Geste bedeutet für mich mehr als nur Zärtlichkeit. Aber vielleicht interpretiere ich zu viel in etwas, das viel weniger ist. Vielleicht sollte ich diesen Kuss auf das reduzieren, was er ist: einfach nur ein Kuss, den ich angefangen habe, um Sebastian von einem Plakat abzulenken.

Ich öffne die Augen, drücke meine Hände leicht an seine Brust, gerade fest genug, um seine Lippen von meinen zu lösen, aber nicht fest genug, um ihn zu verschrecken.

«Mia ...», flüstert er leise.

Und erst da denke ich wieder an das Plakat. Daran, dass es sich gerade so anfühlt, als würde Mia uns beobachten. Nie zuvor habe ich ihren Namen so sehr gehasst. Nie zuvor mir so sehr gewünscht, Sebastian würde einfach Charlotte sagen. Charly oder Pocahontas. Nur nicht Mia.

Dann greift er nach meiner Hand und sagt leise lächelnd: «Ich fahre dich jetzt nach Hause.»

Da liegt sie, meine kleine Hand in seiner großen und fühlt sich winzig an und riesig zugleich. Es ist kein weiter Weg bis zum Wagen, aber ich koste jeden Schritt aus. Denn instinktiv weiß ich, dass, wenn sich unsere Hände erst trennen, ich mich nicht mehr trauen würde, nach seinen zu greifen. Tatsächlich fühle ich mich seltsam verschüchtert, als ich neben ihm in den Kangoo steige.

Eine Weile ist es still zwischen uns. Ich will etwas Lässiges sagen. Sonst bin ich in seiner Gegenwart ja auch schlagfertig, aber jeder Versuch scheitert an meiner inneren Qualitätskontrolle. Ich verwerfe all die semiwitzigen Anspielungen, die ich machen könnte. («Erzähl mir mehr von der molekularen Individualität.» Oder: «Seltsam, hier mit dir zu sitzen, so ganz ohne die Winkekatze.») Stattdessen lächele ich ihn unsicher von der Seite an. Worte können Katapulte sein, Scharfgeschosse, aber auch sanfte Lämmchen, sie können kratzen wie Wollsocken mit Schmirgelpapier oder sich wie Seide um einen legen. Worte können zu schnell sein oder zu langsam, falsch und doch ehrlich gemeint. Was, wenn ich ausgerechnet jetzt, nach diesem Kuss das Falsche sage?

«Ich kann das besser, weißt du?», sagt er, als wir schließlich vor Mias Haus anhalten.

«Was?», frage ich heiser zurück und überlege, ob er im Ernst den Kuss meint. Diesen einzigartigen, perfekten, nahezu himmlischen Kuss.

«Das mit den Dates», erklärt er. «Ich ghoste niemanden, und ich stelle auch nicht ungefragt Freunde von mir vor und überrumpele mein Date damit.»

Ich lache nervös. «Du hast mich nicht überrumpelt ... Okay, ein bisschen vielleicht. Aber Adam war nett, und es war ... schön, dass du mir einen Freund von dir vorgestellt hast.»

Er nickt und wirkt erleichtert. Nach einer Pause sagt er: «Hast du morgen früh schon etwas vor? Du magst doch die Berge, und du bist eine gute Skifahrerin, oder?»

Hä? Ich bin in meinem ganzen Leben noch nicht auf Skiern gestanden. Ich schlucke.

«Mia?»

«Äh ... Also, die Skisaison ist doch schon längst vorbei.» Ist sie doch, oder? Ich meine, es ist fast Mai, da fährt man doch kein Ski mehr. Andererseits habe ich überhaupt keine Ahnung, ob das stimmt, und zum ersten Mal in meinem Leben bereue ich, dass ich die Einladung der Morots in ihr Schweizer Chalet mindestens viermal abgelehnt habe. Vielleicht wäre ich jetzt ein graziles Skihaserl und könnte cool sagen: «Wer zuerst unten ist, bezahlt die Drinks.»

Für einen Moment stelle ich mir vor, wie ich an einer Piste stehe und zugeben muss, dass ich nicht Skifahren kann, es aber zu spät ist, weil ich da runtermuss. Und dann sehe ich mich wie Bridget Jones den Hang runterrasen. Nur in meiner Fantasie endet das Ganze nicht mit einer Vollbremsung in einer vorarlbergschen Apotheke, sondern im Krankenhaus.

Sebastian zuckt mit den Achseln und schaut leicht amüsiert in mein sicherlich inzwischen panisches Gesicht. «Auf dem Gletscher geht das schon noch. Aber du hast recht, mit deinem Fuß ist das keine gute Idee.»

«Nein, das ginge wohl tatsächlich nicht mit meinem Fuß», sage ich und versuche irgendwie gletscherkalte Gelassenheit in meine Stimme zu bringen. Als wollte ich sagen: Hey, ich war dieses Jahr schon zweimal in Aspen, also lass uns was Spannenderes machen.

Er beugt sich zu mir herüber und haucht mir einen zarten Abschiedskuss auf die Lippen. Und als ich mit meinen Wackelbeinen aussteigen will, ist er schneller, springt aus dem Wagen und hält mir die Tür auf.

«Ich bringe dich noch hoch.»

«Aufzug», sage ich mit Blick auf meinen Fuß, der plötzlich wie auf Kommando zu pochen beginnt. Er nickt.

Leicht humpelnd gehe ich ihm voraus zum Aufzug. Sebastian tritt nach mir ein, und das Ding ist auf einmal zu groß und gleichzeitig zu klein. Zu groß, weil Sebastian zu weit von mir entfernt steht. Zu klein, weil ich nicht weiß, wohin mit meinen Händen. Weil alles an mir überschwer und überbewusst ist.

Als er sich an die Wand lehnt, berührt er versehentlich die Knöpfe, und der Aufzug kommt ruckartig zum Stehen. Seine Augen weiten sich überrascht, und er sieht mich an, als würde er mich zum ersten Mal sehen. Dann stößt er sich von der Wand ab, geht einen Schritt zur Seite und steht dann wieder so nah vor mir, dass nichts mehr zwischen uns passt – kein Zweifel, kein Zögern, keine Zurückhaltung. Und diesmal auch keine drei Meter große Mia auf einem verdammten Werbeplakat. Und noch während ich mich frage, ob es sich genauso gut anfühlen wird wie vorhin, suchen seine Lippen begierig meinen Mund. Sebastian küsst mich, wie ganz bestimmt noch nie eine Frau geküsst wurde. Ich kann mir ein «Mmmmh» nicht verkneifen.

«Du weißt gar nicht, wie sexy das ist», murmelt er. Und genau in dem Moment öffnet sich die Aufzugtür.

«Igitt! Die knutschen!», schreien zwei Halbwüchsige und beschließen kurzerhand, die Treppe zu nehmen.

«Ich gehe dann jetzt vielleicht besser ...», sagt Sebastian, als wir aus dem Fahrstuhl treten. Seine Hand zuckt in meine Richtung, und auch ich strecke meine leicht aus, dabei berühren sich unsere Finger, und ich spüre das Surren der Elektrizität überdeutlich.

«Wirst du morgen auch nicht so tun, als hätte es heute nicht gegeben?», frage ich.

Er überlegt einen Moment, dann nickt er langsam und küsst mich auf die Nasenspitze. «Ich hatte eine völlig falsche Vorstellung von dir, Pocahontas. Du hast recht, du bist nicht dein Name. Du bist nicht dein Vater. Du bist nicht eine bestimmte Sorte Frau, nur weil du in dieser Wohnung wohnst.»

Ich muss zweimal schlucken. Wenn er wüsste, wie recht er hat. Ich bin nicht mein Name. Aber ich dränge den Gedanken beiseite. Ich will nur das fühlen, was ich eben gefühlt habe.

«Also, bis morgen», sage ich und schließe die Wohnungstür auf.

Wenig später sinke ich kraftlos aufs Bett. Ich träume von einer Mutter ohne Gesicht, die mir auf einem Friedhof begegnet und mich warnt, ihr auf keinen Fall zu nahe zu kommen, von Pepe und Katja, die AnnenMayKantereit-Lieder in der Allianz Arena singen, und davon, dass ich mit Sebastian auf einem sehr steilen Berg stehe und ihm dabei zusehe, dass er sich wie ein verdammter Lewis Hamilton auf Brettern die Piste runterstürzt. Ich trage eine Art Olivia-Jones-Winteroutfit, extrem eng, extrem grell, und habe die Wahl, entweder auch da runterzufahren oder aber von einer Lawine überrollt zu werden. Und selbst im Schlaf, in einer luziden Eingebung, spüre ich, wie sinnbildlich das Ganze für meine Situation ist.

KAPITEL 28

Sebastian

Der Kühlschrank meiner Schwester ist wie immer gut gefüllt. Beim Anblick ihrer Side-by-Side-Kühl- und Gefrier-Kombi würde jeder Profikoch entzückt aufschreien. Ich nehme mir eine Packung italienischen Prosciutto crudo und Salami Milano, packe ein paar Saint-Albray-Käseecken dazu und entscheide mich dann noch für die hübschen kleinen Antipasti, mit Feta gefüllte Paprika und Peperoni. Ob es sehr auffällt, wenn ich auch die zwei Stück Kirschkuchen noch einpacke?

Hinter mir erklingt lautes Räuspern.

«Selbst kaufen macht arm», sagt meine Schwester.

Ich drehe mich um und hebe schuldbewusst die Arme. Julia fährt sich mit den Fingern durch ihre blonden, kinnlangen Haare.

«Neu?», frage ich und deute auf ihr gestreiftes Kleid. «Steht dir sehr gut.»

«Willst du es dir mal ausleihen?», fragt sie und legt den Kopf schief. Ich muss lachen. «Na also, dann lenk nicht ab. Aber wenn du schon meinen Kühlschrank ausräumst, will ich wenigstens wissen, warum. Was hast du vor?»

«Ich war erst neulich für dich einkaufen, in diesem teuren Schickimicki-Supermarkt», verteidige ich mich und habe schon beim Gedanken ans Einkaufen Mias Gesicht vor mir. Sie ist wie ein Abziehbildchen, das ich mir auf die Linse gedrückt habe. Und wie früher, wenn Flo mir Tattoos von Piratenschwertern, Totenköpfen und Bandlogos mit einem Schwamm auf den Arm gemacht hat, habe ich Angst, das Bild könnte zu schnell verblassen.

«Du grinst. Das ist verdächtig», sagt Julia, und ihre Augen verengen sich zu Schlitzen.

«Ich mache nur ein kleines Picknick.»

Jetzt schürzt sie die Lippen und bläst die Nasenflügel auf. Sie sieht aus wie ein Jagdhund, der eine Fährte aufgenommen hat.

«Mit einer Frau?»

Ich seufze. Aber bevor ich antworten kann, erklärt sie: «Mit der Frau, die du dann am Samstag mit zu Berits Hochzeit nimmst.»

Ich starre sie an und muss erneut lachen.

«Ich hab auch noch Olivenbrot», fügt sie schnell hinzu. «Und wenn du willst, kannst du auch die zwei Piccolo aus der Speisekammer mitnehmen.»

«Du bist ein Engel in einem traumhaften Kleid», schwärme ich so übertrieben, dass sie jetzt lachen muss. Dieses Lachen, das ich von beiden kennen: Flo und Julia. Und von Jenna auch.

«Du hast für zwei Leute zugesagt, Basti, klär das mit Berit oder nimm dein Picknickdate mit. Verstanden? Sonst schließe ich den Kühlschrank künftig ab.»

Ich traue ihr das durchaus zu und beschließe, lieber rechtzeitig mit meiner Beute zu verschwinden.

«Basti?», ruft sie mir noch nach.

«Ja?»

«Wir vermissen ihn alle ... aber es ... ist besser so.»

Darauf kann ich nicht antworten. Weil ich einfach nicht sicher bin, ob es so ist. Oder ob es nur für mich besser wäre, er wäre doch noch da. Auf irgendeine Art. Nur einfach noch da.

··•··

Der kleine Rucksack auf Mias Rücken wippt wie ein Boot auf hoher See. Prüfender, seitlicher Blick: Sie hat die Unterlippe eingezogen und sieht aus, als denke sie angestrengt über etwas nach. «Was macht der Fuß?», frage ich.

«Geht. Tut fast nicht mehr weh. Muss an der guten Erstversorgung liegen», sagt sie.

Ich nehme ihre Hand, was den inzwischen vertrauten und erwünschten Effekt hat, und laufe mit ihr zum flachen Teil des Ufers. «Pack deinen Rucksack da rein», sage ich und deute auf den wasserdichten Beutel mit den Picknicksachen.

Dann ziehe ich die Schuhe aus und das T-Shirt. Meine Treter stelle ich etwas weiter oben am Ufer ab, das Shirt stopfe ich in den Sack. Der Pulsmesser an meiner Smartwatch hat schon dreimal gepiepst. Ein Puls von 110 bei nahezu ruhendem Körper ist nicht nur ihm suspekt. Mir auch. Aber was ein Date sein soll, fühlt sich wie eine Mutprobe an. Eine, die ich mir selbst auferlegt habe.

Puls 115 meldet die Uhr jetzt, und ich muss an den Nachmittag vor etlichen Jahren denken, an dem mir Flo eine Ohrfeige verpasst hat. Die einzige in meinem ganzen

Leben. Weil er mich dabei erwischt hat, wie ich, um zur Gang unseres Nachbarn zu gehören, bei geschlossener Bahnschranke über die Gleise gerannt bin. Was ich jetzt zugegebenermaßen lieber tun würde, als zu schwimmen.

«Was hast du vor?», will Mia wissen.

Und dann verkünde ich ihr meine Schnapsidee: «Wir schwimmen – zur Roseninsel.»

Es könnte allerdings sein, dass du allein schwimmen musst, ich habe Angst, füge ich in Gedanken hinzu.

Ihr Gesicht hellt sich auf. Wie schön sie ist. Wenn sie lächelt. Und sonst natürlich auch. Sie schafft es, dass ich aus der Vergangenheit in die Gegenwart zurückkehre und dass mein Puls unter hundert fällt. Die Uhr gibt Entwarnung, just in dem Moment, in dem sie sich von ihrem hellen Kleid und den Flipflops befreit und sich die Haare im Nacken zusammenknotet. Der Anblick sorgt für eine Pulssteigerung ganz anderer Art.

«Ja, unbedingt, schwimmen wir zur Insel!», sagt sie enthusiastisch.

«Unbedingt», wiederhole ich. Jetzt bloß nicht zu auffällig auf ihren Busen schauen, der fest in einem schwarzen Bikini sitzt, oder auf ihre vollen Hüften, die Schenkel ... Bloß nicht zeigen, dass so viel nackte Mia-Haut eindeutige Reaktionen hervorruft. Besser schnell ins Wasser.

Ich schnalle mir den Trockensack auf den Rücken und sehe zu, wie sie ohne zu zögern ins kalte Wasser steigt und losschwimmt. Es kostet mich einen Moment Überwindung, einen, in dem mein Verstand mich für verrückt erklärt und flüstert: *Du musst das nicht tun, du musst das nicht tun.*

Aber dann sehe ich Mia, wie sie sich lächelnd zu mir

dreht, mir in die Augen schaut und mir das Gefühl gibt, unverwundbar zu sein. Jedenfalls, solange sie mich ansieht. Es ist, wie letzte Woche, auf einmal nicht mehr so dunkel. Und es gelingt mir, halbwegs normal neben ihr ins Wasser zu gleiten. Dann schwimme ich die ersten Züge neben ihr her, den Blick nicht nach vorn, nicht nach unten, nur auf Mia gerichtet.

Es ist das erste Mal seit Flos Unfall, dass ich mit einem anderen Menschen im Wasser bin. Man sieht die Stelle von hier aus nicht, ich weiß aber auch so, dass sie ziemlich exakt gegenüber von uns an der anderen Seite des Sees liegt. Die *Kante*, die Schlucht in meinem Herzen.

Natürlich kann ich sie spüren, die Traurigkeit, die vom Wasser ausgeht. Und trotzdem fühle ich mich irgendwie gut. Fast schon entspannt. An Mias Lächeln könnte ich mich glatt festhalten und mich davon bis rüber zur Insel ziehen lassen.

«Hast du eigentlich niemals Angst, vor einem Stunt oder einer bestimmten Sportart?», fragt sie nach einer Weile.

Wahnsinnige Angst. Vor Atemgeräten. Und tiefem Wasser. Ich würde es nicht aushalten, noch ein einziges Mal ohne Flo zurück an die Oberfläche zu kommen. Ich würde unten bleiben.

«Doch.» Ich zögere kurz. «Also, Angst vielleicht nicht, aber ich bin manchmal nervös. Wenn es schlimm wird, stelle ich mir vor, zu träumen und den Stunt im Schlaf auszuführen. Dann kann ich fliegen, dann kann ich rennen, ohne dass mir die Puste ausgeht, und wenn irgendetwas schiefläuft, wache ich einfach auf.»

«Ist das nicht eine sehr naive Art, seinen Job zu sehen?»,

fragt sie und paddelt ein wenig auf der Stelle, damit sie mich ansehen kann.

«Es ist die einzige Art, wie man meinen Job sehen kann. Soll ich jeden Tag darüber nachdenken, dass ich sterblich bin?»

Dabei mache ich es genau deswegen. Um mir jeden Tag bewusst zu sein, *dass* ich sterblich bin.

Seltsamerweise fühle ich mich in diesem Moment – ausgerechnet im See! – lebendiger als in den letzten Jahren.

Mia schwimmt weiter. «Als Kind habe ich mir im Wasser immer vorgestellt, ich wäre ein Molch vor der Verwandlung in einen Frosch. Ich hab mir die katastrophale Metamorphose sehnsüchtig gewünscht.»

Ich ziehe die Augenbrauen hoch. «Und, ist sie eingetreten, die *katastrophale Metamorphose*?»

«Nein. Ich schätze, ganz aus unserer Haut können wir einfach nicht.»

«Ja, das stimmt wohl.»

Als wir das Ufer erreichen, denke ich noch immer über diesen Satz nach. Und was er bedeutet. *Aus unserer Haut können wir einfach nicht.* Das stimmt. Meine ist manchmal zu groß, wenn mir klar wird, dass Flo nicht wiederkommen wird. Als könne ich allein gar nicht ausfüllen, was wir beide waren. Und manchmal ist sie zu klein, weil sie scheinbar nicht genug Platz bietet, für alle Emotionen. Wie jetzt.

Ich glaube, Mia würde das verstehen. Aber ich verpasse den Moment, sie darauf anzusprechen, und lege mich stattdessen stumm neben sie ans Ufer und lasse den Rest des Wassers auf meinem Körper von der Sonne wegbrennen. Was sich irgendwie nach einem Triumph anfühlt: *Du kannst mir nichts anhaben, ein paar Sonnenstrahlen – und du bist Geschichte.*

Mia hat die Augen geschlossen. Ab und an schlägt sie mit der Hand auf ihre Schenkel oder Unterarme, um die Mücken zu verscheuchen. Ich sehe, wie sich die kleinen Härchen auf ihrer Haut aufstellen. Und als Reaktion darauf bekomme ich Gänsehaut.

Kurzerhand richte ich mich wieder auf, mache mich am Trockensack zu schaffen und packe Julias Lebensmittelspenden vor uns aus. Dann reiche ich Mia ein Handtuch, mit dem sie sich die Beine trocken rubbelt. Wir essen und reden und lachen. Darüber, dass die Hausgemeinschaft in ihrem Wohnkomplex eine neue Hausordnung verteilt hat, die eine genaue Uhrzeit zum Herausstellen der Mülltonnen vorschreibt, um das Ortsbild nicht zu stören, und unter Punkt siebzehn das Kiffen im Hausflur unter Strafe gestellt hat. Was Mia furchtbar lustig findet, weil sie geglaubt hatte, die Münchner High Society wäre eher auf Koks als auf Hippiedrogen. Sie erzählt mir von ihrer ersten Arbeitswoche, und ich verspreche ihr, sie nächste Woche mit in die Requisitenkammer zu nehmen.

Als der Wind ein wenig auffrischt, schlingt sie sich das Handtuch um den Körper.

«Gott, so muss es ihr jetzt auch gehen», sagt sie und sieht übers Wasser in die Ferne.

«Wem?»

«Oh ... äh ... meiner Freundin ... aus Studientagen. Sie steckt in so einem Wirbelsturm fest ... Wie heißen die gleich?»

«Zyklon?», frage ich.

«Nein, nicht der Einäugige! Im Pazifik. Wie nennt man im Pazifik tropische Stürme?»

«Zyklone», sage ich erneut. «Die Einäugigen sind Zyklopen.»

Sie lacht. «Stimmt, aber heißen die Stürme da nicht Hurrikans oder Taifune?»

«Nein», erwidere ich. «Im Pazifik sind tropische Stürme immer Zyklone.»

«Seltsam», murmelt sie. Dann hebt sie die Hand an die Augen und schaut in den Himmel. Ich lege meine Hand über ihre und streichele ihr dann über die Wange. Sie lächelt. Und sieht so entzückend dabei aus, dass ich nicht anders kann, als mich vorsichtig über sie zu beugen.

«Du bekommst Sommersprossen», sage ich und tippe ihr auf die Nase. «Ich wusste gar nicht, dass Indianermädchen Sommersprossen bekommen.»

«Du hast auch welche», erwidert sie und streckt ihre Hand aus. «Winzig kleine.»

Die Bewegung, mit der sie ihre zarte Hand um meinen Nacken legt und mich zu sich zieht, ist fast ein wenig schüchtern. Die Finger ihrer anderen Hand kribbeln über mein Schlüsselbein, und zunächst ist der Kuss nur ein Hauch. Langsam und vorsichtig. Auch wenn es nicht lange bei langsam und vorsichtig bleibt. Ihre Lippen pressen sich schon bald fest und leidenschaftlich auf meine. Ich spüre ihre Zunge, antworte darauf und spiele mit ihr. Es bleibt kaum Zeit zum Luftholen. Das ist filmkussreif, nur echt. So echt und erregend, dass ich den Kuss lösen muss, bevor ich sie an Ort und Stelle entkleiden möchte.

Ein wenig atemlos schaue ich sie an. Ihre Augen wirken

dunkler als zuvor, und ihre Wangen sind leicht gerötet. Ich stemme mich auf einen Unterarm und wische ihr eine Haarsträhne aus dem Gesicht.

«Ich fühle mich wie unter einer Taucherglocke», flüstert sie.

«Wieso, weil du hier am Ufer liegst und dich eingeengt fühlst?» Der Scherz geht mir etwas zu schwer von den Lippen. *Taucherglocke* ... ausgerechnet. Das Wasser des Sees plätschert, als würde es lachen. Als hätte ich mich mit meinem Triumph darüber, schwimmen gewesen zu sein, zu weit hinausgelehnt.

«Nein», erwidert sie. «Weil ich mich irgendwie behütet fühle und vielleicht ein wenig sauerstoffarm.» Sie lacht. Ich stimme in dieses Lachen ein, aber es ist, als verpasse ich den Einsatz.

«Das hier ist eine Nullzeit», erkläre ich. «Die Zeitspanne, in der man beim Tauchen ohne Zwischenstopp an die Oberfläche zurückkehren kann. Küssen ist wie ein Nullzeittauchgang.» *Mann, Sebastian, was redest du da?*

«Das klingt nicht wie ein Kompliment», sagt sie leise, und ihre Wangen werden noch ein wenig rötlicher.

«Glaub mir, es ist ein Kompliment.»

Ich schaue an ihr vorbei in die Ferne, auf den See, und denke an alles, was diese Wasseransammlung für und gegen mich getan hat. Aber ich weigere mich, der Wut nachzugeben. Eine Nullzeit lang soll es nur Mia und mich hier geben.

Vielleicht sollte ich ihr von Flo erzählen. Warum eigentlich nicht? Dann aber küsst sie mich wieder, und der Moment verstreicht, ohne dass ich etwas sage.

Unsere Gespräche danach kratzen bereits an der Oberfläche, die man zu dieser Zeit des Kennenlernens eigentlich noch wahrt, dabei ist sie längst tiefer gedrungen. Und ich wollte noch nie etwas so sehr, wie diesen elektrischen Strom zwischen uns nicht abbrechen zu lassen.

«Sag mal, Mia ... Hättest du vielleicht Lust nächsten Samstag mit mir auf eine Hochzeit zu kommen? Ich ... hab vergessen, mein Plus-eins abzusagen, und jetzt ist es zu spät. Es wäre schade, um das schöne Menü und um meine, wie du weißt, herausragenden Tanzkünste. Es gibt ein Feuerwerk und jede Menge Kitsch und ... Ich hätte dich gerne dabei.» Verdammt, ich klinge irgendwie ... bedürftig. Aber jetzt ist es raus. Jetzt kann ich es schlecht zurücknehmen.

Sie zuckt kurz, das entgeht mir nicht. «Samstag», wiederholt sie, mehr wie eine Feststellung denn wie eine Frage. Ihre Augen werden groß und rund.

Ich lese «Distanz» darin, in Großbuchstaben, und erkenne den Fluchtreflex, den normalerweise ich vermittle. Doch gerade, als ich so etwas wie «Vergiss es» sagen will, höre ich sie erwidern: «Ja, ich komme gerne mit.»

Als ich sie am frühen Nachmittag wieder nach Hause fahre, habe ich über der Freude über ihre Zusage zu Berits Hochzeit ganz vergessen zu fragen, was es mit dem Immobilienplakat auf sich hat und warum ihr Vater sich für ein Model und nicht für ein echtes Foto von ihr entschieden hat. Was vielleicht ganz gut so ist, denn ich hätte mir sonst wirklich ernsthaft überlegen müssen, es zu stehlen.

KAPITEL 29

Charlys Notizbuch

Mein Leben in Filmtiteln
- Ey Mann, wo is' mein Auto
- Das Leben der anderen
- Wo ist ~~Fred~~ Mia?
- ~~Berlin, Berlin~~ München, München
- Ich bin dann mal weg
- What a man
- Stellungswechsel
- Ein ~~ganzesr~~ halbe~~sr~~ ~~Jahr~~ Monat
- Ich – einfach unverbesserlich
- Mia and Me
- Tatsächlich Liebe (?)
- Mein Name ist Nobody

Und wenn das so weitergeht, dann wahrscheinlich auch bald:
- Ich weiß, was du letzten Sommer getan hast
- Gone Girl
- Die ~~Bourne~~ Mia Identität
- Fatal Attraction
- Mission Impossible, 1 bis 14
- Findet ~~Nemo~~ Mia

Wenn ich Mia nur endlich erreichen würde! Wie kann sie nicht erreichbar sein? Zyklone, Hurrikans und Taifune hin oder her.

KAPITEL 30

Ich spüre das Lächeln tief in meinen Wangen, als hätte es sich zufrieden dort eingenistet und würde sagen: *Da bleib ich ab sofort.* Aber ich flüstere dem Lächeln zu: *Du nicht und ich auch nicht.* Doch es will nicht hören und sich auch gar nicht vertreiben lassen.

Sebastian hat mich vorne an der Straße rausgelassen, und so laufe ich jetzt über das gepflegte Pflaster, das den Rasen in zwei akkurate Hälften teilt. Einen Rasen, der mir mit seinen kleinen Löchern und zertrampelten Stellen jetzt viel besser gefällt als vorher. Wer weiß, vielleicht traut sich demnächst auch das ein oder andere Unkräutchen, hier zu wachsen. Es riecht leicht verkohlt, so als hätte es jemand oben auf seinem Balkon tatsächlich gewagt, einen der verpönten Holzkohlegrills anzuzünden. Ich lächele und stelle mir die spitze Nase der Hanselmann vor, die beim Geruch von Holzkohle ganz bestimmt verräterisch zuckt.

Als ich aus dem Aufzug steige, rutscht mir das Lächeln aus dem Gesicht. Die Wohnungstür steht offen. Nicht wie im Krimi ein paar Zentimeter, sondern sperrangelweit.

Lauernd trete ich ein. Drinnen ist es aber nicht gespenstisch ruhig, sondern jemand summt krumm zu einer vertrauten Melodie.

«Wer ist da?», rufe ich halb nervös, halb wissend. Keine Antwort. «Hallo?»

Stattdessen antwortet mir ein musikalischer Chor: rhythmisches Pfeifen zusammen mit den charakteristischen Klängen einer Mundharmonika, dann ein Glockenspiel und schließlich ein Männerchor sowie ein Symphonieorchester. Und obwohl ich es ja schon vermutet habe, bin ich trotzdem überrascht. Da sitzt doch tatsächlich Katja auf der Couch, mit einer Indianerfeder auf dem Kopf, und sie trommelt im Takt der Filmmusik von *For a Few Dollars More* mit frisch manikürten Fingern auf der Fernbedienung herum. Neben ihr türmen sich DVDs.

Entschuldigend schaut sie auf und verkündet: «Konnte mich nicht entscheiden.» Und just in dem Moment, in dem die Orgel ertönt und der Vorspann über den Bildschirm flackert, sagt sie: «*Cat Ballou* hab ich ohne dich geschaut.»

«Wie bist du reingekommen?», frage ich. Dabei könnte ich mir die Frage sparen. Vor Katja ist keine Tür sicher. In ihren Jahren im Kinderheim hatte sie einen Ruf, von dem die Panzerknackerbande nur träumen kann.

Ich umarme sie herzlich und lasse mich dann neben sie auf die Couch fallen.

«Du könntest dich als professioneller Schlüsseldienst selbstständig machen», schlage ich vor. «Falls du immer noch Probleme mit der Berufswahl hast.»

«Ich dachte eher an *Comfort Zone Challenging*: Verlasse deine Wohlfühlarea und werde glücklich. Schau nur, wie gut das bei dir funktioniert, Charly!», erklärt Katja gelassen und nimmt zufrieden einen Schluck aus ihrer Bierflasche. «Du siehst gut aus.»

«Danke», sage ich und deute auf den Fernsehbildschirm. «Clint Eastwood, also?»

«Unbedingt.»

Ich nicke. «Aber wenn du mir schon nicht sagen willst, wie es dir gelungen ist, hier reinzukommen, dann verrate mir doch wenigstens, warum du da bist?» Ich knuffe sie in die Seite, damit sie auch weiß, dass es schön ist, dass sie da ist. Sehr schön sogar.

«Es ist Sonntag – letzte Woche wusstest du nichts mit dir anzufangen, da dachte ich, ich komme her. Eigentlich wollte ich im Hof grillen.» Sie deutet in Richtung Balkon.

Ich recke den Hals und sehe einen Einweggrill, auf dem ein halbes Dutzend unfertiger Würstchen liegt.

«Aber deine olle Nachbarin hat einen Riesenaufstand gemacht.»

«Spitze Nase, die Laune so schlecht, wie ihr Parfum aufdringlich?», frage ich.

Katja seufzt. «Genau.»

«Die Hanselmann», stelle ich wissend fest.

«Wo hast du denn gesteckt?», will Katja wissen.

«Ich war mit Sebastian unterwegs.»

Katja wackelt mit dem Kopf, dass die Indianerfeder wippt. «Mit dem, der dich Squaw nennt?»

«Pocahontas», korrigiere ich. «Das Indianermädchen», füge ich leiser hinzu. Und fast hätte ich «Sebastians Indianermädchen» gesagt.

«Darf man das noch sagen? Indianermädchen?», fragt Katja. «Oder muss es politisch korrekt indigenes, weibliches Kind heißen?»

«Ich weiß nicht. Ich fürchte, alles, was ich hier mache, ist nicht so ganz korrekt ... Ich meine, ich tue so, als wäre ich jemand anderes!», sage ich mit einem Hauch Verzweiflung in der Stimme.

«Ach», winkt Katja gewohnt lässig ab. «Machen wir das nicht alle? Jeden Tag? Erst gestern habe ich so getan, als wäre ich Superwoman, nur um festzustellen, dass die wahrscheinlich nie eine Waschmaschine bedienen musste und daher Pullover auch nicht auf Puppengröße schrumpfen kann.»

«Das kann man nicht vergleichen. Ich schrumpfe keine Pullover, ich bin im Dauerschleudergang!»

Sie sieht mich ernst an, während Clint Eastwood sich im Poncho durch einen Saloon ballert. «Es ist gut, dass du hier bist. Und ich finde, du solltest bleiben, Charly. Dich weniger einigeln, mehr die Frau sein, zu der du Potenzial hast.»

«Zu was habe ich denn Potenzial?», will ich wissen und knabbere auf meiner Unterlippe herum.

«Zu einer Frau, die weiß, dass sie eine Basis hat, auch wenn sie nicht auf ihr geboren wurde. Zu einer Frau, die in die Welt ziehen kann, ohne sich zwischen Heimweh und Fernweh entscheiden zu müssen. Zu einer Frau, die loslassen kann, weil sie weiß, dass es ein Sicherheitsnetz gibt, das sie aber gar nicht braucht.»

Bevor ich mich so weit gefasst habe, dass ich etwas sagen kann, wechselt Katja das Thema.

«Der Typ da drüben», sagt sie und deutet wieder Richtung Balkon, diesmal weiter nach links. «Kannst du mir den mal vorstellen?»

«Der Affe auf Balkon drei von hier aus? Auf keinen Fall. Der gehört Mia.»

Und so einfach ist das mit Katja. So einfach und so schön, dass man völlig unvorbereitet an einem Sonntagnachmittag in der eigenen Kindheit versinken kann. Es ist wie früher, wenn unser Vater samstags, nachdem die Küche geschlossen war, in seinen Fernsehsessel gesunken ist und sich irgendeinen Western reingezogen hat. *Winchester 73*, *Der letzte Zug von Gun Hill* oder die neueren Filme wie *Wyatt Earp* oder *Der mit dem Wolf tanzt*. Und Katja, Jannis, mein ältester Pflegebruder, ich – und später auch Pepe und Indira – waren Teil dieses Rituals. Zuerst haben wir uns angeschlichen und nur gelauscht, haben auf dem Boden vor dem Wohnzimmer herumgelungert und lagen schließlich kreuz und quer auf der Couch oder saßen auf Papas Schoß und starrten gebannt auf die Mattscheibe. Wir wollten einen Wolf wie Socke, stellten uns vor, auf Büffeljagd zu gehen, uns über Präriehügel an feindliche Lager heranzupirschen und vor staubigen Saloons um uns zu schießen. Auch später, als junge Erwachsene haben wir dieses Ritual nicht aufgegeben, und heute, wann immer Jannis nach Hause kommt, bringt er eine Flasche Whiskey mit, und wir ziehen uns eine ganze Nacht lang alte Western rein.

Hier und jetzt, neben meiner Schwester will ich auf keinen Fall irgendjemand anderes sein. Nur Charly. Nicht Mia. Und auch niemand sonst.

Ich denke an *Steht mit einer Faust*, die weibliche Hauptrolle aus *Der mit dem Wolf tanzt*. Eine Weiße, die als Kind von den Sioux aufgenommen wurde, nachdem sie ihre Familie verloren hat. Daran, dass ich früher so gut nachvollziehen konnte, wie sie sich fühlen musste. Nie ganz angekommen, trotz all der Liebe. Nie ganz am richtigen Platz, in der richtigen Haut.

Doch jetzt, in diesem Moment, zum allerersten Mal in meinem Leben interessiert es mich nicht, was aus mir geworden wäre, wenn ich als jemand anderes geboren worden wäre. Zum allerersten Mal ist es genau so richtig, wie es ist. Und selbst wenn mir dieses Gefühl morgen vielleicht schon wieder abhandenkommt, weil es sich so gut anfühlt, dass es unmöglich für länger gemacht sein kann, versuche ich, es zu genießen.

Gedankenverloren schaue ich nach draußen auf den Grill und frage mich, ob die Hanselmann jemals über dieses Puzzle namens Leben nachgedacht hat. Über all diese Stränge, diese scheinbar unbedeutenden Momente, die nur gemeinsam etwas Entscheidendes ergeben. Als müsste das Leben uns kneten wie einen Teig. Bis wir irgendwann die richtige Form angenommen haben. Ich meine, es sagt ja eigentlich nichts über mich aus, dass ich verschiedene Whiskeysorten unterscheiden kann, ohne das Wissen, dass es das Ergebnis einer geliebten Familientradition ist. Wiederum ist es auch nicht bedeutend, dass ich gerne ab und zu einen Zigarillo rauche. Aber sehr wohl die Tatsache, dass der Duft eines brennenden Zigarillos für mich der Inbegriff von Heimat ist. Weil sie zu meinem Vater gehören wie seine Kochschürze und seine Vorliebe für Western und Schlager. Es ist nicht einmal wichtig, dass ich erfolgreich Fußball gespielt habe. Aber es macht den entscheidenden Unterschied, dass meine Mutter mich dazu ermutigt und mich unterstützt hat. Darin, einen Sport zu betreiben, und darin, dass ein Mädchen alles kann, was ein Junge auch kann – und warum denn nicht sogar mehr.

Als Katja am späten Abend wieder geht, haben wir uns die Bäuche mit Würstchen aus der Pfanne vollgestopft, ein Sixpack alkoholfreies Radler getrunken und sind eine Runde im See geschwommen. Vielleicht hat sie ausnahmsweise einmal recht. Vielleicht brauche ich die Basis, muss aber nicht auf ihr festsitzen.

Und gerade, als mir der Gedanke anfängt, Spaß zu machen, fällt mir ein, dass Katja auf ihre Katja-typische Art zwar wunderbare Ratschläge geben kann, dass ich hier aber nur beinahe ich bin. Und was immer auch geschieht, dies hier nicht mein Leben ist, sondern nur ein geborgtes. Man tut eben höchstens so, als wäre man jemand anderes. Aber man kann niemals jemand anderes *sein*. Erst recht nicht ein Indianermädchen.

KAPITEL 31

Du musst mitkommen!», schreit Geli und hüpft wie ein Irrlicht in meinem Büro auf und ab. Ihre heute glatten Haare kleben an ihren vor Aufregung geröteten Wangen.

Ich schaue von Folge vier auf, froh, mich kurz von dem Dialog ablenken zu können, mit dessen vielen Labialen ich kämpfe. Auch wenn es gar nicht meine Aufgabe ist, lassen kann ich es trotzdem nicht – das Synchronisationsfieber hat mich gepackt. Ich weiß natürlich, dass kein Fieber ewig hält, genau genommen wird meines in einer Woche erfolgreich auskuriert sein, dabei habe ich mich gerade ein wenig an das Glühen in mir gewöhnt. Die besonders deutlichen Laute wie b, p und m, die man direkt mit den Lippen bildet, sind in der Synchronisierung ein erhebliches Problem. Noch dazu hier, wo die Protagonisten Langdon und Alisha beim Sprechen im Close-up, also in der Nahaufnahme zu sehen sind. Ein Grund, warum das englische Wort *bitch* selten mit Schlampe übersetzt wird, sondern eher mit Miststück. Der Labiale wegen. Wobei Schlampe in dieser Szene wohl ein besserer Ausdruck wäre für Angel, Alishas Gegenspielerin.

«Wenn ich noch ein einziges Mal einen Dialog lese, der mit *Du bist so hart, so unglaublich hart, Langdon!* beginnt, dann füge ich einen Monolog im Off ein, in dem Alisha erklärt, dass Langdon viagraabhängig ist», seufze ich.

Geli stellt sich vor mich und drückt den Bildschirm beiseite. «Jetzt lass doch deinen Softporno mal schlechten Sex sein!»

Ich ziehe die Augenbrauen amüsiert nach oben.

«Bitte, sag zu!», stöhnt sie.

«Geli, es wäre gut, wenn du mir vorher sagst, wozu ich zusagen soll.»

«Was ist das für eine Frage!», kreischt sie, und die Ausrufezeichen fliegen mir förmlich ins Gesicht.

«Na ja, ich möchte zum Beispiel nicht an der Weltmeisterschaft im Moorschnorcheln teilnehmen oder mit dir auf Bärenjagd in Usbekistan oder am Ende gar in einen Woody-Allen-Film gehen.»

«Emma Watson ...», keucht sie, als wäre es der letzte Satz, der ihr im Todeskampf von den Lippen ginge.

«Emma Watson?»

«... ist ... in ... der Stadt!!!»

Ich habe Angst um Gelis Gesundheit, weshalb ich schnell aufspringe und ihr hastig meinen Bürostuhl unter den Allerwertesten schiebe.

«Uuund?», frage ich langsam.

«Du bist der begriffsstutzigste Mensch, den ich kenne», sagt sie. «ICH ...» Sie schlägt sich wie ein Schimpanse auf die Brust. «... bin IHRE Stimme, und ICH werde SIE kennenlernen.»

«Hast du dann auch vor, mit ihr in Großbuchstaben zu sprechen, liebe Geli?» Ich lache.

«NEIN!», schreit sie und schüttelt sich. «Aber ich werde

wahrscheinlich in Ohnmacht fallen. Sie ist die schönste Frau der Welt und so begabt und sympathisch und niedlich und ...»

«Geli?»

«Mmmh?»

«Warum nimmst du nicht deinen Mann mit?»

Sie weicht zurück und starrt mich aus kugelrunden Augen an. «Würdest DU deinen Mann zur schönsten Frau der Welt mitnehmen?»

Ich muss erneut lachen. «Vermutlich nicht», sage ich.

«Na also», erklärt sie triumphierend und atmet langsam um ihren Fan-Hype herum.

«Warum fragst du mich und nicht eine ... Freundin? Also jemanden, der deine Leidenschaft teilt?»

«Es ist so ...» Geli holt Luft, und ich ahnte, dass das jetzt eine etwas längere Erklärung werden wird. «Meine liebe Freundin Anette denkt, Emma Watson wäre eine der Austen-Schwestern, meine Schwägerin Luise ist so katholisch, dass sie alles Übersinnliche boykottiert und deshalb einer ehemaligen Darstellerin aus *Harry Potter* vermutlich eine Zehnerkarte beim örtlichen Exorzismusverein schenken würde, und meine Jugendfreundinnen aus dem Dorf schaffen es nicht, ihre Brut unter der Woche von ihren Männern ins Bett bringen zu lassen. Es gäbe noch die Möglichkeit, meine Cousine zu fragen, aber der gönne ich ein solch lebensveränderndes Event weitaus weniger als dir. Und ich mag dich.»

Ich schlucke. Das ist fast schon eine Liebeserklärung.

«Was ist eigentlich mit dem Ding da passiert?», fragt sie und deutet auf die externe Tastatur, die ich kaum nutze, weil ich lieber am Notebook tippe, und die ich deswegen aufs Fensterbrett gestellt habe.

«Wieso?», sage ich und beuge mich in Richtung Fenster, um sie aufzunehmen.

«Na, da wächst was ...», sagt sie langsam, greift nach vorn und stellt die Tastatur vor sich auf meinen Schreibtisch. Sie senkt den Kopf so tief, dass ihre Nase fast die Tasten berührt, schnuppert und nickt schließlich wissend. «Das ist Kresse», sagt sie. «Hast du Kresse in deine Tastatur gesät?»

Tatsächlich, da wachsen kleine Sprossen zwischen den Buchstaben.

«Also Geli, ich komme zwar vom Land, aber so verrückt bin ich nun auch wieder nicht.»

«Seltsam ... Na, vielleicht hat sich da was über die Luft übertragen», sagt sie. «Es gibt ohnehin Wichtigeres!»

«Ach ja?»

«Ja. Was ziehen wir an?»

«Wer sagt denn, dass ich mitkomme?», winde ich mich unbehaglich. Roter Teppich ist nun wirklich so was von überhaupt nicht meine Welt. Und diese Montagsgala, die heute zu Ehren der Streamingstars national und international stattfindet, interessiert mich nicht einmal von der Couch aus. Was ist das überhaupt für eine seltsame Idee, eine Gala an einem Montag stattfinden zu lassen? Hatten die am Wochenende alle keine Zeit?

Aber Geli schaut wie ein verwundetes Reh, dem ich den Tierarzt verweigern will. Es ist kaum auszuhalten.

«Na gut ...», sage ich. «Wenn es sein muss.»

«Es ist so schön, dass du jetzt meine Kollegin bist»,

strahlt Geli. «Ich erlaube dir nicht, jemals zu kündigen. Du musst dich gemeinsam mit mir pensionieren lassen!»

Ich versuche zu lächeln.

··•··

Zwei Stunden vor unserer Verabredung steht Geli vor meiner Wohnungstür, über der Schulter eine wuchtige Reisetasche, die aussieht, als würde sie Backsteine darin transportieren.

«Ich hatte keine Ahnung, dass du hier einziehen willst», sage ich und lasse zu, dass sie sich an mir vorbeischiebt und sich suchend umschaut.

«Badezimmer», keucht sie knapp. «Wir haben nur noch zwei lächerliche Stunden.»

Ich deute mit dem ausgestreckten Arm Richtung Bad, und Geli stolpert mit ihrer Tasche hinein. Überrascht schaue ich ihr hinterher. Dann widme ich mich wieder meinem Handy, auf das mir Sebastian eben eine Nachricht geschickt hat: «Musste gerade an dich denken. Was machst du so?»

Ich: Geli ist hier eingefallen. Befürchte, sie möchte in den nächsten beiden Stunden ein radikales Umstyling an mir vornehmen. Nicht meine Schuld, wenn ich nachher aussehe wie eine Teilnehmerin von *Love Island*.

Sebastian: Was ist *Love Island*?

Ich: Es ehrt dich, das nicht zu wissen.

Schon hechte ich Geli hinterher, die so lautstark im Bad herumhantiert, dass ich um die edle Ausstattung fürchte. Aber sie hat sich nur den Hocker zurechtgerückt, auf dem sie jetzt sitzt und den Kopf in den Nacken legt.

«Du kannst anfangen, danach kümmere ich mich um dich», erklärt sie, und ich bereue, dass ich mich auch noch dazu habe breitschlagen lassen, ihr beim Styling zu helfen. Denn ich habe Angst, ihre Haare zu berühren. Angst, ich könnte irgendetwas an der Perücke kaputt machen.

«Du kannst nichts kaputt machen», sagt sie, als könnte sie meine Gedanken lesen.

«Okay», erwidere ich gedehnt, nehme mir eine Bürste aus dem Fach unter dem Waschbecken und kämme vorsichtig Gelis Haare.

«Androgenetische Alozepie», sagt sie. «Zuerst verkürzt sich die Wachstumsphase der Haare, und die Haarfollikel werden kleiner, dann gibt es nur noch Fusselhaar. Am Ende wachsen sie gar nicht mehr.»

«Das tut mir leid», sage ich, weil mir nichts Besseres einfällt.

Geli winkt ab. «Es gibt Schlimmeres. Stell dir vor, ich hätte Wimpern wie Pujan und sie würden mir von einem auf den anderen Tag ausfallen. DAS wäre tragisch. Aber so ... Ich habe eine Eins-a-Perücke, sonst wäre ich auch sicher nie auf die Idee gekommen, Pink zu tragen.

Ich glaube zwar, dass Gelis Ideenreichtum sich von nichts ausbremsen lassen würde, frage aber stattdessen: «Warum sind sie eigentlich pink, Geli? Wegen der Liebe?»

«Was?», fragt sie und dreht sich zu mir um, sodass sich eine Strähne im Kamm verfängt.

«Na, die Farbe der Liebe, Rot, Rosa oder Pink.»

Sie verdreht die Augen und sieht dabei aus, als hätte ich vorgeschlagen, das Date mit Emma Watson für einen gemütlichen Abend vor dem Fernseher einzutauschen.

«Du musst noch viel lernen, meine Liebe!» Ihr Blick ergänzt: Aber dafür hast du ja jetzt mich. Sie macht eine kurze, theatralische Pause und verkündet dann: «Die Farbe der Liebe ist Blau!»

«Blau?»

«Dunkelblau, um genau zu sein. Das steht für Tiefgründigkeit, die essenziellen Fragen des Seins und außerdem für Eigenschaften wie Treue und Mut. Das ist doch eine der wichtigsten Grundvoraussetzungen, die es für die Liebe braucht, findest du nicht? Mut.»

Mut, sage ich mir still. Das stimmt wohl. Um zu lieben, muss man mutig sein. Jedenfalls mutig genug, um zuzulassen, dass ein anderer Mensch einen schrecklich unglücklich machen könnte. *Vielleicht hast du dir deswegen immer so Typen wie Jo ausgesucht*, sagt meine innere Stimme. *Männer, mit denen du nicht mutig sein musstest, weil von vornherein klar war, dass sie dich enttäuschen würden.*

«Außerdem», fährt Geli fort und bedeutet mir mit einer etwas ungeduldigen Handbewegung, ihren Haarschopf auch trotz unserer tiefgründigen Farbenlehre nicht außer Acht zu lassen. «Außerdem steht Blau für die Unendlichkeit. Genauso wie für Vertrauen und Verlässlichkeit, aber auch für Suchtverhalten. Man kann süchtig nach Liebe sein.»

Ich weiß, wie recht sie hat. Denn wenn ich es schon in meinem Familienleben immer allen recht machen will, weil ich Angst habe, ihre Liebe zu verlieren, die mir schließlich nicht naturgemäß gehört, dann habe ich es bislang zumindest in Sachen Männer geschafft, clean zu bleiben. Geli bemerkt nichts von meinen inneren Reaktionen auf ihre Bemerkungen und plappert munter weiter.

«Rosa dagegen ist im Orient noch immer die Farbe der Männlichkeit. Ich trage also Rosa nicht wegen der Liebe, sondern um meiner maskulinen Seite Ausdruck zu verleihen. Und bevor du mir noch mal mit Rot kommst: Rot steht vor allem für Wut, Aggression und Feuer. Auch für Leidenschaft – aber komm schon, Mia, an Blau kommt sie nicht ran. Blau ist die Farbe der Liebe.» Sie richtet sich auf dem Hocker auf. «So, würdest du mir jetzt bitte eine Frisur verpassen, die nicht aussieht, als hätte sich ein Schwarm Meisen ein Nest auf meinem Kopf gebaut?»

«Aye, aye, Captain Geli», erwidere ich und salutiere ihr im Spiegel. «Aber sag mal, was ist eigentlich in der Tasche?» Ich nicke in Richtung des riesigen Sportbags.

«Meine Outfits natürlich», erklärt sie und schüttelt gutmütig den Kopf. «Du musst wirklich noch viel lernen.»

Ich weiß nicht, wie ich darauf komme und warum ich es Geli erzähle, aber ich sage: «Mein Ex-Freund hat ein Spiel erfunden, in dem man Frauen in Zombies verwandeln und abschießen kann.»

Geli dreht sich erneut um, zieht die Augenbrauen hoch und wartet ab, dass ich weiterspreche.

Ich hole Luft. «Ich bin der Musterzombie. Mein Gesicht, meine Mimik, mein Körper, meine Gestik – für jeden, der das Spiel zum ersten Mal spielt, sieht so die Antagonistin aus. Und jeder, der das Spiel kauft, kann mich modifizieren, bis ich so aussehe, wie die eigene verhasste Ehefrau,

Ex-Freundin, Schwester, whatever. Für jeden toten Zombie gibt es ein Körperteil für die Neue, ganz nach Maß und Wunsch. Jo hat mich zum Musterfeindbild seines Spiels gemacht – und mich dann verlassen.»

«Er ist ein Arschloch», stellt Geli fest. «Das ist ekelhaft.»

«Ja», erwidere ich trocken, und dann muss ich lachen.

«Ist das witzig?», fragt sie.

«Irgendwie schon», erwidere ich. «Er hat genau das mit mir gemacht, was ich immer wollte: mich in eine andere Person zu verwandeln. Und das ausgerechnet jetzt, da ich ...» Ich breche ab.

«Ja?»

«Also ... Jetzt, da ich mich wohlfühle in meiner Haut», sage ich und schlucke schwer. Es ist nicht meine Haut. Oder? Es fühlt sich nur so an. Und es macht erträglich, dass Jo mich für seine virtuelle Welt missbraucht hat.

«Aber du wolltest doch niemand sein, der anders aussieht, um abgeschossen zu werden, oder?», hakt Geli nach.

Eine Weile muss ich über diesen aus ihrer Sicht völlig logischen Satz nachdenken. Aber genau genommen hat sie den Nagel auf den Kopf getroffen.

··●··

Eineinhalb Stunden später habe ich die Tatsache akzeptiert, dass es sogar Cocktailkleider mit schlauen Sprüchen gibt. Geli trägt ein schwarzes, eng anliegendes Kleid mit Spitze am Ausschnitt und einem Tüllrock, der an ein Balletttutu erinnert. Auf ihrer Brust prangt in Weiß der Schriftzug «No pictures please». Ich finde, es ist besser als «Ich will ein

Kind von dir» oder der Print mit den Hundeköpfen, über denen «Freche Möpse» stand, den sie neulich anhatte.

Das Innere von Gelis Ford Transit ist fein säuberlich mit einer abwaschbaren Tischdecke ausgelegt, und das steigert das ohnehin vorherrschende Gefühl, ich würde zur Schlachtbank gefahren, noch um ein Erhebliches.

Wir fahren unzählige Kreise in kleinerem und größerem Radius um das Sendlinger Tor, auf der Suche nach einem Parkplatz in der Nähe. Wie Geli das anstellen will, ist mir als Nicht-Münchnerin zwar ein Rätsel, aber sie hat das Urvertrauen in sich selbst nicht verloren.

Der große Friedhof, den wir dabei zweimal passieren, will mir nicht mehr aus dem Kopf gehen. Ob dort meine leibliche Mutter liegt? Oder doch an einem völlig anderen Ort?

«So, hier parken wir», erklärt Geli schließlich. Eine offizielle Parklücke ist zwar nicht in Sicht, das stört sie aber nicht weiter, und so stellt sie den Wagen kurzerhand in zweiter Reihe gegenüber einer Bar namens *Jaded Monkey* in der Herzog-Wilhelm-Straße ab. «Guck nicht so, die Streifenpolizisten sind heute alle im Sicherheitseinsatz.»

Dass eine zugeparkte Straße vielleicht auch ein Sicherheitsproblem sein könnte, verkneife ich mir. Stattdessen folge ich Geli, die bereits aus dem Auto gestiegen ist.

Ich fühle mich höchst unwohl und habe Gelis spitze, entzückte Schreie noch im Ohr, als sie Mias Ankleidezimmer betreten hat. Wir haben uns für mich auf ein mauvefarbenes Kleid mit Wickelgürtel um die Hüfte geeinigt – genau genommen eigentlich sie. Es hat einen schönen Ausschnitt und ist Geli zwar nicht «schick» genug, aber es ist ein akzeptabler Kompromiss zwischen dem Hemdkleid, das ich gerne angezogen hätte, und dem bombastischen nachtblauen Abendkleid mit dem fehlenden Rückenteil, das Geli mir aufzwingen wollte.

«Wie geht das jetzt weiter?», frage ich, als Geli schwungvoll die Tür des Autos zuschlägt und resolut in Richtung Sendlinger Tor und damit in die Red-Carpet-Arena stapft.

Schon bald ist das Rufen der Fotografen, das Klicken von Kameras und Handys zu hören. Und das, obwohl wir noch ein gutes Stück von der Absperrung entfernt sind.

«Jetzt mischen wir uns unters Volk», erklärt Geli, und ich frage mich zum ersten Mal, ob sie überhaupt so etwas wie eine Strategie hat.

Die Luft draußen ist fast schon sommerlich dampfig. Meine von Geli sorgsam geglätteten Haare werden sich innerhalb kürzester Zeit wie zu lange gekochte Farfallenudeln kringeln. Und die viel zu dick aufgetragene Mascara auf meinen Wimpern taugt dann nur noch dazu, mir wie bei einer Gangsterbraut in dunklen Schlieren über die Wangen zu rinnen. Immerhin trägt Geli eine klare Botschaft auf ihrer Brust, sodass wir uns um *GALA*, *Brigitte* und Co. keine Sorgen machen müssen.

«Du hast doch Karten, oder?», frage ich. «Für die Veranstaltung?»

«Nein, wo sollte ich die herhaben?», erwidert Geli überrascht und blinzelt mit ihren angeklebten Wimpern.

Ich stöhne. Ohne Karten werden wir die Wand an Menschen niemals durchdringen. Und wenn Emma Watson sich keine Stelzen anzieht, dann werden wir sie auch gar nicht zu Gesicht bekommen.

Aber Geli ist offenbar weniger planlos als gedacht. Sie marschiert schnurstracks auf die Menge zu und drückt sich mit ihrem Kleidchen und ihren hochgesteckten Löckchen an all den kreischenden Fans und den Geiern von der Presse vorbei.

Ich eile ihr nach oder besser: Ich versuche es. Denn ich scheitere schon an den beiden Mädchen vor mir, die einem Typen zujubeln, der gerade aus einer Limo steigt und in Richtung roter Teppich läuft. Fast hätte ich gelacht, denn der Kerl ist maximal vierzehn und schaut, als hätte er sich im Wochentag geirrt und als wollte er eigentlich auf eine Fridays-for-Future-Demo. Kann ja mal passieren, wenn in München die Galas jetzt auch schon auf einen Montag fallen.

Die Mädels blockieren mir den weiteren Weg, und ich sehe Gelis pinken Schopf in der Menge verschwinden. Hilflos schiebe ich meine Ellbogen etwas nach links und rechts, aber Rambo-Qualitäten hatte ich einfach noch nie, und so werde ich nur zurück- statt nach vorn geschoben. Wenn das so weitergeht, posiert Geli schon mit Emma, bevor ich überhaupt nur einen Zipfel vom roten Teppich gesehen habe.

Dann aber kommt von hinten Bewegung in die Menge, und ich werde durch einen unsanften Schubser gute fünf Meter nach vorne geschoben – unter dem lauten Protest der um mich Herumstehenden. Danach ist es leicht, mich einfach von der Masse in Richtung Teppich schieben zu lassen. Und dann sehe ich auch Geli. Sie hat sich einem der schwarz gekleideten Securitytypen an den Arm gehängt, klimpert mit den Wimpern und hat eine Haltung eingenommen, als wäre sie Debütantin auf einem Ball im 19. Jahrhundert und nicht ein wild gewordener Groupie.

Ich dränge mich weiter, bis ich bei ihr stehe und ungläubig höre, wie sie säuselt: «Ihr seid ein Gentleman, Sir. Dessen bin ich mir gewiss! Lasst mich gewähren.»

Der Kerl blafft etwas in sein Walkie-Talkie und versucht, Geli abzuschütteln. Da kennt er Geli aber schlecht.

«Wagnisse braucht das Leben, mein Herr! Und Ihr, ja Ihr seid mein nächstes. Seht mich nicht so entsetzt an! Wir Frauen müssen endlich mit alten Konventionen brechen!»

«So weit kommt es noch!», erwidert er und erwischt damit ganz sicher ungewollt fast genau den Wortlaut von *Summerset*.

Geli seufzt entzückt. «Ein echter Fan!»

Dass Geli gerade Folge vier aus Staffel drei nachspielt, in der sie sich, enttäuscht von Byron, dem Langweiler Fannington an den Hals wirft, ist bisher nur mir und der offenbar textsicheren Frau im Trenchcoat neben uns aufgefallen, die Geli entgeistert anstarrt und ihrer Freundin dabei geistesabwesend an die Schulter tippt. «Die redet wie die Everly, hörst du das?»

Dass der Security-Mann weiterhin versucht, Geli abzuschütteln und gleichzeitig die beiden Teenager mit ihren hocherhobenen Handys davon abzuhalten, die Absperrung zu durchbrechen, merkt Geli gar nicht. Sie ist in ihrer Everly-Welt. Aber ich kann mir nicht vorstellen, dass dieser Schrank von einem Mann vor ihr historische Romantikserien anschaut.

Geli schmachtet einfach weiter in ihrer besten Everly-Stimme: «Ich dachte, Byron liebt mich, aber es war eine

List. Er hat nicht vor, mich zu ehelichen, und nun muss ich fort von hier. Mit Euch, mein lieber Fannington, mit Euch!»

«Ich heiße Arthur, nicht Fannington. Sie sind ja völlig durchgeknallt!», blafft der Typ und winkt einem Kollegen zu. *Verstärkung*, lese ich auf seinen Lippen.

Wenn Geli so weitermacht, landet sie heute noch im Knast und sicher nicht neben Emma Watson auf dem roten Teppich.

Aber Geli gibt nicht auf. «Lasst uns verschwinden von hier, lasst uns das Glück gemeinsam suchen. Wir könnten nach Schottland reisen, vielleicht nimmt Euer Bruder uns auf. Es ist an uns! Nehmt mich auf Eure starken Arme und tragt mich ins Glück.» Bei diesen Worten deutet sie auf den roten Teppich.

Ich kann es nicht glauben – DAS ist ihr Plan? Sie glaubt, der Security-Kerl mutiert zu einem Gentleman erster Güte und trägt sie auf seinen starken Armen in Richtung der Stars und Sternchen vor der eleganten schwarzen Hintergrundwand?

«Geli, das wird nichts», raune ich ihr zu. Aber sie winkt ab.

Verzweifelt sehe ich mich um und bemerke, dass zwei weitere schwarz gekleidete Muskelprotze auf uns zustapfen. Wir brauchen einen Plan B. Ich überlege hin und her, aber mir will nicht einfallen, wie ich Geli über die Absperrung bringen kann. Doch dann sehe ich sie: Mias Eltern. Direkt hinter einer rappeldürren Frau in seltsamen, grellen Fitnessklamotten und Schulmädchenzöpfen, die wahrscheinlich zum illustren Kreis der Influencerinnen gehört.

Natürlich sind sie hier. Schließlich sind beide feste Mitglieder der Münchner High Society.

Mias Mutter trägt ein bonbonfarbenes, hautenges Etwas zu roten Riemchensandalen. Da ihr Mann, Hans-Peter Morot, mit seinen Einssiebzig kein besonders großer Mann ist, ist es ihr nicht vergönnt, High Heels zu tragen. Es fällt mir schwer, diese herausgeputzte Mittfünfzigerin mit der Frau in Einklang zu bringen, die Mia und mir als Kindern die besten Pfannkuchen der Welt gebacken, uns das Rollschuhfahren beigebracht und am liebsten dunkle Rollkragenpullover getragen hat. Aber vielleicht ist das so etwas wie Berufskleidung, ein Bäcker trägt zu Hause sicher auch nicht immer Weiß und der Schornsteinfeger keine schwarzen Anzüge, und die Influencerin würde sich vielleicht auch lieber was bei H&M bestellen.

Ohne weiter nachzudenken, dränge ich mich zwischen den Presseleuten bis an die Absperrung und habe binnen kürzester Zeit besten Blick auf die posierenden Prominenten. Soeben betritt Emma Watson die Bühne. Zwischen ihr und dem Schauspieler an ihrer Seite, dessen Name mir nicht einfallen will, stehen nur noch Sophia Thomalla, die offensichtlich ihre Klamotten zu Hause vergessen hat, und Thomas Müller, der ihr mit gerunzelter Stirn auf die Brüste schaut. Dann kommen schon Hans-Peter und Elvira Morot. Noch etwas unschlüssig hebe ich meine Hand zum Gruß, ich tue es für Geli. Aber das muss reichen. Wenn nicht, hat Geli Pech gehabt. Tatsächlich schaut Elvira in meine Richtung, zögert kurz – dann erkenne ich ihr altes, breites Grinsen, auch wenn die prallen Lippen nicht so richtig dazu passen wollen.

Sie flüstert ihrem Mann etwas zu und geht dann langsam auf mich zu. «Charly, Schätzchen! Was machst du denn hier?»

Ich spiele deine Tochter, aber verrat's keinem ...

Zum ersten Mal zahlt es sich aus, dass ich für Elvira der Inbegriff guten Einflusses auf ihre flatterhafte Tochter bin.

«Das ist aber schön», sagt sie und berührt über die Absperrung hinweg meinen Arm. «Besuchst du Mia?» Sie sieht sich um und spitzt die Lippen. «Ist sie auch hier?»

«Ja, ich bin ... auf der Durchreise und dachte, ich schaue mal einen Tag bei Mia vorbei», sage ich. «Mia ist ... noch arbeiten», stottere ich.

«Arbeiten?», brummt Hans-Peter, der ebenfalls zu uns getreten ist, als wäre das eine sehr abwegige Vorstellung, was es genau genommen ja auch ist. «Sie soll sich endlich mal wegen der neuen Wohnung melden. Da legt man ihr die Welt zu Füßen – und sie hat nicht mal den Anstand, sich zu bedanken.»

Ich will entgegnen, dass Starnberg zwar ein teures Stück Welt ist, aber nicht *die* Welt. Auch wenn er ja eigentlich sogar recht hat. Stattdessen besinne ich mich auf mein eigentliches Anliegen.

«Ich bin mit einer Freundin von ... von Mia hier. Sie würde so gerne Emma Watson treffen. Geli ist ihre deutsche Stimme.»

Elvira haucht «Wie aufregend!» und wirft ihrem Mann über die Schulter einen Blick zu. Den Moment nutze ich und brülle nach Geli, die es zum Glück ohnehin aufgegeben hat, die Security-Leute zu bezirzen, und nun mehr oder weniger auf der Flucht nach vorn ist.

Ich greife nach Gelis Arm und ziehe sie zu mir, bis sie vor Mias Mutter steht. «Das ist Geli – Emma Watsons Synchronstimme», sage ich.

«Freut mich.» Elvira lächelt warm. Beim Anblick von Gelis verdutztem Gesicht, lacht sie und erklärt: «Für Freunde von Mia machen wir doch alles.» Sie zwinkert mir dabei zu, und deshalb muss es so wirken, als wäre sie meine Mutter, als wäre ich Mia und nicht einfach nur eine Freundin der echten Mia.

Dann wendet Elvira sich an einen der Sicherheitsleute, den sie duzt und mit Vornamen anspricht und den sie bittet, für Geli das Gatter zu öffnen. Da hat Geli bereits ihre Fassung wiedererlangt und ist mit einem Satz, der ihre Größe Lügen straft, über die Absperrung gehüpft.

Fassungslos sehe ich zu, wie sie mit Elvira an ihrer Seite an all den Schönebergers, Gottschalks und ein paar Z-Promis der deutschen Fernsehlandschaft vorbeieilt, ohne sie eines Blickes zu würdigen, und dann mit hochrotem Kopf neben Emma Watson stehen bleibt. Die legt nach kurzer Erklärung mit einem freundlichen Grinsen ihren Arm, der passend zu ihrem historischen Gewand in schicken weißen Handschuhen steckt, um Geli. Everlys deutsche Stimme wirkt in ihrem Kleid dagegen wie aus der Zeit gefallen.

Der Fotograf neben mir starrt Geli auf die Brust und sagt leise zu seinem Kollegen: «Wer ist denn die durchgeknallte Alte?»

«Das ist Emma Watsons deutsche Stimme», schimpfe ich. «Und jetzt machen Sie schon endlich ein Foto.» Ich zücke selbst mein Handy. Genau in dem Moment, in dem Geli den Fehler bei der Kleiderwahl bemerkt und sich schnell den rechten Arm vor die Brust schiebt.

Ich drehe mich um und mache ein paar Selfies mit Emma und Geli, und eines der Fotos schicke ich Katja.

Ich: Famous in Munich – Charlotte Reinhardt, zu Hause auf dem roten Teppich.

Katja: ☺Was ist jetzt mit Quinn? Stirbt er?

Ich: Wollte Emma mir nicht sagen.

Katja: DU HAST MIT IHR GESPROCHEN?

··●··

Nach ihrem Red-Carpet-Moment ist Geli viel zu aufgekratzt, um nach Hause zu gehen. Und weil sie der Meinung ist, ich hätte bisher zu wenig vom schönen München gesehen, schleppt sie mich in Richtung Isar. Irgendwann überqueren wir eine Brücke über den Fluss, und Geli holt uns am Kiosk Isarwahn zwei Schneiders Weisse. Wir setzen uns einfach auf die Wiese, und Geli schwärmt zum wiederholten Male von dem – bis auf die Geburt ihrer drei Jungs – lebensverändernsten Ereignis ihres Daseins, nämlich der Tatsache, dass Emma Watson ihr die Hand auf die Schulter gelegt hat. Ich befürchte, Geli wird eine Zeit lang ihre Körperhygiene vernachlässigen und sich für ihr schwarzes No-pictures-please-Kleid einen Schrein zimmern lassen.

Wir ziehen unsere Schuhe aus und strecken die Füße

auf der Wiese aus. Mein Handy piepst, und unter Gelis aufmerksamem Blick lasse ich mir etwas Zeit, es herauszunehmen. Es ist Sebastian. Polter, polter, macht mein Herz. Wie ein Klingelton für besonders begehrte Nachrichten klingt das.

Sebastian: Pocahontas, was machst du an diesem schönen Montagabend?

Ich werfe der noch immer über beide Ohren strahlenden Geli einen Blick zu und tippe dann eine Antwort.

Ich: Betätige mich als Glücksfee. Könnte sein, dass ich auch noch eine Herzrhythmusmassage vornehmen muss.

Sebastian: Könntest du das genauer erklären, oder muss ich eifersüchtig werden?

Ich schicke ihm ein Foto von Geli auf dem roten Teppich. Prompt kommt eine Antwort.

Sebastian: Ist sie auf Drogen?

Ich: Nein, Emma Watson hat sie an der Schulter berührt. Was machst du?

Er schickt ein seltsames Emoji, das ich nicht gleich verstehe, und dann ein Gif, in dem ein Spider-Murphy-Gang-Verschnitt «Schickeria» singt.

Sebastian: Ich bin mit einem Freund in München unterwegs, wir trinken am Great Bavaria Reef ein Bier. Und ihr? Sieht nach Isarwahn aus.

Ich: Richtig. Down to Earth statt Down Under in Munich.

Sebastian: Ich bin nur fünfhundert Meter entfernt, ich könnte Pocahontas ein Feuerwasser ausgeben.

Einen Moment überlege ich, begeistert Ja zu schreiben. Aber dann denke ich daran, wie ich für Jo immer alles habe stehen und liegen lassen. Und das hier ist doch ein Mädelsabend.

Ich: Danke, aber der grinsende Zombie neben mir und ich bleiben heute Abend unter uns.

Er schickt einen gelassen wirkenden Daumen nach oben und ein «Kein Problem – habt viel Spaß». Alles so seltsam easy. Aber plötzlich sickert etwas schwer und zäh in mein Herz. Wie ein Giftstachel, der einem hinterrücks den Tag verdirbt. Wie eine Stelle in einer Synchronisation, die nicht lippensynchron ist, ein Witz, den man nicht in die Zielsprache übersetzen kann. Ein Filmfehler, der die Illusion stört, dass wir in einer Lovestory sind. Denn eigentlich ist das hier ein Drama erster Güte, und der Zuschauer weiß ganz genau, dass er sich nichts vorzumachen braucht. Der Knall wird kommen. Früher oder später. Es ist völlig egal, was für ein Typ Kerl er ist – weil ich nicht der Typ Frau bin, der ich vorgebe zu sein.

Als ich ein wenig in mich zusammensacke, schreckt Geli aus ihrer Emma-Watson-Trance hoch.

«Alles okay?»

Ich nicke – und nicke auch, als sie vorschlägt, die nächste Runde Bier zu holen, und meint, wir könnten genauso gut mit dem Taxi nach Hause fahren. Während ich Geli hinterherschaue, kommt eine weitere Nachricht.

Sebastian: Darf ich dich morgen früh mitnehmen?

Mein Herz will wieder den Polter-Polter-Klingelton anwerfen. Dabei wäre die Melodie aus «Spiel mir das Lied vom Tod» angemessener. Denn wir beide als Paar sind tot, bevor wir überhaupt geboren wurden, und das macht mich unendlich traurig. Natürlich will ich mit ihm in einem Auto sitzen, natürlich will ich in seiner Nähe sein. Aber als Charly, nicht als Mia. Und die Grenzen sind so sehr verschwommen, dass ich mich frage, ob die schlagfertige, fröhliche und spontane Frau hier wirklich nur Mia ist, oder ob da auch ein Teil Charly unter ihrer Haut steckt. Nur eins ist klar: Wenn ich so weitermache, richte ich nicht nur gewaltige Kollateralschäden an, sondern schaffe einen Eins-a-Totaldefekt.

Ich: Danke, aber das geht nicht, ich hab einen Termin am Marienplatz. Mit der Produzentin von Netflix.

Das entspricht nicht ganz der Wahrheit. Der Plan war nämlich eigentlich zusammen mit Annabelle Eilbeck von TonAb aus in die Münchner Innenstadt zu fahren.

Sebastian: Trifft sich gut, ich muss morgen auch nach München.

Ich: Tja, dann ... warum nicht?

Ich versende die Nachricht, obwohl das nicht gut ist. Ganz und gar nicht.

Kurz überlege ich, ihm noch irgendetwas Nettes zu schicken. Ein Herz, eine Kusshand, aber nichts in der langen Liste der Emojis will mir richtig erscheinen, außer vielleicht der Kopf, dem das Hirn explodiert, oder ein Gif, in dem eine Frau knietief in ihrem eigenen Schlamassel steckt und dabei mit Herzchen um sich wirft. Also stecke ich das Handy weg und widme mich dem anderen Liebesopfer auf der Wiese, das jetzt freudestrahlend mit zwei weiteren Bier auf mich zukommt.

«Wolltest du schon mal jemand anderes sein, Geli?», frage ich, als sie sich neben mir fallen lässt.

«Gott, nein! Wie schrecklich kompliziert, ich komme mit mir selbst gerade so klar. Warum um Himmels willen sollte ich da jemand anderes sein wollen?», stöhnt sie. «Außerdem hätte ich dann Emma Watson nicht getroffen.» Sie klingt ganz ernst und berührt beinahe zärtlich ihre Schulter. Dann dreht sie sich ruckartig zu mir um, und es ändert sich etwas in ihrem Gesicht. «Meinst du wegen der Haare?»

«Nein! Natürlich nicht», erwidere ich erschrocken. «Es ist nur ... wegen mir ... Also, ich ... und Sebastian ...»

«Ja?»

«Ich glaube nicht, dass das mit uns was wird. Ich meine, das Ende ist ... sozusagen vorprogrammiert.»

«Das Ende? Wen interessiert denn am Anfang schon das Ende!?»

Ich sehe sie erstaunt an. «Du weißt ja nicht, dass ich das Ende schon kenne.»

«Das Ende kannst du nicht kennen! Ich meine, wenn ich jedes Mal, wenn ich einen Film sehe, ein Drehbuch lese, einen Text synchronisiere, glaube, der Protagonist würde am Ende ohnehin sterben oder unglücklich sein oder enttäuscht werden, dann hätte ich ja nie Lust, den Film überhaupt erst anzufangen. Letzten Endes stehen wir zwar alle auf das Happy End, aber manchmal ist halt auch der Weg das Ziel. Und auch wenn wir es nicht garantieren können, dann können wir doch wenigstens darauf hoffen.»

«Aber wenn ich nicht diejenige bin, die er gerne hätte?», hake ich nach und richte mich ein Stück weit auf.

«Dann ist er ein Idiot.» Sie nimmt einen kräftigen Schluck. «Hör mal, Mia, wenn irgendein Kerl dich nicht genau so will, wie du bist, dann solltest du ihn auch nicht wollen.»

Das ist zwar nett, in diesem Fall aber leider nicht ganz richtig.

Verlegen sehe ich mich um. In der Ferne watschelt ein Entenpaar über die Wiese. Es sieht rührend aus. Sie haben keine Namen und können ganz sicher nicht so tun, als wären sie jemand anderes. Allerdings meine ich, mich auch zu erinnern, dass Enten nur bis zum Ende der Brutzeit monogam sind.

Himmel! Was ist nur los mit mir – jetzt wünsche ich mir schon, eine Stockente zu sein!?

«Never judge a book by its cover – beurteile ein Buch niemals nur nach seinem Äußeren», sage ich leise.

Geli legt den Kopf schief. «Ich hab schon reingeschaut in das Buch, und es gefällt mir richtig gut», erklärt sie und deutet auf meine Brust.

Ich schlucke und fühle mich doppelt mies. «Haben die da oben auch Hochprozentiges?», frage ich in meiner Not und gestikuliere in Richtung Kiosk.

«Die da oben – und ich!», sagt sie und zieht grinsend einen Flachmann aus ihrer Handtasche. «Du glaubst doch nicht, dass ich diese Aufregung heute sonst überstanden hätte.»

«Was ist da drin?», frage ich skeptisch.

«Eierlikör natürlich», erklärt sie.

«Natürlich.» Ich lache und bin froh, dass Geli hier ist. Und dass ich noch hier bin. *Noch.* Und ich wünsche mir, dass dieses *noch* ein paar weitere Tage anhalten wird.

KAPITEL 32

Geli sitzt breitbeinig auf der Couch, eines der dicken blauen Kissen in den Nacken gestopft, und kaut genüsslich mit Blick auf den See das dritte bio-glutenfreie-aber-leckere Croissant für 5,40 Euro. Ab und an wischt sie einen Brösel vom Polster und seufzt hingebungsvoll. Offensichtlich sind diese Croissants so eine Art Wundermittel gegen den gewaltigen Kater, den Geli in ihrer gestrigen Begeisterung mit einer erstaunlichen Menge Weißbier kombiniert mit Eierlikör angelockt hat. Doch seit acht Uhr und dem zweiten Hörnchen ist sie quietschfidel und gut gelaunt.

«So lieb, dass ich hier schlafen durfte!», schmatzt sie. «Es ist unfassbar ruhig hier. Zu Hause können sich Joris und Tamme die Köpfe einschlagen, und ich muss es nicht sehen. Ab sofort mache ich jede Woche einen Mädelsabend mit dir.» Sie plappert einfach weiter. «Ich werde dir das nie vergessen! Das war der beste Abend meines Lebens! Stell dir vor, wenn deine Eltern nicht da gewesen wären, was hätten wir dann nur gemacht? Ich schätze, ich hätte in Emmas Hotelzimmer einbrechen müssen!» Sie beißt noch einmal ab und sieht mich lächelnd an. «Vielleicht rufe ich nachher Annabelle an und nehme mir einfach frei. Aber ja nichts meiner Familie verraten. Herrlich, wenn ich die mal einen ganzen Tag nicht sehen muss.»

Ich glaube ihr kein Wort.

«Du kannst von mir aus deinen Urlaubstag hier verbringen. Lass es dir gutgehen», sage ich und betrachte sie so liebevoll, als wäre sie Katja, die mir schrecklich fehlt, und finde es verwunderlich, wie einem ein eigentlich fremder Mensch so schnell mitten ins Herz hineinwachsen kann. Aber in weniger als einer Woche ist alles vorbei. Dann habe ich nicht nur Geli betrogen, sondern neben Mia und Sebastian auch noch mich selbst. Meine Vorsätze, mich von der TonAb-Belegschaft so weit wie möglich entfernt zu halten, mich im Büro zu verschanzen und mir bei jedem Gang über den Flur die Haare ins Gesicht zu kämmen, sind spätestens seit gestern völlig ad absurdum geführt worden. Mia wird gezwungen sein zu behaupten, sie käme direkt vom Schönheitschirurgen (sie wird danach jedem die Adresse geben müssen, so viel ist klar), und überhaupt habe ich keine Ahnung, wie ich ihr das Ganze hier erklären soll. Ich sollte Mia doch nur zwei Wochen lang unauffällig vertreten. Stattdessen ist alles komplett aus dem Ruder gelaufen, und jetzt sitze ich knietief in meinem eigenen Fahrwasser. Eisberg direkt voraus. Genauso gut kann ich mich gleich zu der Unbekannten auf den Friedhof legen, von der ich heute Nacht wieder geträumt habe. Auf dem Grab stand unter ihrem Namen auf einmal auch meiner. In dem Traum wartete meine leibliche Mutter hinter mir, legte ihre Hand auf meine Schulter, und als ich mich umdrehte, stand eine gesichtslose Frau mit verschwommenen Konturen da.

Geli greift nach ihrer Teetasse, hält inne und sieht mich an. Dieser Blick kann alles bedeuten, von «Hast du ein bisschen Milch für mich?» bis «Ich hab dich von Anfang an durchschaut.» Gott, ich werde sie vermissen!

«Was überlegst du?», will sie wissen und legt die Stirn in Falten.

Ich hole Luft und sage dann, weil es gerade das Nahliegendste ist: «Grabsteine, ich denke über Grabsteine nach. Was würdest du auf deinen schreiben lassen?»

Geli, ihrem Gemüt nach von dieser Frage gar nicht überrascht, überlegt einen Moment, bevor sie in ein breites Grinsen ausbricht. «Ich glaube so etwas wie: *Hier liegen meine Gebeine, ich wollte, es wären deine.*»

Ich nicke und lächele. «Das klingt gut.»

«Und du?»

Die Antwort bleibe ich ihr schuldig, denn in diesem Moment klopft es an der Tür.

«Ich gehe schon», erklärt Geli und springt munter auf. Über die Schulter ruft sie mir noch zu: «Und ich leihe dir meinen Grabspruch, bis dir ein eigener einfällt.»

Ich starre ihr nach, wie sie zu Mias Tür eilt, als wäre es ihre eigene. Für Sebastian ist es ein wenig früh. Dann höre ich sie draußen im Flur sprechen, und schließlich kommt sie ins Wohnzimmer zurück.

«Ist für dich, Mia. Gute Frisur, guter Body. Ein Kerl. Ich glaube, du kennst ihn», sagt Geli gelassen, grinst, setzt sich wieder und stopft sich den Rest auf ihrem Teller in den Mund. «Meine Güte, die Dinger sind fantastisch», erklärt sie zufrieden. «Worauf wartest du? Geh raus, er wollte nicht reinkommen.»

Ich stehe auf und kann sein Parfum riechen, sanft und unaufdringlich, noch bevor ich bei ihm bin. Sebastian lehnt mit der Schulter an der Tür und sieht mich mit undefinierbarem Gesichtsausdruck an, ein Blatt Papier in der Hand. Seine ganze Haltung verrät mir, dass es ihm schwerfällt, lässig dabei zu wirken. Ich denke seinen Namen und schon poltert mein Herz los, als wäre es die Treppe heruntergestoßen worden.

«Man sagt Hallo, wenn man jemanden begrüßt!», schreit Geli aus dem Wohnzimmer. «*Lach nicht, du bist der Nächste* ... wäre auch witzig auf einem Grabstein. Oder was hältst du von: *Ziemlich dunkel hier unten*?»

«Ruhe da drinnen, ich sage gerade Hallo», krähe ich zurück. Dann wende ich mich an Sebastian und sage mit kehliger Stimme: «Hallo. Du bist früh dran.»

Sebastian lächelt. «Ich wollte dich eigentlich abholen, aber ich bin mir nicht sicher, ob du noch mitfahren willst.» Er hüstelt kurz und wedelt mit dem Blatt in seiner Hand. «Das war heute Morgen in meinem Briefkasten und in den Briefkästen der gesamten Nachbarschaft ... Und ich dachte, das solltest du sehen. Ich befürchte, meine Nichte ist nicht ganz unschuldig.»

Er reicht mir das Blatt, und ich nehme es entgegen, als Geli, die offenbar gerade Grabsprüche googelt, schreit: «Ha, der ist auch gut ... *Mia verstarb im dreiunddreißigsten Jahr, just als sie zu gebrauchen war.*»

Sebastian runzelt die Stirn, und ich gehe beherzt einen Schritt auf ihn zu und schließe die Tür hinter mir ein Stück weit. «Sie ist ein bisschen durchgeknallt, meine Kollegin. Du erinnerst dich an Geli?»

«Ist sie immer noch im Emma-Watson-Fieber?», will er wissen.

«Nein, jetzt beschäftigt sie sich mit dem Tod», erwidere ich.

Er schüttelt grinsend den Kopf und sagt dann: «Das hier ist auch etwas ... durchgeknallt.» Er deutet auf das Blatt in meiner Hand.

Ich falte den Zettel auseinander und lasse ihn vor Schreck fast fallen. «Das war bei dir im Briefkasten?»

Er nickt, und dort, wo sich seine Knochen so wütend durch die Haut drücken können, zeigt sich jetzt ein Lachgrübchen. Eines, das ich am liebsten bitten möchte, für immer zu bleiben.

«Verdammt! Das ist meine Penis-Synonymliste», sage ich und schlage die Hand vors Gesicht. Unschlüssig, ob ich lachen oder weinen soll.

«Ja, das dachte ich mir», sagt er.

«Moment ...» Ich halte inne. «Woher weißt du, dass das *meine* Penis-Synonymliste ist?»

«Na ja», sagt er und kostet den Moment etwas aus. «Da ist ein Stempel mit deinem Namen hintendrauf.»

«Oh Gott ...»

Tatsächlich erkenne ich auf der Rückseite des Blattes, über einer eindeutig von Jenna erstellten Top-Ten-Liste der beliebtesten Schauspielerinnen, den Stempel von Ton-Ab München. Jenna hat darunter Mia Morot geschrieben und mit Bleistift die E-Mail-Adresse ergänzt. Selbst an die Durchwahl hat sie gedacht.

Ich drehe das Blatt wieder um und sehe Sebastian entsetzt an. «Das ist eine Kopie!»

Er nickt. «Das dachte ich mir schon.»

«Aber ...»

«Ich habe vorsichtshalber bei den Nachbarn nachgeschaut ... Also, bei dreien ...»

«Und?», frage ich stockend. «Und ... da war er auch?»

Sebastian nickt.

«Oh Gott, dagegen ist Kresse in der Tastatur echt mein kleinstes Problem», stöhne ich.

«Kresse? Das verstehe ich jetzt nicht», sagt er irritiert.

Ich winke ab. «Nicht so wichtig. Was soll ich denn jetzt machen?»

«Nun, die meisten Starnberger haben ihren Briefkasten sicher noch nicht geleert ... Ich würde also sagen, wir haben noch reelle Chancen, ein wenig Schadensbegrenzung betreiben zu können. Wann musst du in München sein?»

«Um halb zehn», sage ich und schaue auf das Blatt. Mein Blick fällt auf die Zeilen in der Mitte: Riemen, Flöte, Schwengel, Johannes ... Ich lese die Worte im Stillen, und dann setzt mit etwas Verzögerung die Röte ein. Sie schießt mir in die Wangen und überschwemmt mein ganzes Gesicht.

«Mein persönlicher Favorit ist ja der Lötkolben», sagt Sebastian. Das Lachgrübchen zuckt verräterisch.

«Ich bin erledigt», jammere ich und versuche, mein Gesicht mittels telepathischer Kräfte zu kühlen. Ich starre ihn einen Moment lang an. «Wenn das in jedem Briefkasten Starnbergs ist, dann ...»

Vor meinem inneren Auge sehe ich Jenna vom Kopierer kommen, den Stapel in ihrer Hand. Dieses Luder!

«Dann solltest du sehr schnell umziehen», erklärt er ernst.

«Was sagt Jenna?»

«Ist nicht erreich- oder auffindbar. Denke, sie ist heute besonders früh und freiwillig in die Schule gefahren.»

Ehe mein Verstand meinen Körper daran hindern kann, greife ich nach seiner Hand und flehe: «Du musst mir helfen. Bitte. Bitte!»

«Na gut», erklärt er, und der Schalk kehrt wieder in seine Augen zurück. «Aber nur, wenn du mir erklärst, wie du auf Joystick gekommen bist.»

«Bitte ... das ist mir so unendlich peinlich.»

«Wie ist Jenna denn überhaupt an diese Liste gekommen?», fragt Sebastian.

«Die muss sie bei mir im Büro gefunden haben ... Und Geli hat ihr gezeigt, wie man Hände kopiert», erkläre ich. «Doppelseitig.»

«Besser, als wenn sie ihr gezeigt hätte, wie man einen nackten Hintern kopiert», stellt Sebastian fest.

Ich seufze gequält. Mia wird ihren Job verlieren, bevor sie ihn überhaupt antreten kann. Und am Ende wirft man sie auch noch wegen Erregung öffentlichen Ärgernisses aus der Wohnanlage. Fußball auf dem englischen Rasen und jetzt noch Penissynonyme ... Ich möchte nicht wissen, was ihr Vater dazu sagen würde.

«Ach, nur zum Verständnis», wirft Sebastian noch ein, «gibt es auch eine Liste für Synonyme des weiblichen Geschlechts?»

«Nein! Und könntest du bitte aufhören damit.»

«Wieso?»

«Weil es mir wirklich peinlich ist.»

Er grinst breit. «Also, wo fangen wir an?»

KAPITEL 33

Eine Stunde später klebt mir mein Flatterkleid am Körper, und ich bin froh, ein schickes Etuikleid aus Mias Schrank auf einen Bügel gepackt und an den einzigen noch vorhandenen Haltegriff auf der Rückbank des Kängurus gehängt zu haben.

Wir haben Schadensbegrenzung betrieben und in der kurzen Zeit aus etwa zwei Dutzend Briefkästen in Sebastians Nachbarschaft die Synonymlisten gezogen. Zu meiner großen Erleichterung hat Jenna ihre Bemühungen offenbar auf die eigene Straße begrenzt und ist es dann leid geworden, meine nette kleine Liste in weitere Schlitze zu befördern.

Es ist an diesem Morgen bereits so heiß, dass es kaum zu ertragen ist. Dazu kommt mein Angstschweiß vor einem Meeting, das Netflix erst gestern kurzfristig anberaumt hat. Dabei würde ich jetzt viel lieber mit Geli eisgekühlten Melissentee trinken, denn die Hitze ist so unnatürlich, dass jeder Schritt ins Freie sich wie der Gang durch einen Hochofen anfühlt. Und bei diesen Temperaturen soll ich mit der Teamleiterin der Übersetzungsabteilung UK/USA, einer gewissen Marion Singer, in ein Schickimicki-Restaurant am Marienplatz, um mich mit der Netflix-Deutschland-Fraktion zu treffen.

Leider hat das Känguru keine Klimaanlage, und ich möchte mich selbst ohrfeigen, weil ich nicht bedacht habe, dass ich das Kleid ja noch irgendwie wechseln muss.

Bis wir Starnberg verlassen haben, hat sich Sebastian schon ein ganzes Dutzend verwegener Strafen für seine Nichte ausgedacht. Sie reichen von der einfachen Streichung ihres Taschengeldes über zwei Übernachtungen im Fernsehknast der Filmstudios bis zum Schnitt ihrer langen blonden Haare zu einer Mönchstonsur. Aber ich bin mir sicher, es wird bei Drohungen bleiben, er hat sie viel zu lieb. Und ich finde sie viel zu pfiffig, um ihr böse zu sein.

«Was machst du eigentlich genau heute in München?», will er wissen, als wir kurz vorm Ziel sind.

«Ein Meeting mit Netflix Deutschland, wegen der Synchronisierung der Penisgeschichten», sage ich und grinse schief. Schief, weil mir das Kleidproblem nicht aus dem Kopf will.

«Du kannst dich einfach hier im Wagen umziehen. Ich schau auch nicht», sagt er, als er meinen Blick zu dem Kleiderhaken hinter mir bemerkt.

«Stimmt, ich bin ja ohnehin nicht dein Typ», sage ich und zwinkere nervös.

«Gar nicht. Hast du sicher bemerkt, inzwischen, oder?»

Ich klettere nach hinten zur Ladefläche, setze mich auf eine Werkzeugkiste und fange an, das Etuikleid zurechtzustreichen, überlege, was für Unterwäsche ich trage und wie kompromittierend die ist. Erleichtert fällt mir ein, dass ich schwarze Panties trage und ausnahmsweise auch einen dazu passenden BH. Das ist mehr Mia als Charlotte, der es durchaus passieren kann, eine Blümchen-Unterhose und einen verwaschenen Sport-BH zu tragen.

Ich zupfe noch eine Weile unentschieden hier, eine Weile da, öffne schließlich umständlich die Riemen an meinen Sandalen und ziehe mir das schwarze Etuikleid schon mal über die Waden. Aber weil ich vergessen habe, den seitlichen Reißverschluss zu öffnen, ziehe ich es wieder runter. Dann schlüpfe ich mit den Armen aus dem Flatterkleid und versuche mit einer Bewegung, von unten das schwarze Kleid hoch und von oben das andere über den Kopf zu ziehen. Und bleibe stecken. Irgendwo auf Höhe meiner Hüften, die ich auf der Kiste nach vorne strecken musste. Nun spannt sich der Träger des verschwitzten Kleides über meine ebenfalls verschwitzte Stirn. Und das Etikett am Rücken rächt sich dafür, dass ich es nicht abgeschnitten habe, und verhakt sich mit meinen Ohrringen. Der Stoff von Mias schickem Kleid klebt an meinem Hintern fest und weigert sich, auch nur einen Zentimeter nachzugeben.

«Scheiße», murmele ich und höre Sebastian gedämpft glucksen.

«Kann ich dir irgendwie helfen?», fragt er scheinheilig.

«Nein, du hast versprochen wegzusehen.»

«Das geht nicht, Mia. Das hier ist wie ein Unfall auf der Autobahn.»

So ist es also, mich halb nackt zu sehen: wie ein Unfall auf der Autobahn. Na, herzlichen Dank auch.

«Gaffen ist strafbar», sage ich pampig.

«Das hier ist eher unterlassene Hilfeleistung», kontert er. «Auch strafbar.»

«Mmmpppf», mache ich.

«Einmal freischneiden?», fragt er.

«Wenn es ohne Schneiden geht, wäre es mir sehr recht.»

Dann höre ich, wie er den Wagen verlangsamt und kurz darauf ganz zum Stehen kommt. Sehen kann ich nicht viel, obwohl ich es inzwischen geschafft habe, mich vom Träger zu befreien, blöderweise aber das Kleid wegen des verhakten Ohrrings nicht über den Kopf stülpen kann.

Und dann sind da plötzlich Sebastians Finger an meinem Ohrläppchen, und ich stehe kurz vor einem verdammten Kreislaufkollaps, schon wieder wegen so einer Minimalberührung.

Er löst das Etikett und sagt: «So, dass hätten wir.»

Bilde ich mir das ein, oder klingt er heiser? Und sind seine Finger nicht ein paar Grad zu warm?

Vorsichtig fasst er an den Stoff und zieht ihn mir über den Kopf. Ich schaue in sein grinsendes Gesicht, das so nah ist, so verdammt nah.

Schnell zerre ich an dem Stoff an meinem Hintern, der dankenswerterweise endlich nachgibt, ziehe die Schultern ein und schlüpfe in das Etuikleid. Trotzdem merke ich, wie er auf meine Brüste schaut. Ganz kurz, aber unverkennbar ein Blick auf mein ganz ordentliches Dekolleté.

«Ein bisschen mehr Slapstick und weniger Glamour», witzelt er und fügt dann leiser hinzu: «Gefällt mir.»

Keine Ahnung, worauf sich dieses «Gefällt mir» bezieht. Auf den Slapstick, das Kleid, die Brüste oder was auch immer. Auf jeden Fall ist es ein Kompliment, das Mia gilt, nicht Charlotte. Wie überhaupt seine Bewunderung, sein Interesse an meiner Arbeit, die Tatsache, dass er mich fährt ... Auf einmal wird es eng im Känguru. Ich glaube nicht, dass so ein Beutel für zwei Frauen gemacht ist. Mia mag auf einer Jacht in der Sonne schmoren und das Ende des Hurrikans abwarten, aber eigentlich ist sie hier, zwischen Sebastian und mir.

Dieses irre Gefühl von Nähe habe ich mir nicht nur geliehen, ich habe es gestohlen. Es gehört mir nicht. Das alles hier gehört mir nicht. Mit Mühe widerstehe ich dem Drang, die Tür zu öffnen und Charlotte nach draußen zu stoßen. Sie hat keinen Platz in diesem Leben.

Sebastian klettert wieder auf seinen Sitz, parkt aus und fährt weiter. Der Wagen schwingt und hüpft ein wenig, als hätte er eine generelle, irreparable Unwucht. Viel zu schnell sind wir am Ziel. Viel zu schnell sage ich Danke, denn danach gibt es ja nicht mehr allzu viel zu sagen. Jeder Moment verstreicht, ohne der richtige zu sein und ohne dass ich überhaupt weiß, was für einen Moment ich mir denn eigentlich wünsche, um ihm endlich die Wahrheit zu sagen. Oder will ich einfach nur wieder mit ihm knutschen? Will ich, dass er mich einfach so sehr will, wie ich ihn, oder will ich einfach nur jemanden, der mich überhaupt wirklich mag?

«Nichts zu danken», erwidert er.

«Ich steig dann mal aus.»

«Wann soll ich dich abholen?»

«Was?», antworte ich perplex.

Er lächelt, und es wirkt einen Hauch unsicher. «Na ja, ich muss ja auch wieder zurück nach Starnberg. Und du doch auch, oder nicht?»

«Doch, schon.»

«Wie lange brauchst du denn?»

«Ich ... ich denke so zwei bis drei Stunden.»

«Das passt perfekt. Willst du mich anrufen, wenn du fertig bist?»

Ich nicke, und als ich dem Känguru hinterherschaue, wird mir mit einem Mal ganz schwindelig. Da bin ich mit Sebastian Auto gefahren, und es war aufregender als die Summe meiner bisherigen Liebesbeziehungen. Ein trauriges Fazit, aber leider wahr.

Verdammt, vielleicht ist mein Herz doch nicht so ganz, wie ich es gerne hätte. Vielleicht ist es ein wenig zu weich geworden über diese Träumereien und all der Elektrizität und diesem ganzen Quatsch.

··•··

«Wollten Sie etwas dazu sagen, Frau Morot?»

Die Netflix-Frau, deren Namen ich jetzt, keine zehn Minuten nach Beginn des Meetings schon wieder vergessen habe, starrt mich an und spitzt die Lippen. Ich wette, sie musste sich nicht in einem Lieferwagen aus ihrem Kleid schälen, sie sieht so aus, als wäre sie in diesem perfekt sitzenden Kleid geboren worden.

Ich muss mir etwas aus den Fingern leiern und dabei aufpassen, dass ich nicht aus Versehen einfach schwärmerisch Sebastians Namen vor mich hin murmele.

«Nun, ich habe mich ehrlich gesagt gewundert, dass Sie uns in diesem frühen Stadium zu einem Gespräch einladen», sage ich und lächele. «Es ehrt uns natürlich, aber ich würde gerne wissen ...»

«Wir wollen das Ganze diesmal anders angehen.» Aus

dem spitzen Mund der Netflixerin wird ein breites Lächeln, das viel sympathischer aussieht. «Wir haben mit Synchronisationen von erotischem Filmmaterial schon so manche Überraschung erlebt und dachten uns, in diesem Fall wäre es schön, auch die Synchronautoren und Regisseure einzubeziehen. Wer hat schon einen besseren Einblick als Sie?»

Ja, denke ich und sehe die Penis-Synonymliste vor mir. Definitiv der beste Einblick.

Was sie verschweigt, ist jedoch, dass die Serie in Spanien gnadenlos gefloppt ist und in Italien wegen der vulgären Dialoge sogar einen wahren Shitstorm ausgelöst hat. Und was wiederum meine Abteilungsleiterin Marion Singer verschweigt, ist, dass ich die Texte erst seit nicht einmal einer Woche betreue. Und ich verschweige, dass ich nicht einmal Frau Morot bin und genau genommen gar nicht für TonAb arbeite. Auf dieser Basis gemeinsamen Verschweigens arbeitet es sich bestimmt ganz hervorragend.

Miss Streaming hebt die Stimme. «Wir streben eine sehr anspruchsvolle, aber durchaus auch erotische Untertitelung an. Alles mit viel Geschmack und natürlich einem sensiblen Umgang mit dem Thema *Feminismus* in romantischen Filmen.»

Bei dem Wort Feminismus malt sie tatsächlich Ausrufezeichen in die Luft. «Und da hätten wir gerne Ihre Duftnote dabei.»

Ich verziehe unwillkürlich die Nase. Duftnote, ganz ehrlich? Ich habe heute schon zu lange nach Schweiß gerochen, als dass ich einen Mehrwert in meiner Duftnote sehen könnte.

339

Marion neben mir zuckt nervös und spielt an ihrem Ehering herum.

«Na, Sie wissen schon», sagt die Netflixerin und nickt, als müsste sie mir vormachen, wie das geht.

Ich bin ein braver Auftragnehmer und nicke ebenfalls. Was sie dazu veranlasst, noch zufriedener zu nicken. Verrückt irgendwie. Für einen Moment wünsche ich mir Geli hierher, die sicher einen passenden flapsigen Spruch zu diesem Theater loslassen würde. Aber Geli ist nicht da. Und die Netflix-Dame schaut mich erwartungsvoll an und nickt jetzt ein «Sagen Sie es ruhig»-Nicken.

«Wissen Sie», beginne ich zögerlich, «wir haben da ohnehin noch ein Problem ... und zwar mit den weiblichen Geschlechtsorganen. Da gibt es ja auch viel verbalen Umgang, und wir suchen da weiterhin nach einem genderfreundlichen, erotischen und dennoch romantischen Wort.»

Ich stelle mir vor, wie ich später Sebastian von diesem Gespräch auf dem Heimweg erzähle – und plötzlich höre ich mich sagen: «Ich könnte Ihnen da gerne eine Synonymliste vorlegen. Ich habe auch bei den männlichen Geschlechtsorganen schon mit dieser Technik gearbeitet und verfüge über beste Kontakte.»

Die Netflix-Frau klatscht begeistert in die Hände, und ich suche verzweifelt nach Sarkasmus, Schrägstrich Ironie, in ihrem Gesicht, finde aber nichts. Das Glucksen in meiner Kehle würde genauso gern ein lautes Lachen werden wie Marions kontinuierliches Räuspern.

Und während ich schon wieder daran denke, genau diese Reaktionen auf der Nachhausefahrt nachzuahmen, stopfe ich mir schnell gleich zwei Kekse aus der Glasschüssel auf dem Tisch in den Mund. Es besteht ernste Gefahr, dass ich sonst laut «Ich fahre nachher mit Sebastian im Auto» sage und es sich enthusiastischer anhört, als Samantha Nights heißeste Liebesszene.

··●··

Als ich zwei Stunden später wieder raus in die Hitze trete, fühle ich mich wirklich wie Mia Morot. Oder so, wie ich glaube, dass Mia sich fühlt. Denn vielleicht, aber nur vielleicht, fühlt sie sich ganz anders, als ich es immer geglaubt habe. Auf jeden Fall fühle ich mich gut. So, als hätte mir Sibylle Berg einen Teil ihrer Fähigkeit geliehen, das Leben messerscharf zu sehen und trotzdem damit umgehen zu können. Als hätte Alice Schwarzer mir mit ihrer unverkennbaren Stimme das Gefühl gegeben, genug zu sein. Und ein klein wenig auch so, als bräuchte Charlotte ihre Freundin Mia gar nicht. Seltsam. Vielleicht liegt es daran, dass ich tatsächlich diejenige bin, die diese Folgen übersetzt hat. Dass jemand meine Arbeit gut findet, und dass Marion Singer mich mehrmals wohlwollend und fast schon bewundernd angesehen hat.

Und zum ersten Mal in meinem Leben frage ich mich, ob man wirklich niedriger fliegen muss als der Rest der Welt, wenn man schwächere Wurzeln hat? Oder ob es einem womöglich das Recht gibt, auch nach den Sternen zu greifen?

Ich halte schützend die Hand vor die Augen und sehe das Känguru gegenüber im absoluten Halteverbot stehen. Sebastian hat die Scheibe heruntergelassen und lehnt mit dem Arm in der Tür.

KAPITEL 34

Sebastian

Diese kurze Strecke, die sie in dem engen Kleid aus dem Gebäude heraus auf mich zugeht, könnte ich gut und gerne auf zwei 45-Minuten-Folgen einer Erotikserie ausdehnen. Sexy ist vor allem, dass es ihr offensichtlich gar nicht bewusst ist, wie sexy sie aussieht. Sie presst die Lippen konzentriert aufeinander und sieht sich suchend um.

Ich rucke auf dem Sitz nach links und rechts und merke, wie sehr ich mich auf die Rückfahrt freue. Auf ihre Stimme, den Enthusiasmus, wenn sie von ihrer Arbeit erzählt, und auf die Art, wie sich Schüchternheit und Schlagfertigkeit miteinander abwechseln und diese unvergleichliche Mischung abgeben, die ich noch nicht ganz durchschaut habe.

Als sie mich entdeckt, verziehen sich ihre Lippen zu einem Lächeln.

«Eistee?», frage ich und halte die Thermoskanne aus dem Fenster.

Ich finde, es ist mir recht gut gelungen, so auszusehen, als wäre ich gerade erst angekommen. Dass ich, um hier ganz lässig im Halteverbot zu stehen, zum ersten Mal in meinem Leben Schmiergeld an eine ziemlich dreiste Politesse gezahlt habe, wird mein Geheimnis bleiben. Genauso wie die Tatsache, dass ich einfach nur mit ihr Auto fahren wollte und in München absolut nichts zu erledigen habe.

Stattdessen habe ich hier gesessen und mir ein paarmal die Sprachnachricht angehört, die sie mir am Montag geschickt hat. Die, in der sie lachend erzählt, dass sie von mir geträumt hat. Davon, dass wir beide uns unterhalten haben und alles an dieser Unterhaltung asynchron war: meine Lippenbewegungen zehn Sekunden zeitlich versetzt zu meiner Stimme, ihre fünfzehn Sekunden voraus. Sie lacht auf dieser Sprachnachricht, ihr wunderschönes Indianermädchenlachen. Und ich hätte schon gestern gerne geantwortet, dass ich das für absolut unmöglich halte, dass wir beide asynchron sein könnten.

In ihrem Gesicht spiegelt sich jetzt mein eigenes Grinsen. «Danke», sagt sie, geht zur Beifahrertür und öffnet sie.

«Wie war das Meeting?», frage ich, als sie sich schließlich neben mir fallen lässt und den Eistee in einen Becher schüttet.

Sie seufzt. «Wir haben eineinhalb Stunden lang über das richtige Wort für Vagina gebrainstormt.»

«Da hast du wohl die falsche Liste erstellt», erkläre ich trocken.

«Scheint so», erwidert sie lachend.

Während ich ausparke, werfe ich ihr verstohlene Blicke zu und registriere, wie sie sich das Haar aus der Stirn streicht, ihre Tasche am Boden zur Seite schiebt. Ich sehe, dass ihre Arme von der Sonne Farbe bekommen haben, entdecke die winzige Narbe an ihrem Kinn und begegne dann ihrem Blick. Vollkommen synchron. Alles an uns.

«Zu welchem Ergebnis seid ihr gekommen?», frage ich schließlich.

«Was?» Ihre Stimme klingt mit einem Mal heiser.

«Euer Brainstorming?», erinnere ich sie.

«Ah, ja, das … Möchtest du die Highlights hören?»

«Unbedingt!»

«Okay, lass mich überlegen …» Sie räuspert sich kurz. «Feige, Artischocke und Pflaume waren die Vorschläge aus dem Bereich der Botanik. Kätzchen, Bär, Maus und Muschi fallen wohl unter Zoologie und Spalt, Schlucht und Riss am ehesten unter Straßenbau.»

Ich kann nicht anders, ich pruste laut los. «Und für was habt ihr euch entschieden? Botanik, Zoologie oder Straßenbau? Oder wäre Drive-in noch eine Alternative?»

Ihre Augen funkeln vergnügt. «Es wird wohl etwas aus der Kategorie Kosename werden. Mimi oder Yoni oder so was. Die Produzentin könnte sich aber auch Honigtöpfchen oder Lotusblüte vorstellen.»

«Oh mein Gott! Ich beneide dich gerade nicht um deinen Job», stöhne ich.

«Ich mich auch nicht», behauptet sie, es klingt aber eher nach dem Gegenteil. «Aber ich hab ganz oft an dich gedacht, während der Besprechung und mir vorgestellt, was du …»

«Ja?» Amüsiert werfe ich ihr einen Blick zu. Sie wird rot. «Was ich dazu sagen würde?», helfe ich ihr. Es ist mir schon fast lästig, auf die Straße sehen zu müssen.

«Ja …»

«Ich würde sagen: Mia du bist fantastisch, möchtest du den Tag mit mir an einem kühlen Ort verbringen?»

Sie lacht herzlich. «Unbedingt.»

«Küsst du mich dann auch wieder, oder hast du es dir anders überlegt?», wage ich zu fragen.

«Na, hör mal, ich hab einen Eins-a-Strip hingelegt vor dir.»

«Unfreiwillig. Und im Kleid feststecken gibt auch nur Pluspunkte, weil du es bist und weil ...»

«Weil?»

«Weil ich helfen durfte!»

Sie muss wieder lachen. «Was ist dein Vorschlag für einen kühlen Ort?»

«Die Requisitenkammer – bestens klimatisiert und ausgestattet mit allem, inklusive Taucherglocken», erkläre ich.

Und genau das machen wir dann auch, als wir zurück in die Filmstadt kommen – wir setzen uns zwischen alte Wahlscheibentelefone und essen Sandwiches auf antikem Meissner-Geschirr aus den Regalen eine Reihe weiter. Allerdings sind wir nicht allein, denn aus unzähligen gerahmten Porträts starren uns die namenlosen Gesichter längst verstorbener Menschen an. Es ist gruselig und lustig zugleich, weil die Augen auf diesen alten Aufnahmen so stechend und bohrend aussehen und die Menschen so ernst.

«Das hier ist Meta Rubenbauer», fabuliere ich und deute auf eine verhärmt aussehende Frau, «sie hatte im Leben nichts zu lachen. Sie musste den Nachbarsjungen heiraten, der immer in der Nase gebohrt und ihr Juckpulver ins Kleid geschüttet hat.» Mein Arm wandert weiter. «Und der arme Tropf da ist Klein Hansi, er wollte nie fotografiert werden, und jetzt hängt er praktisch in jeder Wohnzimmerkulisse deutscher Kriegsfilme – weil er so ein süßes Näschen hat.» Ich deute auf das nächste Porträt. «Nicht zu vergessen,

Gerlinde Miesbach hier, Erbin eines insolventen Schoko-ladenimperiums.»

Mia kichert. «Auf jeden Fall sehen Meta, Hansi und Gerlinde so aus, als wollten sie uns etwas sagen», flüstert sie mir zu.

Ich nicke. «Sie sagen: Küss ihn endlich, Pocahontas!», erwidere ich. «Er hält es nicht mehr aus, der arme Kerl.»

KAPITEL 35

Wie eine Naturgewalt marschiert Geli ins Büro. Mit blauem Haar. Auf ihrem T-Shirt findet sich auf Höhe ihrer linken Brust eine gedruckte Kaffeetasse mit der Aufschrift: *AM*. Auf der rechten Brust ein Weinglas und die Aufschrift: *PM*. Dagegen geht die *GALA* in ihrer Hand ein wenig unter.

Ich weiß nicht, was schlimmer ist. Die Tatsache, dass ich an ihren blauen Haaren mit Schuld trage, oder aber dass sie so sterbensunglücklich aussieht, als würde in der *GALA* verkündet, dass Emma Watson ihre Schauspielkarriere an den Nagel gehängt und Cardi B ihre Rolle in *Summerset* übernommen hat.

Die Aufklärung ihres Gemütszustands lässt nicht lange auf sich warten. «Da stehe ich einmal in meinem Leben neben Emma Watson – und sehe aus wie Karl Dall.»

Sie knallt die Zeitung mit voller Wucht auf meinen Schreibtisch und setzt sich daneben. Ein heulendes Elend mit blauen Löckchen.

«Bei Karl war es das ganze Auge, nicht nur die Wimper», erwidere ich nach kurzer Studie des eigentlich sehr gelungenen Fotos. Wenn man von ihrer einen herabhängenden Wimper absieht. Das muss im Eifer des Gefechts passiert sein. Aber auf dem Bild strahlt Emma Watson wie immer, und Geli wirkt neben ihr trotzdem wie ein ganzer Kernkraftreaktor, der kurz vor der Abschaltung noch mal zeigen darf, was er kann.

«Jetzt weiß die ganze Welt, dass die nicht echt sind!», stöhnt sie.

«Erstens: Nicht die ganze Welt liest die *GALA*, zweitens: Es weiß auch jeder, dass die meisten Körperteile der Kardashians Ersatzware sind. Und da geht es um ganze Kilos, nicht um Milligramm. Also bleib cool. Du stehst neben Emma Watson, und die GALA hat es gedruckt.» Ich hole kurz Luft, verkneife mir das Grinsen und füge hinzu: «Wenngleich die Redaktion wahrscheinlich Sorge vor einer Klage hat.» Die kleine Spitze kann ich mir einfach nicht verkneifen.

«Klage?», keucht Geli.

«Wegen der Ansage auf deinem Kleid», sage ich trocken und deute auf das Bild und den Arm, den sie ungelenk über den Schriftzug *No pictures please* hält.

«Oh Gott, ich bin erledigt!»

«Für wen? Die Münchner Schickeria? Ach, komm schon, wir machen uns eine eigene!»

«Du hast ja keine Ahnung.» Sie vergräbt den Kopf in ihren Händen. «Meine Jungs haben mich heute Morgen beim Frühstück gefragt, ob mir jetzt auch die Wimpern ausfallen, wie die Haare. Und mein Mann hat gesagt, das wäre wie bei einer Eidechse – die kann ihren Schwanz auch vor Schreck abwerfen. Womit habe ich diese Familie verdient?» Sie zieht eine Schnute, hinter der es verdächtig nach Grinsen aussieht.

Ich muss lachen, tätschele ihr aber aufmunternd die Hand. «Solange die *Bild* keine Fotos von dir druckt, ist deine Welt noch in Ordnung, liebste Lieblingskollegin.»

Sie schenkt mir ein schwaches Lächeln und dreht dann abrupt den Kopf zur Seite. «Da klingelt was», sagt sie, und erst denke ich, sie meint das sprichwörtlich. «In deiner Tasche.»

«Oh, das ist mein Handy.» Ich fahre mit dem Schreibtischstuhl ein wenig zurück, beuge mich nach links und ziehe das Handy aus der Tasche. Unbekannte Nummer.

«Ja?»

«Hallo Charly, wie ist die Lage in München?»

Vor Schreck fällt mir das Handy aus der Hand, als hätte es mich gestochen. Geli schaut mich interessiert an, sagt aber nichts. Ich bücke mich, spüre, wie plötzlich alles in mir zittert. Dann passiert etwas völlig anderes, als das, was eigentlich passieren sollte. Denn wenn ich mir in den letzten Tagen noch Mias Anruf herbeigesehnt habe, kommt er gerade so gelegen wie Brechdurchfall.

«Oh … Hallo … Mia», sage ich krächzend.

Geli neben mir blinzelt irritiert. Aber da ich ein Profi in Emotionsverdrängung bin, sozusagen mein ganz eigenes archimedisches Prinzip, habe ich meine Züge so schnell wieder im Griff, dass Geli ganz offensichtlich meint, sich verhört zu haben und dass ich einfach nur «Hallo, hier ist Mia» sagen wollte.

Warum sollte sie auch Verdacht schöpfen? Ich hab ihr vor zwei Tagen noch meine Eltern vorgestellt. Aber da ist es mit einem Schlag wieder zurück, dieses seltsame Gefühl in meinem Bauch, das jeden Tag stärker wird. Denn das hier – egal wie gut es zu mir passen mag – ist wie ein Buch, das ich mir schon zu lange geliehen habe. Die Strafe steht mir noch bevor.

«Geht es dir gut?», fragt Mia, die ich erstaunlich klar höre. Dem furchtbar drängenden Impuls, einfach aufzulegen, widerstehe ich nur mit Aufbietung all meiner Vernunft. «Ich wollte nur mal hören, ob du die Reservierung für Sonntag schon erledigt hast? Zweiter Mai, 18 Uhr?»

Von all den Dingen, die gerade in ihrem und in meinem Leben passieren, fragt sie ausgerechnet nach einer Tischreservierung? Allerdings kann die echte Mia ja unmöglich wissen, wie freizügig ich ihre To-do-Liste interpretiert habe. Und wie ... abstrakt ich ihre Anweisungen abgearbeitet habe.

«Äh ja, aber ...»

«Also, das war's auch schon. Der Empfang ist schon wieder so schlecht», sagt Mia fröhlich und eigentlich recht gut verständlich.

Ich habe tausend Fragen, weiß nur nicht, wo ich anfangen soll. *Wann kommst du wieder? Bist du böse, weil ich deinen Job angetreten habe? Deine neuen Nachbarn hassen dich, ist das schlimm? Brauchst du eigentlich dein Auto? Und was findest du an dem Typen aus der fünfzehn, wenn es doch Sebastian gibt?*

«Der SL ist weg», fange ich mit der zweitschlimmsten Tatsache an und sehe, wie Geli große Augen macht.

«Weg?», fragt Mia. «Wie weg? Steht er nicht mehr in der Tiefgarage?»

«Nein, ich fürchte, er ist geklaut worden.»

«Das kann ja nicht sein», erwidert sie überzeugt. Klar,

weil für Mia nie sein kann, was nicht sein darf. Weil es so was in ihrem Leben nicht gibt.

Tja, das kommt davon, wenn man mir die Hauptrolle abtritt, will ich sagen, aber da sind ja noch Geli und ihr zunehmend neugieriger Blick, also bleibe ich still.

«Mach dir keinen Kopf, der taucht schon wieder auf», sagt Mia sorgenfrei, als wäre der Verlust des Mercedes so unspektakulär wie eine zu heiß gewaschene Bluse oder eine Packung Haargummis, die in den Abfluss gerutscht sind. Kleine Vergehen, die ich auch noch beichten muss. Aber alles nichts gegen das große Delikt, dass ich ihr einen Teil ihres Lebens geklaut habe. Dagegen ist der Verlust des SL dann vielleicht tatsächlich nicht so dramatisch. Immerhin ist der versichert.

«Wahrscheinlich hast du einfach nicht richtig nachgeschaut auf dem Parkplatz», sagt sie.

Es knackt kurz in der Leitung, und Mia geht einfach zur Tagesordnung über.

«Ansonsten geht es dir gut?», fragt sie noch einmal. Aus dem Augenwinkel sehe ich, wie Geli mir zuwinkt und das Zimmer verlässt.

«Ja, schon, aber was ist mit dir?» Die Verzweiflung in meiner Stimme kann Meere überqueren, da bin ich mir sicher. «Was macht der Zyklon?»

«Der Hurrikan? Ja, es wird. Ich schätze, bis zum Wochenende können wir fliegen», sagt Mia. «Ich melde mich wieder, ja?»

«Aber ... Es gibt keine Hurrikans in Französisch-Polynesien», rufe ich noch in den Hörer. Und in dieser albernen Feststellung liegt die Summe meiner ganzen inneren Not:

Der Wunsch, wenigstens meiner besten Freundin zu gestehen, was ich hier angerichtet habe. Und gleichzeitig das Bedürfnis, weiter sein zu dürfen, wer ich die letzten eineinhalb Wochen war.

«Du und Geografie, Charly ...», sagt sie lachend, und dann kracht es in der Leitung, und sie ist weg.

«Hey!», rufe ich panisch und schlucke das «Mia!» runter.

Tausend Fragen und keine Antworten.

Ich starre auf das Handy und kann es nicht fassen. Da klingelt es wieder. Und im ersten Moment bin ich einfach nur froh, dass Mia es noch einmal versucht, und merke erst dann, dass es dieses Mal eine Münchner Nummer ist, die mir das Display anzeigt.

«Frau Morot?», sagt eine Männerstimme. «Hier ist der Rudi von der Security. Haben Sie nicht neulich nach Ihrem Wagen gesucht?»

«Äh ja ...», stottere ich.

«Kennzeichen?», fragt er.

Ich brauche einen Augenblick, bis ich es ihm nennen kann. Nicht, weil ich es nicht wüsste, sondern weil ich mich ziemlich überrumpelt fühle.

«Es hat gerade eine Kollegin angerufen und gesagt, dass der Wagen auf dem Parkplatz steht.»

«Auf welchem Parkplatz?», frage ich dümmlich.

Rudi lacht. «Na, auf unserem! Reihe 23 C. Hinten links.»

«Könnten Sie ... könnten Sie kurz dranbleiben», rufe ich und stürme mit dem Handy aus dem Büro.

«Klar.» Es klingt freundlich.

«Ich gehe nachschauen», erkläre ich atemlos und nehme auf dem Weg nach unten zwei Treppenstufen auf einmal.

Im Foyer sehe ich Geli, die sich mit einem älteren Herrn unterhält und mich entgeistert anschaut.

«Ich hole Kaffee», sage ich, weil es das Einzige ist, was mir in diesem Moment einfällt.

«Dazu muss ich aber nicht in der Leitung bleiben, oder?», fragt Rudi durch den Hörer.

«Nein, ich hab doch nicht Sie gemeint», sage ich, und bevor ich klarstellen kann, dass er trotzdem dranbleiben soll, tutet es. Egal. Entweder ist das ein dummer Scherz, oder es hat sich gerade ein Problem von selbst gelöst.

Im Laufschritt, das Handy noch immer in der Hand, haste ich in Richtung Parkplatz. Keuchend renne ich bis zur dritten Reihe und sehe mich um, drehe mich um die eigene Achse und stocke dann. Tatsächlich. Ich blinzele und schaue noch einmal. Aber kein Zweifel ... An der gleichen Stelle, von der er vor einer Woche verschwunden ist, steht der SL. Als wäre nichts gewesen. Als wäre er vor allem nie *weg* gewesen. Geputzt, poliert, in einem Stück – nur mit offenem Verdeck. Ich gehe drei, vier, fünf Schritte zurück, schiele auf das Nummernschild und atme erleichtert aus. Er ist es. Da steht Mias PS-Schleuder und tut so, als könnte sie kein Wässerchen trüben. Noch ein paar Schritte, und ich stehe vor dem Wagen. Vorsichtig tippe ich die Tür mit dem Zeigefinger an, als könnte das Ding wie eine Fata Morgana wieder verschwinden, wenn ich es übertreibe.

«Das gibt's doch nicht», sage ich leise und dann von einem hysterischen Kichern begleitet noch mal laut: «Das gibt's doch einfach nicht!»

Ich laufe einmal um das Cabrio herum und spähe vorsichtig ins Innere, so als könnte sich der Dieb noch unter den Sitzen verstecken und mit einem lauten «Buuh» herausspringen. Kein Krümel auf den Polstern, kein Kratzer im Lack, nichts. Wie frisch aus Stuttgart überführt sieht der Mercedes aus.

Der Schlüssel – der wird mir endgültig Gewissheit geben, denke ich und krame in meiner Tasche. Mit etwas zitterigen Fingern ziehe ich das Ding raus, und tatsächlich: Der Wagen lässt sich aufschließen. Und noch immer vorsichtig, als würde ich dem Ganzen nach wie vor nicht trauen, setze ich mich auf den Fahrersitz.

«Das gibt's doch nicht», sage ich noch einmal und starte dann den Motor. Ich lache laut auf, als der Mercedes zu schnurren beginnt.

Verrückt, verrückt, verrückt ... Vielleicht waren es ein paar übermütige Jugendliche, denen die Sache mit dem Autodiebstahl zu heikel geworden ist. Vielleicht hat jemand beim Carsharing einen SL angemietet und der Schlüssel hat ganz zufällig gepasst? Soll ja vorkommen. Oder es hat etwas mit der Autovermietung zu tun, die hier ebenfalls Wagen stehen hat. Oder der SL wurde als Statist in einer Produktion benötigt, und man wusste nur nicht, wen man fragen sollte ... Oder aber ... vielleicht ... Ich habe einen sensationellen Gedanken, den ich aber nicht einmal für mich selbst formulieren kann, weil er sich nicht festhalten lässt. Irgendetwas in mir klingelt und will mir sagen, dass ich etwas übersehen habe. Dass es mit dem Telefonat mit Mia zusammenhängt. Irgendetwas, das sie gesagt hat ... Was war das?

Ich lasse das Gespräch noch einmal Revue passieren,

von Mias «Wie ist die Lage in München?» bis zu ihrem Kommentar zu meinen geografischen Kenntnissen.

Ich komme nicht drauf, beschließe aber, dass es egal ist. Hauptsache, das verdammte Auto ist wieder da.

KAPITEL 36

Charlys Notizbuch

Die neuesten Top-Five-Momente, in denen ich jemand anderes sein wollte

Platz 5: Mia

Der Moment, in dem ich bei TonAb München im Foyer stand und Mias Bewerbungsunterlagen in der Hand hatte. Es fühlt sich an, als gehörte dieser Moment nur mir allein, aber er ist der erste von vielen gestohlenen Momenten. Mia hat recht: Ich will dieses Leben. Ich will *sie* sein.

Platz 4: Jenna

Wie gerne wäre ich in der Pubertät ein Mädchen wie Jenna gewesen! Frech, keck, selbstbewusst und trotzdem verdammt liebenswert. Nicht das schüchterne Ding, das mit fünfzehn schrecklich verliebt war in den ebenfalls schrecklich schüchternen Jungen mit dem zu großen Käppi, der im Bus immer allein in der vorletzten Reihe saß. Jenna hätte sich einfach neben ihn gesetzt, statt ihn nur anzulächeln, wenn er gerade aus dem Fenster schaut. Ja, mein fünfzehnjähriges Ich wäre schrecklich gerne Jenna.

Platz 3: Geli

Weil Geli und auch die anderen bei TonAb darauf bestanden haben, habe ich für einen Kinderfilm eine Probeaufnahme mit meiner Stimme gemacht. Und ich … ich mag es. Ich mag, wie meine Stimme an diesem kleinen, animierten Stumpfnasenaffen klingt. Ein bisschen unsicher, aber auch eine Spur stolz, als wollte sie sagen: Hey, ja, ich bin anders, aber genau deswegen bin ich doch auch so besonders. Trotzdem hätte das alles mit Gelis Stimme natürlich viel besser geklungen. Ganz sicher sogar. Ja, sehr gerne hätte ich Gelis Mut, ihre gelassene Nonchalance und dazu dieses Hibbelige, das sie einfach ausmacht. Und klar, die farbigen Löckchen auch.

Platz 2: Zombie

Jo hat ein neues Spiel entwickelt, mit dem er für irgendeinen Gamer-Preis nominiert wurde. Er hat mir ganz großzügig einen Link mit einem Probeabo geschickt – das nach einem Monat ohne Kündigung in ein Jahresabo für 139,99 € übergeht. Natürlich sind es auch dieses Mal Zombies. Superzombies, die in Level 1 noch sterblich sind. Es gibt eine weibliche Figur namens Lotty, mit meiner Frisur und unverkennbar meinen Gesichtszügen. Aber es macht nichts mit mir, ich werde noch nicht einmal sauer. Ich habe auch nicht das Verlangen, ihn zu verklagen, ich möchte ihm noch nicht einmal eine Szene machen. Vielmehr hab ich mir das Spiel aufs Handy geladen und es auf Anhieb bis Level 5 geschafft, in dem ich mich in eine unsterbliche Variante von mir selbst mit Vampirzähnen und sabbernden Mundwinkeln verwandelt habe. Ehrlicherweise muss ich zugeben, dass es sogar Spaß gemacht hat. Ich bin gerne das Zombiegirl.

Platz 1: Hybridmädchen

Sebastian. Auf einmal gibt es da Sebastian. Der mir von der molekularen Individualität erzählt, mich Pocahontas nennt und dabei trotzdem glaubt, ich sei Mia. Die aus der schicken Wohnung, mit dem tollen Job, der offenen Art, den lustigen Anekdoten, der Spontaneität. Die beliebt ist bei ihren Kolleginnen, die andere zum Lachen bringt und bei der niemand irritiert innehält und sich fragt, was das den jetzt wieder für ein Spruch war. Hybridautos sind doch gerade groß im Trend. Ich möchte ein Hybridmädchen sein. Aus der echten Mia und der, die ich hier in München spiele.

Ich habe schon unzählige Top Fives verfasst. Weil es sich meistens, wenn ich sie einmal niedergeschrieben habe, nicht mehr so dringend anfühlt.
«Schreib es auf, Kind», war stets Mamas Tipp, wenn ich nicht wusste, wohin mit meinen Gefühlen. Aber diesmal ist etwas anders. Ganz anders. Es fühlt sich nicht mehr so an, als wollte ich unbedingt aus Charlotte jemand anderen machen. Mehr so, als wäre dieser Wunsch zwar noch etwas, was tief in mir drin verankert ist, was aber nicht mehr mit aller Macht an die Oberfläche drängt. Wie, wenn man sich angewöhnt hat, seinen Kaffee mit zwei großen Löffeln Zucker zu

trinken und irgendwann damit aufhört. Es ist immer noch Kaffee, und es ist immer noch guter Kaffee. Nur nicht mehr ganz so süß.

KAPITEL 37

Mia, Jenna, Geli, Zombiegirl und sogar das Hybrid-mädchen haben eines gemeinsam: Sie können sich selbst gut leiden. Vielleicht ist der beste Schritt in Richtung eines guten Selbstgefühls, mit der Vergangenheit Frieden zu machen. Und deshalb stelle ich nach einer langen, schlaflosen und durchgrübelten Nacht am frühen Morgen des nächsten Tages den wiedergefunden SL vor den Toren eines Münchner Friedhofs ab. Ich habe meine leibliche Mutter nie gesucht. Aus Angst, sie wirklich zu finden. *Aber wäre das nicht eigentlich das Ziel gewesen?*, höre ich eine innere Stimme sagen. Doch ich schüttele den Kopf und murmele laut vor mich hin: «Eigentlich suche ich mich selbst.»

Nun ist es ohnehin zu spät, meine Mutter ist tot. Aber vielleicht kann ich zumindest an ihrer Ruhestätte etwas Ruhe für mich selbst finden.

Über eine Internetseite, auf der man nach den Grabstät-ten von Angehörigen suchen kann, habe ich herausgefun-den, dass sie hier in München beerdigt ist. Wo genau auf dem riesigen Gelände ließ sich leider nicht herausfinden.

Der Friedhof ist eingefasst in eine Mauer aus akkurat geschnittenen Hecken. Ein schweres, schmiedeeisernes

Tor öffnet sich zu einem sauber gepflasterten Weg, links und rechts davon sind die Verstorbenen beheimatet. Reihen, die ich alle abschreite, während ich meinen Blick über die Namen streifen lasse. Mein Gang ist unsicher, meine Hände zittern leicht. Ich habe Angst, zu viel zu wollen, von etwas, das unwiederbringlich vergangen ist. Dennoch weiß ich, dass dieser Besuch hier sein muss.

Nach einer halben Stunde Umherlaufens werde ich tatsächlich fündig. Neben dem Grab einer gewissen Hiltrud Eisenberger und einem Josef Bichler steht ein einzelner Name auf dem Stein. Astrid Valentina Wagner. Doch statt Geburts- und Todesdatum findet sich nur ein Satz unter ihrem Namen.

Ich senke den Kopf und kneife die Augen zusammen. Dabei ist die Schrift sehr gut zu lesen: *Und wenn ich wiederkomm, dann nur für dich.*

Ich sage den Satz laut vor mich hin. Mehrmals. Und werfe erst nach einer ganzen Weile einen Blick auf das Grab selbst. Auf die fein geharkte Erde, einen Ring aus kurz geschnittenem Gras um ein tönernes Herz, und eine Reihe Buschwindröschen, die ich nur als solche erkenne, weil ich eine Zeitlang im Studium die Spalte mit den wöchentlichen Gartentipps einer Lokalzeitung betreut habe. Und obwohl es mich nicht die Bohne interessiert hat, ist erstaunlicherweise einiges an Botanik hängengeblieben, so auch das Wissen, dass Buschwindröschen giftig sind, und zwar von der Wurzel bis zur Blüte. Eine seltsame Wahl für ein Grab, das sich ansonsten in Gesellschaft mit Primeln, Stiefmütterchen und Veilchen befindet. Der Weihwasserkessel ist gefüllt, das Kreuz blank poliert, das Grablicht brennt sogar, wie ich erstaunt feststellen muss. Jemand pflegt dieses Grab. Und zwar ... irgendwie liebevoll.

Weil ich es schon immer seltsam fand, vor einem Grab zu stehen und von lebender Seite so überheblich auf die Toten herabzusehen, setze ich mich kurzerhand auf den Boden. Der ist dankenswerterweise schön kühl, auch wenn die Nacht der Hitze des Vortags kaum etwas entgegenzusetzen hatte. Ich lehne mich vor und zupfe am Efeu, der sich um den Grabstein rankt und droht, den Namen hinter seinen Wurzeln zu verbergen. Ich reiße und ziehe daran, als befände sich dahinter noch mehr als nur ihr Name und ein rätselhafter Satz, der mir schwer zu schaffen macht. Mir ist, als stünde er nur für mich dort und für den Tag, an dem ich mich vor ihr Grab setze.

Sie ist jetzt seit acht Monaten tot. Noch vor einem Jahr hätte ich also überprüfen können, ob wir uns ähneln. Hätte sie fragen können. Nach dem Warum und nach tausend anderen Dingen. Hätte herausfinden können, ob es eine Verbindung zwischen uns gibt.

Sie ist nur knappe zwanzig Jahre älter als ich gewesen. Aber ist das allein schon eine Erklärung? Dreißig Jahre lang hat sie nicht versucht, Kontakt zu mir aufzunehmen. Vielleicht ist das der Punkt, der mir sagt, ich sollte es besser ruhen lassen.

«Astrid Wagner, was warst du nur für eine?», murmele ich in mich hinein und erschrecke ganz furchtbar, als ich plötzlich etwas klappern höre.

Ich drehe mich um und schaue erstaunt in ein fremdes Frauengesicht unter einer Kurzhaarfrisur und hinter einer dicken Brille. Allerdings erschrickt die Frau offenbar noch viel mehr. So sehr, dass sich das Wasser aus ihrer großen, grünen Gießkanne über das Pflaster ergießt und mir über die halb nackten Beine rinnt. Dass ich mit dem Oberkörper so tief im Efeu steckte, bringt zugegebenermaßen eine gewisse Erklärungsnot mit sich.

«Ich ... suche nach ... einer seltenen Käfersorte», sage ich wenig überzeugend. «Die nur auf Friedhöfen zu finden ist. Hinter Efeu.»

«Ach ja?», sagt die Frau, und ihr Mund zuckt dabei leicht.

«Und Sie?» Besser, ich gehe von der Verteidigung gleich in den Angriff über.

«Ich?», sagt sie und hebt die Gießkanne betont langsam auf. «Ich ... bringe dieser seltenen Käfersorte Wasser. Sie suchen sicher ein Exemplar der seltenen Gattung Blatta orientalis?»

Ich nicke, vielleicht ein bisschen zu enthusiastisch und erleichtert darüber, dass sie mein Spiel mitspielt. Aber mein Strafregister muss nicht unbedingt noch um den Begriff «Störung der Totenruhe» erweitert werden.

«Ja, sehr durstige Sorte, dieser Grabkäfer», fügt sie mit zuckenden Lippen hinzu.

Ich nicke und erhebe mich. «Ich ... geh dann mal ...»

Die Fremde schaut mich an und schiebt dann mit der freien Hand ihre Brille hoch. «Sie können jederzeit wiederkommen. Sie freut sich sicher.»

«Wer?», frage ich perplex.

Einen Moment zögert die Frau, und dann erscheint es doch, ein Lächeln, das so schüchtern wie einnehmend ist. «Die Blatta orientalis natürlich.»

Und wenn ich wiederkomm, dann nur für dich.

Vielleicht komm auch ich wieder. Hierher an diesen Ort. Vielleicht auch nicht.

Der Gedanke gibt mir ein seltsam friedliches Gefühl. Eines, das mich beschwingt den Friedhof verlassen lässt. Eines, das mich ein paar Stunden später auf Jennas Frage per WhatsApp, ob ich heute Abend zu Sebastians Geburtstagsparty komme, mit einem klaren «Ja, sehr gern.» antworten lässt.

KAPITEL 38

Sebastian

Wäre mein Leben eine Regieanweisung, würde ich jetzt Folgendes lesen: Hauptdarsteller geht mit Bierdosen in der Hand über den Parkplatz – unheilvolle Miene. Aber mein Leben ist keine Regieanweisung. In meinem Leben habe ich Geburtstag und bin alleine. Dabei ist das nicht vorgesehen, wenn man einen Zwillingsbruder hat.

Als wir noch Kinder waren, kamen wir uns ziemlich besonders vor, gemeinsam Geburtstag zu haben. Es war, als wären wir Mitglieder eines Geheimbundes – Flo und ich gegen den Rest der Welt. Heute ist das erste Mal seit seinem Tod, dass ich an unserem Geburtstag in München bin. Der Plan war eigentlich, diesen Tag ungeplant und ohne besonderes Highlight zu verbringen. Sprich ohne Mia. Der Plan war ein ruhiger Abend in Gesellschaft der beiden Bierdosen von der Tanke.

Der Plan ist gescheitert, das stelle ich mit einem einzigen Blick auf die Querstraße fest, die von Osten auf das Haus meiner Schwester zuläuft. Normalerweise komme ich von der anderen Seite. Normalerweise kaufe ich keine Bierdosen an der Tanke. Normalerweise würde Julias Plan, mich ohne jegliche Vorwarnung in eine ihrer geliebten Überraschungspartys zu locken, also aufgehen. Aber statt der üblichen, prolligen, polierten PS-Schleudern steht hier in Reih und Glied der Fuhrpark meines Familien- und Freundeskreises.

Unwillkürlich muss ich lächeln. Meine Mutter hat ihren Mini gekonnt zwischen Adams verdreckten Pick-up und Onkel Herberts Van, der auch als Verfassungsschutz-Überwachungswagen durchgehen könnte, gequetscht. Etwa fünfzig Meter weiter, als könnten auch ihre Autos einander nicht mehr ausstehen, steht der Renault meines Vaters. Dass sie sich nach Flos Tod getrennt haben, hat mich nicht überrascht. Große Liebe hält großen Katastrophen oft nicht stand. Das ist reine Mathematik.

Berits kanariengelbes Schnauferl, das mit einer PS-Leistung unter einhundert im Starnberger Penisersatzsortiment eine Art Feministinnenrolle spielt, steht auf der gegenüberliegenden Straßenseite. Und das dahinter müsste Wolfis E-Bike sein. Das Motorrad, das halb verdeckt von der Edelkarosse meiner Tante mütterlicherseits steht, sieht schwer nach der Maschine meines ältesten Cousins aus.

«Verdammte Axt.» Ich könnte mich umdrehen, ins Känguru springen und an die Steilkante fahren. Mit meinen beiden Bierdosen und Flos Geist. Wenn Julia mir eine Party schmeißen muss – bitte, aber meine Anwesenheit ist ja wohl nicht zwingend erforderlich.

Dann aber sehe ich noch ein Auto. Ein silberner Mercedes SL. Und mein Herz schlägt schneller. Mias Cabrio? Aber wieso ist der Wagen wieder da? Müsste das Teil nicht in Osteuropa schon längst ein neues Zuhause gefunden haben?

Die blöde PS-Schüssel wirft mich mehr aus der Bahn, als der Gedanke in einer von Julias geliebten Überraschungspartys der Stargast zu sein. Denn wenn der Wagen wieder da ist, ist damit die Chance weg, zweimal eine halbe Stunde jeden Tag neben Mia sitzen zu können. Automafiaschlamperei. Seit wann tauchen geklaute Neuwagen einfach so wieder auf?

Brummend marschiere ich Richtung Garten und stelle die Bierdosen auf der Mauer vor der Doppelgarage ab. Dahinter ist es mucksmäuschenstill – klar, sie warten auf den großen Moment, wenn der Partytiger um die Ecke kommt. Ich arbeite noch an meinem Gesicht, das spontan nur gezwungen freundlich wirken kann. Fröhlichkeit verlernt man zwar nicht, aber sie kann Rost ansetzen.

Irgendwann gebe ich mir einen Ruck. Und da sitzen sie, genau wie erwartet, und schreien: «Überraschung!» Gelungen. Wenn auch nicht gewollt. Es fehlen nur die Papphüte und das Konfetti. Ansonsten hat Julia alles getan, um diesem Tag einen normalen Anstrich zu verleihen. Als fehle nicht jemand, und als gebe es damit nicht auch nur einen halben Grund zu feiern.

Sie hat Festbänke auf dem Rasen unter dem alten Birnbaum aufgestellt, der ihr wegen des Efeus große Probleme macht. In Richtung See, versteht sich. Sie hat helle Tischdecken darauf ausgebreitet und über die Bänke so komische Stoffbahnen gestülpt. Auf dem Tisch stehen perfekt dekorierte Torten, pastellfarbene Servietten liegen bereit, und ein paar von diesen Dingern, die wie übereinander balancierende Teller aussehen und deren Namen ich mir nicht merken kann, gefüllt mit Minikuchen und Muffins. Über dem Tisch hängen Lampions, und ich bin mir sicher, dass der Kühlschrank gut mit Bier, Sekt und Wein gefüllt ist. Ein Kindergeburtstag für Erwachsene – mit dem Unterschied, dass es mein zweiunddreißigster ist und gleichzeitig der sechste Geburtstag, den ich ohne Flo feiern muss.

Ich balle die Fäuste und schlucke schwer an dem Wortschwall, der sich böse auf Julia und alle Anwesenden ergießen will. Doch kurz bevor mein Zornvulkan ausbrechen kann, sehe ich sie – und sofort verpufft die Wut, als wäre sie nie da gewesen. Zauberei. Nur weil ich ihr Gesicht sehe. Ihr schüchterner Augenaufschlag und die Haltung, die sagt «Ich bin hier, aber ich fühle mich nicht ganz wohl», stoppen die Wut so abrupt, dass das zornige Gurgeln Schluckauf bekommen müsste.

«Hi», sage ich also in die Runde, und all die Worte, mit denen ich schimpfen wollte, sind weg. «Was für eine Überraschung.»

Ich lächele sogar. Ich weiß das, weil es sich in Julias Gesicht spiegelt. Sie kichert erleichtert.

«Hätte es dir nicht gefallen, hätte ich behauptet, dass es Jennas Idee war», sagt sie und klingt ein wenig heiser dabei. Zugegeben, es ist ein gewagtes Experiment.

Sie kommt auf mich zu, nimmt mich fest in den Arm und flüstert mir ins Ohr: «Es ist auch dein Geburtstag, Basti! Und wir müssen ihn auch mal wieder feiern – vor allem, wenn du heute hier bist.»

«Mmpfh», murmele ich in ihr blondes Haar.

«Mmpfh», äfft sie mich nach. «Und übrigens gefällt mir deine neue Freundin!» Sie drückt mich ein wenig von sich und zwinkert mich an.

«Sie ist nicht ...», versuche ich zu widersprechen.

«Noch nicht», flüstert Julia und zwinkert noch einmal.

Ich schaue über Julias Schulter zu Mia, die auf der Bank ein wenig nach rechts rutscht, um Platz für das Familienmonster zu machen. Jenna ist der Tatsache gegenüber, dass sie Mia schon mehr als einen fragwürdigen Streich gespielt hat, völlig immun.

«Hat Jenna sie eingeladen?», frage ich Julia.

«Ja. Sie meinte, sie hätte da noch was gutzumachen bei Mia, weil sie im Büro die falschen Seiten kopiert hat.»

«So kann man das auch sagen», murmele ich. «Hat sie dir auch gesteckt, dass sie diese falschen Seiten in die Briefkästen unserer Nachbarn verteilt hat?»

«Nein! Was war denn drauf? Einhörner?» Julia zieht die Stirn kraus.

«Nicht ganz», seufze ich und muss mir dann das Lachen verkneifen. «Werbung für Lötkolben», füge ich hinzu und erwische mich dabei, wie ich mich auf den Moment freue, genau dieses Gespräch Mia wiederzugeben. Julia schüttelt verständnislos den Kopf.

«Du musst hierher», ruft Jenna mir zu und springt neben Mia auf. «Ich hab nur Platzhalter gespielt.»

Ich nicke, lasse mich auf dem Weg zur Bank allerdings noch von Adam umarmen, mir von Wolfi auf die Schulter klopfen und von Tante Annerl ein Geschenk in die Hand drücken, von dem ich weiß, dass es ein Schlüsselanhänger ist. Der vom letzten Jahr konnte auch als Eieruhr eingesetzt werden und hat bei hart gekochten Eiern «In München steht ein Hofbräuhaus» gespielt. Sie hat damit angefangen, als Flo schon tot war. Aber ich stelle mir trotzdem sein Gesicht vor, hätte er denselben Unfug bekommen. Allein das ist Tante Annerls Geschenk fast schon wert.

«Hey», sage ich und setze mich neben Mia. «Willkommen im Reich meiner verrückten Familie.»

«Ich mag deine Familie», sagt Mia und lächelt. Dann sucht sie unter dem Tisch meine Hand und drückt sie fest. «Alles Gute zum Geburtstag.» Die Schultern leicht hochgezogen fügt sie leise hinzu: «Ich hab kein Geschenk, ich wusste bis heute Nachmittag nicht, dass du Geburtstag hast! Jenna hat mich überrascht.»

«Es ist ein Geschenk, dass du hier bist», flüstere ich und ignoriere, dass Onkel Herbert die Lippen zu einem affigen Kussmund spitzt.

Schon beginnt er, zu grölen: «Armes Hascherl, setz di zu mir». Er singt es in Jennas Richtung, die aber lieber auf die Gartenschaukel flüchtet, die sie seit Jahren nicht mehr benutzt. Ich würde meinem Onkel gerne sagen, dass das arme Hascherl hier Kressepflanzen in Büroequipment sät, sich nicht scheut, die Auspuffanlagen der benachbarten Edelkarossen mit Bauschaum auszuspritzen, und erst letzten Monat dabei erwischt wurde, wie es seinen Mitschülern gefälschte VIP-Pässe für die Filmstudios verkauft hat. Für fünfzig Euro das Stück. Aber solange Jenna das arme Hascherl ist, hat Onkel Herbert zumindest noch nicht den Punkt erreicht, an dem er auf seine Wampe klopft und ruft: «A Bayer ohne Wampn is wia a Puff ohne Schlampn.» Mir graut vor dem Moment, in dem er zu Mia sagen wird: «Di Brezn hat a so scheane Kurven wie du.» Er wird kommen, der Moment, da bin ich mir sicher.

Aber erst mal essen wir Kuchen, als wäre es das Selbstverständlichste auf der Welt und nicht das erste Mal seit sechs Jahren. Meine Mutter hat Tränen in den Augen, mein

Vater bemüht sich, nicht in ihre Richtung zu schauen. Und Onkel Herbert klärt Mia schon mal darüber auf, was eine waschechte Mingara ist und dass aus ihr keine waschechte Mingara werden wird, mit Glück und dem entsprechenden Wohnsitz könnten ihre Kindeskinder aber möglicherweise waschechte Mingara werden. Dann löchert er Adam noch zum diesjährigen Spieleretat des FC Bayern München, und Adam erzählt ihm daraufhin den Witz von der Neuverpflichtung und der Werbefläche. Julia flucht über die Schnaken und lenkt sich mit gelegentlichen Schlägen auf ihre Unterarme davon ab, dass sie verdammt gerührt ist über diese Familienzusammenkunft. Ich glaube, sie hat nicht damit gerechnet, dass ich wirklich bleibe.

Als es anfängt zu dämmern, laufe ich mit Mia runter zum Ufer. Es wird Zeit, Onkel Herbert und Adam zu entfliehen, zwischen denen sich ein handfester Streit rund um die Machenschaften des berühmtesten deutschen Fußballvereins entsponnen hat. Wie immer.

«Kann es sein, dass es irgendetwas gibt, was ich hier nicht greifen kann?», fragt Mia. «Etwas, das ich wissen müsste, aber nicht weiß?» Sie schaut zurück in Richtung Terrasse, wo meine Mutter in Julias Armen liegt und sich mit einem Taschentuch übers Gesicht wischt. «Ihr feiert deinen Geburtstag, aber ihr seid auch alle irgendwie ... traurig. Gedämpft.»

Erst ist da wieder dieses Gefühl einer inneren Wand. Wie die Kante baut sich eine Steilwand in meinem Innern auf, die sich nicht durchdringen lässt. Schleusenstahl, der Gefühle nicht durchlassen will, weil sie dann ja ungehindert fließen könnten. Aber dann sehe ich in ihre Augen, und ich weiß, dass ich ihr vertrauen kann. Ich weiß es einfach. Sie wird mich nicht enttäuschen. Ich kann, ich kann, ich kann mit ihr darüber sprechen. Ich will sogar.

«Du musst es mir aber auch nicht sagen», beeilt sie sich hinzuzufügen, offenbar hat sie in meinem Blick mehr gelesen, als ich preisgeben wollte.

«Das ist ... ein dunkles Kapitel, eine dunkle Seite von mir ...», fange ich langsam an.

«Ich will es wissen», sagt sie leise. «Das Helle und das Dunkle. Alles von dir.»

Und dann spreche ich es einfach aus: «Ich hatte einen Zwillingsbruder, Florian. Und er ist tot.»

Mia sagt nichts, sie schaut nur. Nicht mitleidig, sondern mitfühlend. Was einen riesigen Unterschied macht. Ich kenne nicht viele Menschen, die das können, Mitgefühl von Mitleid zu unterscheiden. Aber bei Mia habe ich immer den Eindruck, dass sie jedes Gefühl mitempfinden kann. Dass sie spürt, wie ich es spüre. Freude und Schmerz gleichermaßen. Auch wenn da etwas an ihr ist, das nicht recht passen will. Ich meine, wie geht ihre privilegierte Herkunft mit ihrer Empathie zusammen? Das Wissen in ihren Augen, das so viel Tiefe vermittelt mit der glatten Oberfläche eines Mädchens aus reichem Haus? Aber sie ist echt, diese Tiefe in ihr, das kann ich spüren, und deshalb erzähle ich weiter. Davon, dass Flo an den Folgen eines Tauchunfalls an der Todeswand in Allmannshausen gestorben ist. Sogar solche Details, dass man ihn in sechzig Meter Tiefe mit abgekoppelten Schläuchen gefunden hat. Und zum ersten Mal gebe ich laut zu, dass niemand weiß, was wirklich passiert ist. Dass es der Tiefenrausch gewesen sein kann, aber auch die Möglichkeit besteht, dass er es absichtlich getan hat. Weil stille Wasser eben tief sind, wie diese abgedroschene Redewendung immer behauptet. Dass es wehtut, ihn nicht danach fragen zu können. Dass dieses Unwissen mich manchmal droht zu verschlucken, wie neulich im Thai-Restaurant.

Sie will wissen, ob ich dabei war, und darauf kann ich nur nicken. Dann nickt sie auch und legt ihren Arm um meine Hüfte, dreht mich zu sich und sagt: «Ich verstehe. Dir fehlt ein Stück, um ganz zu sein.» Mit ihrer kleinen Hand berührt sie meine Wange, und es ist die zärtlichste, die beste Berührung meines Lebens.

«Danke», flüstert sie. «Für dein Vertrauen.» Sie schaut zur Seite, und etwas in ihrem Ausdruck wirkt, als hätte sie die Trauer in mir aufgesogen. Als würde sie dieses Gefühl sehr gut kennen. Wie ein dunkler Spiegel.

Aber ich frage nicht. Sie wird mir davon erzählen, wenn sie so weit ist. Von dem Dunklen in ihr. Und dem Hellen.

«Lass uns mitspielen», schlägt sie vor und deutet zu den Kindern, die einen alten Volleyball aufgetrieben und ihn zum Fußball umfunktioniert haben und nun in der Dämmerung ein Match beginnen. Mia lächelt mich an, dann krempelt sie ihre Jeans nach oben, schlüpft aus den Schuhen und Socken, bindet sich das lange Haar zu einem unordentlichen Knoten und springt wie ein Reh mit Jenna und den anderen über die Wiese.

Eine Weile schaue ich einfach nur zu und empfinde absoluten Frieden. Ich liebe das hier. Den See. Julia und Jenna. Meine Familie. Meine Freunde. Und vielleicht auch Mia.

KAPITEL 39

Es ist dunkel geworden. Und ruhig. Nur noch der Schatten eines einsamen, alten Volleyballs liegt auf der Wiese im improvisierten Tor zwischen zwei akkurat gestutzten Heidelbeerhecken. Die Kinder sind unter Protest («Nur noch ein Spiel, wirklich nur noch eines!») mit ihren Eltern nach Hause gefahren. Sebastians Freund Adam hat sich von seiner Frau abholen lassen, weil er zu tief ins Glas geschaut hat. Mingara Herbert hat all seine Standardwitze an den Mann und die Frau gebracht, Sebastians Eltern haben sich am Tisch angeschwiegen und zum Abschied steif umarmt, und seine Freunde haben endlich ihr Kreuzverhör mit mir beendet. Ich bin müde und gleichzeitig aufgekratzt und glücklich – wie ein Mädchen, das zu viel Süßes gegessen hat.

Sebastian und ich sitzen auf einer Picknickdecke im Gras, mit Blick auf den See, über den sich sachte der Abendhimmel legt. Es ist noch so warm, dass ich die Ärmel meiner Sweatjacke zurückgekrempelt habe. Hinter der Jalousie eines der Fenster flimmert es bläulich, weil sich Jenna eine halbe Stunde Netflix zum Einschlafen herausverhandelt hat. Und ich höre das leise Surren des Rasensprengers nebenan. Auf meiner Brust klebt ein untertassengroßer Aufkleber mit der Aufschrift *I am in silence*. Mein Wetteinsatz für das verlorene Fußballspiel gegen die Kids. Wie ich jetzt weiß, bietet Sebastians Schwester Julia Entspannungsseminare für gestresste Manager an, und ich hatte die Wahl zwischen *Atme die Sonne*, *Die Kerze des Lebens brennt in dir* oder eben *I am in silence*. Damit muss ich laut Jenna jetzt vierundzwanzig Stunden lang herumlaufen.

«Jetzt sind sie alle weg ...», sagt Sebastian gedehnt und versteckt dahinter die Frage: Was machen wir jetzt?

Ich nicke nur.

«Nimmst du das wörtlich? Mit dem Aufkleber?»

Ich nicke noch einmal, aber ein Grinsen zupft an meinen Lippen.

«Und wenn ich jetzt mit dir reden will?», sagt er. «Wenn ich all deine kleinen Geheimnisse wissen will, rätselhaftes Mädchen?»

Ich zucke mit den Schultern.

Er zieht an den Bändeln meiner Sweatjacke. «Meinst du, wenn du das Ding ausziehst, dass du dann wieder sprechen könntest.»

Ich tippe mir an die Stirn.

«Billiger Versuch?»

Ich nicke erneut.

«Ich kann jetzt also alles sagen, was ich will, und du widersprichst mir nicht, weil du in Julias Stille weilst.»

Ich wiege den Kopf hin und her.

«Jedenfalls möchte dir gerne etwas sagen, zu heute, zu meinem Geburtstag.» Er zögert einen Moment, dann erklärt er: «Es tut mir leid, dass ich dir das von meinem

Bruder verschwiegen habe. Ich hätte dir davon erzählen sollen.»

Abwehrend hebe ich die Hände. Er darf sich nicht entschuldigen, denn damit setzt er mich unbewusst unter einen Druck, der sich schwer auf meine Brust setzt und droht, nicht mehr wegzugehen. Der das bitzelnde Glücksgefühl verdrängt. Ich bin noch nicht bereit loszulassen. Noch nicht. Noch ein paar Stunden. Noch ein paar Tage.

«Doch, lass mich bitte ausreden. Flo war … anders als ich … immer zweifelnd an sich selbst, immer darauf aus, alles noch ein bisschen extremer zu machen, um sich zu fühlen. Höher, weiter, riskanter … Und ich … ich hab ihn machen lassen, hab ihn bewundert und dabei nicht gemerkt, dass der Tiefenrausch nicht nur etwas mit dem Wasser zu tun hatte.»

Sebastian richtet den Blick in die Ferne und verschränkt die Arme hinter dem Kopf.

«Ich glaube, er hat es absichtlich getan. Weil er den Druck nicht mehr ausgehalten hat. Er hat alles eingetauscht, dieses Leben, Berit, mich, seine Familie gegen inneren Frieden.»

Ich will etwas sagen, ich muss etwas sagen. Muss ihm sagen, dass auch ich etwas getauscht habe. Dass auch ich so viele Zweifel in mir habe – und genauso viele ausgeräumt habe. Ich muss ihm sagen, was mir diese Tage mit ihm bedeuten. Aber ich kann nicht. Ich kann es einfach nicht. Und Sebastian macht es mir leicht. Er legt seinen Finger auf meine Lippen und deutet mit einem schiefen Lächeln auf den Aufkleber.

«Meine Ex-Freundin hat mich verlassen, weil ich nicht

loslassen konnte. Weil ich wegen Flo mein Leben auf Eis gelegt habe. Dabei hatten wir schon unsere Wohnung gekündigt, wir wollten gemeinsam ein Jahr durch Europa reisen. Und dann hat Flo versucht, sich umzubringen und ... es nicht geschafft. Er lag sehr lange in einem Pflegeheim, im Koma. Und ich ... ich konnte nicht weg. Jedenfalls nicht so lange. Und auch nur so weit, dass ich in ein paar Stunden wieder bei ihm gewesen wäre. Berit hat es nicht ausgehalten. Aber ich schon. Ich musste doch. Und auch Sabia hat es nicht verstanden. Selbst diese beschissene Wohnung in der Possenhofener Straße war ihr nicht gut genug. Sie wollte mehr. Sie wollte die Hauptperson in meinem Leben sein, und eigentlich kann ich ihr das nicht einmal verübeln.»

Ich will ihm sagen, wie leid mir das tut. Ich hatte ja keine Ahnung, dass sein Bruder einen so langen Leidensweg hatte. Aber ich spüre, dass er noch nicht fertig ist.

«Du hast mich gefragt, warum ich Stuntman geworden bin», sagt er langsam und leise, so als wöge jedes Wort eine Tonne. Eine Tonne Vergangenheit. «Ich hab dir nicht die ganze Wahrheit gesagt. Es ist nicht nur das Adrenalin. Es ist vor allem ...»

Er zögert kurz. Wie jemand, der den falschen Gang eingelegt hat und darüber nachdenkt doch lieber rückwärts zu fahren statt vorwärts. Ich schaue ihm tief in die Augen, aber sage nichts, um ihn zu ermutigen.

«Als Flo ... weg war und trotzdem noch lebendig, hat etwas in mir aufgehört zu existieren. Ich habe nichts gefühlt. Gar nichts. Keine Trauer, keine Freude, nicht einmal Angst. Ich war einfach ein einziges schwarzes Loch. Über

Wochen habe ich mich gefühlt, als hätte man jegliches Gefühl aus mir herausgesaugt. Eine Hülle ohne Kern. Ich habe Freunde vergrault, Familie verärgert, mich regelmäßig betrunken, tagelang auf der Arbeit gefehlt. Bis ich Lehmann getroffen habe, dem ging es damals fast genauso schlecht wie mir ...» Er lacht bitter auf. «Und dann haben wir uns, ohne große Worte, gegenseitig aus unseren schwarzen Löchern zurück ins Licht gezerrt. Durch ihn habe ich eine Art Kanal gefunden für all diese Leere in mir. Da Lehmann selbst nicht mehr als Stuntman arbeiten konnte, hat er mich eingestellt. Seltsam, dass ich ausgerechnet das zum Beruf gemacht habe, was Flo so geliebt hat. Den Kitzel, das Abenteuer. Aber wenn ich arbeite, dann bin ich irgendwie mit Flo verbunden. Auch jetzt noch, da er tot ist. Denn wenn ich arbeite, dann *fühle* ich. Das klingt verrückt, oder?»

Ich schüttele langsam den Kopf. «Nein, eigentlich nicht», erkläre ich, und meine Stimme klingt fast ein bisschen heiser. «Das hört sich sogar ziemlich logisch an.»

Er hält kurz inne, bevor er schwerfällig weiterspricht. «Am Anfang war ich ... sehr risikofreudig, leichtsinnig, fast schon süchtig nach immer größeren Herausforderungen. Und das als blutiger Anfänger in dem Job. Aber es ist einfacher geworden mit den Jahren. Die Stunts wurden kontrollierter. Ich habe nach und nach wieder zurückgewonnen, was mir gefehlt hat. Auch die Angst, die Leben rettet. An meine Grenzen zu gehen, hat mir aufgezeigt, dass ich Grenzen brauche.»

Jetzt dreht er sich zu mir, stützt den Kopf auf die Arme und sieht mich an. Ganz nah, so nah. Das Ernste ist aus seinem Ausdruck wie weggepustet, er grinst leicht und sieht nicht mehr so aus, als hätte er noch vor wenigen Sekunden Sätze rückwärts drehen wollen.

Er rückt näher. Ich halte die Luft an.

«Nach der Enttäuschung mit meiner letzten Freundin wollte ich mich auf nichts mehr einlassen, und dann hast du dich auf deinen Mokassins in mein Leben geschlichen», flüstert er mir ins Ohr, sodass sich alle Härchen an meinem Nacken aufstellen. Ein Satz so schön und kitschig und romantisch und zugleich tieftraurig.

Ich muss ihm sagen, dass ich mich auch wieder davonschleichen werde. Stattdessen denke ich an den albernen Aufkleber, der mir verbietet, etwas zu sagen, und lege meine rechte Hand an seine Wange Ich streiche leicht darüber, rücke näher, bis unser Atem miteinander verschmilzt und meine Lippen zitterig seine berühren. Erst vorsichtig und zärtlich, dann begierig und fordernd.

Er greift um meine Hüfte und zieht mich auf sich. Seine Hände wandern unter meine Jacke, dann unter mein Shirt und streicheln über meinen Rücken, der mit Gänsehaut antwortet. Sein Körper unter mir ist fest und muskulös, stark und beschützend.

Seine Hände, meine Hände, meine Haut und seine Haut – alles wird eins in diesem Kuss, in unseren Berührungen. Die Welt verschwindet, als hätte man sie in den See gekippt und gebeten, einfach eine Weile die Klappe zu halten. Mit all ihren Sorgen und Nöten. Weil es nur Jetzt gibt.

Ich streichele über seinen Hals, fahre mit den Händen in seine Haare, drücke mich an ihn. Er öffnet meinen BH, aber bevor seine Hände unter dem Oberteil vom Rücken nach vorne wandern, halten sie inne und fragen mich stumm um Erlaubnis. Und alles an mir antwortet laut: «Ja.»

Ich fühle mich, als hätte ich Flügel, die zu flattern beginnen, als er seine Lippen über mein Schlüsselbein gleiten lässt, sie wieder nach oben wandern und erneut meinen Mund finden. Ohne den Kuss zu lösen, dreht er mich auf den Rücken, stützt sich neben mir am Boden ab und öffnet viel zu langsam meine Jacke. Wieder fragen seine Hände, und wieder sage ich Ja.

«Ist dir kalt?», will er wissen.

Die Nacht hat sich wie eine Decke auf uns gelegt, alles um uns herum ist nur noch schemenhaft zu erkennen. «Mir war nie wärmer», erwidere ich. Meine Zunge fühlt sich schwer an, wie belegt von Sehnsucht.

«Pocahontas», seufzt er. «Die, die alles durcheinanderbringt.»

Mein Herz verschluckt sich an seinen Worten und schlägt jetzt einen sehr unregelmäßigen, aufgeregten Takt. Hinter mir die Vergangenheit, neben mir die Gegenwart und dazwischen eine Menge unbeantworteter Fragen, die für den Augenblick nicht zählen. Dabei sollte ich aufhören, alles noch schlimmer zu machen. Meine Hand auf seiner Brust würde genügen, und er würde verstehen. Nur ein Wort, nur ein Name. Aber ich will nicht. *Mia, die lebt und macht. Charly, die träumt und versäumt.* Nicht heute. Dieses Mal, nur dieses eine Mal, soll mein Herz schneller sein als mein Kopf. Langsam und behutsam sinkt er auf mich, drückt seinen Körper an meinen.

Einen letzten Versuch wagt mein Verstand noch. «Es ist

zu früh», murmele ich und ziehe ihm dennoch das T-Shirt über den Kopf.

«Viel zu früh», stimmt er zu und tut es mir gleich. Nur einmal noch unterbrechen wir den Kontakt, beide dieselbe Frage auf den Lippen.

«Hast du ...?», frage ich.

«Du hast nicht zufällig ...», sagt er gleichzeitig, und dann lachen wir beide ein wenig nervös. Sebastian zuckt bedauernd die Schultern. «Nein, ich bin nicht so der Typ Kondom-immer-griffbereit-in-der-Hosentasche», sagt er.

«Wäre es schlimm, wenn ich der Typ Kondom-zufällig-in-der-Handtasche bin?», frage ich zögerlich.

Was für eine Ironie des Schicksals, dass es die Handtasche ist, die mir Mia zum letzten Geburtstag geschenkt hat. Inklusive eines kleinen Kosmetikbeutels gefüllt mit allen Dingen, die Frau so braucht.

Er grinst. «Schlimm wäre es, wenn ich meine Schwester danach fragen müsste.»

Kurzerhand beuge ich mich zur Seite und ziehe aus der Handtasche die kleine schwarze Verpackung. Einen Moment halten wir inne und schauen uns fragend in die Augen, obwohl die Antwort doch längst gefallen ist. Dann ist da nur noch seine Haut und meine Haut. Wir liegen aufeinander, finden ineinander, und in dem Moment, in dem sich unsere Körper vereinen, schreit mein Herz: So kann das sein. Warum hast du das nicht gewusst, Charly? So *muss* das sein.

·•·

Die Decke ist wie ein Schlafsack um unsere verschwitzten nackten Körper gewickelt. Mein Bein zwischen Sebastians Beinen. Seine Lippen an meiner Stirn.

«Du hast gerade den vorletzten Punkt auf meiner Liste erfolgreich abgehakt», murmelt er.

«Liste? Welche Liste?», will ich wissen.

«Es klingt etwas verrückt, ich weiß, aber ...» Er zögert kurz. «Ich hab mir nach meiner letzten, gnadenlos gescheiterten Beziehung vorgenommen, gewisse ... Punkte nicht mehr zu vernachlässigen.»

«Okay», sage ich gedehnt. «Lass mich raten, ein Wohnsitz in der Possenhofener Straße ist ein Ausschlusskriterium.» Ich kratze mit meinen Fingernägeln über seinen Rücken und denke, dass ich für immer so hier liegen könnte. Für immer und ewig. Ich recke den Kopf, um ihn ansehen zu können.

Er beißt sich auf die Unterlippe und nickt langsam. «Ist revidiert.»

«Die Frau deiner Träume muss Espadrilles im Supermarkt tragen?»

«Unbedingt!» Er lacht. «Aber der Punkt war eher: Wenn mehr als neunzig Prozent echt sind, gehen die restlichen zehn Prozent in Ordnung.»

«Aha, ich schätze diese zehn Prozent dürfen sich gerne auf ein hervorstehendes, vorderes Körpermerkmal beziehen», necke ich.

«Die Nase?», erwidert er. «Absolut.»

Jetzt lachen wir beide.

«Im Ernst, was geht gar nicht?», frage ich, auch wenn ich Angst vor der Antwort habe.

«Ich sage dir lieber, an welche Punkte du schon unbewusst einen Haken gesetzt hast, in Ordnung?»

Ich nicke mit dem Kopf an seiner Brust.

«Der Soundtrack, erinnerst du dich, dass ich dich nach deinem Lieblingssoundtrack gefragt habe? Hättest du geantwortet, dir gefalle die Titelmelodie vom *Bachelor* sehr gut, dann wär das mit uns wohl nichts geworden.»

«Nachvollziehbar», sage ich gespielt ernst. «Weiter.»

«Absolute Ehrlichkeit. Ich habe die Nase so voll von Lügen und Geheuchel.»

«Auch nachvollziehbar», sage ich, und dieses Mal muss ich das Ernste nicht spielen. Es steckt mir im Hals fest. Der Drang zu husten und das, was sich da in meiner Kehle verfängt, einfach hinauszuräuspern, ist schwer zu unterdrücken.

Eine Weile sieht er mich prüfend an. «Humor. Du lachst sogar über Onkel Herberts Witze, was ich dir hoch anrechne.»

«Es ist der Dialekt», schmunzele ich. «Weniger das, was er sagt.» Es tut weh, dieses Schmunzeln, weil mir das mit der absoluten Ehrlichkeit gerade mitten ins Herz gerutscht ist.

Sebastian gluckst und zieht die Decke an meinem Rücken fester. «Siehst du, genau das meine ich. Auch meine Freunde mögen dich.»

«Du hast mich von Adam abchecken lassen, bevor wir uns das erste Mal geküsst haben», erinnere ich ihn.

«Adam hat *das Auge*. Er liegt immer richtig ...» Bei den letzten Worten wird er etwas leiser.

«Was ist der letzte Punkt?»

«Mmm?»

«Der letzte Punkt, du meintest ich hätte den vorletzten Punkt auf deiner Liste abgehakt.»

«Der letzte Punkt ist der heikelste. Weil er Zeit braucht. Der letzte Punkt lautet: mich nie wieder in einer Frau zu täuschen.»

Eine Weile schweigen wir. Ich kann nichts dazu sagen und müsste es doch eigentlich. Hier ist sie, die Steilvorlage, auf die ich seit zwei Wochen warte. Aber sie verstreicht ungenutzt, weil Sebastian mich liebevoll in die Seite knufft.

«Ich dachte eigentlich, du willst wissen, was der vorletzte Punkt war. Der, den du jetzt abgehakt hast?»

«Sex wie im Film?», rate ich, bemüht, die Leichtigkeit wieder hervorzukitzeln.

«Auf keinen Fall», protestiert er. «Viel zu kurz. Also im Film.»

«Okay, dann vielleicht Sex wie im Porno?»

«Nein, dafür hast du zu echt gestöhnt.»

«Hab ich?»

«Hast du. Nein, der vorletzte Punkt heißt: keine vorgetäuschten Orgasmen», erklärt er dann ungerührt. Ich verschlucke mich beinahe.

«Was?»

«Ich habe eine Schwester, die mir mit Erreichen der Geschlechtsreife erklärt hat, dass Frauen nie nach einer Minute reiner Penetration zum Höhepunkt kommen. Versuch es erst gar nicht, hat sie gesagt.»

«Und hast du gerade ernsthaft *Geschlechtsreife* gesagt?», gluckse ich.

«Du übersetzt Dialoge für erotische Serien», erklärt er. «Wenn ich dir das nicht sagen darf, wem denn dann?»

«Und du glaubst also, der eben war echt?», frage ich und drücke dabei meine Hüfte leicht gegen seine.

«Wir könnten es wiederholen, damit ich ganz sicher gehen kann, dich richtig zu deuten», sagt er mit rauer Stimme.

«In Ordnung», stimme ich zu und zwinge mich, nicht daran zu denken, dass ich gegen einen viel wichtigeren Punkt auf seiner Liste verstoßen habe. Einen, den er noch nicht einmal in Zweifel zieht. *Absolute Ehrlichkeit*. Aber jetzt ist immer noch Jetzt. Und jetzt hat mein Herz das Sagen.

KAPITEL 40

Man kann sich an Dingen festhalten und trotzdem mit ihnen untergehen. Gewohnheit ist keine Garantie für Sicherheit. Ein Traum kein Ersatz für das Leben. Und schlimmer, als nicht glücklich zu sein, ist zu wissen, wie sich Glück anfühlt und es wieder hergeben zu müssen.

Als ich morgens gegen sieben Uhr Mias Wohnung aufschließe, fühle ich mich einsamer als je zuvor.

Nachdem wir uns gestern Abend aus dem Kokon der Decke gelöst und schlaftrunken in Sebastians Wohnung gegangen sind, ist er recht schnell eingeschlafen. Den Arm um mich gelegt, mit einem Lächeln auf dem Gesicht, weil er zwar glaubt, dass ich alles durcheinandergebracht habe, aber nicht weiß, dass das ganz große Durcheinander noch bevorsteht. Ich habe keine einzige Minute geschlafen. Mein Verstand ist hart mit meinem Herzen ins Gericht gegangen. Dann hat sich auch noch das blöde schlechte Gewissen eingemischt, und so war an Schlaf nicht zu denken.

Jetzt falle ich rücklings auf Mias Couch und betrachte die makellose Einrichtung, den weiten Schnitt der Wohnung, all den Luxus und fühle mich noch elender.

Viel zu früh. Ja, viel zu früh und unüberlegt und gut. Oh Gott, so verdammt gut.

Seufzend schließe ich die Augen und liege eine Weile da, warte darauf, dass der Schlaf noch kommt. Nach einer Weile greife ich nach dem Handy und sehe, dass Katja online ist und mir eine Nachricht tippt.

Katja: Geht es dir gut? Melde dich mal. Hier ist alles ok. Dein Mädelsstammtisch war gestern zum Essen da und hat nach dir gefragt. Wie läuft es mit dem heißen Starnberger?

Ich: Danke, schlecht. Bedeutet mehr Herzklopfen automatisch auch mehr Herzschmerz?

Katja: Das kann ich dir nicht beantworten. Ich glaube, wichtig ist nur, dass es mehr klopft als schmerzt.

Da hat sie wohl recht. Ich sollte endlich ein wenig schlafen, aber es will keine Ruhe in meinen überreizten Körper kommen. Um halb acht gebe ich es auf, schlurfe ins Bad und stelle mich vor den Spiegel. Mit etwas Glück erkenne ich die Frau, die mir da entgegenschaut noch. Die, die alles durcheinandergebracht und auf den Kopf gestellt hat. Aber alles, was ich sehe, ist ein müdes Gesicht mit viel zu traurigen Augen. Ein deprimierender Anblick. So deprimierend, dass ich nach dem kleinen Körbchen greife, in das ich Mias Feuchtigkeitscremes und Entspannungsmasken eingeräumt habe. Ich öffne eine Packung mit der vielversprechenden Aufschrift *Koala-Time* und entfalte das angeblich nach Eukalyptus duftende Tuch. Obwohl es eigentlich mehr nach einer Riesenmenge Chemie und ein wenig nach Salatgurke riecht, klatsche ich mir das feuchte Ding auf mein Gesicht. Zumindest sehe ich jetzt eher wie ein trauriger Koala mit Eukalyptusblättern um die Mundpartie aus. Fast schon entlockt mir das ein Lächeln.

Ich setze mich auf den Klodeckel und bin gerade dabei, so etwas wie eine entspannende Lethargie zu entwickeln, als ich ein Geräusch höre. Es surrt, als würde sich das Schloss der Haustür öffnen. Aber das kann ja nicht sein. Oder?

Doch. Eindeutig. Da öffnet jemand die Tür.

Mein Herzschlag beschleunigt sich, und vermutlich breche ich damit den Koala-Puls-Rekord. Ich springe vom Klo, drücke den Rücken an die Wand und suche instinktiv nach etwas, was ich als Waffe verwenden könnte, oder alternativ nach einem Fluchtweg.

«Mia?», ruft eine Stimme, die ich sehr gut kenne. Allerdings ist die nicht unbedingt beruhigend. «Du bist doch hier, dein Wagen steht in der Garage», donnert Mias Vater mit seiner tiefen Baritonstimme.

Einen irrwitzigen Moment lang möchte ich laut kichern, dass ausgerechnet der Wagen, der noch bis vor Kurzem verschwunden war, Mia und meine kleine Kästner-Interpretation verraten wird. Denn es ist eine Sache, Hans-Peter Morot auf einer Veranstaltung zu treffen und so zu tun, als wäre man mal eben zu Besuch in München. Aber wie soll ich ihm erklären, dass ich hier alleine in der Wohnung bin?

«Ich habe langsam die Nase voll», poltert er. «Du gehst nicht an dein Handy, du lässt dich nicht bei uns blicken. Was ist denn eigentlich los? Wir hatten gestern einen Termin in der Firma, Mia! Du glaubst doch nicht, dass ich das weiter mitmache. Nach der Sache in Wien war fest vereinbart, dass du in die Firma einsteigst. Und jetzt hast du dich offensichtlich in Luft aufgelöst. Schluss jetzt mit dem Lotterleben.»

«*Lotterleben*», wiederhole ich leise – und innerlich hysterisch lachend wegen der unfreiwilligen Referenz zum *Doppelten Lottchen*.

Ich höre seine energischen Schritte. «Wo steckst du? Komm sofort raus und sprich mit mir. Deine Mutter glaubt ohnehin schon, du hättest dich längst abgesetzt und würdest irgendwo in der Weltgeschichte rumfliegen!»

Sackgasse. Verdammter Mist. Wenn ich jetzt nicht aus dem Bad rauskomme, hat Mia ein Problem. Wenn ich aber aus dem Bad rauskomme, hat sie auch ein Problem.

Verzweifelt blicke ich hoch. Im Spiegel schaut mir eine Frau mit hochgebundenen braunen Haaren entgegen, mit Koala-Gesicht und einem *I am in silence*-Aufkleber auf der Brust. Und da keimt eine Idee in mir, die schneller wächst als Kresse aus einer PC-Tastatur.

Langsam und mit noch immer viel zu hohem Puls trete ich aus dem Badezimmer in den Flur. Da steht er auch schon vor mir, breitbeinig, in einem eleganten blauen Anzug, die großen Füße in glanzpolierten Lackschuhen und mit wütend funkelnden Augen. Er starrt in mein Koala-Gesicht und schüttelt irritiert den Kopf.

«Wie siehst du denn aus? Welcher Trip ist das nun wieder?» Er klingt zwar immer noch ärgerlich, trotzdem scheint er wie durch ein Wunder zu denken, dass seine Tochter vor ihm steht.

Aber lange werde ich ihn nicht täuschen können, so ähnlich sehen sich Mia und ich dann auch nicht. Und vor allem, habe ich eine völlig andere Stimme. Ich deute auf den Aufkleber auf meiner Brust, *I am in silence*, und zucke dann mit den Achseln.

«Was soll das heißen? Sprich gefälligst mit mir, Mia!»

Ich deute noch einmal auf den Spruch und hoffe inständig, dass mein Finger nicht zu sehr zittert dabei. Was für ein absurdes Glück, dass ich mich nicht für *Atme die Sonne* entschieden habe.

«Am Montag bist du um acht Uhr in meinem Büro, und dann wirst du sprechen! Ich kann deine offizielle Einführung in die Geschäftsleitung nicht mehr länger verschieben. Wir haben einen Ruf zu wahren, die Plakate sind gedruckt, die Presse ist informiert. Ich warne dich, Mia!»

Und damit macht er auf dem Absatz kehrt und verschwindet wieder, bevor ich aus Versehen sagen kann: «Aber wir sind doch Sonntag zum Essen verabredet.» Dem Koala sei Dank!

KAPITEL 41

Sebastian

Ich: Als ich aufgewacht bin, war mein Wigwam leer. Alles gut?

Mia: Tut mir leid, musste früh zur Arbeit. Melde mich.

Es klingt wie eine dieser automatischen Handy-Antworten, die man aus einer Liste mit Standardsätzen auswählen kann, wenn man gerade Auto fährt, in einer wichtigen Konferenz sitzt oder einem der andere schlicht nicht mehr wert ist, als ein Standardsatz. Es klingt nicht gut.

Ich starre auf mein Handy, packe es weg und mache erst mal Kaffee.

Wir hätten nicht so früh miteinander schlafen sollen. Ich hätte es besser wissen müssen. Wir haben jegliche Date-Regel, die es in diesem Zusammenhang gibt, gebrochen. Aber es hat sich so selbstverständlich angefühlt. Als wäre Miteinanderschlafen eine logische Konsequenz und nichts, für das die Zeit noch nicht gekommen war.

Ich bin versucht, «Hab ich etwas falsch gemacht?» zu schreiben, aber lasse es im letzten Moment dann doch sein. Dieses blöde Lied «Mir wär lieber, du weinst» klingelt in meinen Schläfen. Und eine ganze Flut an AnnenMayKantereit-Textzeilen in abgeänderter Form. Vielleicht singt es in Mias Kopf: «Ich will nicht mehr wissen, wo du pennst» oder «Ich will nicht mehr wissen, dass du mich so gut kennst», während in meinen Ohren dröhnt: «Ich versteh doch eh nicht, was du meinst.»

Ich denke daran, wie wir uns das erste Mal vor diesem blöden Plakat geküsst haben. Denke daran und kann nicht verhindern, dass sich ein ungutes Gefühl in meine Hirnwindungen stiehlt. Wie eine düstere Ahnung. Was stimmt nicht damit? Wo liegt der Fehler vergraben?

Ich ziehe das Handy doch wieder raus und tippe in die Suchmaschine ein: Mia Morot. Ich wollte sie nicht googeln. Eigentlich will ich sie auch immer noch nicht googeln. Trotzdem drücke ich auf «Suchen».

13 548 Treffer.

Eine Leistungsturnerin mit 12,5 K Followern. Ein Parfumladen in Genf. Eine Französischlehrerin auf Xing. Mia als beliebtester weiblicher Vorname 2016. Und dann die Immobilienfirma. Morot-Immobilien.

Ich klicke auf die Homepage und starre auf das Bild neben dem Artikel mit der Überschrift «Familiennachfolge». Seltsam, das ist nicht meine Mia auf dem Bild. Das ist wieder das Model vom Plakat, vor dem wir uns geküsst haben. Ich zoome ran und halte das Display näher an mein Gesicht, als würde es dadurch Mias Geheimnisse ausspucken. Als würde das Model die Lippen bewegen und sagen: «Hey, das ist alles ein Missverständnis. Du musst nur genau hinschauen.» Das Problem ist, ich schaue genau hin. Und finde ein weiteres Foto. Eines unter dem steht: «Hans-Peter Morot und seine einzige Tochter Mia.»

Ich googele weiter und weiter, klicke mich durch alles, was ich finden kann, und die Antwort auf die größer werdende Fragenblase in meinem Kopf wird lauter. Und deutlicher. In weiteren Artikeln über Hans-Peter Morot – er hat sogar einen eigenen Wikipedia-Eintrag – steht, dass er verheiratet ist und ein Kind hat. Seine *einzige* Tochter Mia.

Im Geiste höre ich Mia sagen: «Ich habe Brüder ...» und «Ich habe Geschwister in dem Alter seines Beuteschemas.»

Ich finde weitere Fotos der Familie, ältere und jüngere. Das Kind, das Mädchen, die junge Frau – alle sehen Mia auf eine gewisse Art und Weise ähnlich. Sie ist es aber dennoch nicht.

Und ich ... ja, ich hatte mich mal für einen guten Zuhörer gehalten. Wer weiß, vielleicht hat sie auch irgendwann gesagt: Ich bin eine Hochstaplerin. Ich habe Identitätsdiebstahl begangen. Oder untermalt von der Melodie dieses Prinzen-Songs aus den Neunzigern: *Alles nur geklaut.*

Klar, etwas in mir sucht noch nach einer nicht unbedingt logischen, aber herzschonenderen Erklärung. Dabei liegt die Wahrheit längst auf der Hand.

Ich setze mich langsam auf das Bett, in dem sie heute Morgen noch gelegen hat, und wünsche mir, ich hätte das verdammte Handy einfach stecken lassen.

Flo und ich haben als Kinder eine abgewandelte Form von «Ich sehe was, was du nicht siehst» gespielt. Sie hieß «Ich weiß was, was du nicht weißt». Kleinigkeiten wie die Tatsache, dass der Briefträger die Postkarten gelesen hat, dass Sabine aus dem Nachbarhaus Kaugummis bei Edeka geklaut hat oder der Lateinlehrer mit den Ökolatschen Mitglied einer Sekte ist. Genauso geht es mir jetzt auch, nur ohne dieses Triumphgefühl, das ich meinem Bruder gegenüber immer empfunden habe.

Ich weiß, dass du nicht bist, wer du vorgibst zu sein. Ätschbätsch. Ich weiß, du bist nicht Mia Morot. Die Frage ist nur, wer bist du dann und was an dir ist echt?

Als ob das Internet mir darauf Antworten geben könnte, dringe ich weiter in seinen Sumpf vor. In Ermangelung meiner Anmeldung bei diversen sozialen Netzwerken werde ich nur bei Instagram fündig. Allerdings gibt es hier vier Profile, die infrage kommen würden, und das, bei dem das Profilfoto dem Model auf der Homepage am ähnlichsten sieht, ist eine private Seite.

Einen Moment zuckt mein Finger unschlüssig über dem blauen Button mit der Aufschrift «Abonnieren», dann klicke ich drauf.

KAPITEL 42

E s kann nicht gut gehen, wenn man zu sehr auf sein Herz hört und den Verstand ignoriert. Die Strafe folgt auf dem Fuß. Das hätte selbst mir klar sein müssen.

Auf meine verzweifelten Nachrichten an Mias Handy oder jenes, das sie benutzt hat, um mich zu kontaktieren, erhalte ich nur eine knappe Antwort: «Halte noch ein wenig durch – ich brauche noch ein paar Tage.» Meine Anrufe landen irgendwo im Nirgendwo. Ohne Rückruf. Stattdessen kriege ich noch eine doofe E-Card, auf der sie einen pinken Bikini unter einem durchsichtigen Strandkleid trägt und auf einem Surfbrett mit Hai-Motiv balanciert. Das ist alles superschräg! Entweder ist sie mittlerweile eine sehr gute Surferin, oder die stürmischen Winde sind abgeflacht, und Mia hat beschlossen zu bleiben. Den kurz aufflammenden, freudigen Gedanken, dass ich dann auch in ihrem Leben bleiben könnte, verdränge ich. Denn dass das keine gute Idee wäre, zeigt sich schon Sekunden später, als eine mir unbekannte Frau am Empfang von TonAb sitzt und mich missmutig mustert.

«Frau Morot?»

Es muss Lisa-Marie sein, die heute tatsächlich einmal an ihrem Platz sitzen und arbeiten muss.

«Frau Eilbeck erwartet Sie in Ihrem Büro. Sofort.»

Es ist der Anfang vom Ende, das spüre ich. Mein Körper fühlt sich auf dem Weg zum Büro der Chefin so an, als befände ich mich mitten in einem dieser angesagten High-Intensity-Trainings. Erschöpft klopfe ich an die Tür, bereit, das erste einer langen Reihe von Beichtgesprächen zu führen.

Annabelle Eilbeck schaut von ihrem Schreibtisch auf, doch statt der erwarteten, herunterhängenden Mundwinkel schenkt sie mir ein breites Lächeln und sagt: «Setzen Sie sich doch.» Dann seufzt sie und fügt hinzu: «Sie sind mir ja eine!»

Ich setze mich und überlege noch, ob ich mit «Ich bin da so reingerutscht, das ganze hier war nie meine Absicht.» oder mit «Die echte Mia Morot kann da gar nichts dafür!» anfangen soll, als sie mich neugierig mustert und zum nächsten Schlag ausholt.

«Was mache ich denn jetzt mit Ihnen?»

Und da wird mir richtig angst und bange. Dabei hab ich es mir ja schon selbst erklärt: Urkundenfälschung, Identitätsdiebstahl, Amtsanmaßung, Missbrauch von Berufsbezeichnungen ... Ich bin ein Fall für die Staatsanwaltschaft.

Frau Eilbeck holt Luft und schaut mit scharfem Blick über den Rand ihrer Brille. «Netflix ist begeistert. Ich bin begeistert, aber ich muss leider sagen, unter den gegebenen Umständen können wir Sie unmöglich weiter als Übersetzerin beschäftigen.»

Ich nicke. «Ja, das verstehe ich», sage ich möglichst demütig. Wenigstens ist Mia an dieser Kündigung nicht schuld, denke ich galgenhumorig. «Dass ich Ihnen da etwas vorgegaukelt habe, Sie getäuscht und enttäuscht habe ... Sie müssen wissen, das war nie meine Absicht. Ich weiß, ich bin zu weit gegangen, dabei wollte ich nur ...»

«Meine liebe Frau Morot, jetzt muss ich Sie aber unterbrechen! Sie und mich enttäuscht? Sicher, Sie haben sich ein wenig aus dem Fenster gelehnt – aber wer immer nur brav auf seinem Stuhl sitzen bleibt und nicht auch einmal etwas riskiert, der gewinnt auch nichts.» Sie zuckt mit den Schultern. «Ich habe mir nach dem Termin mit Netflix die ersten fünf Folgen durchgelesen, und Sie haben ein herausragendes Talent. Die Laute sitzen, die Redewendungen, der Sprachwitz – das ist alles so hervorragend ins Deutsche übertragen, dass die Zuschauer sich fragen werden, ob die Darsteller nicht extra für die Serie Deutsch gelernt haben. So muss das sein! So und nicht anders.»

Ich weiß nicht, an welcher Stelle ihrer Lobeshymne ich den Anschluss verliere und nur noch stumpf auf ihren rot geschminkten Mund starre, aus dem Töne kommen, die ich nicht begreifen kann.

«Aber ... aber ...», stottere ich.

«*Aber* Sie sind nicht die, für die Sie sich ausgeben», stellt sie fest.

Da hat sie recht. «Wie ...?» Ich spreche um den dicken Kloß in meinem Hals herum: «Wie haben Sie es herausgefunden?»

Sie blinzelt und lächelt dann: «Anhand Ihrer bisher recht kurzen Beschäftigungsverhältnisse war ich mehr als skeptisch. Aber die Arbeitsproben haben mich überzeugt, Sie dann doch so kurzfristig einzustellen. Für unsere Rohübersetzungen. Aber eines müssen Sie mir verraten, Frau Morot?»

«Ja», sage ich kurzatmig und frage mich, warum Sie mich immer noch Frau Morot nennt.

«Warum haben Sie denn nicht gleich gesagt, dass Sie das Zeug zur Synchronautorin haben?»

··●··

Geli ist diejenige, die mich auf dem Klo findet. Ich starre auf die grausigen Achtzigerjahre-Fliesen in Briefmarkengröße und fühle mich für einen Moment so, als säße ich bei *Edelbert & Ardenbaum*. Die Fliesen dort sind ähnlich braun und hässlich und deprimierend. Vielleicht hab ich diese ganze München-Episode nur geträumt. Vielleicht sitze ich in Wirklichkeit seit zwei Wochen auf dem Klo in Altobernstadt und halluziniere. Es ist fast schon eine Wunschvorstellung und wäre wahrscheinlich eindeutig das kleinere Übel. Allerdings hat bei *Edelbert & Ardenbaum* niemand «Beware of Limbo Dancers» an die Klotür geschrieben.

Charlotte Reinhardt sitzt fest. Auf einer Damentoilette. Weil sie sich selbst gehörig in die Kacke geritten hat und den Ausgang aus ihrer Misere nicht mehr findet. Das Schicksal eines Klugscheißers, der meint, alles schon irgendwie regeln zu können. Ab sofort wird sie nur noch WC-Enten füttern. Ohnehin wird Sebastian sie sitzen lassen, wenn er erfährt, dass sie ihn angeschmiert hat.

«Bist du da drin, Mia?», ruft Geli. Und beim Klang ihrer Stimme kann ich mir nicht vorstellen, dass es eigentlich meine langjährige Kollegin Sandra ist. «Mia, sag doch was!»

398

«Nein», antworte ich leise. Weil Mia ja auch nicht da drin sitzt.

Ich sehe Gelis Schuhe unter der Tür. Helle Sneakers mit Goldrand. Die würde bei *Edelbert & Ardenbaum* nicht einmal Sandra tragen.

Geli lacht leise. «Was ist denn los? Hat die Eilbeck dich gefeuert, oder was?»

«Nein, sie hat mich befördert», jammere ich in einem Ton, als hätte man mir das Datum meiner eigenen Beerdigung genannt. Was nicht ganz von der Hand zu weisen ist.

«Und deswegen heulst du?», staunt Geli.

«Ja», schluchze ich.

«Hose unten oder oben?», fragt Geli mit resoluter Stimme.

«Was?»

«Sitzt du auf dem Deckel oder auf der Brille?»

Ich sehe unter dem Türschlitz die Sneakers ungeduldige Muster auf die Fliesen malen.

«Deckel, Hose oben», schniefe ich. Und dann höre ich einen Reißverschluss und wenig später das Geräusch eines Geldstückes, mit dem Geli die Toilettentür kurzerhand öffnet, und sich dann einfach ungefragt auf den Boden vor mein Elend setzt.

Erst einmal starre ich auf ihr T-Shirt, das erstaunlich weiß und schlicht ist, auf dem aber ein übergroßer Button mit der Aufschrift *Ghuapft wia gsprunga* prangt. Diese bayerische Variation von «Gehüpft wie gesprungen» trifft so exakt auf meine aktuelle Situation zu, dass ich lachen muss.

«Was ist los?», sagt Geli mit sanfter Stimme und legt mir beide Hände auf die Oberschenkel. Ihre Finger sind warm, und etwas an dieser vertrauenswürdigen Berührung beruhigt mich so weit, dass ich halbwegs vernünftig sprechen kann.

«Sie will, dass ich als Synchronautorin bei TonAb arbeite. Und für die Synchronregie von allen drei Staffeln von *Dark and Dirty* zuständig bin.»

Geli streicht sich eine blaue Strähne aus der Stirn. An die Farbe habe ich mich noch nicht gewöhnt. An Geli schon. Und an ihre Präsenz in meinem Leben. An ihre Freundschaft. An all das verrückt Liebenswerte an ihr.

«Aber das ist doch fantastisch», sagt sie und klopft wie zur Bestätigung auf meine Oberschenkel.

«Es gibt nur ein Problem», sage ich, ziehe an der Klorolle und reiße mir eine Bahn von einem ganzen Meter Papier ab, in das ich geräuschvoll schnäuze. «Das liest man ja nie in Drehbüchern ...», sage ich mit erstickter Stimme. «Dass zum Heulen auch der Rotz gehört. Dass das nicht nur romantische kleine Tränchen sind, sondern eine Nase voller Schleim. Klingt eklig, ist aber wahr.»

«Ja», sagt Geli langsam und gedehnt. «Und der Rotz ist das Problem?»

Ich schüttele den Kopf. «Das Problem ist, ich bin nicht Mia Morot.»

So, jetzt ist es raus.

Geli sagt einen Moment lang gar nichts. Ihre Hände zucken kurz, das entgeht mir nicht. Aber sie zieht sie nicht zurück, und ich möchte ihr gerne sagen, dass sie mich auch gar nicht loslassen soll. Dass ich es brauche, dass sie mich berührt und mich nicht verurteilt. Dass sie mich nicht von sich wegstößt.

«Erinnerst du dich daran, wie du auf der Party gesagt hast, dass du fake bist und Sebastian auch, aber dass ich echt bin?», schniefe ich.

Geli nickt und sieht mich weiter mit ruhigem Blick an. Als wäre mein Geständnis keine Bombe, sondern eine unbedeutende Kaugummiblase.

«*Ich* bin fake, Geli. Nichts an mir ist echt.»

«Siehst aber ziemlich echt aus, mit dem ganzen Rotz und so.» Sie legt den Kopf ein wenig schief, und in ihren Augen schimmert die Wärme, die auch ihre Hände ausstrahlen, unvermindert weiter.

«Vielleicht erzählst du mir die Geschichte mal von vorn», schlägt sie vor, und ich denke, dass Geli möglicherweise zu gut für diese Welt ist.

·· ● ··

«Und jetzt?», frage ich, als ich fertig bin mit dem Drama vom ersten Akt, der mit Mias Anruf beginnt, bis zum letzten Akt, der in einer kleinen Klokabine endet. Meine Stimme zittert, als würde ich mit einem Damenrad über eine Buckelpiste fahren. «Hasst du mich jetzt?»

«Warum sollte ich?», fragt sie, und in ihrer Stimme schwingt etwas, was ich nicht deuten kann.

Ich beuge mich vor und stütze die Ellbogen auf die Knie. Und Geli streckt einfach ihre Hand vor und streicht mir ein paar Tränen aus dem Gesicht.

«Weil ich dich belogen habe.»

Sie seufzt leise, als wäre ich ein Kind, das nicht zuhören möchte. «Ich werde nicht gern belogen. Ich verliere aber

401

auch nicht gern eine Freundin, und wenn ich das mal so sagen darf: Ich glaube, das alles ist nicht so dramatisch, wie du denkst.»

«Was?»

Sie zuckt mit den Achseln und legt noch einmal ihre Hand an meine Wange. «Du bist hierhergekommen, um der echten Mia zu helfen. Aber ich habe dir in meiner Geli-typischen Art gar nicht die Möglichkeit gegeben, den Job abzulehnen. Und alles andere, ja, alles andere hier, das warst doch du, oder? Also Charlotte, nicht Mia.» Da schwingt ein Fragezeichen mit. Vielleicht auch zwei.

Einen Moment lang halte ich inne. Weil ich nicht fassen kann, was sie da sagt. Und weil es stimmt. Es stimmt wirklich. Das hier war ich. Ich habe meinen Job gut gemacht. Ich habe mich mit Geli angefreundet. Und ich habe mich in Sebastian verliebt. Aber ich habe auch gelogen dabei. In kleinen Dingen und in großen. Und das gefällt mir ganz und gar nicht. An Gelis Stelle wüsste ich nicht, wer diese bemitleidenswerte Person da auf dem Klodeckel wirklich ist. Dabei will ich unbedingt, dass sie weiß, wer ich bin.

«Ich glaube nicht, dass du wirklich jemand anderes sein wolltest», erklärt sie, als könne sie meine Gedanken lesen. «Ich glaube, du wolltest, dass ich sein genügt. Und es genügt, Mia, äh ... Charly.» Sie seufzt. «Das wird eine Weile dauern mit dem Namen.»

Auf jeden Fall wird es Zeit für ein paar Wahrheiten. Unbedingt.

«Ich war nie eine Fernsehleiche», sage ich.

«Gott sei Dank!», stöhnt Geli. «Ich finde die Vorstellung auch mehr als gruselig.»

«Die Wohnung gehört mir nicht, sie gehört den Eltern der echten Mia.»

«Ich wiederhole mich nur ungern, aber: Gott sei Dank! Ich hatte immer Angst, was kaputt zu machen.»

«Ich ... ich bin nicht die toughe, lustige, schlagfertige Person, mit der man sich leicht anfreundet und ...»

Jetzt hebt Geli die Augenbrauen. «Bist du nicht?» Und dann zwickt sie mir ohne Vorwarnung kräftig in den rechten Oberschenkel.

«Autsch! Wofür war das?»

Sie grinst mich an. «Du bist echt – kein Avatar. Und einen Chip hast du auch nicht eingebaut, oder?», erklärt sie ungerührt.

Ich schüttele den Kopf.

«Knopf im Ohr? Direktverbindung zu einem Ghostwriter? Ein Flüsterer, der dir eingibt, was du zu sagen und zu tun hast?»

«Nein», erkläre ich, schon mehr am Lachen als am Weinen.

«Na also! Du hast einen anderen Namen, okay. Du hast keine reichen Eltern, okay. Du hast dich nie nackt im Fernsehen gezeigt. Okay. Ich habe trotzdem Emma Watson getroffen und eine Menge Spaß mit dir gehabt. Okay.»

Bei jedem Okay macht sie mit dem Zeigefinger einen Haken in der Luft. Dann wird ihr Blick ernster.

«Du musst es ihm sagen. Okay?»

«Ich hab mit ihm geschlafen.»

«Dann musst du es ihm erst recht sagen», beharrt Geli.

Ich nicke. «Ich weiß.»

«Und Annabelle auch.»

403

«Mit der hab ich aber nicht geschlafen.»

Geli schüttelt den Kopf und wiederholt: «Annabelle auch.»

Ich nicke noch einmal gehorsam.

«Ich habe einen Hoodie zu Hause, auf dem steht: *I shit on a throne of lies*. Den bringe ich dir bei Gelegenheit mit», sagt sie, und dann lacht sie über meine entgleisten Gesichtszüge und zieht mich vom Klo hoch.

Geli streckt ihre dünnen Arme in meine Richtung, und ich lasse mich einfach reinfallen. In eine herzliche, warme Umarmung. Ich lasse auch zu, dass sie mich fest an sich presst, mit einer Kraft, die ich ihr gar nicht zugetraut habe.

«Du kriegst das hin. Wir kriegen das hin», murmelt sie, drückt mich ein Stück von sich weg und sieht mich fest an.

Ich male einen ziemlich wackeligen Okay-Haken in die Luft und weiß jetzt ganz sicher, dass Geli zu gut für diese Welt ist. Mir kommen die Tränen, und ich schluchze: «Wenn ich nicht blöderweise auf Männer stehen würde, hätte ich mich längst in dich verliebt.»

KAPITEL 43

Ganz so okay ist das alles leider nicht. Und Lufthaken sind eben auch so lange Lufthaken, bis man echte, standhafte hinter eine Sache setzen kann.

Meine kurzzeitigen, durchaus wohlgemeinten und von Geli motivierten Vorsätze brechen schon wenige Stunden später wie ein Kartenhaus in sich zusammen, weil die Umstände nicht mitspielen und mich der Mut verlässt. Der Terminkalender meiner Chefin war so voll, dass es erst am Montag zu einem dringend notwendigen Gespräch kommen wird. Geli hat angeboten, mich als Pflichtverteidigerin zu vertreten, aber da muss ich allein durch.

Tja, und dann ist da noch Sebastian ... Sebastian, der sehr kurze Nachrichten schreibt. «Hab heute leider keine Zeit.» «Steht morgen noch?» «Ich hole dich ab.»

Und dann steht er am Samstagvormittag vor meiner Wohnungstür, in Hemd, dunklem Sakko und Jeans. Blöd, dass er dabei so gut aussieht, dass ich schon nicht mehr weiß, was ich sagen wollte. Seine Haare schimmern dunkel. Sie sind gekämmter als sonst, aber eben immer noch ein bisschen strubbelig, und heute trägt er die Brille wieder, die ihm so gut steht.

Ich fummele an dem breiten Ledergürtel meines Jumpsuits herum und reibe meine schweißnassen Hände an der Clutch, die ich mir von Mia geliehen habe.

«Hey», krächze ich. Unsicher, ob ich ihn küssen soll oder ihm doch noch vor Beginn der Feierlichkeiten Grund geben soll, mich aufrichtig zu hassen.

«Wow», antwortet er und küsst mich. Ganz leicht und mehr draufgehaucht als draufgedrückt, aber mitten auf meine ungeschminkten Lippen. «Du siehst toll aus.» Sein Blick geht so tief, dass mir die Luft wegbleibt.

«Wirklich?», frage ich zitterig, weil der dunkelblaue Jumpsuit aus Jeansstoff mit den verspielten kurzen Schmetterlingsärmeln und dem Spitzenbesatz am Kragen ein Teil ist, das Charly liebt, Mia aber niemals anziehen würde.

«Wirklich. Nur die Schuhe gehen nicht.» Er deutet auf die High Heels und schüttelt sich so übertrieben, als trüge ich Ugg-Boots zum Abendkleid.

Auf meine unausgesprochenen Fragezeichen antwortet er: «Du wirst nicht tanzen können, außerdem würde ein Indianermädchen niemals solche Schuhe tragen.» Da ist ein seltsamer Zug um seinen Mund. Leicht spöttisch.

Ich lache. Aber ich höre selbst, dass in diesem Lachen meine Anspannung mitschwingt.

«Warte, ich hol die Espadrilles», sage ich, halte einen Moment inne und suche in seinem Gesicht. Aber ich kann das, was ich sehe, nicht deuten.

Du hast dieses Leben nur geleast, und es gab nie eine Kaufoption, sagt meine innere Stimme. *Jetzt geht es ans Rückgabeprotokoll.*

Ach, halt doch die Klappe, erwidere ich und schließe wenig später die Haustür hinter uns.

·· ● ··

Vor der Kirche stehen drei Dutzend ziemlich normale Autos. Normaler, als ich es erwartet hätte. Das Känguru fällt
hier zwar trotzdem auf, aber ich muss zugeben, dass Mias
SL sogar schicker als das Hochzeitsauto gewesen wäre, und
da eines der ungeschriebenen Gesetze auf einer Hochzeit
jenes ist, die Braut und den Bräutigam in nichts zu über-
treffen, bin ich froh, dass wir tatsächlich mit dem Kangoo
hier sind. Ich gehe davon aus, dass wir uns etwas abseits
zu den anderen Gästen stellen, die noch draußen stehen
und rauchen oder den Blumenmädchen letzte Anweisungen eintrichtern. Oder zu den Frauen, die ihren Männern
die Krawatten richten, oder den beiden älteren Damen, die
etwas hilflos auf die kleinen weißen Schleifchen in ihren
Händen schauen und sich wohl fragen, ob man die auch
an einem Rollator befestigen kann. Wir hätten uns auch
einfach gleich in die Kirche setzen können, aus der schon
dezentes Gemurmel und die ersten Klänge einer Orgel drin-
gen. Aber Sebastian zieht mich langen Schrittes hinter sich
her und läuft zielstrebig auf das kleine Grüppchen zu, das
sich um die Braut schart. Meine Augen wandern nach links
und rechts, suchen Jenna oder Julia. Sogar Mingara-Herbert
wäre mir recht, aber es ist kein bekanntes Gesicht weit und
breit zu sehen. Ich schlucke. Mir ist höchst unwohl.

«Da bist du ja», ruft die Braut. Bildhübsch, helle Locken,
breites Lächeln, leuchtend blaue Augen und eine weibliche
Figur. Sie trägt einen braunen Hut mit weißen Federn,
ein Boho-Hochzeitskleid aus dünner Spitze mit luftigem
Schnitt, und in den Händen hält sie einen Trockenstrauß

aus Wildblumen und Getreidehalmen. An mich gewandt fügt sie hinzu: «Hallo, du musst Mia sein.» Ihre Stimme ist herzlich, und sie berührt mich an der Schulter. «Freut mich, dass du dabei bist. Ich bin Berit.»

«Vielen Dank für die Einladung, du siehst fantastisch aus», sage ich ehrlich.

Sie strahlt, und dann flüstert sie Sebastian etwas ins Ohr. Ich meine den Namen «Madeleine» herauszuhören. Sebastian verdreht die Augen und sagt: «Komm schon, du wusstest, dass das nie etwas wird.»

Berit sieht mich an. «Es geht gleich los, ich hoffe, es ist in Ordnung, dass ich dir Sebastian kurz entführe. Du kannst dich aber gerne in die dritte Reihe setzen. Zu Julia und Jenna.»

Einen kurzen, schreckhaften Augenblick lang starre ich von ihr zu Sebastian. Als hätte sie mir gerade verkündet, dass Sebastian der Bräutigam ist und ich einer sehr seltsamen Verwechslungsgeschichte auf den Leim gegangen bin, statt sie selbst zu verursachen.

Während sich Berit zur Seite dreht und sich von einer ihrer sie umringenden Freundinnen eine Haarklammer feststecken lässt, beugt sich Sebastian zu mir.

«Ich führe Berit zum Altar», raunt mir Sebastian zu. Um seine Lippen spielt ein amüsiertes Lächeln.

«Davon hast du gar nichts gesagt!»

«Hab's vergessen», erklärt er völlig ungerührt. Wieder schenkt er mir einen dieser Blicke, die vom Herzen bis in den Magen gehen – und dort schwer liegen bleiben.

«Ich … bin so etwas wie ein Bruder für sie … Wir haben viel gemeinsam erlebt», erklärt er schließlich doch noch.

Seine Lippen sind jetzt fest aufeinandergepresst, als müsste er verhindern, dass sie noch mehr sagen.

Ich nicke. «Sie ist bezaubernd.»

«Wir waren nie ein Paar!» Es kommt eine Spur zu schnell und zu hastig. Dann räuspert er sich und erklärt mit festerer Stimme: «Sie war viele Jahre mit Flo zusammen, auch als er ... also bis er gestorben ist.»

Ich zwinge mich zu einem selbstbewussten Lächeln. «Ich geh dann mal rein. Bis nachher.»

Er hält mich am Handgelenk fest. «Schön, dass du dabei bist ..., Mia.»

Lag da eine winzige, zögernde Sekunde zwischen dem Satz und meinem geborgten Namen? Ach was, das bilde ich mir ein. Mein Herz, das dröhnt trotzdem. Als wollte es mich warnen.

«Darf ich mir ja nicht entgehen lassen, dir zuzuschauen, wie du zum Altar schreitest», scherze ich, obwohl mir gar nicht danach ist.

Die Kirche ist schlicht, elegant und vor allem gut gefüllt. Ich konzentriere mich auf die dritte Reihe und suche nach Jennas blondem Schopf. Erst als ich fast dort angekommen bin, stelle ich fest, dass die auftoupierte Achtzigerjahre-Föhnwelle zu Jenna gehört. Sie winkt mir zu. Passend zu den Haaren trägt sie bunte Fitnessbänder aus Frottee um ihre Arme gewickelt.

Ich hätte auch gerne eines, für meinen Angstschweiß.

Julia bedeutet mir, mich zu ihnen zu setzen, und raunt mir zu: «Die Schulterpolster konnte ich ihr ausreden.» Als ich kichere, ergänzt sie: «Sie folgt auf TikTok einem Mädchen namens November_Roses und hält seitdem die Achtziger für den neuesten Schrei. Sie will Axl heiraten, wir arbeiten daran.»

Jenna schüttelt ihre Mähne, spitzt die Lippen und hüllt sich in trotziges Schweigen.

«Axl Rose?», frage ich. «Ich meine guter Musikgeschmack, aber hat sie mal ein paar aktuelle Fotos von dem Typen gesehen? Auf TikTok vielleicht?»

Julia zuckt mit den Achseln. «Ich habe Angst, dass sie sich später wie im Video zu *November Rain* auf die Hochzeitstorte wirft, und wäre dir dankbar, wenn du heute auch ein Auge auf sie hast.»

Ich nicke und muss mich bei Jennas Anblick schwer zusammenreißen. Sie sieht aus wie eine Lolita-Version von Cindy Crawford, nur eben ohne Schulterpolster. Aber dann erklingt die Orgel laut und kräftig, und alles verstummt.

Langsam und würdevoll führt Sebastian Berit zum Altar, wo ihr Mann, ein hochgewachsener, schlanker Kerl mit dunklem Bart, auf sie wartet. Er küsst sie sofort leidenschaftlich auf den Mund, und einer der Gäste ruft laut: «Das mit dem Brautküssen kommt später.»

Gelächter.

Und dann sitzt Sebastian neben mir, legt seine Hand auf der Bank neben meine, sodass sich unsere Fingerspitzen berühren. Aber er greift nicht danach, sondern lässt es bei diesem vibrierenden Surren der Elektrizität, die zwischen uns nie abzureißen scheint.

Ich muss es ihm sagen, ich muss es ihm sagen, hämmert eine Stimme viel zu laut in meinen Kopf. Stattdessen drücke ich schlaff seine Hand.

Die nächsten Punkte der Kirchenzeremonie gehen fast

unbemerkt an mir vorüber. Mein schlechtes Gewissen und meine Gefühle für Sebastian, die ja doch echt sind, die mir gehören, nicht Mia, liefern sich einen harten Kampf in meinem Magen.

Der Pfarrer hat seine Predigt bereits begonnen, ohne dass ich eines seiner Worte wirklich gehört hätte, als ich plötzlich doch aufhorchen muss.

«... Manche Eigenschaften sind von außen besser zu erkennen, als aus der Innenperspektive», sagt der massige Mann im Talar mit dröhnender Stimme. «Vielleicht hat der ein oder andere von Ihnen schon vom Johari-Fenster gehört. Für diejenigen, die es nicht kennen, möchte ich dieses sozialpsychologische Konzept kurz erläutern. Das Johari-Fenster ist eine Art Grafik, um zu verdeutlichen, wie unterschiedlich die Wahrnehmung eines Menschen von sich selbst und die von außen ist. Der blinde Fleck des Fensters umfasst alles, was ein Mensch aussendet, ohne dass er sich dessen bewusst ist. Und meistens ist es genau dieser blinde Fleck, in den sich ein anderer verliebt. Berit weiß sicher, dass sie hübsch, klug und aufgeschlossen ist. Aber vielleicht hat sich Holger in sie verliebt, weil sie manchmal schrecklich albern ist, oder einen Hauch zu idealistisch. Holger glaubt vielleicht, Berit liebe ihn, weil er nachgiebig ist, großzügig und anpassungsfähig. Dabei liebt sie ihn vielleicht vor allem dafür, dass er manchmal schrecklich sentimental wird und schlechte Witze reißt.»

Erneut erschallt Gelächter.

Nur ich lache nicht.

«Holger hat Berits blinde Flecken erkannt und sich in sie verliebt. Berit liebt ihn um seiner blinden Flecken willen.»

Gemurmel. «Ah»- und «Oh»-Rufe.

Ich bin ganz still.

Dann lauschen alle wieder dem Pfarrer.

Nur ich lausche mir selbst. Lausche dem, was mein Inneres mir über mich sagt. Über Sebastian. Über uns beide. Ich horche dorthin, wo meine Vergangenheit versteckt ist, und auf seine, die eine Schicht darüberliegt. Wie es wohl wäre, wenn ich von Anfang an *ich* gewesen wäre. Ob all das hier dann auch passiert wäre? Ist es denn überhaupt möglich, dass mich jemand aufrichtig liebt? Mit all meinen Unarten und Unsicherheiten, meiner Unfähigkeit, aufgeschlossen auf andere zuzugehen, mit meinem seltsamen Humor und dem Hang dazu, auch noch mit über dreißig zu leichtfertig Gedanken auszusprechen, die andere wohl wissend für sich behalten? Kann es sein, dass Sebastian meinen blinden Fleck längst entdeckt hat? Oder habe ich die Chance darauf für immer versaut, weil ich nicht ehrlich war?

Ich spüre Sebastians Blick. Und ich realisiere, dass die Hand nicht mehr da ist, die eben noch ganz zart meine berührt hat. Und dann spüre ich, dass er wegsieht. Es ist, als würde die Temperatur urplötzlich um einige Grad abfallen.

«Ich schließe mit einem Zitat von Benjamin Franklin», erklärt der Pfarrer, und ich bin schon gar nicht mehr überrascht, dass er sich nicht auf die Bibel bezieht. «Es gibt drei Dinge, die extrem hart sind: Stahl, Diamant und sich selbst zu kennen.»

Zustimmendes Gemurmel. Dann wieder gespannte Stille.

Nur mein Herz weiß nicht mehr ein und noch aus, so voll ist es. Bumm, kabumm. So leer ist es.

Sebastian schaut stur nach vorn. Ein Königreich für seine Gedanken.

Dann lächelt der Priester dem Brautpaar zu. «Ich wünsche euch beiden, dass ihr nie aus den Augen verliert, was den andern ausmacht. Dass ihr immer zu Recht glaubt, den anderen zu kennen. Und euch selbst.»

··●··

Ich habe mich halbwegs im Griff, als wir die Feierlocation erreichen, auch wenn mein Herz seinen Rhythmus noch nicht wiedergefunden hat. Es ist ein langer Saal mit Holzbalken und Lichterketten an der Decke und alten Heuleitern waagerecht an den weißen Wänden sowie getrockneten Wiesenblumen und Ähren als Deko. Wir steuern auf eine U-förmige Tafel zu. Sebastians Hand liegt auf einmal doch wieder in meiner Hand und meine Hand in seiner – und dazwischen gibt es so wenig Luft und so viele Lügen.

Er lässt meine Hand auch dann nicht los, als wir an unserem Platz ankommen. Und vielleicht ist das gut so, denn diese Hand hält mich irgendwie noch in der Realität. Während der Rest sich so anfühlt, als wäre ich Statist in einer Romantikserie. Oder besser noch in einem Thriller, der den Zuschauer in trügerischer Sicherheit wiegt, bevor die Wahrheit gnadenlos zuschlägt.

Ich sehe die Blumenmädchen herumspringen, einen kleinen Jungen in einem Mini-Anzug in den Armen seiner Mutter schreien, Jenna, die ihren Lippenstift nachzieht, das Brautpaar, das strahlend die Gläser hebt, ein älteres Ehepaar, das sich an den Händen hält, zwei Teenager, die sich verstohlene Blicke zuwerfen. Julia, die Sebastian an der Schulter berührt und uns anlächelt. Ja, vielleicht hat Geli recht, ganz sicher sogar.

«Die Farbe der Liebe muss Blau sein», sage ich halblaut. «Rosa ist viel zu hell, Rot hat zu wenig Schattierungen. Nur Blau in all seinen Facetten kann etwas so Komplexem gerecht werden.»

Sebastian sieht mich erstaunt an. Und dann straffen sich die Falten auf seiner Stirn, die so verdächtig sorgenvoll ausgesehen haben.

«Weißt du, was gefährlich ist?», flüstert er.

Ich schüttele abwesend den Kopf.

«Wie leicht es ist, sich in dich zu verlieben», sagt er.

Ich will etwas erwidern, ihm sagen, dass das nicht stimmt, aber Julia kommt mir zuvor.

«Flirtest du etwa?», sagt sie mit gespielter Entrüstung und fügt, an mich gewandt, hinzu: «Mein Bruder flirtet nicht. Niemals. Er weiß nicht einmal, wie das geht.» Sie zieht eine Augenbraue nach oben und presst die Lippen nachdenklich aufeinander – und sieht ihm dabei so wahnsinnig ähnlich, ihrem Bruder, der nicht flirten kann, dass sich meine Lippen doch noch zu einem Grinsen verziehen.

«Ich finde, er kann es verdammt gut», sage ich und werfe Sebastian einen vorsichtigen Blick zu.

«Da hörst du es», sagt Sebastian zu seiner Schwester. «Ich bin eben immer ehrlich.» Es klingt seltsam. Irgendwie zu leer und beinahe tonlos. Und ab da macht sich ein Gefühl in mir breit, das gefährlicher ist, als sich zu verlieben.

··●··

Wie Dunst flirrt der Nachmittag an mir vorbei. Ich kann später nicht einmal mehr sagen, welchen Kuchen ich gegessen habe, oder ob ich überhaupt Kuchen gegessen habe. Ich lache über die Anekdoten, die Berits Bruder geschickt in seine Rede webt, höre die Liebe zwischen den Zeilen. Ich rede mit Julia über ihre Arbeit als Motivations- und Antistresstrainerin. Und ich googele auf meinem Handy für Jenna aktuelle Fotos von Axl Rose, die sie mit «Wahre Schönheit kommt von innen» kommentiert, ich kann darüber sogar laut lachen. Wenn einem das mit Jenna nicht gelingt, dann muss schon mehr passieren, als dass einem das Leben hinten reingrätscht. Ich unterhalte mich mit den anderen Gästen am Tisch, frage nach, nicke, bin interessiert. Aber richtig da bin ich nicht. Das Abendessen kommt und wird wieder abgeräumt, Berits Freundinnen zeigen eine PowerPoint-Präsentation des Junggesellinnenabschieds mit liebevollen Kommentaren, und mir quellen ein paar dicke Tränen aus den Augen, weil ich automatisch an Geli denken muss. Aber auch das fühlt sich an, als passiere es mir nicht direkt, als wäre ich nur halb präsent. Nur mit einem Teil meines Körpers, einem Teil meines Herzens – weil der andere Teil längst schon weiß, dass er hier nichts mehr verloren hat.

Holgers Trauzeuge verteilt Polaroidkameras, und zu meiner Überraschung greift sich Sebastian eine und macht ein Foto von uns. Das klebt er dann in das Album, das herumgereicht wird, schreibt «Basti» darunter und setzt zum M für Mia an, bevor er in der Bewegung innehält und den Stift an mich weiterreicht. «Schreib deinen Namen bitte selbst.»

Meine Finger zittern bei den drei Buchstaben, als wäre das der größte Verrat. Hier zu sitzen, nachdem wir diese Nacht miteinander hatten, und einen falschen Namen aufzuschreiben.

Es ist gefährlich, wie leicht man sich in dich verlieben kann, Mia. Ich schlucke schwer. An meinen Lügen.

Kurz darauf sucht Berits Mutter Freiwillige für ein Reise-nach-Jerusalem-Hochzeitsspecial. Ich habe wirklich keine Lust, um Stühle herumzulaufen und zum Takt von kitschigen Liebessongs meinen Hintern in Position zu schieben, womöglich noch zusammen mit angeschickerten älteren Herren, die nur darauf warten, einem aus Versehen an den Po zu greifen. Aber die Brautmutter wirkt wirklich verzweifelt, weil kaum einer mitmachen will. Also stehe ich auf und melde mich. Schlimmer kann es ohnehin nicht werden. Vielleicht ist es sogar gut für mein lädiertes Karma, diese zehn Minuten zu ertragen.

Berits Mutter sieht mich dankbar an, Berit selbst schenkt mir ein glückliches Lächeln.

Blöd nur, dass ich kurz darauf erfahre, was es mit diesem Special auf sich hat, und dann auch verstehe, warum sich niemand dazu bereit erklären wollte. Statt sich einfach nur mit einer Arschbacke auf einen Stuhl zu quetschen, muss man sich zuvor einen Gegenstand besorgen. Aha. Toll.

Aus dem Augenwinkel heraus sehe ich, dass Sebastian jetzt auch aufsteht. Er stellt sich wortlos neben mich und kassiert ebenfalls ein herzliches Lächeln von Braut und Brautmutter, die offensichtlich um die Stimmung fürchten. Glücklicherweise scheinen wir die anderen motiviert zu haben, sodass sich noch genügend Freiwillige finden. Und dann geht der Albtraum los.

Zuerst fängt es noch recht harmlos an. Wir trotten zu Joe Cockers «You are so beautiful» um den Stuhlkreis, bis Berits Mutter «Feuerzeug» ruft und ein besonders eifriger Jüngling sich wie ein verdammter Rockstar einfach nach vorne auf die Tische wirft, mitten in die Trockenblumen und brennenden Kerzen, um sich dort das gewünschte Teil zu besorgen. Ich greife einfach einen Meter weiter auf dem Stehtisch nach einem Feuerzeug, und Sebastian ist ebenfalls erfolgreich. Wir finden beide einen Stuhl, denn der ehrgeizige Teenager scheidet aus, weil sein Hemd Feuer gefangen hat.

Sebastian ist entweder hoch konzentriert bei der Sache, oder aber er meidet meinen Blick aus anderen Gründen.

Die nächste Aufgabe lautet «BH». Da das Ganze nicht eingeschränkt wird auf «fremder BH», schäle ich mich kunstvoll aus meinem eigenen, ziehe ihn durch den linken Ärmel heraus und setze mich ganz entspannt auf einen der Stühle und schaue zu, wie Sebastian ziemlich beherzt auf eine Dame mittleren Alters zugeht und ihr sein schönstes Lächeln schenkt. Keine dreißig Sekunden später hat er einen schwarzen Push-up-BH in der Hand und sitzt neben mir.

«Wettbewerbsverzerrung», sagt er und grinst zum ersten Mal am heutigen Abend wirklich amüsiert. Aber bevor ich so etwas wie Erleichterung empfinden kann, steht die nächste Aufgabe an. Klar, es konnte nur ein Kondom sein oder ein Tampon. Denn die wichtigste Regel auf einer Hochzeit lautet: möglichst schmutzige Witze, möglichst kompromittierende Spiele.

Ich gehe, ohne weiter nachzudenken, auf den ersten Mann am Tisch zu, der keine Frau an seiner Seite sitzen hat.

«Wären Sie so nett und würden mal in Ihrem Portemonnaie nachsehen, ob Sie ein Kondom dabei haben?», frage ich den Kerl mit dem schwarzen Hemd, der mir vage bekannt vorkommt.

«Also ... äh ...», stottert er. Und ich seufze – und merke beim zweiten Blick, warum der Herr mir bekannt vorkommt.

«Ich bin katholischer Geistlicher», erklärt er. «Wieso sollte ich ...»

«Stimmt», sage ich, weil mein Mund sich schon wieder bewegt, mein Hirn aber noch an Ort und Stelle verharrt. «Bei Ihnen zahlt ja der Arbeitgeber für die unehelichen Kinder.»

Verdammt! Ich hätte warten sollen, bis die Musik wieder einsetzt. Denn jetzt kann man förmlich hören, wie alle im Raum die Luft anhalten. Nur einer lacht. Laut und herzlich. Und nur dieser eine zählt. Sebastian. Bis ein weiterer in sein Lachen einstimmt, und noch einer. Und schließlich auch der Pfarrer selbst.

Mit hochrotem Kopf setze ich mich auf meinen Stuhl an der Festtafel und steige aus dem Spiel aus. Sebastian hält noch zwei weitere Runden durch, dann verpasst er seinen Einsatz, weil er mich anstarrt, während Joe Cocker schon längst der Saft abgedreht wurde.

Der Rest der Spiele, Reden und Fotoshows aus der Kindheit der Brautleute ziehen den Abend in die Länge. Dann folgt noch eine sehr peinliche Rede eines sehr betrunkenen Onkels, der mindestens dreimal erwähnt, dass Berit einen schönen «Vorbau» hat und dass sie ja auch durchaus froh sein kann, dass Holger, «nicht nur die Hosen anhat, sondern auch was *in* der Hose hat». Daraufhin sehe ich Sebastian an und sage: «Das wäre was für die Liste», aber er lächelt nur irgendwie geistesabwesend vor sich hin. Vermutlich ist das alles hier nicht einfach für ihn. Eigentlich hätte Berit seinen Bruder geheiratet. Jetzt sieht er dabei zu, wie sie mit einem anderen ihr Leben lebt.

«Sie sieht glücklich aus», flüstere ich ihm zu. «Und ohne deinen Bruder gekannt zu haben, glaube ich, dass er das gewollt hätte.»

Sebastian nickt kurz, doch auch das geht an mir vorüber, als wäre ich dabei, einen Film vorzuspulen. Bis an die Stelle, an der das alles wieder etwas mit mir zu tun hat – als ich mich ein weiteres Mal an diesem Abend mit «Ich bin Mia» vorstelle und mir bewusst wird, dass ich diesen Namen schon drei Dutzend Mal benutzt habe. Ein Name, der mir nicht gehört. Drei Dutzend Mal Mia, wenn ich doch Charlotte schreien sollte. Denn man wird ja nicht einfach zu jemanden, nur weil man seinen Namen benutzt, in seine Haut schlüpft. Aber ... und dieser Gedanken huscht so flink durch meinen Kopf, dass es schwer ist, ihn zu greifen. Aber: Vielleicht kann man mit einem anderen Namen, in einer fremden Haut herausfinden, wer man selbst ist. Ich möchte das hier nämlich nicht mehr. Ich möchte nicht mehr Mia sein. Ich möchte kein Penthouse in der Possenhofener Straße besitzen und kein Auto, von dem ich ständig fürchten muss, es würde mir gestohlen. Ich will nicht jeden Tag stundenlang überlegen, was ich anziehe und was gerade in Mode ist. Ich will keinen Vater, der mir vorgibt, was ich zu sein habe. Ich will Dialoge übersetzen, mich in Textbücher verkriechen, und ... ich will Sebastian.

«Entschuldige mich einen Moment», sage ich und stehe ruckartig vom Tisch auf.

Ich taumele an den Reihen mit den anderen Gästen vorbei, vorbei an den Kellnerinnen, die dabei sind, die letzten Reste des Buffets abzuräumen. Luft. Ich brauche Luft und einen Augenblick Ruhe, um zu begreifen, was sich da in meinem Kopf abspielt. Dass ich gerade zum ersten Mal niemand anderes als ich selbst sein wollte.

Atemlos öffne ich gleich die erste Tür im Flur, der aus dem Festsaal in den Eingangsbereich führt, und lande in einer Art Kühlkammer. Ich setze mich auf eine Getränkekiste. Und dann bricht es aus mir raus: ein überfordertes Lachen, so laut und erleichtert und gleichzeitig so traurig und hysterisch, dass ich froh bin um die dicken Wände der Kühlkammer. Wie dumm von mir! Wie verdammt dumm. Dass ich ausgerechnet dann ich selbst sein will, wenn ich es nicht bin.

Eine ganze Weile sitze ich da, die Hände kalt, der Hintern kalt, der Kopf glühend heiß. Und vielleicht wäre ich noch stundenlang so dagesessen und über meinen Erkenntnissen erfroren, wenn sich nicht Geli in meine Gedanken geschlichen hätte. Geli, die vor dem Spiegel ihre Perücke in der Hand hält. Geli, die, wenn sie jetzt hier wäre, sagen würde: Richte deine Perücke und gehe raus da. Du kannst das.

Vielleicht ist es wirklich so, dass alle Menschen so tun, als wären sie jemand anderes. Aber ich will das nicht mehr.

·•·

Als ich wieder auf den Flur trete, hat sich etwas verändert. Ich bleibe vor der Tür stehen und lausche. Die Musik kommt jetzt von einer fröhlichen Partyband, ich höre Stühle rücken, Menschen laut lachen und ein paar lautstark mitsingen. Gegen die Wand gelehnt schließe ich die Augen und zähle bis zehn. Bei fünf höre ich Sebastians nach mir rufen.

«Hier bist du!» Wie viel eine Stimme in diese drei Worte legen kann: Skepsis, Sorge, Ärger, Irritation.

«Entschuldige ...»

«Was ist los?», fragt er und greift nach meiner Hand.

Ich habe keine Kraft zuzudrücken. «Ich ...»

Er fixiert mich, ein Blick wie ein Polizeigriff.

«Basti!» Plötzlich steht Jenna auch im Flur, hüpft neben ihn und packt ihn am Arm. «Hier steckst du! Berit möchte unbedingt mit dir tanzen.»

Er sieht weiterhin nur mich an. Der Ausdruck in seinen Augen drückt mich noch fester an die Wand.

«Basti!», nölt Jenna. «Berit freut sich schon so!»

Und da weiß ich, dass ich ihm diesen Abend nicht verderben darf. «Geh schon», sage ich gequält. «Ich hab Migräne, ich setze mich ein wenig mit Jenna an den Tisch. Es ist wirklich alles gut.»

Jenna nickt begeistert und zieht ihren Onkel dann hinter sich her. Ich folge langsam. Sebastian dreht sich noch einmal zu mir. Zweimal, dann verschwindet er auf der Tanzfläche. Sein Gang verrät, dass er mit den Gedanken woanders ist. Dass er gemerkt hat, dass etwas nicht stimmt. Oh Gott, wenn er wüsste, was alles nicht stimmt.

Kaum hat Jenna ihren Onkel auf die Tanzfläche gebracht, nimmt sie mich in Beschlag. Sie holt einen großen

Teller Nachtisch und zwei Löffel und löchert mich mit Fragen, zu meiner Meinung zu guter Musik, den angesagtesten Schauspielern, und ich antworte einsilbig. Meistens schaue ich dabei zu Sebastian. Er erwidert meinen Blick und lächelt, offenbar erleichtert, dass ich noch da bin. In dem Glauben, dass wohl doch alles okay ist zwischen uns.

«Ich hab gelogen, Jenna», sage ich irgendwann unvermittelt und zwinge mich, dem Ausdruck ihrer weit aufgerissenen Augen standzuhalten. «Ich bin nicht Mia Morot. Ich heiße Charlotte. Charly. Ich wohne eigentlich auch nicht in dieser schicken Wohnung und ... Ich habe so getan, als wäre ich jemand anderes.»

«Warum?», fragt Jenna, die Brauen zusammengedrückt.

«Weil ich gerne diese Person gewesen wäre. Jemand anderes. Ich wäre gerne meine Freundin, die echte Mia.»

Sie überlegt einen Moment, dann erstrahlt ein Lächeln auf ihrem Gesicht. «Wie bei *Mia and Me*! Mia ist auch zwei Personen, weißt du? Sie reist dazu nach Centopia und ist dort ein Fabelwesen. Und in ihrem Internat weiß auch niemand davon ...»

«Ja, nur dass das bei mir nicht so einfach ist. Mein Leben ist keine Fantasyserie.»

«Und meines kein Ponyhof», entgegnet sie gelassen und legt den Kopf schief. «Basti war mal mit Sabia zusammen. Und Sabia hat ihn verlassen, weil sie nicht damit klarkam, wie wichtig ihm Flo ist, und dann hatte sie einfach einen anderen», erklärt Jenna, als hätte das Ganze gar nichts mit mir zu tun. Als wäre das etwas völlig anderes und nicht genau das Gleiche. Mein Herz bricht noch ein wenig mehr, beim Gedanken, ihm wehzutun.

Es ist gefährlich, wie leicht es ist, sich in dich zu verlieben, Pocahontas. Wie falsch das ist. Es ist viel zu schwer, sich in mich zu verlieben.

«Aber so ist es bei dir nicht, oder? Du hast keinen anderen?»

«Nein», erwidere ich. «Ich hab keinen anderen, Jenna.»

«Dann ist doch alles gut.»

Ich werfe noch einmal einen Blick auf Sebastian, der lachend seinen Arm um Berit legt. Morgen. Morgen werde ich es ihm sagen. Den heutigen Abend werde ich nicht mit einer dramatischen Szene verderben.

«Sagst du deinem Onkel, dass ich nach Hause gefahren bin, weil ich furchtbare Kopfschmerzen habe? Er soll Spaß haben, ich melde mich morgen, ja?»

«Okay», sagt Jenna. «Kann ich den Rest von der Creme essen?»

«Klar», erwidere ich. «Und Jenna, kannst du ihm noch etwas sagen?»

KAPITEL 44

Sebastian

Ich drehe die schlampig getackerten DIN-A4-Seiten in den Fingern hin und her. Jenna steht, die Fäuste wie ein kampfbereiter Gorilla auf die weiße Tischdecke gepresst, neben mir. Es fehlt nur noch, dass sie mit den Füßen scharrt.

Vor uns auf der Bühne nutzt das Brautpaar die Bandpause und grölt eine Karaoke-Version von «My heart will go on». Die meisten anderen Gäste schwenken Feuerzeuge und wiegen sich mehr oder weniger angetrunken gegen den Takt.

«Liest du das jetzt, oder was?», brummt Jenna, die meine Untätigkeit nicht mehr auszuhalten scheint.

«Das macht man nicht, Jenna. Das macht man wirklich nicht», sage ich lahm.

Jenna zuckt mit den Achseln. «Kann schon sein» heißt das oder auch «Mir doch egal».

«Ich wusste ja nicht, dass das ... so was Persönliches ist», sagte sie. «Ich hab einfach den ganzen Stapel genommen und kopiert. Ich wollte das ja gar nicht ...»

Ich schenke ihr einen entrüsteten Blick.

«... aber dann hab ich gesehen, was da stand.» Sie holt tief Luft und schaut zu Boden. «Und ich dachte, wer weiß,

424

vielleicht kann ich es noch gebrauchen. Ich wollte die Seiten Mia heute zurückgeben ... Aber jetzt ...» Sie sieht auf und sagt mit ernster Miene: «Jetzt muss ich intervenieren!»

«*Intervenieren?*», pruste ich.

«Hör mal, Basti, ich hab ein Praktikum bei TonAb gemacht. Du glaubst doch nicht, dass ich da nur gelernt habe, wie man Pimmelwörter kopiert!», erklärt sie entrüstet und schürzt die angemalten Lippen.

Tja, und weil Jenna neuerdings offenbar Wörterbücher liest, halte ich jetzt eine ziemlich persönliche Gedankensammlung in den Händen. Von einer Frau, deren richtigen Namen ich noch nicht einmal kenne.

«Sie heißt Charlotte», sagt Jenna, die nicht nur intervenieren, sondern auch Gedanken lesen kann. «Und Mia ist ihre Freundin. Sie ist kein Psycho oder so.»

Ich denke an die Fotos auf dem privaten Instagram-Account. Fotos, die nichts mit dem Leben der Mia zu tun haben, die ich kenne ... Schnappschüsse vom Segeln, von Partys am Strand, von Events in Städten wie Wien und Paris und dann schließlich, als wäre der Account gehackt worden, ein totaler Umschwung. Bilder von Werkbänken, Holzbalken, einer kleinen Hand auf einem Hobel ... Aber nichts von all diesen Fotos will zu der Frau passen, die ich kennen und – ich schlucke – lieben gelernt habe.

Noch immer ein wenig unschlüssig drehe und wende ich die Seiten.

Jennas Blick sagt nach wie vor: «Mach schon.»

Ich schaue hoch und bin überrascht von einem eigentlich vollkommen logischen Gedanken. Dann hole ich tief Luft und fange an zu lesen.

Die kopierten Seiten haben anscheinend keine zeitliche Ordnung und offenbar auch keinen roten Faden. Ich lese lose Gedanken, Listen und Namen von Menschen, die die Verfasserin gerne wäre, lieber als sie selbst. Und ich merke, wie sich meine Stirn schmerzhaft runzelt beim Anblick der Zeilen. Zeilen, hinter denen erst nach etlichen Seiten eine Wahrheit keimt, die jene Charlotte wahrscheinlich selbst noch nicht verstanden hat. Ich lache leise über die Filmtitel und ein wenig bitter über die unübersetzbaren Worte. Und bin traurig über einen kurzen Eintrag, in dem sie schildert, dass alles, was sie von ihrer leiblichen Mutter hat, ein Strampler mit dem darauf gestickten Namen «Charlotte» ist. Ich lese all das zweimal. Dreimal. Mit Jennas Blick im Nacken. Einer Jenna, die ausnahmsweise mal die Klappe hält.

Als ich schließlich aufsehe, erklärt sie: «Sie hat mir noch etwas gesagt, dass ich an dich weitergeben soll. Ich hab's nicht verstanden ... aber sie meinte, du wüsstest schon, was es bedeutet.»

«Was?», frage ich. «Was denn, Jenna?»

«Ich solle dir sagen ... warte, ich zitiere: ‹Es tut mir leid – Punkt – Pocahontas›.»

Es ist der Augenblick, in dem ich etwas Essenzielles verstehe: So sehr man auch versucht, jemand anderes zu sein. So sehr man sich bemüht, Dinge zu verdrängen, tief im Innern bleibt man, wer man ist.

Ich habe mich nicht in Mia verliebt.

KAPITEL 45

Das Restaurant ist zu schick für meine Augenringe. Und Mias Hosenanzug ist zu schick für mich. Wieder eine Nacht, in der ich alle paar Stunden versucht habe, Mia zu erreichen. Irgendwann muss sie doch wieder auftauchen, und heute ist schließlich der Tag, für den sie sich angekündigt hat.

Ich habe die Arrivals an allen südlichen Flughäfen Deutschlands gecheckt, aber kein Flug kommt auch nur entfernt aus Richtung Südpazifik. Und etwas an mir fängt langsam an, die Geschichte mit den Hurrikans oder Zyklonen anzuzweifeln. Also bleibt mir nichts anderes übrig, als mit meinen Augenringen ins *Atelier* zu spazieren und Mias Vater reinen Wein einzuschenken. Das Ganze ist so unangenehm, dass ich es am liebsten noch einmal mit einer Gesichtsmaske versucht hätte.

Ich melde mich bei der netten Dame am Empfangstresen an, und sie führt mich feierlich wie einen Mafiaboss zu einer Unterredung unter vier Augen an einen Tisch im «Séparée». Jemand sitzt mit dem Rücken zu mir am einzigen Tisch. Jemand mit langen, braunen Haaren. Ich schaue mich um, aber die anderen Tische sind nicht einmal eingedeckt.

«Hören Sie, es muss sich um ein Missverständnis handeln», sagte ich zu der Frau. «Herr Morot ...»

Und dann dreht sie sich um, diese Person da am Tisch, und ich kann nicht verhindern, dass ich mich am Arm der pikierten Kellnerin festhalte und einen lauten Schrei ausstoße.

«Steht dir, mein Hosenanzug», sagt sie. Die echte Mia. Die wie selbstverständlich an dem Tisch sitzt, an dem ich Hans-Peter Morot die vertrackte Situation der letzten beiden Wochen erklären wollte.

«Du?», keuche ich und lasse die Kellnerin los, die nicht weiß, ob sie flüchten oder als meine Stütze dienen soll.

«Ein Wasser?», fragt sie freundlich, und ich nicke.

Mia springt auf, grinst breit, läuft auf mich zu und nimmt mich fest in die Arme.

Kein Erdbeershampoo, denke ich und verspüre auf einmal den Wunsch, ihr kräftig eine zu klatschen und sie gleichzeitig abzuknutschen.

«Du hast mich ...», fange ich an. «Ich hab dich ... Das ist doch alles ... Wir ...»

Mia grinst immer noch. Fragt sich nur wie lange noch.

«Wir haben ein Problem», stöhne ich und schaue mich hektisch um. «Mit deinem Vater und der Arbeit ... und mit deinen Nachbarn. Und ich hab ... Ich hab das alles ziemlich vergeigt.» Und dann bricht auch die Wut aus mir raus, mitsamt Tränen und brennenden Augen und einer verstopften Nase. «Verdammte Scheiße, Mia! Das ist alles völlig aus dem Ruder gelaufen und jetzt denkt Sebastian, ich wäre du, und dabei bin ich das nicht ... Ich ...»

Mia packt mich sanft an den Schultern, schiebt mich an

den Tisch und drückt mich auf einen der weich gepolsterten Stühle. «So, und jetzt mal langsam ... Wer ist Sebastian?»

«Der Mann ... Ach, nicht so wichtig», breche ich ab. «Alle denken, ich sei du!»

«Und warum denken das alle?», fragt Mia ehrlich erstaunt.

«Weil ich verdammt noch mal dein verdammtes Leben übernehmen musste, während du im verdammten Südpazifik die Galionsfigur auf einer verdammten Jacht spielen musstest!», schnappe ich.

«Das war verdammt viel *verdammt* für deine Verhältnisse, Charly.»

Ich kneife die Augen ein wenig zusammen und mustere sie genauer. Sie sieht müde aus. Gut, geschenkt, nach einem langen Flug. Aber ihre Haut ... ist nicht sonnengebräunt. Also immer noch dunkler als meine, aber eindeutig nicht sonnengegerbt, wie sonst, wenn Mia aus dem Urlaub kommt.

«Wieso bist du nicht braun?»

«Hä?», macht Mia.

«Wieso du nicht braun gebrannt bist!?»

«Weil ... Weil ...» Sie stottert ein bisschen herum. «Weil ich nicht viel Sonne gesehen habe, die letzten zwei Wochen. Aber bevor du jetzt ausflippst ...» Beschwichtigend hebt sie die Arme. «Es war nur zu deinem Besten, Charly ... Ich meine, da musste doch mal was passieren. Deine Mutter und Katja ...»

«Was?», unterbreche ich sie. «Warum hast du nicht viel Sonne gesehen? Was ist hier los? Warum war der SL weg und ist plötzlich wieder da? Warum erzählst du mir was von einem Hurrikan, wenn die im Südpazifik gar nicht so heißen. Warum hast du dein Handy hier gelassen und warum ...»

«Ich war nicht auf einer Jacht, ich war nicht mal im Ausland. Ich war hier in München.»

«WAS?», schreie ich.

«Mann, Charly! Ich bin nicht wie du ... Ich kann nicht einfach sagen, was ich denke. Ich kann meinem alten Herrn nicht klarmachen, dass ich nichts mit seinem Immobilienkram zu tun haben will und dass das Sprachenstudium ein Fehler war. Dass ich bei jeder Firma, bei der ich bisher gearbeitet habe, lieber die Hausmeisterin gewesen wäre als die Übersetzerin. Dass ich auf die olle Wohnung scheiße und lieber in einer WG wohnen würde. Dass das hier nicht mein Leben ist.»

«Aber du ...?»

«Die haben mich rausgeschmissen, in Wien und in Paris auch. Ich tauge dazu nicht. Ich will das nicht. Und dass ich gesagt habe, du wolltest schon immer wie ich sein, das war falsch.» Sie sieht mich eindringlich an. «Eigentlich wollte *ich* immer *du* sein. Ja, genau. Ich hab dich bewundert, du Schaf! Dafür, dass du dich nie von irgendetwas oder irgendwem hast kaufen lassen. Dafür, dass du die Einzige warst, die meinem Vater widersprechen durfte. Oh, Charly, du bist die Katze, die immer auf die Füße fällt, ich der Elefant, der auf dem Arsch landet. Du hast Rückgrat, Charly. Du wusstest eigentlich immer, was du willst – und hast es trotzdem für andere hintangestellt. Deswegen hast du einen kleinen Schubser in die richtige Richtung gebraucht. Diese zwei Wochen hier ... und ich ... Ich ... Es war nicht ganz uneigennützig, das gebe ich zu. Ich meine, ich musste ein bisschen Mut sammeln, um endlich das zu tun, was ich will und nicht meine Eltern. Gott, ich hatte gar keinen Bock auf Starnberg und auch nicht auf Paris und Wien und ...»

Mia weint und schaut weg. Sie weint tatsächlich.

Fassungslos starre ich sie an. «Worauf hast du denn Bock, Mia?»

Sie schaut hoch. «Ich ... ich würde gerne Boote bauen. Eine Schreinerlehre machen. Noch mal ganz von vorn anfangen. Denn mal ganz ehrlich: Ich bin eine miese Übersetzerin, Mia. Ohne dich hätte ich das Studium nie gepackt. Und all der Glamour, dem ich immer hinterhergelaufen bin ... Das ist doch nur Fassade.»

Darauf kann ich nichts sagen. Aber so wirklich gar nichts.

«Ich wollte immer so sein wie du», fährt sie fort. «Geerdet, zu Hause an einem Ort, uneigennützig. Ich meine, ich hab noch nie etwas völlig Uneigennütziges getan. Nicht einmal, indem ich dir mein Leben auf dem Silbertablett serviert habe. Ja, schau mich nicht so an. Ich wollte dir zwei Wochen schenken, in denen du mal aus deinem Trott kommst, aber ich hab sie mir genauso geschenkt und in der Zeit ein Praktikum in einer Schreinerei gemacht.»

«Du ... warst hier und hast in einer Schreinerei gearbeitet?», wiederhole ich ungläubig, nicht in der Lage, all das, was hier auf mich einprasselt, wirklich zu verstehen.

«Ja, und stell dir vor, es ist genau das, was ich will.» Ihr Gesicht leuchtet auf wie eine Glühbirne. «Es macht mir Spaß, ich habe ein kleines Zimmer über der Werkstatt und einen Campingkocher, und der Chef ist alt und streng, aber sehr herzlich.» Sie strahlt mich an.

«Und TonAb München?»

«Das ist dein Job, Charly. Und sie haben dich doch auch genommen, oder?»

«Sie haben *dich* genommen, Mia! Dich. Es stand dein Name auf den Bewerbungsunterlagen ...»

«Aber du hast doch bestimmt deine eigenen Arbeitsproben reingelegt.» Als ich nicht widerspreche, ruft sie: «Siehst du, eigentlich haben sie dich eingestellt!» Triumphierend schaut sie drein.

«Es ist ein Arbeitsvertrag auf einen falschen Namen!»

«Ich hab deine Masterarbeit reingelegt!», fügt sie fast schon stolz hinzu. «Genau genommen war nur der Name falsch. Ich hab ein bisschen mit dem Bildbearbeitungsprogramm gespielt. Solltest du dir auch ...»

«Du hast was?», unterbreche ich sie und schaue fassungslos in ihr unbekümmertes Gesicht.

Und da sehe ich ihn wieder vor mir, diesen Moment, in dem mir die Papiere aus der Hand gerutscht sind und die Masterarbeit auf dem Boden im TonAb-Foyer liegen blieb, mit diesem Titel ...

«Semantische Eigenarten der englischen Sprache am Beispiel lippensynchroner Übersetzungen beim Film», murmele ich. Kein Wunder, dass mir diese ganze Situation surreal vorkam. Das war sie auch. Und vor lauter Aufregung habe ich noch nicht einmal gemerkt, dass ich meine Unterlagen abgegeben, mich mit falschem Namen beworben habe. Mit meinen Unterlagen, aber unter Mias Namen.

Mir wird heiß und kalt. «Das ist Urkundenfälschung, Mia!»

«Gut, vielleicht habe ich das nicht ganz bis zum Ende

durchdacht», sagt sie und kaut zerknirscht auf ihrer Unterlippe herum. «Aber ich hab das für *die* Lösung gehalten. Du kriegst den Job, den du verdient hast, die Bude und ... ich hab zwei Wochen Ruhe, um mir klar zu werden, ob ich das mit dem Schreinern auch durchziehen werde.»

«Und sag mal», keuche ich, weil mir plötzlich die Sache mit der App einfällt, von der Katja mir erzählt hat. «Hast du, als wir telefoniert haben, eine App für Störgeräusche verwendet?»

Ihr schuldiger Blick spricht ganze Bände.

Oh, Mann! Ich möchte schimpfen, zetern, sie fragen, was sie sich bei dieser ganzen Schnapsidee gedacht hat. Aber die Worte kommen nicht über meine Lippen. Ich sollte nämlich aus genau den gleichen Gründen eigentlich vor Dankbarkeit auf den Boden fallen.

Und deswegen bleibt meine Stimme erstaunlich ruhig, als ich ihr ausführlich von den letzten beiden Wochen berichte. Nur Sebastian spare ich weitestgehend aus.

«Aber ich hab doch nie gesagt, dass du meine Identität annehmen sollst!», sagt sie leise, als ich fertig bin, den Kopf in den Händen vergraben.

Da hat sie recht. Das hat sie nicht. Ich schaue hoch zu ihr und frage: «Was hast du damals eigentlich über dich und mich geschrieben, in Psychologie? Als es darum ging, sich selbst und eine Freundin als Kleidungsstück zu beschreiben?»

«Ah, das ...» Sie lacht. «Ich habe geschrieben, dass ich ein Handtuch bin.»

«Ein Handtuch ist doch kein Kleidungsstück!

«Für manche schon.» Sie grinst.

«Und warum ein Handtuch?»

«Das kann man genauso schnell hinschmeißen wie einen Kurs, der einem nichts weiter bringt, als sich selbst ständig infrage zu stellen.»

«Wow!»

«Möchtest du auch wissen, was ich über dich geschrieben habe?»

«Klar», sage ich, bin mir da aber eigentlich gar nicht so sicher.

«Du bist eine Haselnuss, wie bei Aschenputtel. Eine Haselnuss, in der ein Ballkleid steckt. Das schönste und beneidenswerteste. Nur, dass du es nicht weißt. Du siehst es nicht. Denn Charly ist das Mädchen, das auch in einem Kartoffelsack gut aussieht, weil sie von innen strahlt.»

«Thema verfehlt», sage ich mit einem Kloß im Hals.

Mia zuckt unbeeindruckt die Achseln. «Das kann schon sein. Ich nenne es Wahrheit, Cinderella.»

«Du solltest die App mit den Störgeräuschen löschen. Und wir müssen unbedingt an deinem Männergeschmack arbeiten», sage ich und schaudere innerlich beim Gedanken an den Proll aus der fünfzehn.

«Ich sollte so einiges ändern, meine Liebe. Genau wie du.» Sie überlegt. «Vielleicht sollte ich einfach eine Zeit lang in dein Leben wechseln.»

Sie sieht so traurig aus bei diesen Worten, dass ich schnell das Thema wechsele. «Was ist eigentlich mit dem SL passiert?»

«Wette verloren», murmelt Mia sichtlich beschämt. «Der Azubi aus dem zweiten Lehrjahr in der Schreinerei meinte, Frauen könnten nicht Auto fahren und ich würde auf keinen

Fall eine Karre auftreiben können, mit der ich ein Rennen gegen ihn gewinnen würde. Das konnte ich nicht auf mir sitzen lassen.» Sie schaut hoch und fügt bekräftigend hinzu: «Das verstehst du, oder? Ich hab den Wagen ja abends gleich zurückgebracht. Da warst du nur wohl schon weg.»

«Warte, du hast das Auto am gleichen Abend wieder zurückgebracht?»

«Natürlich.»

«Ich fasse es nicht ... Hast du mal drüber nachgedacht, dass ich das bei der Polizei anzeigen könnte?»

Sie legt den Kopf schief. «Hast du ja aber nicht, oder?»

Einen Moment schweige ich ratlos, dann frage ich: «Und was machen wir jetzt?»

«Jetzt bringen wir dein Leben in Ordnung – und dann meins. Mensch, Charly, so schwer kann das doch nicht sein.»

··•··

«Ein hübsches Haus ist es ja schon, wenn auch ganz schön versnobt. Aber wer war denn die zerrige Alte im Eingang?», fragt Mia, als wir in den Aufzug steigen.

«Die Hanselmann ... Sie hasst mich, also dich, weil du auf dem englischen Rasen Fußball gespielt hast. Und ich war nicht auf der Hauseigentümerversammlung.»

«Ah», macht Mia. «Cool.» Und dann fängt sie an, mir ihren weiteren Schlachtplan zu erklären. Einen Schlachtplan, der damit beginnt, dass wir bei TonAb reinen Tisch machen. Die Sache erklären und mir eine fette Gehaltserhöhung und einen Firmenwagen herausverhandeln. Bei ihren Vorstellungen wundere ich mich nicht mehr, dass sie es in keinem Job lange ausgehalten hat. Gleichzeitig ist es eigentlich auch kein Wunder, dass es trotzdem deswegen nie Ärger gab. Denn ich kenne niemanden, der das Leben leichter nimmt als sie. Nur was ihren Vater betrifft, ist sie ein ziemlicher Feigling. Ein weiterer Punkt des Schlachtplans enthält daher eine ausgeklügelte Strategie, wie sie ihren Vater davon überzeugen will, dass sie der Firma als Schreinerin einmal viel mehr wert sein wird denn als unfähige Gesellschafterin.

«Und weißt du, wenn du mitkommst und ... Du findest einfach immer die richtigen Worte bei meinem Vater!» Die Aufzugtür öffnet sich, und wir treten in den Flur.

Ich muss an den Aufkleber *I am in silence* denken, und im nächsten Moment, als ich den Blick hebe, wünsche ich mir, ich hätte mich für immer der Stille verschrieben. Denn vor Mias Wohnungstür sitzt Sebastian.

«Oh, was 'n das für ein Leckerbissen», flötet sie.

«Mia!» Sebastian steht auf. Er schaut dabei aber nicht mich an, sondern die echte Mia, und lächelt verzerrt.

Eine gefühlte Ewigkeit stehen wir drei so da und mustern uns gegenseitig.

«Wer bist du?», fragt Sebastian schließlich, und sein Blick bleibt endlich an mir hängen.

«Ich bin Charlotte Reinhardt», antworte ich und bin einen Augenblick erstaunt darüber, wie fest meine Stimme klingt. Denn der Zyklon tobt jetzt in mir. «Und ... ich liebe dich.»

«Oh, Scheiße», höre ich die echte Mia sagen. «Das ist alles meine Schuld.»

KAPITEL 46

Ich wollte nicht heulen, aber jetzt heule ich doch. Mia heult auch, solidarisch. Aber sie hat sich dazu ins Bad verzogen. Ich hab ihr die Koala-Masken empfohlen und bin mit Sebastian auf den Balkon gegangen. Da sitzen wir nun. Mit maximalem Abstand zwischen unseren Körpern. Falsch fühlt sich das an. Und kalt.

Ich knete meine Hände im Schoß, atemlos von der Geschichte, die ich ihm erzählt habe. Mit all ihren Wahrheiten und Unwahrheiten. Mit der Tatsache, dass ich das nicht wollte, also, jemand anderes sein, ja, aber mich nie für jemand anderen ausgeben. Und auch mit der Tatsache, dass es vielleicht nötig war. Für mich. Für uns.

«Es tut mir so leid ... Ich bin nicht die, für die ich mich ausgegeben habe, aber ...» Ich stocke, doch dann schießen mir Gelis Worte in den Kopf wie ein Mantra: *Blau ist die Farbe der Liebe, Blau steht für Mut.* Und wenn es für etwas Mut braucht, dann für die Liebe.

Ich hole tief Luft. «Aber ich bin trotzdem die, in die du dich vielleicht verlieben kannst.»

«Nein», widerspricht er mit einer Stimme, die weicher klingt, als ich es erwartet und verdient habe. «Das stimmt nicht. Ich hab mich längst verliebt.» Er sieht mich an, aus diesen Augen, die so traurig schauen können. «In eine Frau, die ich geglaubt habe zu kennen oder die ich gerade dabei war kennenzulernen.»

«Es ist schwer, mich zu lieben», sage ich leise. «Mich, Charlotte Reinhardt.»

Im Augenwinkel sehe ich, wie sich Sebastian durch die Haare streicht. Ich fühle mich, als hätte man soeben ein zweites Bild in den Film eingefügt. Das hier muss eindeutig eine Parallelhandlung sein. Wäre ich Teil eines Films, könnte ich jetzt die vierte Wand durchbrechen, mich direkt an die Zuschauer wenden und sagen: «Da sitzt er, der, bei dem mein Herz sich zu Hause fühlt. Wie kann ich das alles nur retten?»

«Und du dachtest, es wäre leichter, Mia Morot zu lieben?» Es klingt mehr wie eine Feststellung, die es genau genommen auch ist, als eine Frage.

«Ja», gebe ich zu. «Ja, das dachte ich tatsächlich.»

«Wie kommst du darauf? Glaubst du, Liebe muss man sich verdienen?»

«Ich ... ich weiß es nicht.»

Und gerade in diesem Moment, in dem ich glaube, Sebastian würde aufstehen und einfach gehen, verschwinden aus diesem Leben, das mir nicht gehört, lehnt er sich nach vorn und greift nach meinen Händen. Erst nur mit den Fingerspitzen, dann mit der ganzen Hand.

«Du hast also nie Bundesliga gespielt?», fragt er und sucht meinen Blick.

«Doch.»

«Du warst also auch die Leiche im Tatort?»

«Nein.»

438

«Du magst keine Kinder?»

«Doch! Ich liebe Kinder!»

«Und das mit den Filmfehlern, hast du dir das ausgedacht?»

Ich schüttele den Kopf. «Ich wünschte, ich könnte Ja sagen, aber nein, das ... Das bin ich.»

Eine Weile herrscht Stille. Dann hole ich erneut tief Luft und sage: «Es ist nicht alles gelogen, Sebastian. Das meiste davon war ich. Immer ich. Indem ich dachte, Mia zu sein, indem ich mich für etwas geöffnet habe, was ich mich zuvor nicht getraut habe, war ich mehr *ich* als je zuvor. Du kannst das nicht verstehen, du musst das nicht verstehen.»

«Nein, muss ich wohl nicht», sagt er, der Druck auf meiner Hand wird leichter.

In meinen Augen quillt der Tränennachschub, der sich nicht aufhalten lassen will, dabei hasse ich es, so vor ihm zu weinen.

«Aber vielleicht will ich es ja», sagt er leise. So leise, dass ich es fast nicht höre.

Er zieht einen Stapel zusammengefalteter Papiere aus seiner Hosentasche. «Das hier hab ich von Jenna ...»

Ich starre auf die Kopien und verstehe nicht sofort. Dann sehe ich Sebastian an und beschließe, dringend eine Liste für Situationen zu erstellen, für die es keine Worte gibt. Sicher gibt es in keiner Sprache einen auch nur annähernd passenden Ausdruck für diesen Moment. Die Dunkelziffer meiner maximalen Peinlichkeitsskala ist erreicht.

«Oh Gott», stoße ich hervor. Vielleicht weil ich jetzt himmlischen Beistand wirklich gut gebrauchen könnte,

439

vielleicht auch, weil ich meine ganz persönliche Vorhölle betreten habe.

Zu meinem grenzenlosen Entsetzen zieht Sebastian eines der Blätter heraus. Das mit den Top Five der Momente, in denen ich gerne jemand anderes gewesen wäre.

«Das hier ... meinst du das ernst?», fragt er ruhig.

Ich sehe auf den Boden, unmöglich, dieses glühende Gesicht auch noch der Sonne auszusetzen. Fremdschämen bekommt eine ganz neue Bedeutung. Ich schäme mich von innen und von außen betrachtet für mich selbst. Aber es gelingt mir, zu einer Erklärung anzusetzen. *Mut, Charly, Mut.*

«Ich habe drei Pflegegeschwister und einen kleinen Bruder, der das leibliche Kind meiner Eltern ist.

«Pepe», sagt er.

«Pepe.» Ich nicke und schaue auf die Zeilen in meinem Notizbuch, als hätte sie ein fremder Mensch geschrieben. Jemand, der nicht kapiert hat, wie schön es ist, man selbst zu sein. «Das Gefühl der Eifersucht ist weg. Schon ganz lange. Ich will auch nicht mehr Pepe sein, auch wenn er sagenhafte Freistöße schießt und ...» Einen Moment lang halte ich inne, um die Worte in die richtige Reihenfolge zu sortieren. «Wäre ich nicht *ich*, dann hätte ich ihn nicht. Dann wäre er nicht mein Bruder. Ich will es nicht mehr anders. Ich habe das alles schon vor einer Ewigkeit geschrieben, aber vielleicht hab ich erst hier in München kapiert, dass es mit der Identität ein wenig so ist wie mit dem Wetter: Das Gefühl für Identität kann genauso umschlagen, sich verändern, sich drehen. Ich hab nämlich auch keine Lust mehr, Kerstin zu sein, von der ich schließlich nicht einmal weiß, ob sie damals überhaupt glücklich war, geschweige denn, es jetzt ist. Und Marie und Katja, die haben sich nach diesem einen Treffen nie wiedergesehen. Sie hatten die gleiche Nase, und sie haben über Eckzähne gesprochen, aber dann sind ihnen die Worte ausgegangen wie einer Kerze mit zu schwachem Docht das Licht. Aber Katja und ich ... wir brennen noch. Weil wir vielleicht nicht die gleiche Nase haben, aber gemeinsame Erinnerungen. Erinnerungen, die ich nicht missen möchte.»

«Und der Rotwein?», fragt er.

«Rotwein ... kann schal werden», sage ich und merke, dass sich da ein Lächeln in mein Gesicht stiehlt. Wo kommt das denn her? Es ist recht unsymmetrisch, aber unverkennbar ein Lächeln. «Ich glaube, ich hab erst verstehen müssen, dass man sich selbst genug sein darf. Und nicht alles, was ich dachte, sein zu müssen, muss ich wirklich sein. Vielleicht reicht ein Teil davon.» Ich sehe ihn fragend an. «Seit wann ... weißt du es?»

«Freitag. Ich hab das Bild im Internet gefunden. Das vom Plakat. Und dann konnte ich mir recht schnell eins und eins zusammenzählen.»

«Und du hast mich trotzdem mit auf die Hochzeit genommen. Warum hast du nichts gesagt?»

«Ich wollte sehen, ob ich mich wirklich so getäuscht habe.»

«Und?», flüstere ich.

«Und dann war da die Predigt, das Johari-Fenster, und später, als du aufgestanden bist und bei diesem albernen Spiel mitgemacht hast, ... da wusste ich, dass du das alles nicht spielen konntest. Dass da ganz viel von der echten

Frau drin sein muss. Dass ich mich nicht in Mia verliebt habe, sondern in die Frau, die behauptet, so zu heißen.»

Ich fahre mir mit der Zunge über die Lippen und sage dann leise: «Mir ist nicht egal, wie du mich nennst.»

Er lächelt. Fast genauso schief wie ich vorhin. Aber er lächelt. «Mir auch nicht, Pocahontas.»

«Ich hab das ernst gemeint, Sebastian. Das mit uns ist noch so frisch ... aber ich hätte gerne, dass es weitergeht.»

Er zögert einen Moment, dann greift er mit einer Hand wieder nach meiner und tippt sich mit der anderen auf die Brust. «Hier drinnen ist es manchmal dunkel und manchmal hell. Genauso wie hier.» Nun legt er seine Hand auf meine Brust. Direkt auf Herzhöhe. «Ich will es kennen, das Dunkle und das Helle.»

«Und wenn es da sehr viel zu entdecken gibt?», frage ich vorsichtig.

«Wird es Zeit, dass wir damit anfangen.»

Ich nicke langsam und erlaube mir, einen Moment in die Ferne zu sehen. Dorthin, wo der See im Dunkeln leuchtet. Und während ich so aufs Wasser sehe, kommt mir die Antwort. Denn wenn die Farbe der Liebe Blau ist und unsere Sehnsucht danach so tief und unergründlich wie ein Gewässer, dann ist es egal, wie kalt das Wasser ist. Dann lohnt es sich immer zu springen.

EPILOG

Charlys Notizbuch

Ich *kann* sehr wohl einfach ich sein.

Auch wenn das nicht immer einfach und manchmal sogar schrecklich kompliziert ist. Und es auch immer noch Momente gibt, in denen es mir schwerfällt, nicht danach zu suchen, wer ich stattdessen sein könnte. Aber ich glaube, das geht der Frau aus dem Buchladen genauso. Gut möglich, dass auch sie sich mit jedem Empfehlungskärtchen in die Bücher und Heldinnen aus den Romanen träumt. Die, die nur immer an den richtigen Stellen laut und an den richtigen leise sein können, weil sie eben nicht echt sind. Und in die sich nur Männer verlieben, die auch nicht echt sind.

Sibylle Berg ist eben Sibylle Berg, und es ist gut so, dass sie einzigartig ist. So wie ich.

Wer will schon einen Hefezopf um den Kopf haben? Zugegeben, es sieht gut aus, aber es muss auch anstrengend sein, so viel Haar zu haben. Es ist okay, dass es bei mir nur zu einem Rattenschwänzchen reicht. Immerhin spare ich Shampoo und Zeit und Energie.

Ich bin ein klitzekleines bisschen Alice Schwarzer, weil ich genauso gerne sage, was ich denke. Ich könnte daran arbeiten, mich mehr zu trauen, es auch laut zu tun.

Als Gepardin wird man geboren, man kann sie nicht werden. Und da ich über meine Herkunft nicht so ganz genau Bescheid weiß, werde ich ab sofort einfach davon ausgehen, dass ich eine Gepardin bin.

Und den dürren Schauspielerinnen würde ich gerne sagen, dass man nicht betonen muss, dass man gerne isst. Warum auch?

Ich wäre noch immer gerne Schöpferin unendlich vieler toller Geschichten, die auf Leinwand gebannt wurden. Aber ich bin eben nur Übersetzerin bei Ton-Ab. Dafür kann ich anderen tollen Frauen helfen, ihre Geschichten auf Deutsch genauso gut klingen zu lassen wie in der Ursprungssprache. Und immerhin habe ich jetzt Netflix-Connections.

Ich werde nie so Fußball spielen können wie Bastian Schweinsteiger und Marta. Allerdings wäre meine Karriere inzwischen sowieso zu Ende, und ich müsste in der *Sportschau* als Expertin fachsimpeln. Nein, danke. Ich bin gerne ich. Manchmal jedenfalls. Und manchmal weiß ich eben doch noch nicht, wer ich bin, aber vielleicht darf sich das auch immer wieder ändern. Solange ich mir selbst treu bin. Solange kann ich alles sein, nur nicht jemand anderes. Und wenn man das erst einmal begriffen hat und merkt, dass man nicht nach sich *suchen* muss, sondern sich jeden Tag neu *finden* kann, dann ist es okay. Vor allem ist es auch total in Ordnung, nicht immer fun, nicht immer fearless und nicht immer female zu sein. Um eine Frau zu sein, muss ich nicht meine Weiblichkeit zur Schau stellen. Was für ein Blödsinn.

Ich will die Frau sein, die in Gelis gemütlicher Einliegerwohnung wohnt, samstags oft mit den Jungs auf dem Bolzplatz ist und trotzdem alle zwei Wochen nach Hause fährt. Die Frau, die mutig genug war, ihrer Chefin alles zu gestehen, und jetzt einen Teilzeitjob als Synchronautorin hat, während sie an der Uni ein paar Zusatzseminare belegt. Die Charly, die sich den Kerl mit dem heißen Double-Hintern geangelt hat und jetzt jeden Morgen im Starnberger See schwimmen geht. Egal, wie kalt es ist. Die, die ihre leibliche Mutter nie kennenlernen wird, aber vielleicht auf einem Münchner Friedhof ihren Frieden mit ihr machen kann.

Ich finde, Charlotte Reinhardt, genannt Charly, ist also gar keine so schlechte Wahl. Vielleicht reicht es, dass ich da bin. Ich, für mich ganz allein.

Und ein kleines bisschen auch für Sebastian.

DANKSAGUNG

Ich danke von ganzem Herzen:

Meinen Schwestern Teresa und Luisa, meinem Mann Tom und meinen Kindern T. und M. – bei euch ist mein Herz zu Hause.

Meiner Mama, die einen Teil meines Herzens mitgenommen hat.

Meiner einzigartigen Lektorin Ditta Friedrich und dem Team von Rowohlt für eure fantastische Arbeit.

Tamara Engert, Janina Dix, Isabel Grein und Selina Seubert für weinse(e)lige Abende und Wanderungen und unvergessliche Begriffe wie «romantic machine».

Den Salzmanns, Blos', Schätzleins, Haas' und Laudners – für eure Freundschaft, Hilfsbereitschaft und Spitznamen wie «Frau Konsalik».

Julia Hanel alias Lilly Lucas, die «Herz sucht Zuhause» vorab Probe gelesen hat und einen so wichtigen Tipp für das Buch hatte, dass ich es ihr einfach widmen musste. Schön, dass es dich gibt.

Angela Kirchner, Mila Summers und noch mal Julia fürs Zuhören, eure Hilfe, unsere unersetzlichen Treffen und dafür, dass ihr mir auch mal in den Hintern tretet, wenn es nötig ist. Ihr seid die Besten.

Meinem Opa für den Satz: «Doch, doch, ich lese das Liebeszeugs von dir ganz gerne.»

Meiner Tante Susi dafür, dass sie immer für mich da ist und begierig auf neuen Lesestoff wartet.

Allen Freund*innen, Kolleg*innen, Familienangehörigen und Bekannten für Interesse, Inspiration und Unterstützung.

AnnenMayKantereit für geniale Songs und den Soundtrack hinter diesem Buch.

All den lieben Autor*innen (insbesondere den «dazugekommenen» Würzburger Mädels), die ich in den letzten Jahren kennenlernen durfte, für den gegenseitigen Support, das Interesse und den tollen Austausch.

Allen Leser*innen – für eure Begeisterung, die vielen lieben Nachrichten und das Gefühl, noch unzählige Bücher schreiben zu wollen, das ich euch verdanke.

QUELLENVERZEICHNIS

Lieder von AnnenMayKantereit:

S. 7, 267, 426 «Pocahontas»: Christopher Annen / Henning Gemke / Severin Kantereit

S. 268 «Barfuß am Klavier»: Henning Gemke

S. 269 «Oft gefragt»: Henning Gemke

S. 269 «Nichtnichts»: Christopher Annen / Henning Gemke / Severin Kantereit

S. 269 «21, 22, 23»: Christopher Annen / Henning Gemke / Severin Kantereit

S. 269 «Du bist anders»: Christopher Annen / Henning Gemke / Malte Huck / Severin Kantereit

S. 269 «Hinter klugen Sätzen»: Christopher Annen / Henning Gemke / Malte Huck / Severin Kantereit

S. 274 «Marie»: Christopher Annen / Henning Gemke / Malte Huck / Severin Kantereit

S. 391/392 «Mir wär lieber, du weinst»: Christopher Annen / Henning Gemke / Severin Kantereit

S. 193 Das Lied «Wie ich» stammt von Kraftklub. Songwriter: Felix Brummer / Steffen Israel / Karl Schumann.